茅盾研究
八十年書系

錢振綱・鍾桂松◎主編

王嘉良◎著

18

茅盾小說論

花木蘭文化出版社

國家圖書館出版品預行編目資料

茅盾小說論／王嘉良 著 — 初版 — 新北市：花木蘭文化出版
社，2014〔民103〕

目 2+248 面；19×26 公分

（茅盾研究八十年書系；第 18 冊）

ISBN：978-986-322-708-3（精裝）

1. 沈德鴻　2. 中國小說　3. 文學評論

820.908　　　　　　　　　　　　　　　103010240

ISBN-978-986-322-708-3

9 789863 227083

茅盾研究八十年書系
第十八冊

ISBN：978-986-322-708-3

茅盾小說論

本書據上海文藝出版社 1989 年 8 月版重印

作　　者　王嘉良
主　　編　錢振綱　鍾桂松
總 編 輯　杜潔祥
副總編輯　楊嘉樂
編　　輯　許郁翎
出　　版　花木蘭文化出版社
社　　長　高小娟
聯絡地址　235 新北市中和區中安街七二號十三樓
　　　　　電話：02-2923-1455／傳眞：02-2923-1452
網　　址　http://www.huamulan.tw 信箱 hml810518@gmail.com
印　　刷　普羅文化出版廣告事業
初　　版　2014 年 7 月
定　　價　60 冊（精裝）新台幣 120,000 元　　版權所有·請勿翻印

茅盾小說論

王嘉良　著

作者簡介

王嘉良，1942 年 7 月生，浙江省紹興市上虞區人，浙江師範大學教授，浙江大學兼職教授、博士生導師。曾任浙任師範大學學術委員會副主任、文學研究所所長，主持浙江師範大學省高校重點學科、重點研究基地負責人、省社會科學重點研究基地（江南文化研究）首席專家，擔任中國現代文學研究會理事、中國魯迅研究會理事、中國茅盾研究會副會長、浙江省中國現代文學研究會會長等。主要從事中國現代文學研究，發表學術論文 200 餘篇，出版學術著作 20 餘部，2012 年由上海文藝出版社出版《王嘉良學術文集》（12 卷）。1993 起享受國務院頒發的政府特殊津貼。

提　　要

　　本書專論茅盾小說，對茅盾小說的豐富內涵、獨特形態、藝術價值等作出較為全面、深入的論述與評價。前三章著眼於小說的史詩描述，透過茅盾的中、長篇小說、短篇小說、歷史題材小說，從不同體裁、不同題材的作品中揭示一以貫之的史詩性特徵，這既是對小說內容的全景描述，也藉此顯現小說容量上的一個顯著特點。中間三章是形象論，分別論述茅盾小說創造的「時代女性」形象、民族資本家形象、農民形象三個形象系列，從中闡釋現實主義小說注重創造形象的特質，同時揭示作家借助形象寄寓的深刻思想蘊含。後四章是茅盾小說基本特質的歸納，從社會剖析小說模式、「理性化」的創作思維特徵、「以人為本」注重形象創造的現實主義小說特質、追求有機性結構形態的小說敘事模式等四個方面，闡述茅盾小說的基本形態特徵及其採用的主要藝術方法，試圖對刻印著「茅盾式」紋章印記的獨特小說形態作出盡可能科學、準確的闡釋與探析。「結束語」論述茅盾作為小說家的歷史地位，既是全書的一個總結，也是對茅盾小說作出的總體評價，認為茅盾作為一位現代小說巨匠，他對中國現代長篇小說的開創者之功、提供了兩個全新的形象系列、開創了重要小說流派「社會剖析派」等方面，都有開拓者勞績，在中國現代小說史上有著無可取代的地位。

小　引

　　在目前文學觀念不斷更新之時，研究茅盾小說也許是頗不合時宜的。因為時下不少人們感興趣的是那些探究人生永恆奧秘的「純」文學作品，而對於注重社會功利性，強調作家使命感的創作則往往評價偏低。茅盾的小說屬於後者，時或遭到冷落，自難幸免。這也無怪。在過去的文學研究中，用單一的社會學模式評估幾乎是全部文學創作，致使別有價值的那部分文學精萃也掃數歸入「不合格」之列。於是，當文學觀念變更時，作為文學研究的一種「悖論」，對體現了「社會化」的創作都給予了苛評，恐怕也是可以理解的事情。

　　在這個並不討巧的研究領域裏，我竟傻乎乎地幹了七、八年之久。新觀念的撞擊，常常使我感奮，也陷於困惑，以致不時懷疑自己的研究路子是否對頭。然而，當我一遍又一遍地讀著茅盾作品時，無論如何也不敢相信：這熟練地駕馭小說藝術規律的精彩篇章竟會位居那些被尊之為「純」文學的作品之下──姑遑論它還有別一種社會價值在。猶疑也是一種思索，而思索的結果是增加了樂此不疲的信心。在我看來，稱之為「文學」的這個詞兒，對它的解釋原就沒有一定之規，不能說某一種解釋具有絕對的真理性，據此即可對不同的文學樣式作出同一的價值判斷。像茅盾這樣注重客觀寫實、注重創作功利性的作家，在中外文學史上可以說是比比皆是，為何就不可以作出應有的估價呢？出於對文學涵義的不同理解，作家筆下的作品可以有多種模式。過去對非理性、非社會化的創作重視不夠，確是一種失誤，然而也沒有必要據此貶抑非屬同調的創作。更何況，茅盾的小說在藝術社會學的層面上該屬於較高品格的一種，至少在中國現代小說的同一品種裏茅盾的大多數作

品是高出一籌的。如此，對這位富有獨特個性的作家的小說創作作必要的研究，藉以透視和總結它所代表的那個小說品種的基本特質，就不會是毫無價值的。

我寫這本小書的基本構想，是力圖勾勒茅盾小說的全貌，在此基礎上梳理、歸納此種別具特色的小說的基本特徵和創作經驗。前三章著眼於小說的史詩描述，從不同體裁、不同題材的作品中揭示一以貫之的史詩性特徵，這既是對小說內容的全景描述，也想藉此顯現小說容量上的一個顯著特徵。中間三章是形象論。現實主義小說注重創造形象，特別是典型形象，作家的創作思想也多半寄寓在形象中，論及小說的思想蘊含自不可不注意於此。後四章是茅盾小說的基本特質歸納，想從社會剖析小說模式、理性化創作思維特徵、「以人爲本」的形象創造理論和實踐、小說敘事結構等諸方面作些理論上的分析與探討，勾劃此類小說的基本形態特徵。這裡曾是我用力較多之處。然而畢竟限於功力，立意雖高而終難盡人意，這倒是感到十分悲哀的。

第一章　史詩描述：中、長篇小說的社會編年史特徵

　　一個嚴峻的現實主義作家，往往就是一代社會歷史的忠實證人。歷史循著自己的發展軌迹行進，作爲社會「書記官」的作家則努力捕捉它在前行過程中「深刻而經久的特徵」，於是，文學也就成了或一時代的「歷史的摘要」〔註1〕。巴爾扎克說：「我企圖寫出整個社會的歷史。我常常用這樣一句話說明我的計劃：『一代就是四五千個突出的人物扮演一齣戲』。這齣戲就是我的著作」〔註2〕。這位作家的夫子自道曾爲恩格斯所首肯。他指出，巴爾扎克的《人間喜劇》是「一部法國『社會』」的「卓越的現實主義的歷史」，「他用編年史的方式幾乎逐年地把上昇的資產階級在 1818 年至 1848 年這一時期對貴族社會日甚一日的衝擊描寫出來……在這幅中心圖畫的四周，他彙集了法國社會的全部歷史」〔註3〕。由此看來，「用編年史的方式」去寫出一代社會歷史，是有例可證的，巴爾扎克確乎是一個成功的範例，一個偉大的創造。

　　在中國現代作家中，最接近於那些產生了史詩型巨著的偉大作家，是茅盾。八部長篇、五部中篇、五十多個短篇——幾百萬言的煌煌巨著，正記錄了他在現代文學史上的不朽業績。然而，最足以說明茅盾創作的史詩特點的，還不僅在此。從「使文學成爲社會化」〔註4〕的要求出發，茅盾所追求的是「大

〔註1〕泰納：《藝術哲學》第 362 頁，人民文學出版社 1953 年版。
〔註2〕《致〈星期日報〉編輯保利特·卡斯特葉先生書》，《文藝理論譯叢》1957 年第二期。
〔註3〕《致瑪·哈克奈斯》，《馬克思恩格斯選集》第 4 卷第 462～463 頁。
〔註4〕茅盾：《現在文學家的責任是什麼》，《東方雜誌》第 17 卷第 1 期。

規模地描寫中國社會現象」的目標，力圖展現的同樣是「整個社會的歷史」。他不像一般作家那樣只從一個相對集中的角度去開拓生活（如有的側重描寫農民，有的主要表現知識分子，有的則擅長反映市民階層等等），而是把藝術的筆觸伸展得相當廣闊、遼遠：描寫的對象涉及工人、農民、資產階級、小資產階級，牽涉的生活內容有關政治、經濟、教育、戰爭、革命、反革命等各個方面，反映的歷史又幾乎囊括了整整一個時代——中國現代史的各個時期、各個階段，而且也幾乎是「逐年地」烙下了時代生活的印痕。只要把茅盾的全部中、長篇小說連貫起來作一番綜合考察，就不難發現它的巨大的歷史內容是深刻地反映了現代中國社會的歷史變遷的。因此，茅盾無疑也是一個堪稱為寫出了一代歷史的作家，他的作品就是一部宏偉的現代中國社會的「編年史」。就這一點而言，茅盾得以進入世界優秀作家之列而毫無愧色。

這裡，著重探討茅盾小說的「編年史」特點。由於著眼點是作品內容反映社會生活的「編年」性，這就不得不打亂作家的創作時序，從作品所描寫的時代生活的前後勾連中去探尋一條昭示著現代中國社會歷史發展的線索。

一、史詩，從現代史的源頭——「五四」開始

茅盾小說所展現的歷史畫面，如果從「編年史」的角度去理解，始於「五四」時期，即中國的新民主主義革命掀開了光輝的一頁以後。《虹》和《霜葉紅似二月花》這兩部長篇，就錄下了由「五四」伸展開去的一個較長時期的時代生活圖畫。這是現代中國社會的不折不扣的起點，由此顯示出茅盾的創作內容同中國現代歷史同步發展的趨向。

把藝術的表現範圍匡定在一個完全嶄新的歷史時期，而不是像魯迅那樣把筆墨延伸到辛亥革命以前，去描寫「老中國的兒女」，這是基於茅盾對文學的獨特要求。大而言之，「文藝的時代性」和「文藝的社會化」，以及由此而規定的「現代中國人生」的描寫〔註5〕，是茅盾既定的不可變更的創作原則。因此，當他力圖表現整個「現代」人生的時候，創作從「現代」的源頭——「五四」落筆，也就毫不足怪了。茅盾寫於同創作《虹》同一時間的《讀〈倪煥之〉》一文，反覆申述了「劃時代的五四運動」對現代中國社會的影響，認為沒有了「五四」，未必會有「五卅」，也未必會有大革命，「歷史是這樣命定了的」。他又慨歎於「新文學的提倡差不多成為『五四』的主要口號；然而反

〔註5〕茅盾：《讀〈倪煥之〉》，《文學周報》第8卷第20期。

映這個偉大時代的文學作品並沒有出來」，即使「最有驚人色彩」的魯迅的小說，「在攻擊傳統思想這一點上，不能不說是表現了『五四』的精神，然而並沒反映出『五四』當時及以後的刻刻在轉變著的人心」。這幾乎可以看成是茅盾寫作《虹》一類小說的直接的動因。正是「五四」的「劃時代」意義和文學「反映這個偉大時代」的切迫性，驅使他把一代歷史畫卷的第一筆落在「五四」上。這樣，由《虹》開頭的「從趙家樓的一縷火光」所燭照的新的時代生活，便構成了茅盾創作的基調；他的社會「編年史」也從一開始就觸及了時代的、歷史的本質。

　　《虹》所展現的「五四」以後中國社會的種種情狀，是有相當典型性的。同茅盾以往小說的背景一般不出以上海為中心的大都會或杭（州）嘉（興）湖（州）一帶的鄉村、城鎮不同，《虹》所選擇的社會環境卻在「西陲的『謎之國』」的四川，這是很值得注意的現象。作者寫這部小說時尚未到過四川，小說開首梅女士出川時三峽險峻風光的一段描寫，也還是在同人閒聊中，「憑詳細之耳食再加以想像」﹝註6﹞而成的。然而，這並非作者故意追險獵奇，而是對典型環境的精心選擇。像小說所描寫的成都、瀘州一類的「閉陋梗塞的地界」，無異是古老中國社會的一個縮影。我們從巴金的《家》裏領略過這樣的氛圍，即便在「五四」浪潮的衝擊下，那裡封建勢力的猖獗仍然是觸目驚心的。先於《家》近三年寫成的《虹》，選擇的背景同《家》不期然相同，明顯見出了作家的識見。濃重的封建氣息，亟待改造的社會環境，正為新舊兩種勢力的對壘提供了有聲有色的舞臺。儘管「五四」怒潮在一個月以後也捲到了「西陲」成都，學生走上了街頭，少城公園召開了抵制劣貨大會，但最初的衝擊力也不過是掀起了一陣死水微瀾。單看剪髮以後的梅女士走到街上，便有一群「像衛隊似的」人圍著看熱鬧，就足見掃蕩舊勢力之艱難了。因此，追求自由的梅女士，屈從父親的壓力，為他「卸清了積年的債務」，而把自己「賣」給商人柳遇春，走進了一個市儈氣息極濃的「柳條籠」，也正是當時所不可避免的。這實際上預示出，她此後要爭得一條解放的路，需要付出很大的代價，作出艱辛的努力。果然，當她鼓起勇氣衝出了「柳條籠」後，投入的卻是另一個更大的「柳條籠」。在治本公學特別是在瀘州師範，她見到的是一樣庸俗不堪的人物，滿嘴的「新文化」、「新政」等美麗名詞掩蓋不住他們滿肚子的男盜女娼。尤其是那個覬覦她貌美的惠師長，更使她時時陷在

﹝註6﹞茅盾：《我走過的道路（中）》第38頁，人民文學出版社1984年版。

慌亂之中。小說正是在這樣的背景上表現了青年一代鬥爭的艱巨性。當然，規模空前的五四運動對古老的中國社會畢竟是一陣劇烈的震蕩，新思潮源源不斷的衝擊更不是任何封建堤壩所能阻擋的。既然梅女士一類青年已為「五四」的一幕所震醒，此後在新思潮的不絕如縷的灌輸下，她（他）們就決不可能會安於永遠被宰割的命運。小說寫梅女士在新思潮的導引下，為外面的「新奇」世界所鼓舞，採取了不顧一切的反抗，終於左衝右突，闖出虁門，來到上海，投身到集體主義的洪流中，為自己爭取到了光明和幸福之路。梅女士的覺醒，是整整一個時代的覺醒：個人的命運聯繫著時代，人們的覺醒又同時代的主潮密切相關——這正是對「五四」時代精神的本質的把握。而這種覺醒，又是在一個時代浪潮不易衝擊到的邊陲地區呈現出來的，它所展開的背景本身就烙有古老社會的印記。這就不但顯示了「五四」新思潮的衝擊力之大，而且在整個中國古老社會的範圍內（不只是新文明最易波及的沿海大都會）表現了一個時代的脈動，小說也就具備了更大的認識一段中國社會歷史的價值。

自然，就社會發展的大致輪廓來說，一場偉大的運動可以改變一代人的命運，這原是不錯的，但實際生活卻要遠為複雜。時代的衝擊力不是一種均衡的張力，它在人們身上所起的作用是曲折微秒的。這就顯出了茅盾所強調的要表現「五四」以後「刻刻在轉變著的人心」的重要。《虹》描寫梅女士的性格有一個發展過程，細緻入微地演示了人物思想演變的軌跡，幾乎展示了一代人在「五四」潮流影響下走向革命的曲折歷程，從又一個方面顯示出它的歷史價值。小說寫梅女士在「新」字號排行的「惹眼的雜誌」面前如醉如癡的傾倒，可說是對一代青年人在突如其來的新潮流面前思索、渴望、追求的最真切的心靈寫照。最初，她對新思潮是不加分辨，一體接受的：「個人主義，人道主義，社會主義，無政府主義，各式各樣互相衝突的思想，往往同見於一本雜誌，同樣被熱心鼓吹」，她都感到新鮮，都會為此而陶醉。用這樣蕪雜的思想武器去向舊勢力抗爭，很快就表現出它的脆弱性。她曾經熱戀過的、軟弱的韋玉不思抗爭而導致悲劇性的死亡，證明了他所信奉的「托爾斯泰哲學」的破產；她的摯友徐綺君空談「易卜生主義」，也不曾為自己爭得自由、廣闊的新天地；而梅女士自己則不折不扣地跌進了「柳條的牢籠」，而且幾乎陷於難以脫身的境地。現實的教訓不得不使她整飭自己的思想，去作更堅苦的鬥爭。在瀘州期間，她變得成熟一些了，不管多麼新奇的名詞也不敢

輕易相信，但是「單獨在人海中闖」的孤寂感仍表現出尚未選準思想歸宿的難以排解的苦悶。只有到上海以後，感受到了集體主義的偉力，在革命者梁剛夫的馬克思主義的啓迪下，特別是經受了五卅運動的考驗，她才成長爲一個無畏的戰士。梅女士的成長歷程，實際上就是不斷求索眞理的過程。「五四」以後的中國的革命知識分子所走過的大體上也是這樣的歷程。從這個意義上說，《虹》描寫「五四」時代精神在促成「人心」的「刻刻轉變」，而且又是合乎社會發展規律的轉變，也是作者經過馬克思主義的分折，對一代人的精神面貌的本質反映。自然，作爲「一代」來表現，梅女士的思想演變是不算完整的。這部小說原定計劃就是要爲從「五四」到大革命的「中國近十年之壯劇，留一印痕」〔註7〕，因故沒有完成，只寫到「五卅」。然而作爲「壯劇」來看，從「五四」到「五卅」，也是一個相對獨立的階段，小說正是在一個重要的歷史階段表現了一代知識分子的心靈律動。

　　五四運動是從思想文化領域裏發端的，「知識分子是首先覺悟的成分」〔註8〕。茅盾用文學去反映這一段歷史，率先從聯繫著革命的知識階層入手，無疑是把握了歷史的本質，表明了作家站在歷史的高坡上去觀察時代的精確性。但作爲一代社會歷史的總體面貌來概括，僅此還是很不夠的。茅盾所追求的目標是反映「全般的社會機構」〔註9〕，《虹》描寫了都市的生活，那麼都市以外的鄉村、小城鎮呢？知識階層以外的其他社會階層呢？他的另一部長篇《霜葉紅似二月花》就補充了這樣的內容，使得這一段「編年史」表現出相當的完整性。

　　《霜葉紅似二月花》也是一部未完成的長篇。只要看作者原來的意圖——「打算寫從『五四』到一九二七年這一時期的政治、社會和思想的大變動」〔註10〕，就可想像出這是一部歷史性巨著。小說沒有寫完，留給人們的是「五四」以後的一段社會歷史情狀，恰恰同《虹》相映襯，豐富了這段歷史的紀實。小說所展現的生活圖畫就是來自茅盾作品所常見的江南水鄉城鎮。人們從中看到了20年代農民的貧困和愚昧，土財主的欺詐和橫行，以及小縣城裏

〔註7〕茅盾：《虹·跋》，《虹》，開明書店1930年版。
〔註8〕毛澤東：《五四運動》，《毛澤東選集》第523頁，人民出版社1969年版。
〔註9〕茅盾：《〈中國新文學大系·小說一集〉導言》，上海良友圖書印刷公司1935年版。
〔註10〕《〈霜葉紅似二月花〉新版後記》，《茅盾文集》第6卷，人民文學出版社1958年版。

的守舊勢力、土豪劣紳、破落的世家子弟、無力迴天的「新派」人物等形形色色的嘴臉。斑斕的色彩，勾畫了一個時代的輪廓；而富有地方特色的風俗畫，則活現了江南社會的風情、世態。有人稱這部作品具有「《紅樓》風韻」，恐怕正是就它對社會世相的透骨剔肌的刻畫面言的。但是，如果從反映社會歷史的本質著眼，小說的重要價值還在於描寫了同《虹》截然不同的「五四」以後的另一個側面，從而表現了社會的「全般」性。

　　從小說所展現的畫面看，這裡的確已經稍稍透露出新時代的氣息：鄉村的河道上已有輪船行駛，城裏人對出洋留學已奉為時尚，「聲光化電」也是樂於談及的新名詞……不過，總體上仍掩蓋不住舊時代所打下的深深的烙印。單從陳獨秀的名字被叫成「陳毒蠍」，這半是無知、半是嘲罵的聲調，就折射出僻遠鄉鎮對「五四」聲浪的隔膜。因此，在這樣的氛圍中，一仍舊貫必然構成社會的基本色調。在這裡，主宰一縣命脈的依然是腐朽的封建勢力、遺老遺少。那個霸佔著全縣「公益事業」大權的頭面人物趙守義，就是地主兼高利貸者。他把「善堂」視為私產，對鄉民無惡不作，生活上又腐朽不堪。他同輪船公司的總經理王伯申的矛盾衝突構成全書的情節主線，在不肯動用公款修建河道，因輪船的行駛使農田受淹的爭鬥中，他的蠻橫無理表現出封建勢力的猖獗。他最後同王伯申握手言和，蒙受損失的還是赴告無門的農民，顯出了當時社會中最黑暗的一幕。小說還描寫了企圖有所作為的「新派」人物錢良材，為鄉民的利益在縣府與頭面人物之間竭力斡旋，但始終無濟於事。故事就在他的斡旋失敗以後的悲歎聲中收束，既表現了這類人物的無能為力，也使整個作品籠罩了一層濃重的悲劇氣氛。像這樣的歷史畫面，顯然同《虹》所描寫的壯闊的革命聲勢形成鮮明的對照。然而，對同一時代裏的這種不同現象的描述，正是對當時中國社會的深入解剖。五四運動固然是一次偉大的思想解放運動，但正如毛澤東所指出的，「它的弱點，就在只限於知識分子，沒有工人農民參加」〔註11〕，它的影響力在鄉鎮就難免表現得極為微弱了。而且，光靠一次運動也不可能從根本上動搖古老中國社會的根基，「五四」落潮以後社會仍陷於愚昧和黑暗之中，這也是無法漠視的事實。即此一點而言，《霜葉紅似二月花》所展現的歷史畫面也反映了歷史的真實；也唯有在《虹》正面反映「五四」浪潮的同時，再從另外的角度去描述當時的社會情狀，方見得對這段歷史的紀實是全面的、完整的。

〔註11〕《新民主主義論》，《毛澤東選集》第 660 頁。

　　把這兩部作品聯貫起來思考，人們不難看到，茅盾注目於「五四」以後七、八年間的中國社會，力圖反映它的「全般」狀況，爲中國現代史開端的一幕留下了珍貴的藝術記錄。這的確是極重要的一筆，因爲現代中國社會的巨大歷史變動是從這裡開始的，其後的曲折複雜的歷史進程也在這裡隱伏了基因。小說眞實描寫當時的社會情狀，既是對這一段歷史的藝術再現，也預示著未來社會的發展動向。梅女士一類青年剛剛踏上革命征程，還需要經受更嚴峻的考驗；「暗陬鄉村」的生活描寫，則表明社會應當有一個更大的變動。因此，無論從哪一方面說，這類作品事實上已在呼喚另一個偉大的時代的到來了。

二、對中國革命的歷史性探索

　　是的，這樣的時代是很快就到來的。1927 年前後，在全國廣袤的土地上爆發了「震動全世界、全中國的幾次大事件」，這就是在中國現代史上作爲重要一頁來記裁的轟轟烈烈的大革命運動從掀起到失敗的「歷史的事件」〔註12〕。這一「歷史事件」的發生，當然是由《虹》和《霜葉紅似二月花》所展示的需要變動的社會歷史圖景的合乎規律的發展，而它的壯闊聲勢以及使革命在一夜之間倒在血泊中的沉痛教訓，又遠非「五四」一幕所能比擬。這是一齣偉大的悲壯劇，既往的歷史未有表現得如此深刻而嚴峻的；這是歷史進入又一個時代的表徵，時代呈現出更紛繁的色彩。茅盾用中、長篇小說寫出現代中國社會的「編年史」，自然不會放過這一重要歷史時期的記述，而他對這一段史實的特別關注，則決定著他必然會花費更多的筆墨，以更深沉的筆調去描繪它。

　　在茅盾的作品中，錄述了大革命「壯劇」的精彩之作，是由《幻滅》、《動搖》、《追求》所組成的《蝕》三部曲。就寫作時序來說，這部作品先於《虹》和《霜葉紅似二月花》，而反映的歷史畫面則顯然是後者的延伸和發展。小說在更大的社會背景上描寫了「五卅」運動以後大革命高潮的到來，描寫了這一幕「壯劇」的磅礴氣勢以及社會各階層人們對待這場革命的種種思想狀貌。在《虹》裏看到的革命者、小資產階級知識分子，到這時自然又會有新的表現，《霜葉紅似二月花》所見的灰暗的江南農村，在這裡則實實在在已一變而爲「兩湖」的聲勢浩大的農運場面了。畫面的連續性，反映了歷史的連續性。

〔註12〕茅盾：《我的回顧》，《茅盾自選集》，上海天馬書店 1933 年版。

今天把這些作品聯貫起來讀，可以看到社會變動的來龍去脈。然而茅盾當年寫連續性的歷史畫面時卻是從眼前的生活寫起的。如果從「編年史」的角度去理解，採用的該是「倒敘法」，從這裡正反映出作家對這段史實的高度重視。

應當說，這是由特定的社會生活爲基礎的。比起「五四」來，茅盾對大革命生活的體味更爲深切，原因是當時他一度成爲職業的社會活動家，身處這場革命的漩渦中心。因此，即使在做實際革命工作的時候，他便爲「一大洪爐，一大漩渦」所感奮，有「文思泉湧」段的衝動，躍躍欲試，計劃了小說的「第一次大綱」。〔註 13〕這樣，當大革命失敗，他帶著這個「熱身」題材專力小說創作時，就具有爲一般作家所無法具有的優越條件。這是一個親歷了戰鬥的戰士眼中的現實社會的生動記錄，剛剛逝去的一場大革命被逼眞地再現在藝術的畫面中。在《幻滅》裏，青年學生爲大革命盛況所鼓動起來的亢奮情緒，許多人投筆從戎奔赴前線的動人情景，都是《虹》那個時代裏的知識分子所不曾有過的；小說描寫第二次北伐誓師大會的宏偉場面，那悲壯的軍樂，獵獵作響的萬千旗幟，轟雷般的掌聲、口號聲，把人帶進了那個如火如荼的年代。特別是《動搖》，在一個小縣城及其四鄉的範圍內，描述了大革命高潮的全過程，使人們看到了邁著「堂堂步武」的農民自衛軍形象，看到了農會、店員工會和童子團同反動勢力所展開的聲勢浩大的鬥爭，也看到了投機分子、反革命者始而把農運引向歧途，繼而又借機實行瘋狂反撲的骯髒的醜劇。這眞是一幅散發著時代氣息與熱力的現實生活圖景，藝術表現同時代生活是如此貼近，歷史畫面被描繪得如此精細，眞令人歎爲觀止。難怪當時有人在讀了小說以後寫道：「擱下了書，垂目回味書中的情味；而一年內我所經歷的往事電影般一幕一幕地反映到我的腦筋裏來……我不由得對於《幻滅》的作者起了一片感謝之心；爲的是他把我所欲表現的很精細的強有力地表現了，把我所欲說的話而自己不會說的說出來了」〔註 14〕。其實，何止這位讀者，即使在幾十年後，人們仍然要感謝茅盾「強有力」的藝術表現。因爲直接反映這場大革命的作品，不僅在當時可謂空谷足音，就是在以後也是寥若晨星，直成爲一段歷史的珍貴記錄。

然而，在中國現代史上，1927 年的大革命是一個相當特殊的例證。它是以極其複雜的形式展開的，猝然到來的革命高潮和倏忽之間的慘痛失敗，都

〔註 13〕茅盾：《幾句舊話》，《創作的經驗》，上海天馬書店 1933 年版。
〔註 14〕張眠月：《〈幻滅〉的時代描寫》，《茅盾評傳》（伏志英編）。

曾給人以迷離莫辨之感。如何透過複雜的現象，去探究它的內在本質，爲未來的革命提供寶貴的經驗教訓，既是至關重要的，也是一項十分艱巨的工作。茅盾帶著剛剛參加過大革命的新鮮經驗，去回味、思索這場革命，當然不會滿足於一般地記錄它的歷史內容，其中必然會飽含著他對革命的深沉的思考。這種思考，在表現革命的「某些本質方面」，閃現出作家的思想的光芒。三部曲中最值得珍視的《動搖》，展示了革命的全過程，正是土豪劣紳、國民黨右派胡國光一夥，成爲絞殺這場革命的元兇大憝；而號稱「左派」的方羅蘭們卻「無往而不動搖」，使反革命勢力得售其奸，就是對革命失敗原因的有益探索。三部曲側重描寫「落伍」的小資產階級，讓他們經受一場革命的嚴峻考驗，使弱點暴露無遺──革命高潮到來時的狂熱和失敗以後的極度幻滅。這種把人物置於兩個極端的描寫，對小資產階級知識分子本質特徵（如易於衝動，情緒大起大落等）的概括是精到的，而從提供了革命的教訓來說也是觸及了本質的。「徒有熱情而不很明瞭革命意義的小資產階級知識分子，他們沒有正確的認識，所以他們所追求者，都是歧途」〔註 15〕──這應當說也是歷史性的結論。因此，這部小說儘管只是從知識分子角度去反映一場大革命，但由於這是「忠實的時代描寫」〔註 16〕，表現了作家可貴的探索描神，它既是歷史的記錄，也爲歷史提供了有益的東西。

同樣必須看到的是，這畢竟是一個剛從戰場上下來的戰士對剛剛逝去的革命的思考，由於事件本身的複雜性，史實又未經時間的積澱，對這段歷史的把握要做到毫無疏漏也是不可能的。在《蝕》三部曲中，同鮮明的時代感俱來的則是表現的局促感，反映了作家來不及深思熟慮的一面：對突然失敗的革命表現了太多的沉痛和悲傷，對一時找不到應走的路也有某種焦灼和悵惘。這裡既有作家自身的思想弱點，也有時代的某種局限。小說描寫的是一場悲壯劇，不能要求作品非有高亢的調子不可，因此一概批評它「色調低沉」，似不公允。問題在於低回在作品之中的作家自身的情緒。如果依照茅盾自己所說的，《幻滅》和《動搖》都是客觀描寫，「《追求》中間卻有我最近的──便是作這篇小說的那一段時間──思想和情緒」〔註 17〕，那就是難以推諉的過失了。在《追求》裏，所有人物的「追求」都是失敗的，連史循的自殺「追

〔註15〕茅盾：《讀〈倪煥之〉》。
〔註16〕茅盾：《從牯嶺到東京》，《小說月報》第 19 卷第 10 期。
〔註17〕茅盾：《從牯嶺到東京》，《小說月報》第 19 卷第 10 期。

求」也失敗了，這種籠罩著求生不得、求死不能的悲涼氣氛，畢竟給人以太多的壓抑之感。就當時的境遇看，「不很明瞭革命意義」的小資產階級不會有理想的追求，或許也是一種「客觀描寫」罷，然而經作家的情緒選擇，獨獨以濃重的筆墨去渲染這樣的悲涼結局，而且又是在一場革命的背景下去表現，就不能不說是表現了作家一時之間對革命前景的迷茫。大革命是失敗了，在寫作途中又不時傳來盲動主義四處「碰壁」的消息，今後的革命應是怎樣的搞法，他是茫然的。流露某種失望的情緒，也正是這種茫然的反映。

值得注意的是，茅盾本人對《蝕》的弱點是看得清楚的，而且，始終在設法「補救」之中。要對一段社會歷史面貌作出全面的、本質的反映，他感到僅有《蝕》是不夠的。隨著時間的流逝，革命在失敗中繼起的現實，又催動他去寫出這段歷史中色調鮮亮的一面。30 年代初，他寫了《大澤鄉》等三個歷史題材的短篇小說，正面歌頌農民的造反鬥爭，同井岡山的革命鬥爭相呼應。這只是一種嘗試，而描寫現實革命鬥爭題材的作品，則是中篇小說《路》和《三人行》。茅盾說，《三人行》是「打算補救這過去的錯誤這樣的動機之下，有意地寫作的」〔註18〕。《路》的背景是大革命失敗後「革命經過短時間的低潮而聲勢又復大振的時期」，表現「當時中國青年是嚇不倒的，他們苦心探求自己的出路與革命的道路」。〔註19〕這說明，這兩個作品同《蝕》有某種聯繫，反映的是同一時代生活的不同側面。因此，考察茅盾寫出的這段「編年史」，就不可不注意這兩個作品。

對《路》和《三人行》，歷來評價不高。原因是作品寫了作者並不熟悉的學校生活，顯得故事不真實，人物概念化。這缺點是無可否認的，但應當引起注意的是：這兩個作品是作家沿著《蝕》的思路在繼續探索知識分子對革命的態度，選取學校生活題材原就不是無因的，它們既然是對《蝕》的「補救」，對革命的再探索，那麼即使作品還缺少藝術感染力，連接著《蝕》的思想底蘊卻是不容忽視的。只要稍作比較即可發現，這兩個作品的思想基調是在《蝕》的基礎上大大前進。首先，《蝕》裏的那種灰暗色調在這裡已一掃而光。《三人行》寫了虛無主義者惠，在「旋風似的大變動的世界」裏無所適從，以至痛苦得發了狂；寫了堂吉訶德式的俠義之士許，愛打抱不平而赤手空拳同惡勢力鬥，結果被惡霸陸麻子所殺。小說雖也寫了社會的黑暗，卻並

〔註18〕《〈茅盾選集〉自序》，《茅盾選集》，開明書店 1952 年版。
〔註19〕《〈路〉法文版序》，《茅盾全集》第 2 卷，人民文學出版社 1984 年版。

不使人感到窒息，雖也寫了鬥爭的失敗，卻並不令人氣餒，因為作者是從批判的眼光來看待這些行為的，否定了應該否定的東西，其他革命者的意識是清醒的。那個實際主義者雲，被地主黃胖子搞得傾家蕩產，仍堅持鬥爭；老成練達的革命者柯，處變不驚，更閃耀著理想的光芒。《路》寫國民黨政權下的大學教育的腐敗，學生兩次反抗都失敗了，但激起的是更大的憤恨，原是屬於所謂「士大夫階級」子弟的火薪傳，還在黨的地下工作者雷和杜若的引導下，走上了革命的道路。這同《追求》裏那一群彷徨於無地的頹廢青年形成鮮明的對照。其次，表現在對革命前景的認識上。如果說，在寫《蝕》時作者還來不及對未來的革命作進一步的思考，甚至對前途還有些悲觀，那麼，到寫《路》和《三人行》時，正在繼起的革命就給了作者很大的鼓舞了。《三人行》的後半段在「全中國在咆哮了」的背景下展開，「九‧一八」的炮火震醒了青年，上街遊行，到南京請願，滙成了不可阻遏的怒潮；雲從自己的苦痛教訓中已認準了應該走的路，他的決絕的態度是「我們的生活不能向回頭走」，這已暗示他踏上革命之路了；特別是《路》，寫作意圖就是探索青年「自己的出路」，對革命前景的揭示就更明確。主人公火薪傳經過兩次失敗，經驗豐富了，也更成熟了，決心要以更健全的方式進行鬥爭。小說結尾時他向杜若表示：「第一次風潮後，我是消極、悲觀；這次，我是發狂，拼命。都不對，我知道了。要堅韌。不消極，也不發狂。持久戰！」這完全可以看成是作者對存留在《蝕》中的消極、悲觀思想的清算，也表明他對未來的革命作「持久戰」的認識也更清醒了。小說寫的是學生運動，但學生的罷課卻聯繫著社會背景。據作者解釋，火薪傳的名字取自《莊子‧養生主》：「指窮於為薪，火傳也，不知其盡也」。這「暗示了革命之火已燃燒到工農群眾，工農殺不盡，最後勝利是必然的」〔註20〕，那麼作品就預示了更為喜人的革命前景了。這樣，連接著《蝕》的畫面，「補救」了前此的弊病，茅盾的作品反映大革命掀起、失敗到革命的火種仍在燃燒的這段社會歷史，就不但完整，也表現出相當的深刻性了。

三、刻繪「立體式」的社會結構圖

在《路》和《三人行》裏，茅盾中、長篇小說所記錄的歷史內容，已延伸到 30 年代初期的社會生活了。作為一段革命史的發展看，從 1927 年大革

〔註20〕《〈路〉法文版序》。

命失敗寫到 30 年代初期的革命再度高漲，表現出一個階段的完整性。然而，在社會歷史發展的長河裏，30 年代卻是一個特別值得記述的年代。在這個時代，一方面是革命力量的不斷深入，給中國帶來了光明和希望；另一方面，隨著國民黨反動政府的愈益腐敗，再加上帝國主義的政治、經濟入侵，尤其是「九·一八」以後日本帝國主義的軍事侵略，使社會陷入空前的黑暗之中。這是階級矛盾、民族矛盾空前激烈的年代，是光明同黑暗、正義同反動殊死搏鬥的年代。作為一個社會「編年史」作家，茅盾當然會特別注視這個年代。《路》和《三人行》側重的是革命前景的探索，對時代生活的描寫只匆匆掠下了幾個側影，他還必須寫出更全面反映這一段社會歷史面貌的巨構。於是，舉世矚目的長篇巨著《子夜》，以及聯繫著《子夜》畫面的中篇《多角關係》、《少年印刷工》等，就應運而生。它們與同樣記述這一段歷史的著名短篇小說《林家鋪子》、《春蠶》等，滙成了 30 年代時代生活的一支雄壯的「交響曲」。

對這一段社會歷史的描寫，茅盾曾經透露過一種「野心」——「有了大規模地描寫中國社會現象的企圖」〔註21〕。這「野心」，根源於他對這一段歷史的高度重視，也根源於他的更其雄厚的生活積累和思想上、藝術上的愈益成熟。如果說，前此的歷史描寫還受著明顯的「視角」限制，生活內容多半偏於知識分子一隅，那麼，到寫 30 年代時代生活的作品時，他已從過著「蟄居」生活的「三層樓」上走下來，「探頭」到「自己的生活圈子以外」，廣泛接觸社會各階層，創作視野大大開闊了。另一點不容忽視的，是作家的銳意進取的精神：過去「寫慣了小資產階級知識分子，現在也有意想換一換口味；或者說，想從自己所造成的殼子裏鑽出來」〔註22〕；這就決定著他對這段歷史的描寫，必將在更大的規模和氣勢上展開，也必將突破過去的「殼子」顯示出前所未有的歷史深刻性。事實已經證明，茅盾所描繪的 30 年代的時代生活圖畫，是他的現代中國社會「編年史」中最精彩的一章。

這種深刻性，首先表現在歷史畫面的宏闊上。異於描寫「五四」社會和大革命生活的作品所反映的生活面的褊狹（或者因作品未完成表現出局促感，如《霜葉紅似二月花》），在《子夜》和《多角關係》等作品中，茅盾寫出的是錯綜複雜的「多角」關係網，立體式的社會結構圖，顯示出完全不同的景象。《子夜》描寫的工廠、農村、交易所的「三部交響曲」，展現了政治、

〔註21〕《〈子夜〉後記》，《子夜》，開明書店 1932 年版。
〔註22〕茅盾：《我走過的道路（中）》第 125 頁。

經濟、軍事、工商界、金融界、企業界、知識界等種種複雜情狀，實際就是「1930 年」式的中國社會的一個縮影；《多角關係》以資本家唐子嘉的「人欠」和「欠人」的債務關係爲線索，牽連著欠他地租、房租和向他借款的農民、工人、市民和小店鋪，也牽連著他爲經營綢廠、當鋪等虧損而「欠人」的銀行、錢莊、交易所經紀人等，在一個複雜的「多角關係」中，展現了社會的光怪陸離色彩。這種一部作品就是一個社會的描寫，固然反映了中、長篇小說能多層次、多側面地描寫社會生活的特長，然而茅盾更多考慮的卻是小說的「社會化」要求和從「社會化」出發的反映生活面的廣闊性追求。高爾基曾經指出，文學是「時代生活和情緒的歷史」，因此，「關於它所包括的現實究竟廣闊到什麼程度的問題，是可以提出來的」（重點號爲引者所加）。〔註 23〕茅盾既然抱有「大規模」描寫的「企圖」，要寫出的既然也是一個時代的社會歷史，那麼，注目於反映現實的廣闊性，也是勢所必然。通常的長篇小說，從一個角度去開拓生活，也多少能夠反映出社會生活的某些本質方面。就《子夜》而論，如果單寫吳蓀甫同趙伯韜拼搏的一條線索，也可以揭示出一個民族資本家在那個社會裏必然破產的歷史命運。但茅盾的「野心」是要解剖全般社會，不以表現民族資本家生活的一隅爲目的。他的藝術追求的確有與眾不同處。在他看來，一個作品的「深刻」程度，「要看它暗示的幅射有多少廣闊，要看它透視的深度有多少深遠」〔註 24〕。他強調的是作品的「幅射面」和「透視面」。因此，不離開作品主旨所要求的規定情景，又盡可能加大生活容量，從四面八方「幅射」開去，展示出社會變動的「全般」狀況，就構成《子夜》、《多角關係》一類作品的顯著特點。於是，雙橋鎮的農民暴動、裕華絲織廠的工人罷工，也被納入《子夜》的形象圖畫中，身處市鎮的資本家唐子嘉，也同迢遠的鄉村有了砍不斷的「關係」。這類描寫，牽動了社會結構中兩個最主要的部類——工廠和農村，使整個社會大局都活動了起來。其中，還有《子夜》裏的各色「新《儒林外史》」式的人物，在農民身上已榨不出油水而跑到上海做投機生意的各類地主，以及在「冒險家樂園」所常見的以出賣色相謀生的社會渣滓等，無不從各自的側面活現了社會的世相。就是《多角關係》中那位唐老闆的少爺，玩弄乃父的「債權人」李惠康的女兒，使得唐老闆又多了一層「債務」，以致雙方鬧得不可開交，這戲劇性的情節何嘗不

〔註 23〕《論文學》，《文學論文選》第 91 頁，人民文學出版社 1958 年版。
〔註 24〕《有意爲之——談如何收集題材》，《新文學連叢》之一《孟夏集》。

加濃了生活的色彩，揭露了社會不可挽救地敗落下去的命運。透過這些形象的畫面，人們能夠感受到描寫主體對象（如民族資產階級）的深刻性，同樣也感受到了反映廣闊社會生活的深刻性。有人稱《子夜》是一部描寫30年代生活的「百科全書」，指的正是此。這種「由一角而幾幾及於全面」，或者，「自平面而進於立體」的描寫，〔註25〕正顯示出茅盾作品反映這一段社會歷史的磅礴氣勢。

再深入一個層次去探索：茅盾寫出立體式的社會結構圖，對於揭示歷史本質有什麼意義？作家的考慮是否包含有更深刻的東西？肯定有的，也不難發現——這就是對30年代中國社會性質的精闢分析。關於《子夜》的創作動機，茅盾說是意在參加一場社會性質的大論戰；《多角關係》寫的也是民族資產階級破產的命運，不妨看成是《子夜》的續篇，當然也含有分析社會的意蘊。如果再把《少年印刷工》和反映同一社會生活的諸多短篇連貫起來，那麼，茅盾在廣闊的生活畫面上去揭示當時社會的性質，進而探察到社會變動的歷史必然性，就得到明晰的體現。在這類作品裏，立體式的社會結構圖正顯示出社會變動的多層次性，而多層次的社會變動又都受制於一個魔影——社會的半殖民地、半封建性質，真是牽一髮而動全身。在《子夜》裏，吳蓀甫的破產，是由於帝國主義的附庸趙伯韜「卡住了他的脖子」，由於國內階級矛盾的尖銳——工廠罷工、農村暴動危及了他的切身利益，由於政治腐敗、軍閥混戰，使他鑽到公債市場裏而不能自拔。在《多角關係》裏，擁資幾十萬的唐子嘉到年關還要外出躲債，也由於洋貨入侵，產品滯銷，田地少收，穀賤傷農，使得他「有了田收不到租米，造了市房收不到房租」，開了綢廠，產品堆積起來像一座山，「壓到他身上來，活埋了他」。就連《少年印刷工》也聯繫著上述圖景，由於工廠倒閉，父親失業，十幾歲的少年趙元生只得當童工謀生，而童工作為廉價勞動力被欺壓，又從一個側面反映了社會的弊端。還有短篇小說裏用力描述的林老闆一類市鎮小商人的破產，老通寶式的農民豐收成災……把這些彙集起來，就是劇變中的30年代現實社會的全景。這一幅幅圖景，雖各自獨立，又互相牽連，各類人物面貌有別、性格各異，但命運大致相同，都同破產社會緊緊相連、息息相關。因為它們共同為社會的本質特徵所規定、所制約，都印證著、說明著茅盾當年分析社會性質所得出的結論：「中國並沒有走向資本主義發展的道路，中國在帝國主義的壓迫下，是

〔註25〕茅盾：《回顧》，1945年6月24日重慶《新華日報》。

更加殖民地化了」〔註26〕。這一結論經受了幾十年歷史的檢驗而不失光彩，正表明作家分析社會的精確性；他的敘寫這一段社會歷史的作品，也正因對歷史本質的正確把握而取得了前所未有的成就。

特別值得提出的是，茅盾用文學去寫出30年代的社會歷史，能做到正確把握歷史，還在於他對社會經濟問題的高度重視，他的小說從經濟結構圖上去演示整個社會結構的變化，從而顯示出社會分析的精闢性。恩格斯說，以往的全部歷史，「一句話，都是自己時代的經濟關係的產物；因而每一時代的社會經濟結構形成現實基礎⋯⋯全部上層建築，歸根到底都是應由這個基礎來說明的」〔註27〕。因此，從經濟結構圖上是最易看出社會現實狀況的，時代的變動、社會的性質也只有通過它的複雜關係才能得到正確的說明。在中國現代作家中，像茅盾那樣在描寫一段社會歷史時對社會的經濟研究有極濃厚的興趣，恐怕並不爲多。據茅盾自述，他在創作《子夜》前，曾作過大量的經濟調查，以致在一段時間裏，跑交易所看人家「發狂地做空頭」，接觸並體察各類企業家到處「奔走拉股子，想辦什麼廠」，成爲一種「日常課程」。〔註28〕創作構思時也是從經濟研究「入手」的，他要「給以形象的表現」的重大問題是「世界經濟恐慌」在中國引起的連鎖反應，由「經濟鬥爭很快轉變爲政治的鬥爭」的種種情狀。〔註29〕這樣，側重描畫經濟結構圖，在創作中便體現得很明顯。《子夜》和後來的《多角關係》等，從嚴格意義上說是屬於經濟題材作品。作家著眼的是描寫立體式的社會結構圖，然而入手解剖的卻是社會的經濟結構圖。在這類作品裏，構成全書主要線索的是複雜的經濟關係。《子夜》描寫吳蓀甫破產出走，給他以毀滅性打擊的，並不是工廠罷工、農村暴動，而是公債市場上的投機失敗。這一事件本身就聯繫著「世界經濟恐慌」，正因外資入侵，發展民族工業資金短缺，他才一再在公債市場上冒險，終於弄到不可收拾的地步。作品描寫三條線索——工廠、農村、交易所，而以交易所爲主線，正表明作家從經濟問題上引起的「連鎖反應」去表現整個社會劇烈變動的意向。同樣的情況也反映在《多角關係》裏，那也是一個任什麼力量都解不開的經濟糾紛的紐結。複雜的債務關係本身就是經濟問題，而債務的戲劇性衍化，更使經濟利益成爲一個同社會、同人們刻刻相關的問

〔註26〕《〈子夜〉是怎樣寫成的》，1939年6月1日《新疆日報》。
〔註27〕《社會主義從空想到科學的發展》，《馬克思恩格斯選集》第3卷第423頁。
〔註28〕茅盾：《我的回顧》。
〔註29〕茅盾：《〈子夜〉是怎樣寫成的》。

題。最有意思的是小説描寫唐子嘉向工人黃阿祥催討房租，黃阿祥無力償付，只得拿著幾匹被唐老闆「遣散」而當作工資支付的綢緞去抵押，而這種綢緞在唐老闆廠裏堆得像座山，當然不願接受，於是雙方又鬧得不可開交。工人欠了老闆的房租；老闆又欠了工人的工資，這樣的「人欠」和「欠人」，當然是作家的巧妙的安排，但對於表現經濟問題在各階層引起的恐慌卻是再也深刻不過了。由於從經濟關係入手，茅盾描寫了受到半殖民地經濟深刻影響的民族資本家以及相關的人們的命運，由此引起的社會變動也得以形象的表現。資本家為掙扎自保，加緊了對工人、農民的剝削，這又必然激起反抗，於是經濟鬥爭就轉化為政治鬥爭。《子夜》寫了具體的鬥爭，《多角關係》也暗示了這樣的必然結果。唐子嘉向農民逼繳地租，農民的回答是：「只有一條命，要——就來拿！」倘若逼得緊了，這一類被老闆稱之為「亡命之徒」的人也要鋌而走險的。茅盾描寫經濟關係，著眼點是表現由經濟基礎決定的整個上層建築變動的狀況，使歷史本質的揭示更其令人信服。在反映這一歷史時期的作品裏，茅盾描寫的公債市場、金貴銀賤、廠經跌落、銀根吃緊等等經濟問題，表現出一個作家所少有的對經濟研究之深，所涉及的問題對於理解、研究中國 30 年代經濟史大有助益。更重要的是，作家還通過經濟去研究政治，研究社會，完成了對一段歷史的本質把握——這，就是茅盾小説反映30 年代時代生活具有歷史深刻性的重要原因之所在。如此深入的社會經濟、政治研究，不獨為別的作家所無法企及，在茅盾的全部創作中也是絕無僅有的，這就使得他寫出的這段社會「編年史」有了極可珍視的價值。

四、敘寫「大時代」的宏偉詩篇

由 30 年代殖民地化愈益加深的社會現實延伸開去，就到了日本帝國主義企圖把中國淪為殖民地的大舉軍事入侵了。中國現代史又掀開了新的重要的一頁，這就是由蘆溝橋槍聲揭開序幕的偉大的民族解放戰爭的一頁。這一頁以與前大不相同的壯烈場景展開，既記載著中華民族蒙受的空前浩劫，也記載著這個民族不可摧毀的意志和力量，為作家藝術家提供了發揮充分表現力的歷史內容。茅盾的中、長篇小説為中國現代史「編年」，也必然記載著這歷史的重要的一頁。

這是一個很少為人們所注意的現象：就篇幅而論，在茅盾的所有創作中，反映抗戰生活的作品數量是最多的。總計有五部長、中篇小説，它們是：《第一階段的故事》、《走上崗位》、《鍛鍊》、《腐蝕》和《劫後拾遺》。數量之多，

正說明作家傾注了巨大的熱情來描述這一段史實，他要記錄的不僅是歷史的某個側面，而是一個時期的完整的歷史內容。在寫《第一階段的故事》時，茅盾就有過「雄心勃勃」的計劃，「打算在我力所能及的廣闊畫面上」去反映抗戰初期的「最典型的人物事態」。〔註30〕到寫《鍛鍊》時，計劃就更龐大了，準備寫「五部連貫的小說」，「企圖把從抗戰開始至『慘勝』前後的八年中的重大政治、經濟、民主與反民主、特務活動與反特務鬥爭等等，作個全面的描寫」。〔註31〕這些計劃雖然並沒有全部實現，但從已經寫出的五部作品看，抗戰的全貌已概略可見。它們不失爲一個時期歷史的珍貴記錄。

爲抗戰初期激昂的民心所鼓舞，茅盾的作品以反映抗戰第一階段的篇章爲最多。這顯然是熱血沸騰的生活激發了作家的創作力。茅盾在當時就指出：「中華民族正以血以肉創作空前的『史詩』，大時代的鼓手……活躍於今日文藝界就正是極合理的事」〔註32〕。他還指出，作家立即投入抗戰描寫「是十二分必要的」，因爲「我們是處在一個不容許我們從容準備好了再來幹的時代，我們一方面固然必須隨時地刻苦學習，刻苦教育自己，把自己準備得更充分起來，但另一方面我們也不能不同時工作以應客觀的要求」〔註33〕。基於這樣的認識，不是「從容準備好了」再寫，而是迅捷地反映突變中的大時代，便成爲茅盾創作抗戰題材作品的確定不移的目標。「八・一三」上海抗戰不久，他就以全副精力投入反映抗戰的散文、雜文寫作，1938年4月即開始創作長篇《第一階段的故事》。如果再加上後來所寫的《走上崗位》和《鍛鍊》，抗戰最初階段的生氣勃勃的場面就有了歷史的描繪。

在這類作品裏，茅盾側重表現的是抗戰初期民氣激昂的一面。《第一階段的故事》寫「八・一三」前後八十多天中的上海戰爭情況，場面集中於上海一隅。《走上崗位》和《鍛鍊》情節大致相同，可視爲同一部作品，作者是在考慮寫出多部長篇以「全面描寫」抗戰生活時，才由《走上崗位》的內容補充、生發而寫成《鍛鍊》的。然而《鍛鍊》仍只是多部中的第一部，所寫的也是抗戰「第一階段的故爭」，不過畫面稍有加大，除了主要寫上海戰爭外，還寫到滬杭線上一個後方鄉鎮的戰時景象。讀這些作品，人們強烈感受到的

〔註30〕　《〈第一階段的故事〉新版的後記》，《茅盾文集》第4卷，人民文學出版社1958年版。
〔註31〕　《〈鍛鍊〉小序》，《鍛鍊》，文化藝術出版社1981年版。
〔註32〕　《這時代的詩歌》，1938年1月26日《救亡日報》。
〔註33〕　《展開我們的文藝戰線》，1937年9月13日《救亡日報》。

是中國人民不願做亡國奴而投入血火洗禮的熱烈氣氛。這些小說都沒有直接描寫前方戰場，只把前線將士的浴血奮戰作爲背景展開，而以大量的筆墨描述上海各階層人民踴躍支前的動人場面。在一個「怒吼」的「大上海」中，幾乎所有的人都動員起來了，有錢的出錢，有力的出力，民族資本家不惜捐贈鉅款、車輛，報效前方，知識分子階層的生活關係也在起變化，有的已經投筆從戎，走上了戰場。在《走上崗位》和《鍛鍊》中，工人階級也已登場，他們積極準備工廠內遷，冒著敵機轟炸的危險拆卸機器，裝船押運內地，以積蓄工業力量，同敵人作持久戰。這三部小說都詳細描寫了難民收容所，既揭露了侵略者使得上海三十五萬難民無家可歸的兇殘暴行，也表現了同胞們面對危難困境互相救助，顯示出不可屈服的意志和力量。茅盾所寫的儘管只是上海一地，但從上海看全國，我國人民在抗戰初期被侵略暴行所激怒了的凜凜氣概和勇敢投入戰鬥的大無畏精神，還是得到較充分反映的。這是現實鬥爭場景的眞切寫照，用長篇小說的形式及時地錄下這段歷史的眞迹在現代文學史上是極少見的，不消說，茅盾的這些作品也有其獨特的意義。

自然，茅盾在敘寫抗戰初期的歷史內容時，並不以僅寫戰時生活爲滿足，而是包含他對戰爭、對時局的深沉思考。在那時茅盾就談到，「自抗戰以來」，擺在人們面前的「極迫切的問題」，是「怎樣抗戰到底的中心問題」。〔註 34〕這的確是個極嚴峻的問題。國民黨的畏敵如虎、消極抗戰，國內相當一部分人的猶豫彷徨，乃至悲觀失望，漢奸的乘機破壞、猖獗活動，都使得「怎樣抗戰到底」成爲一個亟待引起人們警覺的問題。茅盾的小說在表現抗戰生活壯烈一面的同時，也用心探索著「怎樣抗戰到底」的問題。《第一階段的故事》原題《何去何從》，後來又改題《你往哪裏跑》，其用意是很明確的。誠如茅盾所說，「因爲，一九三七年後，這個『何去何從』的問題不但關係到我們國家民族的命運，也關係到每個中國人的命運」〔註 35〕，他要求人們在這個命運攸關的問題上作出自己的抉擇。小說描寫在「大時代降臨」以後，既有義無返顧地支持前線的愛國者，也有在戰爭間隙仍不忘尋歡作樂的「冷血動物」；在難民收容所裏，既有熱心慰勞、捐助難民的同胞，也有不顧難民生活、健康，只知「彈壓」難民「騷亂」的所謂政府「屬員」。由此，展示了人們不同的精神面貌。作家從鮮明的褒貶態度中，告訴人們應當選擇的是何者。小

〔註 34〕《「抗戰文藝展望」之發端》，《抗戰三日刊》1938 年 2 月 13 日。
〔註 35〕《〈第一階段的故事〉新版的後記》。

說以更多的筆墨描寫了知識分子在「大時代」裏的「何去何從」問題，批判了那種不關心民族痛癢的小姐、少爺，讚頌了那些勇敢投身到抗戰洪流中去的先進分子。特別是小說結尾，已寫到民族資本家何耀先的兒子何家祥，背叛自己的家庭，選擇了正確的道路──到陝北去，象徵著當時青年知識分子中間的覺悟分子已認識到唯有中國共產黨領導的隊伍，才能堅持抗戰到底。這是對「何去何從」問題的正確揭示。《走上崗位》和《鍛鍊》也有同樣的探索。上海戰爭後，在工廠遷、留問題上，民族資本家嚴仲平同他的兄弟嚴伯謙發生分歧。身為政府「大員」的嚴伯謙，其實已充當了漢奸的角色，當然竭力反對工廠內遷，企圖把它留給日本人，嚴仲平良心未泯滅，在工人和有愛國心的工程師的敦促、支持下，終於決定內遷。一遷一留，兩種截然相反的做法也正好說明了對待抗戰的兩種不同態度。在這裡，茅盾同樣提出了去從問題，並以形象的畫面演示了抗戰不可逆轉的趨勢，即使今天讀來仍會感覺到作家描述那一段歷史時是把握了社會前進方向的。

　　寫完抗戰「第一階段」後，隨著戰爭的進程，茅盾還打算寫出「保衛大武漢之戰」、「中原戰爭」、「湘桂戰爭」乃至「國民黨與日本圖謀妥協，民主運動之高漲，進攻陝甘寧邊區之嘗試」等歷史性場面。〔註 36〕然而，他卻力不從心。原因是他過著顛沛流離的生活，沒有充裕的時間和精力，更重要的是沒有親歷戰爭生活，「生活經驗還不足以寫那樣大的題目」〔註 37〕。不過，這絲毫不意味著他消減了繼續去寫抗戰作品的「雄心」。所不同的是，他把藝術的筆觸移到了自己稍稍熟悉的一面，這就是以暴露為主的一面。「抗戰的現實是光明與黑暗的交錯，──一方面有血淋淋的英勇的鬥爭，同時另一方面又有荒淫無恥，自私卑劣」〔註 38〕，因此，茅盾清醒地意識到，要反映出抗戰的全貌，就既「要表現新時代曙光的典型人物，也要暴露正在那裡作最後掙扎的舊時代的渣滓」〔註 39〕。從這種意識出發，茅盾寫出了在藝術成就上僅遜於《子夜》的暴露作品《腐蝕》，專力鞭苔阻礙抗戰進程的腐朽的東西。它同反映前線抗戰的「血淋淋的英勇鬥爭」相映襯，從兩個側面完整地描繪了抗戰生活的歷史畫卷。

〔註 36〕《〈鍛鍊〉小序》。
〔註 37〕《〈第一階段的故事〉新版的後記》。
〔註 38〕茅盾：《論加強批評工作》，《抗戰文藝》第 2 卷第 1 期。
〔註 39〕茅盾：《八月的感想》，《文藝陣地》第 1 卷第 9 期。

《腐蝕》的意蘊其實是超出了抗戰的。它所集中揭露的是淵源很深，其後仍爲害甚烈的國民黨罪惡的特務統治，本身就是一部歷史性巨著。不過，它的故事是在抗戰的背景下展開，主要暴露的仍是國民黨在抗戰中的劣迹，對於認識抗戰歷史的陰暗的一面具有不容忽視的意義。小說描寫民族革命戰爭受阻的最引入注目的重大事件，是國民黨頑固派發動的震驚中外的「皖南事變」。作品透過對「狐鬼世界」的描寫，用大量的事實展現了汪僞特務在蔣管區自由出入，「工作順利」，陳胖、周經理等國民黨的黨國要員在「義憤塡胸的高唱愛國」的背後，同松生、舜英等汪僞特務頻頻交往，坐地分贜，計劃著「分久必合」的賣國陰謀，從而以單刀直入的氣勢切開了危害抗戰的「毒瘤」，使一切反動派的陰謀大白於天下，眞有振聾發聵的意義。作品對見不得人的特務活動的解剖，去挑開國民黨蓄謀已久的以發動「皖南事變」爲中心的第二次反共高潮的內幕，更爲精到，它以巧妙的筆墨渲染了在「事變」兩個多月以前就險象叢生、殺機四伏的氣氛：特務機關早就得到了「消滅『異黨』的武力，這次已經下了決心，而且軍事部署十分周密，勝利一定有把握」的指示，隨後又是種種陰謀的布置。這就有力地揭穿了所謂新四軍「叛亂」的眞相。小說還從側面反映了披露事實眞相的《新華日報》爲市民爭相購買的熱烈場面，進一步暴露了國民黨破壞抗戰的不得人心。值得注意的是，這部小說是在「事變」發生僅幾個月內寫成發表的，恐怕是最早記述這一歷史眞相的長篇文學作品了。茅盾及時錄下了抗戰現實的醜惡的一面，也從一個方面展示了抗戰的歷史進程之所以如此曲折的原因，他用文學敘寫歷史所表現出來的歷史家的眼光也於此可見一斑。

關於茅盾的抗戰題材的作品，還應當提到中篇小說《劫後拾遺》。這部「特寫」式的小說，描述的是太平洋戰爭爆發期間「香港戰爭前後的花花絮絮」〔註40〕，沒有連貫的故事情節，可讀性並不大，因此很少爲人們所論及。但從「編年史」的角度來看，它自有重要性。遠離祖國大陸的同胞對於戰爭的反應，很少在作家們的視線之內；描寫日寇由瘋狂走向敗亡的太平洋戰事的一幕，也是對前此作品畫面的連接——這兩點就決定了作品有獨特的價值。生活在香港這個殖民地的人們，畢竟同內地有很大的不同，未及經受戰爭的磨難，愛國的熱情似乎少了一些，對戰事的關切程度就不及大陸同胞。

〔註40〕茅盾：《〈劫後拾遺〉新版後記》，《茅盾文集》第5卷，人民文學出版社1958年版。

然而，當一場浩劫降臨到他們的頭上，面臨飢餓的威脅，每天鑽防空洞的危險感，畢竟也在改變著人們的觀念。小說著眼於「變」，寫香港同胞增加了對敵人的憎恨，意識到在同一場戰爭中香港與祖國連在一起的命運，這就異常真切地反映了戰爭喚醒了人民的主題。這部作品已寫到日本同英美交戰，把中國抗日戰爭的內容放到更大的背景上去表現，增加了歷史的透視力，從中也可以看到驕橫一時的侵略者必然敗亡的結局。從這個意義上說，作品雖然沒有寫到抗戰的最後勝利，但它同同類作品聯繫起來，抗戰的歷史進程已揭示清楚，戰爭的本質一面也反映出來了，作為歷史的記錄應該說是完整的。

在中、長篇小說的範圍內，茅盾寫出現代中國社會的「編年史」，是到抗戰這一「章」為止，從中國現代史的全過程看，尚有三年解放戰爭時期未曾涉及。這自然有客觀原因。以摧枯拉朽之勢向前推進的革命歷程，使作家來不及把它們鎔鑄在長篇的藝術畫面中，是原因之一，瞬息萬變的戰況也非有一個從容消化過程不足以記其實，更何況茅盾當年還在轉輾流徙，生活處於極不安定之中。但儘管如此，僅只三年的缺漏，似還並不影響「編年史」總體上的宏觀價值。像《腐蝕》一類作品，已經觸及了國民黨腐朽統治之喪盡天良，《第一階段的故事》指引了走向延安的出路，事實上都預示了未來社會發展的方向，可以看作是為其後三年社會生活的巨變作了生動的注腳。

應當指出的是，茅盾雖然來不及用中、長篇小說的形式去反映現代史上最後三年的史實，但他的許多短篇作品卻是及時地錄下了這段生活的深刻變動的。茅盾的目光注視著行將崩潰的國民黨的腐朽統治，看到了它無可挽回地衰落下去，最終將難以逃脫滅亡的命運。一些作品揭露了在抗戰即將勝利或勝利以後國統區貪污腐敗、物價飛漲、民不聊生的黑暗現實。如《過年》寫一個小職員為挨過小孩子盼了整整一年的「過年」大關，想「曲盡為父之道」買些吃食回家，但「以他那羞澀的錢袋去碰那肥大的物價」，終於無所措手足了；最後發狠心傾其所有買了一斤價達八百五十元的豬油年糕，拿回家中捨不得吃，又被屋內餓得精瘦的老鼠拖光了。這個故事浸透了當時普通老百姓生活的辛酸，也飽含了對國民黨統治的辛辣嘲諷。小說在描寫百姓受難的同時，也展現了達官貴人乘坐流線型轎車耍威風，在市場購物一擲千金的場面，兩相對照，就深刻地揭露了社會矛盾，展示了反動統治同人民群眾處在尖銳的對立之中的社會本質。正如小說中小職員妻子不信任那個政府所埋怨的：抗戰勝利了，「打完了仗，天上就落下金子來麼」？是的，只要政權不

掌握在人民手中，所謂「勝利」，也只給貴人們以中飽私囊的機會，並不能從根本上改變人民受苦受難的命運。茅盾以敏銳的洞察力，提出了在新的歷史條件下人民面臨的新的問題，事實上也起到了鼓動人民在抗戰勝利以後去奔向另一個新的革命目標的作用。寫於 1948 年 8 月的《一個理想碰了壁》，是對抗戰期間一椿往事的回顧，寫國民黨政府解散「女壯丁隊」，婦女被拐騙轉賣為娼妓的醜劇；幾個正直的知識分子想救援一個行將為娼的婦女，但終因無法解決她的就業問題而弄得十分尷尬，使自己的「理想碰了壁」。在人民革命戰爭節節勝利的時候，這個作品也同樣起到了幫助人民認識反動政府本來面目的作用，深刻地說明：只有從根本上改變社會制度，才能實現改造社會、改造人的命運的「理想」。在這類作品裏，茅盾側重在暴露一面，暴露了國民黨統治之不得人心，也為這段歷史的必然發展提供了有力的依據：正是腐朽制度本身隱伏著大廈將傾的局面，它之最終為人民革命力量所取代，就是合乎生活邏輯、合乎歷史發展規律的結果。

作為三年解放戰爭時期歷史的忠實記錄，茅盾的短篇作品還展示了另一方面的內容：熱情歡呼人民革命「春天」的到來。《驚蟄》和《春天》這兩篇是最有代表性的。這兩篇從題目上就預示著「春天」氣息的作品，記載著人民革命進程中的重要史實，從「編年史」的角度來考察，價值尤其不能忽視。《驚蟄》以 1948 年 5 月，中國共產黨召集新的政治協商會議這一重要事件為背景，反映了人民解放戰爭已勝利在望，反動派感到「大勢已去」，「中間派」的「改良的政治路線」也已完全破產。這是一篇寓言體政治小說，寫主角「豪豬先生」鼓吹「左右相持」的「中間路線」，在一群動物中陷於孤立，揭露了那些自稱為「自由主義者」的欺騙性本質，嘲諷了他們在面目暴露以後終於形影相弔、不勝淒涼的可悲下場。在中國現代史上，新政協召開是一件有影響的大事，以小說的形式去反映它，可謂是別開生面，也表明了茅盾小說對歷史事件的關注。發表於 1949 年 1 月的《春天》，則已是表現萬木蔥籠、春回大地的景象了。小說描寫的是人民已經當家作主的國營農場和鐵工廠，工人和農民正在進行創造性的勞動，並為未來的美好圖景設計著藍圖。但在陰暗角落裏，某些頑固分子仍在悲切、哀號。小說巧妙借用中國現代文學史上很出名的「開會專家」華威先生作為一個角色，寫他「第一回暴露在春光之下」，他的那一套官僚作風「已經不合時宜」，企圖糾合一些殘渣餘孽同人民對抗，又總是屢屢不能如願。寫來趣味橫生，在小說藝術上也是一種創造。

作品結尾寓有深意地寫道：「春來了，一切有生機的都在蓬蓬勃勃發展，呈現它們的活力，但陳年的臭水溝卻也卜卜地泛著氣泡。」這是一個舊的時代結束、新的社會到來的真切寫照。《春天》是茅盾寫出的最後一篇小說，他的小說作為一部現代中國社會的「編年史」恰恰在這裡收束，正是一個時代的總結，一段並不漫長卻自成體系的社會歷史的總結。

五、結論：傑出的社會編年史作家

　　茅盾小說展現在讀者面前的，就是這樣一幅規模宏大、結構完整的社會歷史圖景。應當說，它不是歷史而是藝術，作家分明是用藝術筆觸描繪了一幅幅生動的藝術圖畫。然而，它既是藝術又是歷史，因為如果把它們連接起來，同樣可以見出作家用歷史的雕刀精心鏤刻社會發展史的清晰思路，它分明也是一部用藝術再現時代的歷史長卷。藝術作品對於社會和歷史的認識作用，並不神秘。馬克思在評價現實主義作家的卓越成就時就指出：「現代英國的一批傑出的小說家，他們在自己的卓越的、描寫生動的書籍中向世界揭示的政治和社會真理，比一切職業政客、政論家和道德家加在一起所揭示的還要多」。〔註41〕恩格斯也認為，德國的某些資產階級學者，在研究德意志民族性格、德意志風俗習慣和法律關係時，把「一切古代文學作品」同其他典籍一樣，「都看作同樣珍貴的史料，是完全有理由的」。〔註42〕嚴肅的現實主義作家，總是對推動社會歷史的發展負著光榮而又鄭重的使命感，力求使自己的作品能夠真正起到「歷史教科書」的作用。在這方面，茅盾是又一個傑出的範例。

　　他的小說，對於認識歷史價值的追求，是如此意識清醒、如此始終如一；對於歷史面貌的描繪，是如此汪洋浩瀚、如此包羅宏富；對於歷史本質的揭示，是如此階段分明、如此見解卓著——一句話，他的全部小說彙成了一部生動而又深刻的現代中國社會的「編年史」，在中國現代小說中是罕有其匹的。魯迅小說的歷史深刻性是無與倫比的，但畢竟由於小說的數量和作品反映的社會生活面的限制，不可能達到寫出整個現代中國社會「編年史」的程度，其創作的主要價值也不在於此。其他創作豐富的小說作家，或者由於專注於開拓自己熟悉的生活疆域，或者由於不求顯示完整的歷史階段性，或者

〔註41〕《英國資產階級》，《馬克思恩格斯全集》第 10 卷第 686 頁。
〔註42〕《愛爾蘭史──古代的愛爾蘭》，《馬克思恩格斯全集》第 16 卷第 571 頁。

由於無意反映中國革命的歷史進程，他們的作品也不求具有「編年史」特徵。例如，巴金的小說在青年知識分子領域裏筆觸伸展得不可謂不廣，對工人、農民、資產階級等社會階層就涉墨不多或沒有涉及，筆力也不在對中國革命進程的歷史描繪；老舍小說展示的是一個「市民世界」，也有這個「世界」演化軌迹的歷史描述，著眼點自然不必是「全般」社會，不在追求充分顯示「社會化」的程度；作為「風俗畫家」的沈從文，擅長於表現人情美和人性美，創作以開掘人性深度著稱，有意識地同現實政治鬥爭保持距離，當然也無意在「社會化」方面著力。這些作家的創作，有別一種對於生活的顯示方式，有各自獨特的藝術情趣，因而也各有獨特的藝術價值。然而它們畢竟並非社會「編年史」小說。這倒不是說，小說具有「編年史」特徵，就提高了藝術價值，而只是想指出：由於作家不同的藝術追求，其創作的價值取向是各不相同的。茅盾的價值取向是偏重在「社會化」方面，在這裡顯示出同別的作家迥異的格碼，顯示出作品所獨具的歷史價值，顯示出他的確無愧於傑出的社會「編年史」作家的稱號。

第二章　作為史詩「續篇」的短篇小說創作

　　茅盾的小說創作以中、長篇作品著稱，短篇小說數量要少得多——總計僅五十餘篇、六十餘萬言，而中、長篇作品達數百萬字。茅盾說：「至於短篇小說，我寫得不多。因為我覺得寫短篇小說並不是容易的事，或許比寫長篇還難些。」〔註1〕原來作家是從較高的藝術要求去看待短篇小說的，並不認為短製簡章即可一蹴而就：由此可以見出他的謹嚴、慎重的創作態度。他在耕耘短篇園地時同樣是憚精竭慮，使得這個領域的開拓也獲得了很大的成功。其中，有《春蠶》、《林家鋪子》、《當鋪前》等傳世名作，還有不少名篇也在讀者中留下了深刻的影響。

　　把茅盾的短篇小說放置在這位史詩型作家的整個創作中考察，不難發現，作品所包容的深廣的生活和思想容量，保持著同中、長篇小說創作大體一致的特色，如果把全部作品聯成一個整體，也同樣顯示出一定程度的史詩性特點。而從史詩的角度去認識，短篇所提供的史詩內容，恰成茅盾寫出的中國現代社會「編年史」的一個補充，或一種深化。譬如，要解剖現代中國社會，農村、鄉鎮是不可忽視的重要「一角」，這在茅盾的中、長篇小說中卻是較為薄弱的，這不足恰好由短篇彌補了。又如，中、長篇小說對「時代女性」有出色的描寫，這多半是從時代潮流中探索知識分子的前途和命運，而對於那個時代裏知識分子和小市民的灰色情緒及生活之艱辛等則涉筆不多，對此，也由短篇提供了較豐足的內容。還有，作為「編年史」描述，某些歷

〔註1〕《〈茅盾選集〉自序》。

史階段（如解放戰爭時期）的生活內容，尚來不及鎔鑄在中、長篇小說中，也只能由以反映生活迅捷性見長的短篇創作承擔此類任務。從這個意義上來說，不妨可以把茅盾的短篇小說看成是作家寫出的整部史詩的一個「續篇」。自然，由於短篇的容量同中、長篇有別，在透過短小的篇幅去折射廣闊的社會生活方面，也自有特點。茅盾在駕馭這一獨特的文學樣式時對於生活的獨特反映方式，蘊蓄的見微知著、因小見大的思想含量，在用短篇形式去表現史詩性內容時所顯示的藝術獨創性等，都分明打著茅盾式的、為同時代其他作家的短篇作品所不能相混淆的印記，這都是值得認真研究和探討的。

一、概括得廣──從時代生活的寬處著眼

翻開茅盾的短篇小說，撲面而來的，是濃鬱的時代氣息·壯闊的現實生活圖景。作家涉足的生活領域十分廣泛，大至革命鬥爭、工農運動，小至家庭「喜劇」，生活「浪花」，寫來無不得心應手，遊刃有餘。筆下驅遣的人物是如此眾多，舉凡覺悟工人、破產農民、落魄商人、官僚士紳、騷人墨客、社會渣滓，乃至「底層」小人物，三教九流，無所不包。從時代生活的寬處著眼，在繁雜的社會現象中攝取生活，有意識地反映社會生活的各個角落，從而展現出半殖民地半封建社會裏人民苦難生活的全貌，使作品包容了巨大的生活容量，正構成了茅盾短篇創作在取材上的重大特色。

杜勃羅留波夫指出：「衡量作家或者個別作品價值的尺度，我們認為是，他們究竟把某一時代、某一民族的〔自然〕追求表現到什麼程度。」〔註2〕現實主義創作重視對廣闊社會生活的透視力，毫無疑義應對作家提出透視的「程度」要求，即力求在表現時代和民族、人民的追求上顯示出涵量的深廣性。一般說來，中、長篇小說能夠承擔此任，篇幅的浩大給作家提供了更多的思維空間，能夠廣泛伸展藝術的觸角去觸及社會生活的諸多角落。茅盾的《子夜》、《霜葉紅似二月花》等宏篇巨著，所展示的就是「全般社會」的圖景，作家的那支生花妙筆總是在城鄉交錯、縱橫馳騁（歷史和現實的融合）、複雜的人際關係中去把握生活的整體。短篇小說往往以「一角」窺視生活，人物和事件的單向開展，既不可能也沒有必要去實現象長篇那樣的藝術要求。然而，通過創作去解剖社會整體是茅盾執著追求的目標，這自然也是短篇這種藝術形式的追求。所不同的是，長篇創作大抵以一個作品即能實現整體性要

〔註 2〕《黑暗王國的一線光明》，《杜勃羅留波夫選集》第 2 卷第 358 頁，上海文藝
　　　出版社 1959 年版。

求，而短篇創作則往往要借助於諸多作品畫面的聯綴，從不同的視角去觀照社會全體。茅盾即以取材的廣泛性，透視生活的各個角落，實現了短篇反映生活的廣闊性、整體性追求。他的短篇小説，就某一篇什而言，固然只是截取生活的一截細流、一個斷面、一段插曲，但由於是從生活的寬處取材的，作家把這些生活的斷面匯總起來，即可以顯出社會的整體，在廣闊的畫面上展示出民族、人民苦難的現狀，反映出人們對生活的理想和追求，從中表現作品「價值的尺度」。

　　茅盾的短篇創作大體上可分爲三個時期，三個時期的作品正好反映了三段不同社會歷史生活的全貌。前期作品收在《野薔薇》、《宿莽》兩個短篇集中，表現大革命失敗後的社會動向和人們的思想面貌。中期作品結集爲《春蠶》、《煙雲》等，集中反映 30 年代日本帝國主義入侵以後我國的殖民地化日益加深和社會更趨動亂的狀況。後期作品多收入《委屈》和《耶穌之死》兩個集子，及後來編定的《茅盾短篇小説集》，主要表現艱苦卓絕的抗戰生活及勝利以後國統區陷於政治腐敗、經濟崩潰、民不聊生的局面。這一簡略歸納，已大致可見短篇創作同樣有史詩性特點在，至少在茅盾創作所構成的整部社會「編年史」中，它是一個不可或缺的有機組成部分。而尤爲精到的則是每一時期創作的整體性追求——茅盾力圖實現大規模地描寫中國社會現象的企圖，在短篇中也總是盡力追求描寫的完整性。以 30 年代的創作爲例。他寫《子夜》，原來打算寫一部「農村與都市的『交響曲』」，還包括三個方面內容：「農村的經濟情形，小市鎮居民的意識形態（這決不像一般人所想像的那樣單純），以及一九三○年的《新儒林外史》」。〔註 3〕這個計劃沒有在《子夜》中實現，恰恰是由短篇來完成的。作家探頭到自己的生活圈子以外，把藝術視野投向廣闊的社會現實，大大開闊了短篇的題材領域，結果在實現既定的寫作計劃中體現了短篇作品全面反映社會生活各個環節的整體性特點。在農村三部曲、《當鋪前》、《水藻行》等作品裏，寫出了農村經濟破敗的狀況和農民掙扎在飢餓與死亡線上的慘景，以及他們懷著改變現狀的理想而奮起抗爭的鬥爭業績；在《林家鋪子》、《小巫》、《賽會》等篇裏，寫了小市鎮各色居民的生活和他們的處世態度，其中尤爲出色的是表現了市鎮小商人的可悲命運，和失去了土地而流入鎮上的無告居民任人蹂躪、宰割的慘狀。鄉村、小鎮這兩個角落，典型地反映了殖民地化愈益加深的舊中國政治黑暗、戰亂頻

〔註 3〕《〈子夜〉是怎樣寫成的》。

仍、經濟衰微、民不堪命的面貌。作家用藝術的筆觸去描繪、揭露,對於展示動亂的時代生活無疑有重大意義。至於「一九三〇年的《新儒林外史》」的描寫,茅盾本來就是擅長的。但作家從歷史的高坡上去觀察自己的時代,在短篇創作裏對此又有了新的開拓。不論是生活在「小圈圈裏的人物」,她們不問世事如何,只忙碌於打牌、爲小孩子的綽號而勾心鬥角(《小圈圈裏的人物》),還是成天沉溺在「咨爾多士」樂曲裏的小姐、太太,唱著「爲民前鋒」的調子‧但聽到一點戰亂的風聲就悄悄搬家,逃之夭夭(《搬的喜劇》);不論趙先生是如何頭腦活絡,精明能幹,但在那個動亂的年月裏也滿心裏塞滿了「想不通」(《趙先生想不通》),還是李先生會怎樣精打細算,生財有道,但隨著銀行倒閉、家產輸光,終於結束了上海的「寓公」生涯(《微波》):作家都用諷刺、挪揄的筆墨,嘲笑了知識分子、小市民的空虛靈魂,以及他們在時代浪潮的衝擊下一籌莫展的可笑的精神狀態。被稱爲「文人三部曲」的《有志者》、《尙未成功》、《無題》,描寫一個中學教員幻想一舉成名、充當作家,躲避社會鬥爭,尋求清靜無爲的環境,但終因追求的不過是虛無飄渺的幻影,落得個一事無成,那更像典型的《新儒林外史》了,而且是充滿時代氣息的30年代的《新儒林外史》。有的評論者責怪茅盾在創作了《林家鋪子》等有深刻社會意義的作品以後,又回到了自己熟悉的生活圈子,是表明創作題材的狹窄。看來,這樣的評論是有失公允的。如果把這一部分作品同作家原定的《新儒林外史》的計劃聯繫起來看,從展示社會生活中又一個很重要的角落去認識,那麼也自有它不可低估的社會意義。實際的情況正是這樣:由於作家有著「大規模地描寫中國社會現象」的計劃,他的筆觸就伸展得相當廣泛,從鄉村、小鎮到城市,從農民、市民到知識分子,從被侮辱被損害的「小人物」所處的「底層」到荒淫無恥的闊佬們活動著的上流社會,廣闊地展示了整個社會的而貌,無怪乎法國作家蘇珊娜‧貝爾納會稱讚茅盾的作品是「一幅氣勢宏大的壁畫」。像這樣氣勢磅礴的生活圖景,像這樣高瞻遠矚的歷史描繪,在同時代作家中是很少有人可以與之比肩的。

匯總茅盾的短篇作品,誠然可以體認出時代生活的全貌,但是考究具體作品的價值,還必須對每一個作品本身作出估量,看看它在反映生活的深刻性上達到何等程度。茅盾短篇創作的可貴之處,還在於對待每一個具體作品總是從生活的寬處著眼,經過高度的藝術概括,使這「一角」反映的內容具有典型性和普遍性,從而加大了作品的容量,豐富了它的社會意義。對於作

品的深度，茅盾曾如此表述過他的理解：「通常我們說某一作品寫得深刻，但深刻到如何程度呢？要看它暗示的幅射有多少廣闊，要看它透視的深度有多少深遠。」〔註4〕這裡提到了廣度和深度兩個方面：對具體的作品都應當提出展示深廣的生活容量的要求。要做到這一點，「就需要短篇作者善於概括生活，找到那個最能表現全面的片斷」〔註5〕。茅盾的短篇代表作《春蠶》、《林家鋪子》等，素以蘊含深廣的生活容量著稱，其中，或者通過一個自耕農破產的遭遇，典型地反映了當時大多數農民的生活狀況，暗示整個農村經濟破敗的面貌，或者透過一家小店鋪揭示相聯的多方面的社會關係，反映了在那個社會裏小商人無法逃脫的可悲命運。充分反映這一特點的，還有《當鋪前》。茅盾從當鋪這個典型地體現舊中國貧窮、落後的贅疣著手，生動地反映出舊中國鄉鎮經濟破敗、人民無以為生的狀貌。選取這個生活片斷，不僅在於當鋪本身就是殘酷剝削窮人的場所，而當鋪老闆在災荒年頭趁火打劫，更增加了它的兇殘性，從中深入揭示被壓迫人民所受的敲骨吸髓的剝削；也不僅在於市鎮上一切都異常蕭條的年頭裏，唯獨當鋪呈現出一番「繁榮」景象，更能夠暴露病態社會的畸形特點；而且還在於當鋪連接著鄉村和城鎮，在當鋪前的人流裏，有王阿大這樣的破產農民，還有眾多的無衣無食的城鎮貧民，他們擠著、嚷著，傾其所有去典賣，深刻地反映出掙扎在飢餓與死亡線上的人們的悲苦境況。作品以王阿大為主人公，寫出了「這一個」的悲劇命運，從深處透視出這一類農民的生活狀況，又讓王阿大成為軸心，向四面八方輻射關聯，暗示出廣闊的令人心寒的社會現實。這樣，在短小篇幅裏就包容了盡可能寬廣的生活容量。

　　從生活的寬處著眼，使茅盾的短篇小說蘊含著巨大、深刻的時代意義和社會意義。作品反映的生活如此緊密地聯繫著時代，以致可以使人觸摸到時代脈搏的跳動。從 20 年代後期到 30、40 年代的時代生活，幾乎都在茅盾的短篇作品中反映出來。大革命失敗以後小資產階級知識分子的思想狀貌，抗戰爆發以後，「一方面，有血淋淋的鬥爭，同時另一方面又有荒淫無恥」〔註6〕，全國解放前夕人民對春天即將來臨的喜悅和頑固分子的淒惻哀怨，如此等等，無不在作品中留下了深深的印記。在文學史上，許多著名作家的作品就

〔註4〕《有意為之——談如何收集題材》。
〔註5〕茅盾：《短篇創作三題》，《茅盾論創作》第 584 頁，上海文藝出版社 1980 年版。
〔註6〕茅盾：《論加強批評工作》。

反映廣闊的社會生活畫面來說，常常被稱爲一面鏡子。如列寧稱托爾斯泰是俄國革命的一面鏡子，有人稱魯迅的小說是中國革命的一面鏡子。這裡也不妨稱茅盾的小說是一面鏡子。如果說，在短篇小說領域裏，作爲一面鏡子，魯迅的小說「照出了從辛亥以前到五四以後的中國的歷史面貌，反映了我國從舊民主主義革命失敗到新民主主義革命開始這一歷史時期的動態」〔註7〕，那麼，茅盾小說映照的就是從大革命失敗到新民主主義革命勝利這樣的一個歷史時期的時代面貌。正是從這裡，人們看到了茅盾對魯迅開創的現實主義傳統的繼承和發展，也看到了茅盾在短篇小說創作中所取得的卓異的思想成就。

二、開掘得深——在生活的「內部本質」中探求

對作家來說，認識時代爲正確反映時代奠定了基礎。但文學對生活的反映，既不是空洞的說教，也不是照相式的錄像，因此不能滿足於表現生活的平面，還要求跨過平面去洞察生活的底蘊，開掘那具有深刻思想意義的東西。這就是別林斯基所說的：「必須借思想之力洞察」生活的「內部本質」，「不僅抓住外部的相似，並且還把握住原物的整個靈魂」。〔註8〕短篇小說反映的只是生活的一個極微小的側面，不允許作家浪擲筆墨去表現遠離「原物」之外的東西，鍥入「內部本質」以挖掘原物的「整個靈魂」就顯得尤爲必要。茅盾以深湛的思想和文學素養從事短篇小說創作，使他的作品既在認識生活上又在開掘生活上表現出較大的思想深度。基於對生活有眞知灼見的眼力和善於分析事物的訓練有責的頭腦，他不但在短篇選材上表現出不同常人的識見，而且在主題的開掘上，在生活的「內部本質」的揭示中，同樣表現出敏銳的洞察力和深刻的思想見解。

開掘生活的深度，揭示生活的「內部本質」，根本的是要在紛紜複雜的社會現象中找出內在規律性。茅盾總是把生活現象放到一定的歷史範圍內去考察，不是孤立地看待一事一物，而是從它們的相互聯繫中發現事件發生、發展的必然性，從而揭示出生活的某些本質方面。在這一點上，《春蠶》主題的挖掘是最有代表性的。

〔註7〕吳中傑、高云：《論魯迅的小說創作》第 112 頁，上海文藝出版社 1978 年版。
〔註8〕《一八四七年俄國文學一瞥》，《西方文論選》下卷第 388～389 頁，上海譯文出版社 1979 年版。

　　《春蠶》所反映的是農民空前的豐收卻帶來了空前的災難這樣一種生活現象。這種現象，在農民的勞動和生活得不到保障的黑暗社會裏並不罕見。在文學史上，穀賤傷農、豐收成災的主題，也屢屢爲歷代作家所表現。古代文學作品中有聶夷中的《傷田家》：「二月賣新絲，／五月糶新穀，／醫得眼前瘡，／剜卻心頭肉」；有皮日休的《橡媼歎》：「山前有熟稻，／紫穗襲人香；／細獲又精舂，／粒粒如玉瑠；／持之納與官，／私室無倉箱。」在現代文學中，這類作品較著者有葉紫的《豐收》、葉聖陶的《多收了三五斗》、洪深的《香稻米》、夏徵農的《禾場上》等。這些作品都出現在 30 年代，當時有不少作家去關注這一社會問題，說明它確實具有普遍性，而茅盾的《春蠶》出現爲最早，正可以看出他獨具的眼力。令人驚歎的是，茅盾在表現這一主題時，還有思想上的獨特發現。據說，最初直接引發他寫這一題材的動因，是他在報上看到了一段材料：「浙東今年春蠶豐收，蠶農相繼破產！」〔註9〕這事件本身，足夠令人震驚，但引起作家思考的更遠甚於此：在那個年代裏，豐收不但不能給農民帶來福音，反而引起災禍，這畸形現象後面所隱伏的究竟是什麼實質性的東西呢？茅盾越過生活的平面，到生活的「內部本質」中探求，終於發現了與此相關聯的特定社會歷史原因：殖民地化的加深，洋貨入侵，導致了中國民族工業的破產，尤其使繅絲業受到沉重打擊，蠶農的破產也就勢所必然。小說正是從這種「聯帶關係」上深刻池挖掘了半殖民地社會乃是農民貧困的根源，大大開拓了主題所蘊含的意義。這個主題所揭示的深刻思想，比歷史上那些表達對勞苦農民同情的同類題材的作品，固然自有時代的特點與價值，即便在同時代作家的同類作品中，也是領先一著的。這裡不妨把《春蠶》同葉紫的《豐收》作一番比較。這兩個作品在表現豐收成災這一點上是如此切近，竟連人物設置、結構安排、故事結局也多有相似。不難想像，晚於《春蠶》半年多創作的《豐收》，是會受到前者影響的。應當說，《豐收》也是一篇力作，青年作家葉紫對農村生活的熟習，特別是表現了湖南一帶農村濃重的鄉土氣息，有茅盾不可企及之處。但從思想和藝術的總體成就看，《豐收》是不及《春蠶》的，其中主要又表現在主題意蘊的開掘上。《豐收》探索雲普叔一家豐收成災的原因，著眼點是通常文學作品所表現的「租、債、捐、稅」，脫不出階級壓迫造成農民貧困的一般框架。這是帶有不同時代的共性

<hr>

〔註9〕引自李準：《眞人眞事與藝術加工》，《文學知識》1954 年 5 月號。

的主題，並無 30 年代中國社會的鮮明的時代特質。茅盾創作《春蠶》，階
級壓迫問題自然也在他的視線之內，導致老通寶春蠶豐收以後負債累累，
其中就有負擔沉重的交租、納稅、完捐、還債等等因素，然而還有一個更
重要的因素卻是民族壓迫——外資入侵以後造成了繭不值錢的嚴重後果。
從階級壓迫加上民族壓迫兩個方面著眼，無疑是把握了當時中國社會的半
封建半殖民地性質的實質，挖挖了生活的「內部本質」，這就使《春蠶》主
題的開掘表現出前所未有、其後也無人逾越的深刻性。

　　在如何開掘生活的深度，揭示生活的「內部本質」上，茅盾自有深刻的
見解。他說：「在橫的方面，如果對社會生活的各環節茫無所知·在縱的方面，
如果對社會發展的方向看不清楚，那麼，你就很少可能在繁複的社會現象中
恰好地選取了具有代表性、典型性的，即具有深刻性的一事一物，作為短篇
小說的題材。對於全面茫無所知，就不可能深入一角，這是我在短篇小說的
寫作方面所得到的一點經驗」〔註 10〕。這經驗在《春蠶》的創作中得到了生
動的體現。作家正是從對生活現象的縱橫兩方面的考察中，「深入一角」，探
求到了生活的「內部本質」。其他的成功之作，也大都是這樣獲得的。《林家
鋪子》表現小商人的命運，從橫的方面，寫出了同店鋪有關的各個環節，讓
林老闆承受國民黨「黨老爺」的敲榨，錢莊的壓迫，卜局長的威脅，同業的
中傷、「吃倒帳」等各種壓力；從縱的方面，渲染了整個時代的氣氛，洋貨傾
銷對民族工商業的打擊，戰亂的局面使人們流離失所，社會經濟蕭條造成農
民購買力降低等，從整個社會發展的趨向預示了小商人的可悲命運。結果從
林老闆的破產出走中，深刻地揭示了半殖民地社會促成中國商業經濟破產的
歷史必然性。《大鼻子的故事》深入解剖了一個小流浪漢過著連野狗都不如的
生活，又從廣闊的畫面上反映了在當時的上海約有三、四十萬之眾的這一類
「底層」小人物的悲慘遭遇，提出了重大的社會問題，這也從都市生活的「一
角」預示了沒落社會的滅亡趨勢。

　　生活的現象是紛紜複雜的，作家對生活「內部本質」的探求，也應當採
取多種方式。「有時，它直接奔向目標，從底層的深處，把那引起普遍騷亂的
激情，召喚到表面上來。有時，它迂迴曲折，像我們當代戲劇所常有的做法，
用一種詭辯式的技巧揭露出社會的種種矛盾」，但不論哪種方式，都要達到同
樣的目的：「把我們自己秘密的部分，那可以稱之為我們作為人的性格中的悲

〔註10〕《〈茅盾選集〉自序》。

劇性因素，赤裸裸地揭示出來」。〔註11〕茅盾短篇小說對於生活本質的揭示，
固然有像《春蠶》、《林家鋪子》那樣對生活現象作了歷史描繪，從而「直接
奔向目標」探察到生活深處的作品，但的確也有採取「迂迴曲折」的方式，
在並不繁複的社會現象的揭示中，把生活中的「秘密部分」暴露出來。這裡，
要談到茅盾初期的短篇，這是最容易被人誤解的作品。評論界曾經認為，茅
盾的初創作品寫的是知識分子的灰色生活，價值不大，甚至對茅盾沒有去「描
寫可歌可泣的悲壯劇」表示了「某種悵惘」。誠然，對重大變革中的社會現實，
作家用「悲壯劇」的形式去表現，確實有它的價值，但如果從一個側面去暗
示，掘發到了生活的奧秘，揭示出革命的某些本質方面，應該認為同樣有它
的意義。即以《野薔薇》和《宿莽》集中的部分短篇為例，它們寫的雖然都
只是知識分子的生活，而且大都「穿著戀愛的外衣」，同時代格格不入，但其
實正是通過這些男女主人公的或歌或哭，或笑或嗔，或亢奮的絕叫，或低沉
的歎息，透視出革命以後人們不同的思想狀貌。對於這些作品的創作，茅盾
自己說得很清楚：「作者是想在各人的戀愛行動中透露出各人的階級的『意識
形態』」，「公允的讀者總能夠覺得戀愛描寫的背後有一些重大的問題」。〔註12〕
可以說，這樣的意圖在作品中是實現了的。《創造》中的嫻嫻，不再滿意丈夫
把她當作一塊「璞玉」來創造，勇敢地走到前面去了；《詩和散文》中的桂奶
奶，打破了傳統的偶像，一腳踢開了不值得愛的青年丙：她們都是受到新思
潮洗禮和革命潮流衝擊的剛強女性。無怪乎作者要說：「只要環境改變，這樣
的女子是能夠革命的」〔註13〕。至於林白霜的對革命鬥爭感到幻滅而患有把
世界看成一片灰黑色的色盲症（《色盲》），張女士的因身處官僚家庭，不能「奮
飛」，只有「姑且先逃避一下」（《曇》），五小姐的曾在革命旋風中滾過，「哭
時要哭個痛快，笑時要笑個痛快」，如今卻喊出了「什麼都是假的」的絕叫（《陀
螺》），等等，無不暴露了小資產階級知識分子在革命遭受挫折以後的軟弱、
動搖乃至幻滅、悲哀的精神狀態，無不各各顯示了自己階級的意識形態。這
些作品雖然幾乎一色是在「戀愛的外衣」裝點之下表現的，或者簡直嗅不到
革命高潮年代轟轟烈烈的氣味，但是「戀愛描寫背後」所蘊含的革命仍在生
長、創造的深刻思想，通過對小資產階級軟弱性的批判所提出的革命需要繼

〔註11〕 柏格森：《笑之研究》，《西方文論選》下卷第 280 頁。
〔註12〕 《寫在〈野薔薇〉的前面》，《野薔薇》，大江書鋪 1929 年版。
〔註13〕 《寫在〈野薔薇〉的前面》，《野薔薇》，大江書鋪 1929 年版。

續喚醒這一部分人的「重大問題」，卻是清晰可見的。正是從這裡，作品錄述了革命風暴以後的回響、光照，烙刻著時代風雲、鬥爭浪潮所留下來的深深的印記，顯示了作家善於從一般生活現象中掘發「內部本質」的本領。

三、解剖得細——向人物心靈的深處突進

文學反映生活，大抵經由形象塑造。「是『人』和『人』的關係成了一篇小說的主題」〔註14〕，作品的意蘊靠人物來傳達，在對人物性格的描述中自然也就寄寓了作者的思想傾向。因此，開掘生活的程度，由此而產生的作品的思想深度，往往具體表現在對人物性格開掘的深度上。茅盾小說重視的是對生活的形象反映，作品思想的深刻性總是同人物性格描寫的深刻性完全一致的，中、長篇小說是如此，短篇小說也不例外。只是由於短篇小說只能描述人物性格的片斷，不可能演示人物性格發展的歷程，這就更需要進行高度的提煉。茅盾在短篇創作中的人物形象塑造，不講求性格的完滿性，側重對人物精神世界的剖示，即他的筆觸向人物心靈的深處突進，在能夠充分表現人們的某些心靈意識方面刻繪得頗為細膩，塑造出有血肉、有靈魂的傳神的藝術形象。其中，凝聚了作家對生活的獨特發現和思考。

在茅盾的短篇小說中，最見功力的自然是對農民形象的刻劃。他在文學史上留下的一長串成功的藝術形象中，農民形象就占著一定的位置，而這幾乎都是由短篇來完成的。其中如老通寶、多多頭、荷花、王阿大、財喜等形象，總是深深地鑴刻在人們的記憶裏，久久不能忘懷。這類形象的成功之處，並不在於作品為形象提供了多少活動的天地，恰恰在於靈魂解剖之深，總是那麼生動活潑地刻下了或一時代農民精種面貌的印記。一般地說，作家注重觀察、研究哪一部分人，在作品中著力表現哪一部分人，總是同作家的思想傾向、美學理想聯繫在一起的。正像魯迅對農民問題高度重視，對阿Q、閏土、祥林嫂們的命運深切地關注著一樣，茅盾對探索農民的命運和前途，對表現老通寶、王阿大、荷花一類農民的「所感所思與所痛」也傾注了自己的心力。從這個意義上說，茅盾無疑也是繼承了魯迅所開創的新文學的現實主義優秀傳統的。一個有趣的現象是：茅盾筆下的農民，是那麼深深地烙印著魯迅所塑造的不朽典型的某些特質。老通寶的勤勞、善良、質撲而又迷信、保守、多忌諱，比之於阿Q的「真能做」和「農民式的質樸、愚蠢」；王阿大

〔註14〕茅盾：《談我的研究》，《中學生》第61期。

被財主、債主、災荒所逼出來的「慘痛的生活史」，比之於閏土的多子、受饑荒、苛稅以及兵匪官紳的壓榨，「苦得他像一個木偶人了」；荷花的「使女」地位被人視為「白虎星」，受盡生活和精神上的凌辱，比之於祥林嫂的兩度守寡、充當傭人，而被魯四老爺們斥為「謬種」，終至被折磨而死：他（她）們之間為何總顯相似之處？這種舊中國農民身上的本質特徵的一再被揭示，正表明了作家對農民的生活和思想觀察、研究之深。自然，時代不同了，如老通寶所說，「真正世界變了」。如果30年代的農民形象仍然只是過去的模擬和翻版，那顯然是淺薄的。茅盾刻劃農民的獨創性，恰恰是在於向人物心靈的深處突進，探索新的時期農民的思想狀貌，使農民形象總帶有他經常所說的「一九三〇年式」的時代印記。不消說，辛亥前後時期的農民尚無出路、不思反抗的使人有某種「重壓之感」的「老中國兒女」的氣息已經是消逝了。茅盾塑造的多多頭、李老虎之類已揭起了反抗鬥爭的旗幟，老通寶在臨死以前也已有了微弱的醒悟，這就是說，在農民舊意識的揭示中，也注進了新時代的血液。在這方面，最為出色的是對農民仇洋心理的細膩解剖，從中最能見出30年代農民所獨具的典型性格。老通寶「聽得一個洋字就好像見了七世冤家」，他恨一切傾銷到中國市場的「洋貨」，甚至連代表先進技術的「洋種」、「洋水車」、肥田粉也恨，可說是到了執拗、偏激的程度。王阿大也恨那「慘厲的氣笛聲」，恨那「機器碾米廠的汽管驕傲」地吼叫，還跟村坊裏的人到輪船局吵鬧而被人家一拳打破了鼻子。作家不厭其煩地描述農民的這種特殊心理，正是以反映當時殖民地化愈益加深的時代生活為前提的。唯其「洋人」加害之烈，才使他們恨得深切。這種雖然帶著農民的狹隘觀念和偏激情緒，卻反映了農民鮮明的民族意識和獨特的思想情感，一旦被作家掘發出來訴諸在藝術形象上，就會使得30年代的農民具有鮮明的時代特色。他們有著如此明確的質的規定性，使這一部分農民決不會同其他任何時期的農民相混淆，典型性格得到了本質的揭示，文學真正成了「時代願望的體現者」、「時代思想的表達者」。〔註15〕

　　對民族資產階級命運的探索，在長篇《子夜》、劇本《清明前後》中都有生動的表現。在短篇創作中，這依然是作家重點研究的一個課題。《林家鋪子》是從商業經濟的角度提出了民族資產階級的沒有出路；《委屈》則是寫倒霉的工業家的屢遭厄運。《委屈》中的那位張先生千方百計要為發展工

─────────────

〔註15〕車爾尼雪夫斯基：《俄國文學果戈理時期概觀》，《西方文論選》下卷第421頁。

業撐著個門面，但在戰亂迭起、政治腐敗的社會裏，卻只好讓車床開扔著而去給別人跑腿，他的太太因為穿不上春衣而深感委屈。茅盾描寫民族資產階級這樣可悲的命運，是基於他的深刻的思想見解：這股階級力量處在一個特定時代環境裏必然是難有作為的。而藝術形象的精細刻繪，尤其是深入開掘人物的心靈，寫出了中國民族資產階級的獨特的性格，給予他的思想見解以具體的藝術表現，則又達到了令人十分信服的程度。林老闆就是一位頗具獨特性格的人物。他的熟諳生意經的本領，他的善於看取時機賣「一元貨」的手段，他的刻苦耐勞、自奉節儉的品性，甚至於他的慣於巴結、奉迎的諂笑，都表明他是一個地道的生意人，一個十足的幹才。但這樣一位能幹的人物，在那個「亂世年頭」裏也終於難以支撐門面了。小說細膩地解剖了他身處逆境中的複雜情感：為應付眼前局面不顧血本「大放盤」，但由於虧折又使他心疼得幾乎發暈；他企圖巴結討好，四處周旋，又總是動輒獲咎四處得罪；在危難中他不曾絕望，吞著眼淚也要把生意做下去，但一連串的打擊接踵而至，終於使他認了命——「規規矩矩的生意人」在那個年頭裏也是作不成的。小說通過對這個人物思想、行為的形象描繪，正是表明造成悲慘結局的並非由於他們的無能，而恰恰是時代的過錯。《委屈》中的張先生這個形象，性格刻劃比起林老闆來顯得單薄一些，但是動亂歲月的魔影畢竟也在他的思想中留下了深深的印痕。當李秘書在張先生面前「慷慨激昂」地大發什麼「中國一定要工業化」，面且要「全盤工業化」的宏論時，這位飽經滄桑的工業家的眼前馬上「浮起了許多經常使他困惱的問題：原料，資金，技工、捐稅，再生產的困難……」，他的眼睛自然也就「消失了應有的光彩」。張先生的憂慮，正是當時民族資產階級的沒有前途的真實寫照。作家探察到了這類人物思想的底蘊，鞭闢入裏地挖掘了他們的所思所感與所痛，把民族資產階級的性格表現得相當充分，從而使作品蘊含了較大的思想深度。

也許是對小資產階級知識分子的生活非常熟習的緣故，在茅盾的短篇創作中，刻劃小資產階級知識分子形象的作品佔了相當的數量。但如茅盾所說：「如果我們能夠平心靜氣地來考量，我們便會承認，即使是無例外地只描寫了些『落伍』的小資產階級的作品，也有它反面的積極性。」〔註16〕所謂「反面的積極性」，便是通過「寫一些『平凡』者的悲劇的或暗澹的結局，使大家

〔註16〕《寫在〈野薔薇〉的前面》。

猛省」〔註17〕。茅盾刻劃這些「平凡」者性格的深刻之處，就是通過對人物心靈的深入解剖，充分表現了他們在特定歷史條件下的思想狀貌，揭示出他們悲劇結局的必然性，給人們以深深的啓迪。他初期的描寫女性知識分子的幾個短篇，就以細膩的心理分析見長。這些作品幾乎都沒有複雜的故事情節。作家只是以解剖心靈的犀利的刻刀，剖析著小資產階級知識分子在革命高潮過後「人的階級的『意識形態』」。看起來她們大都表現出幻滅、悲觀、失望的情緒，甚至親手挖掘墳墓，或者埋葬了自己的身軀，或者埋葬了自己的青春，其實卻都是揭示了這類人物的基本弱點的。作家把她們置身在狹小天地裏所表現出來的情緒、思想描繪得淋漓盡致，對於透視那個時代裏經受不住革命挫折的小資產階級「時代病」，不能不說具有深刻的典型意義。其實，茅盾的短篇作品對小資產階級知識分子心靈的解剖，並不限於「時代女性」，也不限於寫她們悲劇的一面，恰恰注重複雜心靈的剖析。《色盲》中的主人公林白霜就是一位男青年，就沒有太多的、一般女性的多愁善感。他雖然曾爲失戀而感到「空虛的悲哀」，以致「自殺的影子陡然在他腦中一閃」，這同他一時看不清革命前景而染上了「色盲症」的心理狀態相呼應，然而，他終究不是戀愛至上主義者，也不像一般軟弱型女性那般神經脆弱，心頭的悲哀只是在遭受挫折時的意識閃念。當他注目周遭的現實，感應到「地底下的孽火現在是愈活愈烈，不遠的將來就要爆發」的時代脈搏，不禁又熱血沸騰，決心排除戀愛問題上的煩惱，「將鼓起勇氣來承受那失敗，他將沒有懊喪，也沒有悲哀」，最後終於懷著「興奮而堅定的情緒」走向未來。這裡所展現的就是小資產階級知識分子曲折多變的思想情緒，人物行動的思想軌迹是清晰的。這說明在大變動的時代裏，他們的複雜心靈常常在爭鬥之中，而爭鬥的結果，並非一概走向歧途，的確也有思想意識日漸清醒起來的。這實際上反映了茅盾當時的一種「信念」：「革命起來了也許還會失敗，但最後終歸要勝利的。」〔註18〕如此說來，茅盾刻繪小資產階級形象的心靈、意識，意在揭示革命的某些本質方面，這就使形象所含的意義有了更爲探刻的內容。還值得一提的是，茅盾對那些身處小職員地位的知識分子，如《第一個半天的工作》中的黃女士，《夏夜一點鐘》裏的某女士等，心靈解剖同樣是透骨剔肌的。她們在公司裏看到和碰到的是上司和同事們猥褻的眼光和無端的侮辱，但是爲了混

〔註17〕　《寫在〈野薔薇〉的前面》。
〔註18〕　《我走過的道路（中）》第11頁。

一口飯吃，只得忍氣吞聲，甚至甘願受辱。作家一方面描寫了她們軟弱無力、不思抗爭以至同流合污的弱點，另一方面又剖析了她們淒苦的心境，萬般無奈的複雜情感，對她們的遭遇表示了某種同情。對知識分子身上的弱點，茅盾的諷刺、批判是深刻的，尤其注意批判造成這種弱點的社會根源，這使得作品表達的思想突入了更深的層次。

茅盾短篇小說的主要人物群是農民、民族資產階級、知識分子，對此分別作了簡要剖析。其他可說的人物自然還不少，因限於篇幅不一一論列了。

四、駕馭宏闊生活的藝術獨創性

同小說表現的闊大的生活畫面相關聯，茅盾的作品在藝術把握方式上也有自己的鮮明特色，形成了具有一定穩定性的獨特創作個性。如果把它同魯迅、葉紹鈞、郁達夫等人的作品放在一起比較，很容易辨認出哪些出於茅盾筆下。這種創作個性，既是茅盾所獨創的，是由他的藝術追求、藝術經驗所決定的，同時也同小說所要表現的生活容量、剖析社會現實的要求相一致的。因此，在藝術表現和反映對象之間，顯得如此和諧，如此貼合。綜觀其藝術獨創性經驗，至少表現在這樣三個方面。

從容裕如的藝術構思

茅盾的短篇小說具有生活視野開闊，作品容量深廣的特點。這不但表現在對創作的整體性認識上，同時也反映在具體的作品之中。作品蘊含的生活容量是如此之大，以至使人在閱讀過程中彷彿領略到了時代風雲的變幻，社會整體的縮影。比如，以《春蠶》、《秋收》、《殘冬》組成的農村三部曲，描寫了老通寶一家一年四季的生產、生活狀貌，展示了這個家庭由自耕農淪為雇農的破產過程。筆觸所及，幾乎概括了一個時代勞動農民的生活道路，展現出舊中國鄉村經濟破敗的面貌。《當鋪前》寫的是災荒年景在鄉村和小鎮上出演的一幕活劇，以破產農民王阿大為事件的中心，向四處輻射開去，把當鋪門前飢餓的人流擴展到鄉村、市鎮的角落，暗示出廣闊的社會現實。收在《野薔薇》集中的《創造》等五個短篇，雖然不直接描寫革命鬥爭，都從不同的側面透視出大革命失敗以後小資產階級知識分子的生活，從而勾畫出或一時代人們的思想面影。《林家鋪子》和《委屈》寫小商人、小企業主在外資入侵、政治腐敗、戰亂迭起的社會裏，幾經掙扎，屢遭厄運，終於逃脫不了商店倒閉、工廠停產的可悲命運，不但展示了廣闊的社會生活畫面，還成為

民族資產階級在殖民地化愈益加深的社會裏前途黯淡、命運多舛的生動寫照。一個家庭，一個場面，一組人物，一角生活，作者寫來都能從容起伏，跌宕有致，曲盡其妙，盡可能擴展成一幅幅壯闊的現實生活圖景。如此說來，寓宏偉的藝術圖譜於從容裕如的表現之中，在豐富的生活內容上展開筆酣墨暢的藝術描繪，使作品蓄積磅礴的氣勢，蘊含深廣的內容，正構成茅盾短篇小說藝術構思的重大特色。

宏大的生活畫面，從現象上看，反映在作品的篇幅上。茅盾在談到自己的短篇小說時不止一次地說過：「我所寫的短篇，嚴格說來，極大多數並不能做到短小精悍而意味深長」〔註19〕，是「壓縮了的中篇」〔註20〕或「都帶點壓縮的中篇的性質」〔註21〕；「我的許多短篇小說還不是『生活的橫斷面』的表現」〔註22〕。這些說法，當然不無自謙。但是茅盾的短篇作品確有兩個特點。其一是短篇不短。略作統計，作品中萬字以上的篇幅占一半稍多，比較著名的篇章如《春蠶》、《創造》、《一個女性》、《右第二章》、《大鼻子的故事》等，都在一萬五千至二萬字左右，而《色盲》、《林家鋪子》、《煙雲》、《手的故事》已達三萬字左右了。這樣的「長短篇」，在同時代短篇作品中是罕見的，同魯迅的稱之爲「速寫」式的短篇和郁達夫「隨筆」式的小說尤其形成鮮明的對照。其二，截取生活的斷面，多採用縱剖式，這同一般短篇小說的「橫切」也有明顯的不同。除《夏夜一點鐘》、《第一個半天的工作》、《某一天》、《船上》等幾篇以外，多屬此種狀況。縱剖式注重縷述人物、事迹的來龍去脈，也無形中加大了作品的篇幅和容量。

短篇小說以精鍊爲貴，但判定作品的高下，似也不能僅以篇幅爲度。魯迅的小說以簡短著稱，大都是幾千字的精練篇什，但也有幾篇如《傷逝》、《孤獨者》這樣一萬七、八千字的從容之作。莫泊桑和契訶夫的短篇也以精鍊見長，但莫泊桑的《羊脂球》已近二萬字，契訶夫的《第六病室》則已在三萬字以上了。它們都是內容充實、布局謹嚴的藝術珍品。至於短篇小說對於生活面的截取，是採取橫切還是縱剖，更無定規，這要由選取怎樣的材料，用何種手法去表現而定。在中外短篇小說中，用縱切法獲得成功的作品也不可勝數。茅盾的短篇小說篇幅和容量之大，固然顯得比較突出，但正如他談到

〔註19〕　《〈茅盾選集〉自序》。
〔註20〕　《〈茅盾文集〉第七卷短篇小說集後記》，《茅盾論創作》第96頁。
〔註21〕　《短篇創作三題》，《茅盾論創作》第586頁。
〔註22〕　《〈茅盾選集〉自序》。

莫泊桑的短篇創作時所指出的,「如果寫長了,那決不是拉長,寫短了,也決不是硬縮短,這還不是會不會剪裁的問題而是作者從怎樣的角度去取材,以怎樣的手法去處理」〔註 23〕。可見他的「長短篇」自有獨特的構思方式,同樣成爲結構謹嚴,內容充實的上乘之作。

篇幅和容量成正比,文筆和章法同反映的內容相一致,寫來舒卷自如,抑揚有致,行乎其所當行,止乎其不可不止,無矯揉造作之感,有行雲流水之勢,是茅盾「長短篇」所獨具的藝術特色。作家徜徉在生活的海洋裏,顯得優游自如,左右逢源,彷彿隨意拾取著生活中的一朵朵浪花,漫不經心地訴說著人們的悲歡、苦樂和不平,一任筆墨流淌,直至意盡而止,使得作品包孕了相當寬廣的生活內容;而縱筆揮寫,並非浪用筆墨,隨意寫來,也不是無所剪裁,恰恰是經過高度的提煉,高度的概括,又使得作品有相當的深度。試以《林家鋪子》爲例。這個近三萬字的短篇,篇幅不可謂不長,作品只是反映了林老闆這個小商人在特定歷史時期的一段生活,當然是短篇的結構。但茅盾並不僅僅以反映商人生活爲滿足。他談過這個作品的構思過程:「小說的構思則比較早,還在研究《子夜》的素材如何取捨時,就注意到:小市鎮的商人不論如何會做生意,但在國民黨這大魚吃小魚,小魚吃蝦米的社會裏,只有破產倒閉這一條路;……國民黨腐敗已到了這步田地!這就是《林家鋪子》的主題。」〔註 24〕作者要探索的是小商人必然破產的歷史命運,要反映的是整個社會的黑暗腐敗。由這個主題所規定,作品就把林老闆放到複雜的社會關係中去表現,讓他承受包括國民黨「黨老爺」在內的多種社會力量的壓迫,終於被擠壓得破產出走。這一些,作者都是從容不迫,娓娓道來,在人物和事件「多角關係」的描繪中,使作品蘊蓄了深廣的容量,揭示了深刻的主題。而這一系列生活內容又無不都是緊緊圍繞林老闆的命運來展開的,筆墨揮灑自如,卻始終不離題旨,無一處閒筆,無節外生枝,顯得緊湊、集中,使人讀了不惟不感到冗長,反而覺得絲絲入扣、回味無窮。

《創造》的構思是另一種特色。這是茅盾的短篇處女作,屬於早期作品,但在藝術構思中同樣表現出畫面宏大、容量深廣的特點。作者說,這個作品的表現手法,「當時我戲用歐洲古典主義戲曲的『三一律』來寫」〔註 25〕,即

〔註 23〕《對於文壇的又一風氣的看法》,《抗戰文藝》第 10 卷第 2、3 期合刊。
〔註 24〕《我走過的道路(中)》第 132 頁。
〔註 25〕《我走過的道路(中)》第 11 頁。

作品是同一人物，故事發生在同一時間、同一場景內。《創造》就把故事安排在早晨一個小時內，地點始終不離臥室，主要人物是兩個：君實和嫻嫻夫婦。看起來這是橫切生活斷面的寫法，但從整個內容看仍然是縱剖法。作品立足於君實和嫻嫻的一場爭執，主要篇幅卻放在回敘、補敘、插敘上，詳盡地縷述了君實要把嫻嫻「創造」成一個「理想女子」，而「創造」一經成功，嫻嫻卻從內心推翻了丈夫對她的統治，「勇敢地走到前面去了」的過程。一個青年女子開初受到名教的束縛，其後經受了新思潮的洗禮，又幾經複雜的思想鬥爭，終於一無掛礙勇往直前，這樣豐富的內容通過早晨的一番爭執一齊展開了。在這裡，人們看到的分明是人物思想變遷的歷程，深深地感受到了時代浪潮對知識分子心靈的撞擊，濃厚的時代氣息和深廣的社會意義就顯得作品意蘊的深遠了。這個短篇雖然也長達二萬多字，但得力於構思精巧，使眼前的描述富有生活氣息，補敘和回敘又妥貼、自然，顯示了作家在短篇創作中善於駕馭和容納豐富生活內容的高超本領。茅盾從廣闊的生活角度取材，在豐富的生活內容上構成嚴謹的布局，或多層次多片斷地描述人物的命運，或從規定情景出發演示人物性格發展的軌跡，寫來內容充實而又結構嚴密，雖爲「長短篇」仍不失是精心構製的佳作。

以從容裕如的藝術構思，揭示廣闊的生活內容，取決於作家對生活和藝術的獨特理解與表現。在短篇創作中，他雖然只是截取了生活的「一片」，卻要通過它們反映社會的整體，活畫出時代的輪廓。因而，縱的聯繫歷史，橫的聯繫時代，做到把握「全面」中「深入一角」，便形成了茅盾的「長短篇」能夠在宏大的篇幅中力求深入的特長。《林家鋪子》、《創造》等篇就都有這樣的特點。作家都是從時代的總趨勢去考察當時民族資產階級和知識分子所獨有的生活道路和思想面貌的，使作品不但以寬廣的生活容量見長，也以揭示生活本質取勝。這一特點，也同作家自己的生活道路和鬥爭經歷相一致。豐富的生活實踐使茅盾積累了充裕的生活素材。這固然爲他創作長篇巨製提供了方便，在結構短篇中更是得心應手，運用自如。正如他回述從事短篇創作的過程時所說的：「那時候，我覺得所有自己熟悉的題材都是恰配做長篇，無從剪短似的」，「總嫌幾千字的短篇裏容納不下複雜的題材」。〔註26〕由此也可以見出他的「長短篇」正是以豐厚的生活原料爲基礎的。茅盾的藝術座右銘是：「必須記住而且遵守的，是『取精用宏』的

〔註26〕《我的回顧》。

四個字。」〔註27〕這既是他對藝術的獨到見解，也是他努力以求的目標。他的短篇作品正是宏大的生活原料中提取藝術精華的典型。當然，也毋庸諱言，在茅盾的「長短篇」中也有一些藝術價值不高的作品，如《手的故事》等。有的用中長篇的構思方式去寫短篇，事件頭緒既嫌紛繁，出場人物也嫌過多，由於缺少剪裁，顯得不夠凝煉、集中，有的由於太強調了運用縱剖式，故事進展顯得緩慢，來龍去脈交代過多，少有短篇簡潔、緊湊的特點，等等。瑕不掩瑜，從總體上來說，從容裕如的藝術構思仍不失為茅盾短篇藝術上的一大優點。

冷靜客觀的現實描繪

同宏偉的藝術構思相呼應，茅盾短篇小說藝術獨創性的另一個顯著特點表現在反映生活的方式上，這就是滲透於現實本身的細緻入微的描繪和冷靜客觀的剖析，從中表達出對生活的獨到見解。

文學創作是作家認識生活、反映生活、評價生活的一種手段。選用何種方式，從怎樣的角度對生活作出反映和評價，情況很不相同。有的是直抒胸臆的敘寫，甚至在大膽的自我暴露中托出思想情感，並不注重於對現實本身的細密描繪；而有的則把自我的感覺、自我的意識藏得很深，只是通過冷靜的現實解剖和純粹的客觀描繪，寄託對生活的獨特看法。一般說來，這兩種方式是可以區別浪漫主義作家和現實主義作家的不同的創作特色的。茅盾，作為嚴謹的現實主義作家，他的短篇創作從一開始就是嚴格遵循現實主義文學創作原則的。他側重在豐厚的生活內容上展現廣闊的現實生活圖景，冷靜地、執著地諦視著人生，描繪著人生。他的短篇所反映的主要的生活內容，如：女性知識分子的生活，鄉村、市鎮經濟破敗的圖景，小市民、小職員灰暗的人生，幾乎全同作者的實際生活離得很遠。這同浪漫主義作家郁達夫的小說多為「自敘傳體」，是熱烈的直抒胸臆、坦率的自我暴露固然有明顯的不同，就是同許多現實主義作家大多取材於自己經歷過的或熟悉的生活，如葉紹鈞的專注於教育界，老舍重在反映市民生活等，也有很大的不同。看起來，作家並非要在作品裏表現自己，彷彿只是在冷靜地客觀地述說著人生，把現實生活中的一幅幅醜惡的圖畫描繪出來，把社會上各色人等的面貌一個個解剖給大家看。這個特點也反映在作品的表現形式上。他的短篇沒有一篇採用

〔註27〕《創作的準備》，上海生活書店 1936 年版。

第一人稱。用第幾人稱表現，這雖然只是個敘述的方式問題，實際上同作品反映的內容與作者的感情表達方式不無關聯。郁達夫的作品多爲「自敘傳體」，他的小說中的主角大都是「我」，魯迅的前期小說（如《故鄉》、《社戲》、《一件小事》等），也有較多的自敘色彩，也多用第一人稱的寫法。茅盾的小說同「自敘傳體」相去甚遠，是純粹的客觀描繪，如他所主張的，是對現實「銳利的觀察，冷靜的分析」〔註28〕或是「客觀的描寫」，「客觀的眞實」。〔註29〕這就使得作品有了與眾不同的特色。冷靜、客觀的描繪，是最適合於表現現實人生的藝術手段。高爾基說，在文學創作中避免「寫入自己」，只是「把自己置於事變見證人的地位，不是把自己當作行動的力量，這是爲著不妨礙自己──故事的陳述者來講人生的緣故」。〔註30〕高爾基的這個見解很能說明茅盾擅長於這種表現形式的歷史動因和客觀效果。茅盾幾乎從踏上文學道路的那一天開始，目的就非常明確──文學要「爲人生」。其後又把「爲人生」具體地闡述爲反映「民眾」的苦痛和期望，寄愛憐於「被侮辱與被損害者」，表同情於「第四階級」，即勞動階級。〔註31〕他既反對無病呻吟的頹廢作品，反對遊戲、消遣的文學觀，也不同意把文學「只視爲抒情敘意的東西」〔註32〕。他寫小說，不只爲的「抒情敘意」，或者如創造社作家所鼓吹的是一種「天才的自我流露」，而是爲著表現人生，講述人生，於是他就找到了最宜於以「故事的陳述者來講人生」的方式，即冷靜、客觀的描繪。作家以生活見證人的地位，講述著生活中一個個生動的故事，訴說著主人公的不幸和悲苦，把讀者帶進廣袤無際的生活領域。這裡有各種女士在革命風暴過後的苦悶與悲哀，諸如環女士爲追求生活的「狂歡」，但終因不堪「在嘲諷和冷漠中摸索她的生活的旅程」而走上了自殺的道路（《自殺》）；如張女士曾在「革命的口號，大江的怒濤」中滾過，隨著時代潮流的逆轉，雖不肯聽命於官僚家庭的擺佈，但也別無良策，只能選擇一條逃避的路（《曇》）：這是寫「『平凡者』的悲劇的或暗淡的結局」，藉以給人們提供「猛省」的借鑒。〔註33〕這裡有各種底層人們的悲慘遭際，有如王阿大那樣的赤貧戶，一個準備拿去典當

〔註28〕　《從牯嶺到東京》。
〔註29〕　《讀〈倪煥之〉》。
〔註30〕　《我的創作經驗》，《外國名作家談寫作》第272頁，北京出版社1980年版。
〔註31〕　茅盾：《自然主義與中國現代小說》，《小說月報》第13卷第7期。
〔註32〕　茅盾：《社會背景與創作》，《小說月報》第12卷第7期。
〔註33〕　《寫在〈野薔薇〉的前面》。

的「小小的包袱」記錄了全家「慘痛的生活史」（《當鋪前》）；也有如大鼻子這樣的被拋在馬路旁的「小癟三」，日本鬼子的炸彈炸毀了窮民窟，使他失去了父母、失去了住家，過著連狗都不如的流浪生活（《大鼻子的故事》）：這是寫下層社會的不幸，意在「盡了斧子的砍削的功能，砍削人生使合於正軌」〔註34〕。這裡有社會的種種形相，有的是「脹飽了的囤戶」，耍盡「偷天換日的手段」，過著「奢侈糜亂的生活」；有的是無畏的戰士，滿懷熱情奔赴前線，「萬里迢迢的去打日本」，而家屬卻無人照顧，貧病交迫，無以為生（《報施》）：這是寫現實是光明與黑暗的交錯，給黑暗社會以本質的揭露。凡此種種都足以說明，作家沉靜地、客觀地訴說著人生，揭露和批判了帝國主義和國民黨反動派所造成的社會病苦。當然，作家在訴說這一切時，同樣飽含了滿腔的悲憤，只不過這種感情是滲透在整個形象的畫面中，寄託得相當深沉罷了。

一般說來，冷靜、客觀的描繪，是現實主義作家的共同特色。文學要為人生，就必然轉向客觀的描繪；社會是可詛咒的，也勢必以冷靜的筆墨出之。魯迅的冷峻的筆調，就是被人稱為「三個冷靜」的。茅盾的冷靜解剖，又自有特色。他常常把人物的命運推到苦難的極端，形成赤裸裸的暴露。正如別林斯基所說：「新作品的顯著特色在於毫無假借的直率，生活表現得赤裸裸到令人害羞的程度，把全部可怕的醜惡和全部莊嚴的美一齊揭發出來，好像用解剖刀切開一樣」〔註35〕。茅盾解剖的直率，就不止是「令人害羞」，甚至是令人厭惡、令人痛恨，有的還達到相當「殘忍」的程度。請看：

《小巫》寫菱姐：一個被當作玩物的卑賤女人，身受「老爺」、「姑爺」、「少爺」三位主人的滅絕人性的野獸般的凌辱，已足夠令人寒心，使人感到難以抑制的悲憤，而最後在一場混戰中，「老爺」們被打死了，她竟也被流彈擊中，「她的嘴角邊閃過了似恨又似笑的些微皺紋」，漠視著人間的不平而離開入世；

《當鋪前》寫「大肚子女人」：為著維繫暫時的生存，她以待產的身子拼著身家性命擠在當鋪前的人流裏，「額角上是青筋直爆，黃豆大的汗珠」，終於隨著當鋪門大開，她在蜂擁而入的人群中發出「一聲刺耳的慘叫」以後倒在血泊中了；

《林家鋪子》寫張寡婦：林老闆的店鋪倒閉以後，這個被「小魚」吃著

〔註34〕 《我走過的道路（中）》第47頁。
〔註35〕 《論俄國中篇小說和果戈理君的中篇小說》，《西方文論選》下卷第377頁。

的「蝦米」受害最烈，不僅幾年的辛苦積蓄化爲烏有，跟著人們去「吃倒賬」時，還擠掉了抱在手上的孩子，只留下了衣襟上的一攤血迹，最後「她已經完全瘋了」……

還有寫「一・二八」時，堅持抗日的工人卻被自己的軍隊打死在戰壕裏的（《右第二章》）；寫久病不愈的農民還要被鄉長抓去築路，險些走上絕路的（《水藻行》）；寫妻子被人侮辱的小職員，感到生活無望而三次自殺的（《煙雲》），等等。作者都用無情的筆墨，冷靜地解剖這可詛咒的人生。一切醜行，一切罪惡，一切悲苦，都暴露無遺了，可說是達到了描寫悲劇的極致境界。這種冷峻到有些殘酷的筆調，正是同當時冷酷的社會現實相一致的。30 年代的舊中國殖民地化愈益加深，反動統治愈益腐敗，社會更趨黑暗，勞動人民被投入苦難的深淵之中。面對這種現實，作家當然不願作隔靴搔癢式的揭露，只能進行無情的詛咒和憤怒的譴責。這正表現出一個現實主義作家嚴格遵循生活本身邏輯的求實態度。也表現出作家敢於爲人民立言的可貴本色。茅盾的短篇之所以具有巨大的思想力量，也正在這裡。

茅盾作品冷靜、客觀的描繪，除了對醜惡現實的無情解剖以外，還表現在注重於對社會上各色人物面貌的細膩剖析，藉以現出世相，鞭撻社會的弊害。他的犀利的筆觸，往往是透骨剔肌的，深入到人物靈魂深處的。諸如知識分子靈魂的空虛，小市民、小職員灰暗的心理，混迹在上流社會中的荒淫無恥的闊佬們的虛僞的面目，無一不在作家的筆端現出本相。這的確是一種「老實不客氣的剝脫」，既使人感到作假的困難，也自覺其猥瑣、無聊生活之不可取。在這方面，表現得最爲深刻的作品是《「一個眞正的中國人」》。一個以「眞正的中國人」自詡的某「老爺」，向以「服務民族」、「每一根神經纖維都貢獻給民族」相標榜的，頗爲自鳴不凡。但是，剝開他的「服務民族」的內容，實際上是個不折不扣的民族投降主義者：對於日本帝國主義的步步進逼，他「天天盼望停戰和平」，而對於「逆黨」卻堅決主張「討伐」。於是，他的放言高論就陷入不可解脫的自相矛盾之中了：一方面，「爲民族計」，是萬萬不能「開戰」的，否則一切將會「變成一堆灰」；另一方面，同「逆黨」不能「和平解決」，因爲「綱紀是要緊的；打幾仗，死萬把人，算得什麼」！這種論調不僅在朋友們中間通不過，連他的太太也感到愕然，只得匿名投書報紙，以泄「心口」的「脹悶」。作品通過人物的自我表演，把帝國主義奴才的嘴臉揭露得活活脫脫。抗戰初期，在反動

派「攘外必先安內」的喧囂聲中，這類人物是有相當代表性的。作家無情地解剖了這種人的靈魂，畫出了一種「社會相」，無疑有深刻的社會意義。類似通過「一個人」的解剖來解剖社會的，還有《一個夠程度的人》、《小圈圈裏的人物》、《趙先生想不通》等篇，或嘲笑了自稱為「夠程度」的體面紳士在逃難時的張皇失措，或譏諷了大後方的小姐、太太們的猥瑣無聊，或描述了精明能幹的生意人在動亂的歲月裏也滿心「想不通」，顯示了那個光怪陸離的社會裏種種光怪陸離的面目。「文人三部曲」《有志者》、《尚未成功》、《無題》，對知識分子空虛靈魂的解剖，也可謂入木三分。那個幻想寫出大部頭作品一舉成名的中學教員，儘管躲到寺廟裏挖空心思，仍然一無所獲。作品既解剖了那個時代裏脫離實際、脫離鬥爭的知識分子一籌莫展的可笑的精神狀態，也告訴人們企圖把自己禁錮起來，逃避社會鬥爭是沒有任何出路的。由此看來，作家對社會形相的解剖的確也是毫不留情的，也不乏沉靜的、冷峻的筆墨使形相的特點得以充分顯示，而各種形相的組合恰又構成了社會人生圖畫的狀繪，這正是冷靜、客觀的現實描繪的長處所在。

當然，冷靜、客觀的現實描繪，在茅盾的短篇創作中也並非白璧無瑕。比較突出的弱點是，由於側重於純粹的客觀描繪，自然主義色彩就顯得比較濃重。這主要反映在初期描寫女性知識分子的作品中，對現實人生和人物的思想狀貌固然是赤裸裸的解剖，對於反映人物消極因素的東西同樣也是赤裸裸的暴露。典型的作品是《詩與散文》，誠如作者所說，寫桂奶奶對肉欲的追求真是「放浪於形骸之外」了。這種現象同茅盾早期受到的自然主義理論的影響恐伯不無關係。隨著作家現實主義的不斷深化，這一弱點在後期的作品中已經克服，從中可以看到作家創作演變的軌迹。

深邃含蘊的理性色彩

理性化，是茅盾小說創作的基本藝術色調。在注重剖析社會現實的短篇小說創作中自然也不會例外。創作往往是「先從一個社會科學的命題開始」，他的這個著名論點便是在短篇小說《春蠶》的構思中率先提出來的。這表明，即使是駕馭一個短篇，他也沒有忘記對於生活的理性思考，總是在小說的構思過程中，把提出社會科學的命題也考慮在內。作家以特有的遠見卓識，在那些看起來似乎是零碎的生活現象中發現不被人們注意或不能正確認識的問題，在藝術再現中給予正確的回答，或是通過文學的命題提出一個個具有極

大思考力的哲學命題和歷史命題。《春蠶》思考著「豐收成災」現象的社會根源，《林家鋪子》提出了民族資產階級破產的現實和歷史必然性，《野薔薇》諸篇探討著隱藏在戀愛背後的「重大問題」，便都是適例。在這些表現重大題材的作品中，貫注著作家理性思維所提出的思想見解，在今天看來仍不失應有的光彩，足見理性思考對生活的深沉透視力。在反映另外一些社會問題上，茅盾也總是通過藝術思維提出了具有思考力的命題，同樣給人們以深深的啓示。《兒子開會去了》寫阿向的母親在十一年前參加過血染上海南京路的「五卅」運動，當時只有兩歲的阿向如今成了小學生，而政治仍不民主，又輪到兒子去參加群眾集會了，父母親在擔驚受怕中盼著兒子能平安回來。作者直抒胸臆，心情不無沉重地說：「恐怕要到阿向的兒子做了小學生，這才群眾大會之類是沒有危險的。」這不但浸透了辛酸和悲憤，也含有對中國革命勝利的希望和期待，涵義是雋永深長的。《喜劇》裏的青年華因爲散發反對北洋軍閥政府的傳單被捕，可是「革命」早已勝利，五色旗換成了「青天白日滿地紅」，他卻仍需坐足五年牢才刑滿出獄。出獄後，他被人看作是在逃的共產黨，險些再入囹圄。當他饑腸難耐時，他的老同學竟勸他索性以共產黨的身份去自首，因爲「這麼一來，你的工作問題就解決了」。在這幕小小的喜劇裏，作者並沒有直白道出自己的意見，卻給人以深沉的思考：國民黨口口聲聲叫喊的所謂「革命」，究竟是什麼貨色？他們仇視共產黨到了何等可笑的程度？這樣荒唐的政權還應當是久長的嗎？讀著這些篇章，人們自然會感覺到，作家描繪人生圖畫的時候，深藏著對於生活的多麼深刻的見解，給予人們以多麼大的思考力量。

　　茅盾作品具有深邃的理性色彩的更重要的價值，還在於作家把哲理鎔鑄在形象的描繪中，通過自然流露的方式充分表達出來。「從社會科學的命題開始」，往往容易被誤解爲從概念出發。「五四」以後出現的某些「問題小説」，就有這樣的弱點。作家們在探索「人生是什麼」的「問題」時，不是從社會實際出發，而是從自己構想的模式出發提出問題，在描述「問題」時又沒有給以「藝術的形象化」，就不免顯得枯燥乏味。許地山的某些宣傳涅槃歸真的佛教思想的作品和王魯彥的一些反映人生問題的小説，就帶有較明顯的宗教教義或「教訓主義色彩極濃厚」﹝註36﹞的缺點。茅盾的作品雖然也提出了一個個觸目驚心的社會問題，但由於尊重藝術本身的規律，他的作品同某些「問

﹝註36﹞茅盾：《王魯彥論》，《小説月報》第19卷第1期。

題小說」就有了明顯的區別。首先，茅盾是「眞實地去生活」，「經驗了人生」以後再去做小說的，〔註37〕因而他提出的社會科學命題是深深地植根於現實的土壤之中的。他初期創作的《野薔薇》和《宿莽》兩個短篇集，就是寫在參加了大革命實踐，「經驗了動亂中國的最複雜的人生的一幕」〔註38〕以後，提出的社會科學命題就顯得眞切、實在。至於在擴大藝術視野以後，把筆觸廣泛伸展到城市、鄉村、小鎮的多種角落所寫的作品，提出的社會問題之切中時弊、擊中要害，就更爲鮮明、昭著。其次，茅盾作品所具有的理性色彩，是寄寓在形象的畫面之中的。「不要太多了象徵色彩，不要從正面說教似的宣傳新思想」〔註39〕，是茅盾的藝術宗旨。同客觀描繪相一致，他注重於對現實人生的生動描畫，對形象本身的細膩刻繪，深刻的思想哲理就蘊含其中，不是發爲直抒胸臆的議論。民族資產階級前途黯淡這個命題，茅盾是通過對林老闆、張先生這兩個中小資本家的言行的解剖來告訴談者的。作者幾乎沒有加上任何評述，但是形象刻劃的富有典型性，使讀者彷彿感同身受，這個命題就有了無可爭辯的說服力。同樣，對國民黨反動統治本質的深刻揭露，也是通過青年華的可悲的「喜劇」性的情節表現出來的。作者的觀點、立場固然是清晰可見的，又因提出問題的觸目驚心，讀者的思索也是無盡的。

　　茅盾作品的理性色彩，還表現出含蓄蘊藉的特點。作者的觀點是深深地蘊藏在形象畫面之中的，讀者的體會則是細細地咀嚼得來的。他提出的那些富有生活哲理的思想，是經過深思熟慮的寄寓在形象深處的哲理的閃光，給讀者提供了足以馳騁自己想像力的藝術天地。他的作品具有無窮的回味，原因也正在此。譬如《野薔薇》集中的一些短篇，大都披著「戀愛的外衣」，粗心的讀者也許會把它們看成是一般的愛情小說。其實這類作品寫受情，並沒有像張資平的「三角」、「四角」戀愛小說那般肉麻、有趣，只是寫了一些非常「平凡」的事情，戀愛一點也不熱烈。作品正是通過對不同類型的人物的解剖，透視出革命以後人們不同的思想狀貌。「戀愛描寫背後」所蘊含的革命仍在生長、創造的思想，通過對小資產階級軟弱性的批判所提出的革命需要繼續喚醒這一部分人的「重大問題」，儘管在作品中蘊藏得很深，讀者經過仔細體會還是可以領悟到的。含蓄蘊藉的特點也反映在一些作品的命題上。從

〔註37〕　《從牯嶺到東京》。
〔註38〕　《從牯嶺到東京》。
〔註39〕　《從牯嶺到東京》。

那意味深長的題目裏，可以看出作者思考問題的獨具匠心和哲理色彩蘊藏之深。比如《小巫》，通篇描寫的不過是被人踐踏的下層婦女——菱姐的悲慘遭遇，題作「小巫」，用意何在？如果殘害菱姐的「老爺」、「姑爺」之流是「小巫」，那麼，誰是「大巫」？又如《陀螺》，寫的是五小姐在革命高潮前後的兩種截然相反的態度：她本是個「在那沸湯似的革命旋風中滾過來的人」，後來卻喊出了「一切都是假的」的絕叫。題作「陀螺」，或許就是「世事如陀螺」的意思吧。那麼，時光老人無情的鏡子恰好照見了如陀螺似的在原地打轉的小資產階級知識分子的真實面目，「陀螺」立意之深也令人拍案叫絕。再如《色盲》，它並非描寫生理上的色盲症患者，只是寫林白霜把世界看成一片灰黑色的這種「精神上的色盲」，深刻地揭示了一部分對革命絕望的投機者的心理。「色盲」題意的概括，既形象又深刻，同樣能給人以深沉的思考。作品的意蘊不在浮面的表現之中，而是滲透到藝術構思的深處；讀者對此不能一眼看穿，需要經過仔細的咀嚼方能獲得，這就大大增強了作品的藝術感染力。

第三章　史詩的片斷：對現實的歷史透視

　　在茅盾的小說創作中，歷史題材作品並不多，且都是短篇：《大澤鄉》、《豹子頭林沖》、《石碣》取材於歷史人物、歷史故事；《神的滅亡》、《耶穌之死》、《參孫的復仇》取材於神話小說。集中考察這為數不多的創作，既是考慮到此種小說樣式的特殊性，又是出於對茅盾小說作盡可能系統的評述的需要。何況，茅盾的歷史題材小說素來為人們稱道，早在 30 年代初，柳亞子在《新文壇雜詠》（十首）詠茅盾的一首中就獨獨讚賞他的歷史小說：「篝火狐鳴陳勝王，／偶然點綴不尋常。／流傳人口《虹》和《蝕》，／我意還輸《大澤鄉》。」〔註1〕作為博古通今的小說大家，茅盾「偶然點綴」的歷史題材小說創作，原就是一種獨到的藝術創造，有不可忽視的創作經驗在。然而，如果把茅盾的歷史小說匯合在他的創作整體中考察，那麼，還將顯示另一方面的意義：無論是創作動因，還是作品的實際內含，都滲透著茅盾在處理歷史題材時的強烈的時代意識和使命意識。作家抒寫歷史，是為了映照現實，而且是切近於時代主潮的那部分現實，因此當人們去讀他寫出的宏偉史詩時，把歷史小說也算在其內是很自然的事。在這類作品裏，茅盾所攝下的幾個歷史鏡頭，投射在現實的畫面上，恰成為「大時代」史詩的幾個精彩片斷，令人把玩不已。

一、構築從歷史通向現實的橋梁

　　考察茅盾的歷史小說，鮮明的時代性特質正顯示出同現實題材小說驚人的一致性。時代性對於現實題材小說來說固然是不可或缺的，它也是歷史小說藝術生命之所繫。作家在回述歷史現象的時候，如果只是為古而古、發思

〔註 1〕《柳亞子詩選》第 222 頁，廣東人民出版社 1981 年版。

古之幽情，只是歷史現象簡單的演繹，那麼歷史學家已經爲人們提供了浩繁的卷帙，歷史小說盡可以不寫。正如海涅在評述莎士比亞的歷史劇時指出的：「描寫過去，而不添加我們自己感覺的色彩，那是辦不到的。是的，因爲所謂客觀的歷史家到底是在向現代發言，他便無意間會用自己時代的精神寫作」〔註2〕。茅盾創作歷史小說的目的非常明確，抒寫歷史爲的是「向現代發言」，總是用鮮明的時代精神去描寫歷史，構築起一條從歷史通向現實的橋梁，從而使得歷史題材作品也蘊含了深廣的社會意義和現實意義。

據茅盾自述，他的歷史題材小說是這樣寫起來的：「大約是一九三〇年夏，由於深深厭惡自己的初期作品（即一九二八～一九二九）的內容和形式，而又苦於沒有新的題材（這是生活經驗不夠之故），於是我有了一個企圖：寫一篇歷史小說，寫中國歷史上的第一次農民起義。」〔註3〕這就是隨即寫成的《大澤鄉》。幾乎在同一時期，他還寫下了另外兩篇歷史短篇小說：《石碣》和《豹子頭林沖》。考察這一創作動因，可以發現，茅盾投入歷史小說的創作帶有十分明顯的目的：一新作品的內容和形式，使創作來一個根本的轉變。茅盾的初期創作如《蝕》三部曲和部分短篇，大都有些「悲觀、苦悶、失望的心情」，進入 30 年代後，風雲激蕩的現實革命鬥爭使他不再滿意原有的「調子」，「那時候，我在努力掙扎，想從我自己所造成的殼子裏鑽出來」。〔註4〕而率先從歷史題材中找到轉變的基點，這便是一個很值得注意的現象。從表面上看，是由於當時生活經驗的限制，一時缺乏適當的現實題材，但是，作家從浩如煙海的歷史材料中偏偏選中了幾個反映農民起義的題材，這就不難看出：從往往有著驚人的相似之處的歷史現象中尋找折射現實的事件，從而迂迴曲折地反映現實鬥爭生活，不能不說是他在藝術上尋求創新的一個重要考慮。

《大澤鄉》生發了《史記》所敘述的內容，集中描寫了以陳勝、吳廣爲代表的九百「閭左貧民」同代表秦王朝勢力的反動軍官之間的對立，渲染了雙方你死我活、一觸即發的鬥爭態勢。面對著「守在這裡是餓死，到了漁陽誤期也是死」的嚴重關頭，「賤奴」們直覺到，「只有大家幹罷，才可以不死」，終於點燃了「鬱積已久的忿火」，怒劈官長，揭竿而起，走上了反抗道路。《豹

〔註2〕《莎士比亞評論彙編》（上）第 328 頁，中國社會科學出版社 1979 年版。
〔註3〕《〈茅盾文集〉第 7 卷短篇小說集後記》。
〔註4〕《〈茅盾文集〉第 7 卷短篇小說集後記》。

子頭林沖》和《石碣》，取材於《水滸》故事，同樣是農民造反鬥爭的生動反映。尤其是林沖的那種「農民所有的原始的反抗性」，對於「當朝的權貴」嫉惡如仇，恨不得殺盡「那一夥吮嘔老百姓血液的魔鬼」，決心在水泊梁山——這個林沖眼中「進可以攻，退可以守的根據地」幹一番大事業，更表現出農民們同朝廷勢同水火，誓作殊死搏鬥的大無畏精神。這些作品發表之日，正是革命鬥爭風起雲湧之時：工農武裝鬥爭正燃起燎原烈火，井岡山革命根據地日益發展壯大。作者選取農民起義的題材寫歷史小說的深刻意義，由此就昭然若揭了。《大澤鄉》中這樣寫著：「地下火爆發了！……從鄉村到鄉村，從郡縣到郡縣，秦皇帝的全統治區域都感受到這大澤鄉的地下火爆發的劇震。即今便是被壓迫的農民要翻身！他們的洪水將沖毀了秦皇帝的一切貪官污吏、一切嚴刑峻法！」在這個歷史的畫外音裏，作者呼喊出來的，分明是對現實反動統治的詛咒，分明是對人民革命鬥爭的鼓動。難怪國民黨反動派對這些作品十分忌恨，甚至驚恐萬狀。當《宿莽》集再版時，檢查官老爺就以「頗多鼓吹階級鬥爭意味」為由，將《豹子頭林沖》和《大澤鄉》兩篇抽去了。〔註5〕

　　如果說，早期取材於歷史人物、歷史故事的作品具有一眼可以看穿的現實針對性，那麼，其後從神話和傳說中選取材料的幾個作品對於現實的影射就要稍稍隱蔽一些。隱蔽就是表現形式稍為曲折，採取的手法更加巧妙而已。《神的滅亡》是根據北歐的一個神話故事鋪衍成篇的。描寫神中之王奧定和他的「徒弟子徒孫」、「羽翼爪牙」滅亡的過程。這個故事雖然借著濃重的異國情調，看起來只是在訴說他民族的事，但作品寫到暴君奧定的「高高在上，荒淫享樂」，「貪詐，淫邪，榨取，掠奪」，同樣可以使人聯想到本國現實統治者的一切穢行劣迹；寫到奧定錯誤地估計自己的力量，「覺得他的統治權安若磐石」，然而「下界的叛逆的怒潮卻也天天聲勢擴大」，終於把他從寶座上掀了下來，同樣預示了本國反動統治的不會久長。至於在抗戰時期取材於基督教的《舊約》和《新約》寫成的《耶穌之死》、《參孫的復仇》，用以揭露蔣家王朝的倒行逆施，就更見巧妙了。作者說，寫這兩個作品就是想「借用《聖經》中的故事來一點指桑罵槐的小把戲」〔註6〕。這無疑是達到了目的的。耶穌痛斥「假冒為善的文士和法利賽人」，自己「一個指頭也不肯動」，卻把重

〔註5〕《我走過的道路（中）》第234頁。
〔註6〕《〈茅盾文集〉第8卷短篇小說集後記》，《茅盾論創作》第100頁。

擔「捆起來擱在人家的肩上」；自己不願進天國，卻也不容許人家進去；對「先知和智慧人並文士」，不是殺害便是鞭打，或者從「這城逼到那城」去，甚至連他也在黑夜裏被「鬼鬼祟祟」地抓走……這一切無不都是對國民黨反動派對外屈膝投降，自己不抗日也不准別人抗日，對內奉行法西斯獨裁統治，驅使走狗特務瘋狂迫害進步人士罪行的譴責。寫參孫受到大利拉種種陰謀詭計的誘騙，終至束手就擒，遭到慘絕人寰的迫害，也正是對反動勢力令人髮指的殘酷暴行的揭露。作者借耶穌和參孫的口說出：「現在是你們的時候，黑暗掌權了」，「有這樣無恥的人，有這樣卑鄙的人麼？」對反動當局的憤恨之情可謂溢於言表。這很容易使人聯想起寫於同一時期的郭沫若的歷史劇《屈原》。一個借屈原之口，一個借耶穌和參孫之口，一樣痛斥反動派，真有異曲同工之妙。而茅盾的作品借用基督教義發議論，是在蔣介石這個所謂基督徒允許的範圍之內進行的。因此誠如茅盾所說，既能「迷惑檢查官的眼睛」，讀者看了又能產生「會心的微笑」，〔註 7〕這不能不令人佩服作者善於用歷史諷喻現實的本領。

這樣看來，茅盾的歷史小說描寫過去，的確是在「向現代發言」的：或者是掘發了歷史的高尚精神，給人們以鼓舞的、向上的力量；或者是鞭笞了歷史和傳說中的「壞種」，給現實惡勢力以無情的揭露與詛咒。茅盾曾經讚賞魯迅的《故事新編》「借古事的軀殼來激發現代人之所應憎與應愛，乃至將古代和現代錯綜交融」〔註8〕，其實他自己的作品也是遵循這樣的原則的。從這個意義上說，他無疑是繼承了魯迅為我國現代歷史小說開創的這一優良傳統的。當然，茅盾作品對現實的反映就時代感強烈這一點說，又自有特色。它不是一般地折射現實，而總是觸及了現實生活中的重大問題的，是同實際的革命鬥爭緊相呼應的，因而明顯可以看出時代浪潮留下的印痕。對叛逆精神的鼓動，對當局的指桑罵槐，都涉及敏感的現實問題，其中強烈的現實針對性，濃厚的戰鬥色彩，是同時期其他歷史小說所難以比擬的。

二、尋求獨特的歷史發現

對於嚴肅的歷史小說作家來說，站在自己時代的高度，掘發歷史的精神以映照現實，是首先必須考慮到的，然而如何掘發這種精神，卓有成效地服

〔註 7〕《〈茅盾文集〉第 8 卷短篇小說集後記》。
〔註 8〕《〈玄武門之變〉序》，開明書店 1937 年版（宋雲彬：《玄武門之變》）。

務於現實，卻是頗不容易的。一方面，因爲歷史的現象是複雜的，由於階級的偏見和認識上的局限，人們對歷史現象往往不能作出合理、正確的解釋，許多歷史事實的記載長期以來是精華與糟粕雜陳，正確與謬誤並在，蒙上了一層層難以辨認的霧障。恰如魯迅所說：「歷史上都寫著中國的靈魂，指示著將來的命運，只因爲塗飾太厚，廢話太多，所以很不容易察出底細來。」〔註9〕因此撥開歷史的迷霧，探尋事物的本質，察出歷史的眞正「底細」來，從中找到有益於今人的正確經驗，就既是一項十分艱巨的工作，的確也是作家必須努力達到的目標。另一方面，也還有一個用何種歷史觀點去看待、分析歷史現象的問題。對同一現象，例如中國歷史上屢屢出現的農民起義，站在唯心史觀和剝削階級的立場上，會認爲這是犯上作亂、大逆不道，但用歷史唯物主義的觀點看，就會得出這是推動社會歷史前進的動力的正確結論。因此，是否堅持唯物史觀，對歷史小說作家能否把握歷史本質是至關重要的。茅盾在談到歷史劇創作時指出，歷史題材既有「積極意義」，也有「歷史局限性」，「劇作家的任務是通過藝術形象對此一歷史事件還它個本來面目」。〔註10〕他創作歷史小說，就是做著恢復歷史本來面目的工作，用自己獨到的見解處理歷史題材，使作品達到了歷史唯物主義的高度。

　　茅盾在從事小說創作以前，對所謂「國故」就有相當精深的研究。爲寫作歷史小說，他又一度「埋頭於故紙堆中，研究秦國自商鞅以後的經濟發展，戰國時代的一些重要的思想潮流，乃至典章文物等等」。對歷史材料的熟悉，爲他駕輕就熟處理歷史題材，無疑是打下了堅實基礎的。但熟悉歷史僅僅爲創作提供了條件，更重要的是要對歷史事件作出精確的分析，要有獨到的見地。茅盾寫作歷史小說，正是他在創作上尋求重大轉變的時期，標誌著這一轉變的就是他努力掌握馬克思主義，運用階級分析的方法去看待現實生活，去分析歷史現象。這樣，他找到了一把開啓歷史奧秘的鑰匙，就能從紛紜複雜的歷史現象中找到事物的本質所在，在鑒別出「中國的靈魂」，認識歷史的本來面目中，往往表現出自己獨特的思考和發現。

　　這種獨特的發現，突出地表現在對歷史本質的正確揭示上。他對於人們一再道及的歷史現象，一般總是要深入一層探察它所由發生、發展的必然性、

〔註9〕《華蓋集・忽然想到（四）》。

〔註10〕《關於歷史和歷史劇》，《茅盾文藝評論集》（下）第 1006 頁，文化藝術出版社 1981 年版。

歷史動因等，提出了不囿於常人的識見，從而既揭示了問題的實質，又賦予常見的材料以歷史的新意。譬如《大澤鄉》所描寫的內容，人們是非常熟悉的。作家的獨特思考是在於：這樣一次規模巨大的農民起義，發生在大澤鄉一地，發生在戍卒誤期一事上是可能的，然而它的實際成因卻比這要複雜得多。作品把主旨放在對我國歷史上第一次農民起義所由發生的根本原因的探索上，就使得這個題材有了更為深刻的意義。對此的描述，作品強調了兩點。一是從兩個敵對階級的尖銳對立上去展開矛盾衝突，把以陳勝、吳廣為首的九百人確認為被征服的、失掉了土地並降為奴隸的六國農民，兩個軍官則上昇到統治地位的秦的富農階級，以昭示出這場衝突是兩個階級之間的殊死搏鬥。二是突出了土地問題的重要性，九百人造反的動機主要是在於獲得土地：「想到自己有地自己耕的快樂，這些現在做了戍卒的『閭左農民』便覺到只有為了土地的緣故才值得冒險拼命」。對於誰來做「王」，他們是不感興趣的，即使真的陳勝當上了「王」，也「一定得首先分給他們土地，讓他們自己有地自己耕」。這就把農民造反的目的提得非常明確。這在《史記》等典籍中是沒有記載的，但它突出了封建社會的根本矛盾，即地主同農民的矛盾，揭示了以獲得土地為主要目標的農民起義的本質特徵，強調了「始皇帝死而地分」的意義，這無疑是反映了歷史本質的。它把史籍所載的大澤鄉舉事的偶發性事件，提到歷史必然性上去認識、去表現，也是對歷史事件成因的正確把握。作者說：「這篇東西所提到的一些歷史問題，……歷史學家未必有同樣的看法；但亦只好不管了。我相信這些問題還不能馬上作結論。」〔註11〕是的，作家的處理儘管同歷史學家的看法有所不同，但並非是毫無根據的杜撰，更重要的是它反映了歷史的真實，正可以看出作家不為成見、不為表面現象所左右的可貴的膽識。同此相類似的還有《豹子頭林沖》。作品給林沖這個「八十萬禁軍教頭」還了個「農家子」的本色，寫他的父親「像老牛一般辛苦了一世」，「把渾身血汗都澆在幾畝稻田裏」，他自己也過慣了「莊稼人的生活」，這也是一個大膽的創新。根據《水滸》故事，如後來茅盾所分析的，「林沖出自槍棒教師的家庭，是屬於小資產階級的技術人員」〔註12〕，但在寫歷史小說時，卻改換了他的階級出身，把他寫成一個地道的農民，使得梁山聚義具有真正的農民起義的色彩。這從歷史小說的再創造來說是允許的，而反映了

〔註11〕 《〈茅盾文集〉第 7 卷短篇小說集後記》。
〔註12〕 《談〈水滸〉的人物和結構》，《文藝報》1950 年第 2 卷第 2 期。

歷史的本質，與現實鬥爭更緊密地呼應起來，就具有更為重要的意義。

　　從揭示歷史的本質出發，茅盾處理歷史現象的另一獨到之處，是對表現出很大局限性的某些歷史題材採取「反其意而用之」的方法，把歷史的顛倒再顛倒過來，以恢復歷史的本來面目。這類作品所採用的素材，人們對他們的認識原來往往是歪曲了的，作家重新表現它們，給現實以有益的啟示。《石碣》揭穿了所謂「忠義堂石碣受天文」的秘密，最能見出作者獨具的慧眼。《水滸》最末一回寫宋江等兄弟聚會，向上蒼祝告，「惟願朝廷早降恩光，赦免逆天大罪」，果然天賜石碣，降下了刻有「替天行道」、「忠義雙全」和眾兄弟排定座次的「天書文字」。這反映了梁山好漢「悔罪」和期望招安的消極思想，就全書的基調來說是一個倒退，是一處敗筆，體現了作者施耐庵的階級的和時代的局限。茅盾創作的《石碣》就完全唱了反調。他把作品構思成石碣文原來是偽造的，是由智多星吳用謀劃，命聖手書生蕭讓和玉臂匠金大堅背著眾兄弟私自刻製的，並非是從天上掉下來的。在梁山內部，也並非是清一色的農民戰士，有許多本來就是「趙官兒」的人，只是「事到臨頭，藉此安身」。因此，所謂「替天行道」的「天意」，只表達了個別頭領的意願，不符合梁山泊一百零八人個個人的心願，就連私刻石碣文的蕭、金兩人也表示了極度的不滿。「天意渺茫，就叫我們來替『天』行意？」「看來我們水泊裏最厲害的傢伙還是各人的私情——你稱之為各人的出身；我們替『天』行的就是這個『道』呢！」作品通過金大堅的疑惑和不滿，對所謂「替天行道」的實質作了深刻的揭露與批判，也表現了真正的農民戰士同朝廷誓不妥協的革命精神。作者站在歷史的高度去觀察歷史現象，用歷史唯物主義的精神去處理歷史題材，寫出了富有鬥爭精神的真正的中國農民的特性，使原來蒙上歷史塵埃的題材重新灼灼閃光，同時又為現實的革命鬥爭提供了正確的歷史經驗。同樣反其意而用之的，是《神的滅亡》。這個作品如作者所說，是對「神話」唱出了「倒板」。依據北歐神話，小說寫到的主角奧定是「智慧與勝利之神，貴族與英雄的保護者」〔註13〕，並不是惡勢力的象徵。但茅盾認為，這些「神話」「要稱頌『神』的治權『世世勿替，萬壽無疆』，終究是不符合事物發展現律的，正像「人類史上」掃除過「封建皇帝」，正在掃除「資本主義的霸王」「人類的鬥爭還在繼續」一樣，神的滅亡也是「不可挽救」的。因此他沒有把奧定看成是個勝利的英雄，而寫成了一個殘酷的暴君，並且給了他一個「不

〔註13〕茅盾：《北歐神話 ABC》，《神話研究》，百花文藝出版社 1981 年版。

可挽救」的滅亡的命運：最後被反叛的巨狼芬列司一口吞掉，老窩也被「下界」的叛逆者連根端去。這個「倒板」唱得好。對神權的歌頌，在某種意義上說，也是對歷史上的反動統治的肯定，就神話題材的作品而言是不足取的。茅盾對這一神話故事作了根本改造；把神話中的「治權」與「人類史上」的反動統治聯繫起來認識，從歷史發展的進程揭示了事物的本質，又從神話中引伸出強烈的現實意義，這就大大加深了作品的思想蘊含。

三、寫出個性化的歷史「活人」

茅盾主張小說要注重寫人，要寫出「立體的複雜性的活人」〔註 14〕。在歷史小說中，著力塑造有複雜性格的歷史「活人」，這依然是他努力追求的目標。

歷史小說中的人物是歷史上實有的，或者在歷史故事和傳說中出現過的，這就給藝術創造帶來相當的困難。因為這些人物及其事迹，讀者曾經相識，有的甚至已有口皆碑，作者倘若不是對歷史人物有獨特的理解，筆下又塑造不出鮮明、獨特的性格來，怎麼能吸引讀者呢？正同追求獨到的歷史見解一樣，茅盾對歷史小說中藝術形象的刻繪也總是灌注自己求異的識見，寫出人物性格的複雜性和獨特性，為文學提供了一個個嶄新的歷史「活人」。這種「活人」，再現了原來人物的某些特質，又不是原來人物的模擬和翻版，的確具有基於原型的再創造。在茅盾的歷史小說中，寫得最為成功也最有獨創性的人物，該數豹子頭林沖。讀者所熟悉的那個有一身好武藝而又優柔寡斷、生性軟弱，終至被高俅逼得死去活來的林教頭，到了茅盾的筆下，有了一個完全嶄新的面目。作品僅僅通過林沖上梁山後在一個夜間的所思所行，就細膩地解剖了他複雜的內心世界，展示了他既有本領又有謀略的兩個側面，塑造出成熟的農民英雄的形象。同《水滸》故事相比較，林沖的性格無疑是「拔高」了的。坎坷的遭際教會了他認識生活的本領，現在他已沒有了軟弱，沒有了妥協，沒有了幻想，有的只是對「當朝權貴」的痛恨，只是要報仇，「要用仇人的血來洗滌他的恥辱」。甚至他的「休妻」，也是「下了決心」的表現，因為「再忍著氣兒，守著老婆，過太平日子那樣的想頭，他早已絕對沒有了」！這樣決絕的態度，對於表現一個英雄的氣度，是很有份量的。然而小說寫林沖的謀略似乎更為精到。妒賢忌能的白衣秀士王倫和對統治者仍有卑污妥協

〔註14〕 《創作的準備》，上海生活書店 1936 年 11 月初版。

之心的楊志，爲林沖深所鄙棄和憤恨，他眞想挺起朴刀就去結果這兩人的性命，但幾次轉念，又「忍耐」下來了。乘著人家「睡意朦朧」去殺人固然算不得英雄，便是不看時機莽撞行事，也決不是一個有謀略的頭領所應爲。他的這種「粗中有細」，意識到「這被壓迫者的『聖地』的梁山泊，固然需要一雙鐵臂膀，卻更需要一顆偉大的頭腦」，正表明他思想上的成熟。作者出於對有叛逆性格的農民的心愛，「拔高」自己筆下人物的精神境界，這對塑造活的林沖，一個眞正的農民英雄，是十分必要的。而且，這種「拔高」並非偏激無度，寫得很有分寸，林沖仍然有思想鬥爭，仍然是粗細相間，顯得有靈魂、有血肉。經過這樣的再創造，人物比原著自然前進了一大步，站立在讀者面前的，既是一個曾經相識的歷史人物，又的的確確是一個「活人」。

　　誠然，從藝術創造的角度來說，對歷史人物性格的改動是必要的，但依然不能離開歷史的眞實。所謂歷史的「活人」，是「活」在性格的豐滿性上，「活」在對歷史人物本質特徵的正確把握上，即使有所創造，也應雖爲史書所無，卻是生活中所有，並非隨心所欲去塗改歷史人物的面孔。這對於描寫確有史傳的歷史人物來說，尤爲必要。像魯迅的熔歷史與現實於一爐的《故事新編》，雖頗多「油滑之處」，但也「並沒有將古人寫得更死」。〔註15〕茅盾在處理見諸史傳的歷史人物時，就表現出既大膽又謹愼，既有自己獨特的創造，又嚴格遵循歷史唯物主義的精神。他寫古人是爲今人服務，在人物身上有不少今人的投影，但也沒有把古人寫得更死，或者完全以今人的面孔去打扮古人。《大澤鄉》寫陳勝、吳廣，用墨極其簡練，基本上沒有正面去寫。但作品通過側面的暗示或簡單的勾勒，寫陳勝是「堂堂儀表」，有著「一張多少有點皺紋的太陽曬得焦黑的貧農面孔」，寫吳廣「像野熊一般」剛強的烈性，在關鍵時刻敢於挺身而出，這些都是很有凜凜氣概的。這裡有作者自己的創造，但這樣描寫，著眼於農民的身份、氣質，符合這兩個人物的基本性格面貌，就不會失卻眞實性。寫到他們巧妙用計，在魚肚子裏藏一方素帛，朱書三字「陳勝王」，以作起事的號召，這取材於《陳涉世家》，是對史實的有效采擇，做到了藝術眞實與歷史眞實的高度統一。用墨較多的兩個「富農階級」的軍官，則大多出自虛構，《陳涉世家》僅僅提到「兩尉」、「將尉醉」、「並殺兩尉」等語，小說卻詳盡地描述了兩軍官的醉酒、商議、巡營、詈罵、彈壓等情節，寫出他們的苦惱、怨恨和不平相交織的心情，揭示出他們既驕橫又

〔註15〕魯迅：《故事新編・序言》。

虛弱的本質，以及面臨滅亡而困獸猶鬥的頑固態度，可謂細緻入微，聲態並作。作爲秦王朝統治的代表，他們把農民逼到鋌而走險的途程上，小說側重寫出他們兇狠腐朽的一面是眞實可信的，但作品也沒有更多地醜化他們，倒是把他們寫得很有「韜略」，甚至還讚頌了他們的「祖若父」及他們自己「披堅執銳作軍人」時橫掃六國、統一天下的業績。只是在暴秦統治逼得人無路可走，九百人「忿火」怒燃的時候，他們要挽救危亡，才終於變成兩隻「泥貓」的。以尊重史實爲前提，從階級本能上去刻劃性格，寫出人物在特定歷史條件下思想上的矛盾、性格的複雜性，這就使得兩軍官也成爲有獨特個性的歷史「活人」。

茅盾利用神話小說狀繪人物的特點，是神和人的統一，就形象而言，是神化的人或是神的人化。無論是耶穌、參孫還是奧定，他們都是神，具有人所不能有的智慧、神力和奇術。耶穌能卜知未來，可以預見自己什麼時候進天國，將是哪一個門徒出賣自己；參孫力大無比，雙手撕裂活獅子就像撕裂羔羊一般，用一根驢腮骨就能擊殺一千非利士人，奧定則有呼風喚雨的本領，會施各種慘酷的魔術。然而，作爲小說中的藝術形象，寫神是爲了映照人、啓迪人，以神的行爲象徵人的精神。因而，茅盾筆下的神又各各顯示出人的本性，是一個個現實生活中的「活人」。他們大都食間煙火，行人所行的事，說人所說的話，彷彿已從雲端飄落到了凡塵。耶穌的智慧和德行，正是爲善的人格的化身，門徒猶大無恥的背叛，恰恰是對人間邪惡的譴責；參孫雖是一個無敵的英雄，但同凡人一樣，也終究抵敵不住蕩婦大利拉的誘惑，被識破秘密，喪失神力，以致束手就擒，而他的最後拼死復仇，同三千非利士人同歸於盡，也正是人的反抗精神的再現；奧定的掠奪和暴虐，欺詐和荒淫，那更是「獸行引誘人腐敗墮落」的象徵。通過對「活的神」的解剖，寫出了一個個「活的人」，使神的精神與人的性格交融爲一，完成了象徵人的藝術形象的塑造，這正是茅盾寫神的獨到之處。

四、目的是創造一件藝術品

茅盾的歷史小說在藝術上也是有獨特創造的。正確運用藝術虛構，高度的藝術概括能力，努力追求歷史的詩意，乃至精巧的構思，簡練傳神地刻繪人物的本領等，都表明作家有駕馭這一文學樣式的高超藝術手腕。茅盾認爲歷史題材的文學作品「是藝術品而不是歷史書」，「作家們當其構思運筆之時，

其目的是創造一件藝術品」。〔註16〕他的歷史小說正同現實題材作品一樣，也不啻是一件件藝術珍品，不僅給人以歷史精神的教育，也能讓人獲得美的藝術享受。

歷史文學同歷史書的根本區別，在於它的文學典型性。亞里士多德指出：「寫詩這種活動比寫歷史更富於哲學意味，更受到嚴肅的對待；因爲詩所描寫的事帶有普遍性，歷史則敘述個別的事。」〔註17〕由此可見，在歷史那裡，個別只是個別，在文學這裡，卻要通過個別去反映一般，因而歷史文學的美學目標，就在追求一種歷史的詩意，它不只是對個別歷史現象的陳述，而是要通過對歷史的高度概括和提煉，揭示出帶有普遍意義的東西，用藝術形象去說服、感染讀者。茅盾創作的《大澤鄉》，就是一篇富有歷史詩意的佳作。對這個作品，茅盾不乏自謙之詞，說這是「一篇概念化的東西」，「形象化非常不夠」。〔註18〕就原先的構思是一個長篇，其後寫成的只是長篇的一個「大綱」而言，說它稍嫌簡略，自不無道理。但作家調動了文學的手段去表現歷史事件，它仍不失爲一件完整的藝術品。小說所描寫的雖然只是一個生活片斷，但展現了宏闊的歷史畫面，演出了一幕有聲有色的歷史活劇。九百人「苦雨」的自然環境的重墨渲染，以及由此延伸開去的整個社會背景的描寫，對「天下苦秦久矣」的歷史作了藝術的再現，爲人物的活動布置了色彩鮮明的典型環境。爾後，讓兩軍官卷到「苦雨」的漩渦中心，同九百人相對立，造成尖銳的矛盾衝突，並使衝突由相持到白熱化，至最後雙方刀兵相見·整個故事一氣呵成，寫來有層次，有波瀾，很有藝術感染力量。作品改造、生發、擴充了《史記》所敘述的內容，塑造了典型環境中的典型性格，由此去認識農民起義的本質特徵，也就「比寫歷史更富有哲學意味」了。這可以認爲是一件藝術品的更重要的價值。

茅盾在談到歷史小說創作時指出：「寫歷史小說還可以從司各特和大仲馬的歷史小說中學到一些技巧，雖然這兩位歷史小說家不按照歷史的眞實而頗多虛構乃至臆造，是不足取的。歷史小說容許有虛構的人和事，但必須是那個歷史時期可能發生的人和事。」〔註19〕茅盾歷史小說的典型性，就是借助於藝術虛構，通過典型化的手段來完成的。豐富的想像，奇秒的聯想，使故

〔註16〕 《〈關於歷史和歷史劇〉的後記》。
〔註17〕 《詩學》，《西方文論選》上冊第 65 頁。
〔註18〕 《〈茅盾文集〉第 7 卷短篇小說集後記》。
〔註19〕 《解放思想，發揚文藝民主》，《人民文學》1979 年第 11 期。

事跌宕有致，饒有情趣，而又以不違反歷史眞實爲前提，使人覺得眞切可信。他從司各特和大仲馬的歷史小說中受到啓發，注重於藝術虛構來刻劃典型形象，但又不同於司各特的臆造歷史（如找不到適當的引語時就「自己創造一句格言」，僞稱引自《古劇本》或《古歌謠》），也不取大仲馬的隨意修改歷史的做法（如露骨宣稱：「什麼是歷史？就是釘子，用來掛我的小說」﹝註20﹞），而總是努力追求歷史的神似，即使用較多的虛構也得是「那個特定時代的歷史條件下所產生的人和事」，「不損害作品的歷史眞實性」。﹝註21﹞《大澤鄉》基本上採用史實，人和事大都見話史傳，但許多細節描寫卻出自想像和虛構，如由《史記》所載的「將尉醉」一句，就可引出一大段兩軍官「醉酒」的故事，細膩地解剖了兩人面臨滅頂之災時的複雜的思想狀態。這一段寫活了兩人性格，雖屬虛構，但卻逼眞地寫出了這類人物在特定境遇中的思想和行爲，因而「人與事的發生是合理的，是有最大的可能性的」﹝註22﹞，也必將是符合歷史眞實的。取材於《水滸》故事的作品，素材本身就不是嚴格意義上的歷史，林冲等人的名字可見於野史如《宣和遺事》之類，但不載於正史。因爲大體上屬於民間傳說，用更多的虛構就不存在違反歷史眞實的問題。寫林冲想殺後來也成爲梁山好漢的楊志，這是原著所沒有的，但依據經作者改造了的林冲的性格發展的邏輯，這個情節卻是順理成章的，因爲此刻林冲已有了決不妥協的反抗精神，對於楊志的「還打算向當道豺狼獻媚妥協的那種行徑」十分憎惡，正是強化了這種性格。同樣，寫金大堅的羞於私刻石碣文，對蕭讓發了一大通牢騷，更是對原著的根本改造，也寫活了一個純眞、樸厚又具有鮮明的階級意識的農民性格。至於取材於神話故事的作品，充分發揮作家的藝術才智，將故事寫得富有生活情趣，就見得更爲巧妙。如《神的滅亡》寫奧定的荒淫無恥，就是根據「眾神之王」奧定是「多妻者」和「美及戀愛之神」佛利夏的美貌多情、同許多神「發生過戀愛關係」﹝註23﹞的傳說鋪衍編排的。作者展開充分的想像，把原來各不相關的兩個故事巧妙地聯想在一起，寫奧定和弗麗亞（即愛神佛利夏）長期「淫亂宮廷」，在大難臨頭前還在「寢宮」鬼混，把神的生活根據人的情趣戲劇化，形象地刻繪了作爲暴君性格的一個重要側面，使人讀後不能不歎服作家運用藝術虛構的精到。

﹝註20﹞ 轉引自張英倫：《大仲馬》，《名作欣賞》1981 年第 8 期。
﹝註21﹞ 茅盾：《關於歷史和歷史劇》。
﹝註22﹞ 茅盾：《關於歷史和歷史劇》。
﹝註23﹞ 茅盾：《北歐神話 ABC》。

就藝術上說，茅盾的歷史小說還有有別於現代題材作品的特長，這就是精巧的構思，嚴謹的布局，對歷史現象實行高度的濃縮，充分發揮短篇小說反映生活的特點，在他自己的創作途程中也是頗為獨特的。茅盾說過，「我的短篇小說絕大部分都不是嚴格意義的短篇小說，而是壓縮了的中篇」〔註24〕，而《大澤鄉》等篇卻是「我第一回寫得『短』」，因而「對於我頗顯得親切了」。〔註25〕的確，茅盾的歷史題材短篇大都以簡潔凝煉取勝。在構思上，採用橫切生活斷面的寫法，並不詳盡鋪敘人物、事迹的來龍去脈，只是截取歷史長河中的一截細流來敘述事件，刻劃性格。如《大澤鄉》只寫了兩軍官同九百人衝突的一個場面，《石碣》只寫了金大堅同蕭讓的一席談話，卻高度濃縮了歷史現象，包容了豐富的內容。在結構布局上，以人物的性格發展為軌迹，線條單純明快，故事行進較速，節奏感強，顯得緊湊集中。如《豹子頭林沖》以追蹤林沖的所思與所行，緊緊圍繞性格刻劃來安排情節，組織故事，顯得脈絡分明，條暢理晰。在形象的刻繪上，外觀的面貌簡練傳神，側重於通過人物的行動和對話來描摹人物的思想狀貌。寫林沖，一陣思索，幾個動作，就袒露了嫉惡如仇的性格；寫耶穌，在會堂裏說教時的幾段陳述，就現出了他的智慧和為善的品格；寫參孫，只寫了受騙和復仇兩個情節，就展露了單純而又剛強的熱性男子的氣概，如此等等。這樣描寫，既做到用墨凝煉，又探察到了人物心靈深處的奧秘，確實不愧為大手筆。短篇小說以短為貴，短小的篇幅又蘊含了巨大的容量，作家對它們表現出特別的喜好是可以理解的。而作為歷史短篇，並不繁瑣、冗長地敘述人們所熟悉的歷史現象，只是從自己最有見解的地方入手，從中擷取閃耀光彩的東西，濃縮在高度提煉的歷史畫面中，就具有更大的藝術力量。

〔註24〕《〈茅盾文集〉第7卷短篇小說集後記》。
〔註25〕《我的回顧》。

第四章　形象觀照：形象系列（一）
——「時代女性」系列

　　在茅盾小說的人物畫廊裏，最早出現的是「時代女性」形象。這就是人們在《蝕》三部曲裏見到的各類女子。嗣後，作家仍然把主要心力傾注在女性形象身上，在短篇集《野薔薇》、《宿莽》，在長篇《虹》裏，續繼著力描繪她們。於是，在進入小說創作領域的不太長的時間內，茅盾便為文學提供了引人注目的人物形象群，一個齊嶄嶄的女性形象系列。這個形象系列，在他其後的創作中還有延伸和發展。《子夜》、《鍛鍊》等作品，雖然女性形象已退居次要地位，但畢竟由於作家太熟悉這類人物了，著墨她們時，無不駕輕就熟，活脫成象，給人留下了難以忘懷的印象；而《腐蝕》著力描寫的那個走向墮落深淵而又苦苦掙扎的趙惠明，則的確也是一個很有特色的「時代女性」了。在茅盾筆下，這是一個完整的人物世界，形象的系列性未見表現得如此齊整和完備的。這是一個規模相當可觀的人物形象群，在茅盾的整個小說創作中都是極為罕見的。毫無疑問，作家對這類形象的描繪灌注了如此巨大的熱情，耗費了如此之多的心血，不只出於對人物的熟悉和偏愛，恰恰反映出他的創作思想的不同尋常，他在藝術上的獨特追求。

一、「時代女性」的三型

　　「時代女性」，作為具體的文學形象來看待，它並不是一個具有明確的規定性的概念，不過是或一種形象類型的統稱。考究它的出處，大約最早見於茅盾在 1933 年《幾句舊話》中所說的：「終於那『大矛盾』又『爆發』

了！我眼見許多人出乖露醜，我眼見許多『時代女性』發狂頹廢，悲觀消沉」〔註1〕。這裡，「時代女性」是對大革命時代知識分子女性的泛指。「時代女性」的名目，正同茅盾在別處提及的「新女性」、「時代的新型女性」〔註2〕一類字眼一樣，強調的是形象的「時代性」，並非特指某種人物，概念的內涵和外延都是極為寬泛的。有的論者在研究茅盾小說的「時代女性」形象時，只注意到《蝕》與《虹》中的某些「特異女子」，或以這些「特異女子」去概括「時代女性」的本質，這顯然是很不全面的。所謂「時代女性」，就是烙上鮮明時代印記的女性，這當然是一個很大的形象類別。研究「時代女性」，必須從形象的總體性上去把握，而首先對這個形象系列的組成狀況作一番總體鳥瞰，就更為必要。

茅盾筆下的「時代女性」形象，儘管成員複雜，個性各異，但細究她們的「出身」和性格，大都有相對集中的類別，每一個人既是獨立的形象，又是類的一個側面，從不同方面滙成了某一類型的整體。作家創造這一形象系列，目的就在探索不同類型的小資產階級知識分子在時代生活、革命歷程中的命運和思想狀貌，使自己的作品「能夠在尚能跟上時代的小資產階級廣大群眾間有一些兒作用」，因此，從類的概括中總結出盡可能豐富、完整的經驗來，就是他要著重考慮的，許多人物也就有了較多的性格聯繫性和延續性。茅盾就對自己筆下的眾多「時代女性」形象作過類的概括：《蝕》中的女子很多，但歸納起來，「卻只有二型」，一型是靜女士和方太太之類的「軟弱女子」，另一型是慧女士、孫舞陽、章秋柳之類的「特異女子」；〔註3〕而《野薔薇》中的五個短篇寫到的五個女性，卻是「三型」，除上述二型外，又多了《創造》中的嫻嫻一類的「剛毅的女性」〔註4〕。茅盾的這一提示，為人們認識他所創造的人物世界打開了思路。如果把他所塑造的全部「時代女性」形象排列起來進行歸類分析，基本上也就是他所說的「三型」，從這「三型」中可以看到作家描寫各類人物的不同側重點，可以體認出「時代女性」思想和性格的幾個側面，從中探尋出不同類型的小資產階級知識分子的生活道路和歷史命運。

〔註1〕 《創作的經驗》。

〔註2〕 《關於〈遙遠的愛〉》，《青年文藝》第1卷第1期。

〔註3〕 《從牯嶺到東京》。

〔註4〕 《寫在〈野薔薇〉的前面》。

軟弱型女性

這是一個相當大的「家族」，是茅盾著力描寫的人物類型。其中的成員有：《幻滅》中的靜女士，《動搖》中的方太太，《自殺》中的環小姐，《曇》中的張女士，《一個女性》中的瓊華，《色盲》中的趙筠秋·乃至《子夜》中的林佩瑤等等。稱她們是軟弱型女性，是指她們的性格是文靜的、軟弱的，行動又往往是猶疑的、動搖的，在革命的轉折關頭則缺少主見、沒有決斷，因而結局大多是暗淡的甚至是淒慘的。茅盾用較多筆墨去寫這種類型的「時代女性」，就在於揭示具有相當廣泛性的一部分小資產階級知識分子在時代潮流激蕩下無所作爲的精神狀態，反映出他們同革命相距甚遠的某些特徵。

作爲「時代女性」，軟弱型女性也都被「五四」新思潮所喚醒，有的還捲入了大革命運動的洪流。但是，或者由於自身固有的軟弱性，或者由於存留著較多「舊式女子」的思維方式和行爲習慣，她們身處所謂由舊向新轉換的「過渡時代」狀態，就一再暴露出自己的弱點，特別是在革命的轉折關頭更是脆弱得不堪一擊。在這個「家族」中，靜女士還算是較有作爲的一員。她充滿幻想，追求光明，躋身過革命鬥爭的行列，但由於感情上的脆弱，「每遇頓挫便灰心」，這使她不可能有果決的行動，只能是不斷地追求，又不斷地幻滅。命運像是在對她作無情的嘲弄：始而失身於暗探抱素，繼而又感到革命事業的幻滅，最後跌進了戀愛又因愛人的離去而再度陷入痛苦，覺得「前途一片灰色」。這可以說是那個時代裏最典型的「文靜」女子了，性格的軟弱性暴露得很充分，在革命風暴面前的曲折多變的心靈歷程也表現得頗爲透徹。相比之下，這一類型中的其他女性要顯得稍稍單純一些，但軟弱性的一面表露得更突出，結局也就更爲可悲。張女士原來是想「奮飛」的，但官僚家庭養成的「嬌嫩」習性只使她做了一個封建家庭的並不徹底的「叛逆者」，當父親逼她去當軍官的姨太太時，她奉行了「還有地方逃避的時候，姑且先逃避一下」的「逃跑主義」；瓊華的不幸遭遇（父死母病，家道中落），使得這個出身名流的女性在脆弱的性格中平添了一層愁苦，終於在「任人播弄」的環境中悒鬱寡歡，過早逝去。至於方太太和環小姐，則帶上了濃重的「過渡時代」的色彩。她們都不是舊式女子，但思想並沒有完全跟上新潮流，只能稱爲「半解放」的女性。因此，新與舊兩種思想、兩種道德觀念的衝突，攪得她們心神不寧、痛苦不堪：一個不能容忍丈夫同另一個「思想解放」的女子糾纏不清，痛不欲生幾至到了喪失理智的地步；另一個雖享受過愛情自由的

歡欣，但愛人「爲了更神聖的事業」離她而去，自己終因懷孕而背上了沉重的包袱，在封建道德觀念戕害下用一條絲帶了卻殘生。在這裡，茅盾對軟弱型小資產階級知識分子的解剖可謂入木三分。她們的多舛的命運，悲劇的結局，除了社會環境造成的因素外，主要源於自身思想上的弱點，而這種弱點多少反映了未經革命鍛鍊的小資產階級知識分子的某些本質特徵的。對不少知識分子和青年學生來說，當他們缺乏實際革命鬥爭痛苦的磨練和考驗時，他們的思想難免是空虛的，行動難免是動搖的。從這一點來說，靜女士一類女性形象所演示的弱點是有相當典型性的。

　　然而，茅盾寫出這一類型的女性還有更深一層的意義，這就是正確揭示了一部分知識分子對待革命的猶疑態度。茅盾曾經談到，大革命時期的某些「時代女性」是「頗以爲不進革命黨便枉讀了幾句書」的，對革命「抱著異常熱烈的幻想」，但她們並沒有眞正理解革命，充其量只能說是在革命的「邊緣上張望」。〔註5〕靜女士接觸過革命，但對革命的本質是理解不深的，只是出於一種幻想，或者也可以說是「熱烈的幻想」，因此當渴望中的革命勝利後的「黃金世界」沒有到來，「一切理想中的幸福都成了廢票」時就勢必墮入「幻滅」的悲哀之中。這是從現實同理想的尖銳矛盾中反映了知識分子幻想的不切實際，他們從幻想出發產生的革命要求的不能持久。這種思想狀態的更嚴重的發展，就會對革命產生誤解、牴觸，甚至對立的情緒。大革命失敗以後，許多人就對革命失去了傷心，有的甚至還誘過於革命。《色盲》中的趙筠秋就連往日的革命經歷也不肯承認，她曾聲稱：「再拿革命和我開玩笑，我是不依的呢！什麼革命，誰革過命？幾時見我革命？」短短幾句話，分明烙印著她對革命的傷痛和厭倦。《自殺》中的環小姐，由於眼前的難堪處境，結局將更爲暗淡，對革命的誤解、牴觸也就更深。在自殺的前一刻，她雖然「模糊」地覺得「應該還有出路，如果大膽地盡跟著潮流走，如果能夠應合這急遽轉變的社會的步驟」，但到底還是對生活無望的一面擡頭了，甚至把無望歸咎於「五四」新思潮對她的「欺騙」。她終於發出了如此凄絕的叫喊：

> 關騙呀，關騙呀！一切都是關騙人的，解放，自由，光明！還
> 不如無知無識，任憑他們作主嫁了人，至少沒有現在的結局！至少
> 不失爲表嫂那樣一個安心滿意活著的人！

〔註5〕《幾句舊話》。

這裡，茅盾已經指出，如果是一個能跟著潮流前進的革命者，即使遇到頓挫也是有路可走的，但環女士並沒有真正理解革命，對革命的曲折性估計不足，自然也就經不起挫折的考驗而走上絕望的路。很明顯，作家對這一類女性錯誤觀念的批判，正揭示了她們對革命的淺薄認識，她們在革命面前搖擺不定以至失望頹廢的特徵。魯迅深刻地指出，某些小資產隊級知識分子對待革命的態度，往往是「激烈得快的，也平和得快，甚至於也頹廢得快」〔註6〕。用來對照這一類女性是何其吻合！

值得注意的是，茅盾對軟弱型「時代女性」的考察，並沒有就此為止，他還在作更深入的探索。《子夜》中林佩瑤等形象的塑造，就在探察革命高潮過後的部分小資產階級知識分子的性格和命運。林佩瑤所處的時代環境儘管與上述女性不同，但演示的生活邏輯又何其相似：這個曾一度「享受著『五四』以後新得的『自由』」，懷抱過「美妙的未來的憧憬」的新女性，只因一場家庭的變故便跌進「現實」的夢中，成為吳府上金絲籠裏的一隻小鳥。革命已成為遙遠的過去，現實也使她樂天知命。然而，作為「吳少奶奶」，得到的只是物質上的充分滿足，卻得不到只知追逐利潤的丈夫的愛憐，鎮日價在哀怨中打發日子，精神的空虛──更確切地說是精神的死滅，同樣是一場悲劇，或者可以說是更可怕的悲劇。這類形象演示了性格軟弱的小資產階級知識分子在別一個時代裏的表現。就形象的類型性來說，是這類性格的一種延伸和發展，它的更重要的價值旨在說明：只要產生小資產階級的土壤還存在，只要不改變她們同人民革命鬥爭隔膜的狀態，這類人在生活中是不會絕迹的，她們也不配有更好的命運。寫出這些「平凡者」的悲劇的或黯淡的結局，使大家猛省，的確也是頗有意義的。

剛毅型女性

這一類型的形象為數不多。茅盾僅指出《創造》中的嫻嫻和《詩與散文》中的桂奶奶屬於此。如果考察全部作品，《虹》中的梅行素，《路》中的杜若，《鍛鍊》中的嚴潔修、蘇辛佳，也應屬這一類。茅盾在寫軟弱型女性的同時，又創造了這一形象類別，從生活現象的比較中，揭示出革命中既有時代的落伍者，也有革命意志堅定者，從而給人們引出更為積極的意義來。

剛毅型女性最主要的特點是：消失了「文弱」女子多愁善感的軟弱性格，表現出剛毅倔強、有決斷的一面。她們對生活的態度是進取的，一旦被新思

〔註6〕《二心集·上海文藝之一瞥》。

潮喚醒，就「不能再被拉回來徘徊於中庸之道」。她們不願任人擺佈，力圖自己掌握自己的命運，在生活道路上去爭得一個理想的結局。這裡有人物性格因素的作用，更有時代潮流對小資產階級知識分子的正確導引。譬如嫻嫻，原來是大家閨秀中的文靜女子，一塊未經雕琢的「璞玉」，同靜女士之類並沒有兩樣。但她思想單純、性格開朗，能夠適應「創造」。所以「五四」新風一旦吹進心田，她對新思潮的吸收就顯得異常貪婪；而新思潮又導引她去接觸政治，接觸社會鬥爭，終於走到了作爲「創造者」的丈夫的面前。梅行素也與此相仿。她最初衝出「柳條籠」，還只是爭自由的本能的反抗，而當她投身到集體主義的洪流中，思想就起了質變，成爲一個意志堅定的革命者。不管是嫻嫻還是梅行素，都在腳踏實地前進著，所奉行的哲學是：「過去的，讓它過去，永遠不要回顧；末來的，等來了時再說，不要空想；我們只能抓住了現在，用我們現在的理解，做我們所應該做。」因此，她們在已經認準的道路上一直走到底，義無返顧，決不回頭。作家從人物身上所具有的思想、性格因素同時代潮流的結合上去創造這一類型的形象，寫出了性格的合乎邏輯的發展，就有令人信服的力量。自然，這樣思想明晰、性格剛毅的女性在小資產階級知識分子的隊伍中還是少數。但畢竟倔強地生存著、滋生著。茅盾正確地把握了時代發展的方向，努力掘發社會生活中的前進力量，以極大的興趣和注意力去表現她們，使文學形象增添了新的亮色。嫻嫻和梅行素們在「時代女性」的系列形象中是應占得重要一席的。

應當指出的是，茅盾創造剛毅型「時代女性」是寄託了深刻的思想蘊含的，表現了他對小資產階級知識分子中的先進分子走上革命道路過程的探索。在談到《創造》的創作動因時，茅盾曾經指出，在嫻嫻這個形象身上「暗示了這樣的思想：革命既經發動，就會一發而不可收，它要一往直前，儘管中間要經過許多曲折，但它的前進是任何力量阻攔不住的，被壓迫者的覺醒也是如此」〔註7〕。這是對革命發展規律的思考，而就「被壓迫者的覺醒」過程而言，這裡說的正是覺醒了的小資產階級知識分子的必由之路。知識分子「富於政治感覺，他們在現階段的中國革命中常常起著先鋒的和橋梁的作用」，但並「不是所有的知識分子都能革命到底的」，即便是其中的先進者也還有各種缺點，「只有在長期的群眾鬥爭中才能克服」。〔註8〕這個論述正確

〔註7〕《我走過的道路（中）》第11頁。
〔註8〕毛澤東：《中國革命和中國共產黨》，《毛澤東選集》第604頁。

揭示了知識分子走向革命的漫長、曲折的道路。茅盾創造的剛毅型「時代女
性」，走過的就是這樣的路徑。一方面，他寫出了性格剛毅而又「受過新思
潮刺激」的女子對於革命的本能要求，嫻嫻和梅行素是如此，就是《詩與散
文》中的那個鄙棄了「貞靜」的桂奶奶也何嘗不是如此——如茅盾所說，「只
要環境轉變，這樣的女子是能夠革命的」〔註9〕。因為傳統的封建觀念的束
縛一旦打破，對新思潮的政治敏感所帶來的社會革命要求就是不可阻遏的。
這也是「富於政治感覺」的知識分子的「先鋒」作用所決定的。另一方面，
由革命的要求轉化為革命的行動，進而使「時代女性」成長為堅強的革命戰
士，也不是輕而易舉的。因為革命畢竟不是一件輕鬆的事情，「革命是痛苦，
其中也必然混有污穢與血，決不如詩人所想像的那般完美」〔註10〕。茅盾在
寫出這一類女性革命要求的同時，還正確地表現了知識分子走向革命的艱巨
性。這一點在梅行素身上表現得最為明顯。「五四」的浪潮把她推到一條尋
求自身解放的路上，她匹馬單槍同「環境的拂逆」奮戰，但幾度陷入重圍，
從一個「柳條籠」衝出，又被另一個更大的「柳條籠」包圍。終於，她走過
崎嶇的蜀道來到上海。然而，自以為已爭得了自由和光明的她，同身邊聲勢
更壯的革命鬥爭相比較，才發現原來信奉的「光明的生活，愉快的人生，反
對舊禮教，打倒偶像，反抗，走出家庭到社會去」等等，只是「一些斷爛的
名詞」，「在目前的場合顯然毫無用處」。於是，她再去尋求新的思想武器，
去作更堅實的苦鬥，終於在馬克思主義裏尋到了真理的火光，在「五四」的
革命怒潮中得到了真正的冶煉。這就是一個不斷追求真理的小資產階級知識
分子走向革命的曲折道路。梅行素的道路，幾乎可以看成是一代知識分子在
革命歷程中的一個縮影。從這個縮影中，反映出茅盾對先進知識分子革命性
本質的正確把握。

　　作為革命知識分子道路的探索，只寫到梅行素們在大革命高潮中的表現
是遠遠不夠的，因為此後的路還長，對她們的考驗也更嚴峻。《路》寫杜若，
《鍛鍊》寫嚴潔修、蘇辛佳，從不同的側面寫剛毅型女性在革命途程上的繼
續前進，體現了茅盾對這一問題的高度關注，也包含了他在繼續探索中的思
考和發現。《路》寫大革命失敗以後的現實。杜若的丈夫是地下工作者，被捕
後犧牲，她也在牢中受過非人的折磨，但她並沒有氣餒，在白色恐怖中仍在

〔註9〕《寫在〈野薔薇〉的前面》。
〔註10〕魯迅：《二心集‧對於左翼作家聯盟的意見》。

勇敢戰鬥。這就寫出了遭受挫折和磨難的革命女性的堅定立場和執著的鬥爭精神。同軟弱型女性相比較，性格的剛毅、倔強，使她們決不懼怕「污穢和血」，對革命的信念又促使她們去鬥爭到最後一息。經歷了挫折，她們也表現得更成熟了。杜若就比一度盲目「硬幹」的青年薪更講究鬥爭策略，她告誡薪：「現在你立在陣頭鬥爭，你已經不是你自己的你。固然你不能畏縮怕懼，可是你也不能希望人家捕了去，不能自己送到敵人手裏」。很明顯，這位在血火中滾過來的「時代女性」，比起她的「長姊」們要有識見得多。這當然是革命哺育的結果。在茅盾的小說創作中，中篇《路》並不是一部很成功的作品，但從塑造「時代女性」的系列形象看，作品中的杜若表現了具有剛毅性格的女性在革命失敗以後繼起的特點，卻是頗值得注意的。《鍛鍊》中的嚴潔修和蘇辛佳，是抗戰時期的「時代女性」。歷史又跨前了一步，表現自然又有不同。在她們身上，烙下了有高度政治覺悟的，願為民族解放戰爭而獻身的那一類革命知識分子的鮮明印記。蘇辛佳不惜為宣傳抗戰而被捕，嚴潔修也在為抗戰活動而四處奔走，她倆還一起參加了慰勞難民、救護傷兵等工作，反映了知識分子在國難當頭時懷於民族大義的較早覺醒，也同樣表現出她（他）們「富於政治感覺」的特點。尤為突出的是，她們比一般的抗戰時期的「時代女性」更有遠見，已經在思索著拯救祖國的真正出路，也在尋找著自己的最終歸宿。蘇辛佳的胸中就藏著一個「大計劃」：到北方去，「去找八路軍」。這裡明確表現了「百川歸大海」的意向，歷史開始宣告，「時代女性」只有在中國共產黨領導下，置身在人民革命的隊伍中，才算真正找到了出路。茅盾寫出的最後兩個「時代女性」，實際上就為一代知識分子的道路作了總結——方向、路標更為明確的總結。

特異型女性

茅盾稱《蝕》三部曲寫到的慧女士（周定慧）、孫舞陽、章秋柳等人為「幾個特異的女子」，是把她們區別於軟弱型和剛毅型以外的又一型女性。她們不同於軟弱型女性，在社會壓迫面前並沒有太多的憂愁，而是敢笑敢罵、無所顧忌，大有驚世駭俗、卓然不群的氣勢。她們也不同於剛毅型女性，在激蕩的時代潮流中缺乏明確的革命目標，在挫折面前更消退了前進的勇氣，表現出另一種形式的脆弱·特別是在生活方式上顯得輕率放縱、浪漫不羈，尤以追求官能刺激、性的解放而見出別具一格。這可以說是一群性格特殊、行為也特殊的特異型女性了。

在小資產階級知識分子的類型中，軟弱型和剛毅型之外又出現一個特異型，也許覺得不好理解，又因這一類女性性格比較奇特，有人曾懷疑她們「在現實中是沒有的，不過是作者的想像」〔註11〕。其實不然。在茅盾創造的所有「時代女性」形象中，那些特異型女性恰恰是最有光彩的部分。一方面，在她們身上體現了大革命時期特定時代生活的投影，包含了深刻的社會歷史內容，另一方面，就表現小資產階級的特性而言，充分描寫了她們的思想和性格的複雜性，是最能反映一般小資產階級知識分子的本質特徵的。知識分子的思想本身就是相當活躍、遊移不定的，複雜性往往構成性格的基調，單純的軟弱或單純的剛毅倒是極少。因此，作家創造這一形象類型，既是對生活現象的忠實描寫，也是對生活本質的精當概括。考察這一類型的人物，正見出作家在表現小資產階級知識分子的矛盾心理和複雜性格上顯示了自己的特色。

首先是表現了狂熱性和幻滅感集於一身的小資產階級情緒。在大革命高潮中，這一類女性都曾「躬逢其盛」，爲革命潮流所吸引，是大大激發了昂揚的「革命情緒」的，甚至還表現出極端的狂熱性。慧女士和孫舞陽身處革命高潮時的武漢或湖北某縣城，就一度爲「悲壯熱烈」的場面所感染，狂熱的情緒很被刺激了一陣子。特別是孫舞陽，甚至比革命的領導者還要激進，竟然在大會上發表演說，讚揚南鄉農民的「共妻」行動爲「婦女覺醒的春雷」、「婢妾解放的先驅」，並以城市不能仿傚爲憾：「進步的鄉村，落後的城市，這是我們的恥辱！」這種近於失去理智的出格言論，正暴露了這些人在革命潮流沖激下的暈頭轉向。她們並未經過革命的錘鍊，一旦受到「新奇」的刺激，就會衝動得不知所以。然而，在革命的低潮期，她們又是另一番面目，情緒跌落到了最低點。革命以前的慧女士，感受到「五四」落潮的痛苦，就對一切都厭倦甚至感到幻滅：「我討厭上海，討厭那些外國人，討厭大商店裏油嘴的夥計，討厭黃包車夫，討厭電車上的賣票，討厭二房東，討厭專站在馬路旁水門汀上看女人的那班癟三⋯⋯全上海成了我的仇人，想著就生氣！」如此多的「討厭」，實際上就是在新的革命運動到來以前對生活無望、前途無望的內心極痛苦的自剖，表現出幾乎被嚴酷的生活所擊倒的一蹶不振的狀態。這種精神狀態在大革命失敗以後尤甚。《追求》裏那一群青年已經表現出十足的「世紀末的苦悶」了，她（他）們發狂頹廢，追求肉感享受，甚至追

───────────

〔註11〕轉引自茅盾：《從牯嶺到東京》。

求「藝術的自殺」，以掩飾心頭難以排解的痛苦。章秋柳情願選擇一條「引你到墮落」的路，尋找各種刺激，尋找「肉感的狂歡」，實際上也正是以此來慰藉自己的寂寞與空虛。不難看出，在這類女性身上，情緒的高漲與情緒的低落正處於兩個極端。作家正是通過人物的現身說法，暴露了她們在特定時期極度矛盾的思想和心理狀態，恰恰為小資產階級的搖擺性和革命熱情的不能持久作了生動的注腳。

其次是剛強性與脆弱性相混合的小資產階級秉性。章秋柳曾自問是否已成為「似堅實脆的生鐵」——這一比喻事實上正是這一類人性格本質的形象寫照。在外表上，她們是堅強的。「肉體是女性，而性格是男性」，就是對她們的美稱。她們懂得怎樣利用自己「美豔的身體」去報復那些不無邪念的世俗男子。慧女士就經常在儈夫俗子中「混混」。高興時和他們「鬼混一下」，不高興時就「簡直不理」，只不給他們一顆「溫暖」的心。孫舞陽故意以入時的穿著，在小縣城裏招搖過市，「就像一堆白銀子似的耀得」老奸巨猾的胡國光們「眼花繚亂」；也以狂放不羈的行為，恰似「暴風雨似的閃擊」，使一切假道學者感到了「作假的困難」。然而，在背地裏，在心靈深處，她們又是極其脆弱的。報復男子，是以精神自戕為代價的。因此當虛空襲來時，她們的眼淚並沒有比別人少流。慧女士自謂「是一個冷心人」，就是浸透了傷痛的自責。在放縱的行為過後，「她覺得前途是一片灰色。她忍不住要滴下眼淚來。她想：若在家裏，一定要撲在母親懷裏痛哭一場了」。這種感覺並不奇特。因為她企圖給「仇人」以損害，而「仇人」並未受損，真正受損的卻只是她自己，這怎麼能不叫她為之垂淚呢？外表的「男性性格」，不可能完全掩藏內在的女性弱點，原因就在她們是「似堅實脆」的一群，並沒有很大的力量同社會抗爭，在本質上還是十分虛弱的。這一點，章秋柳就說得非常直率：「我們時時處處看見可羞可鄙的人，時時處處聽得可歌可泣的事，我們的熱血是時時刻刻在沸騰，然而我們無事可作；我們不配做大人老爺，我們又不會做土匪強盜；在這大變動時代，我們等於零，我們幾乎不能自己相信尚是活著的人」。這番話雖不乏憤激之詞，倒是恰到好處地道出了小資產階級知識分子的強點和弱點：她（他）們不會忘情世事，總想有所作為，然而她（他）們的力量又「等於零」，總是一無可為。在未同群眾革命鬥爭相結合以前，小資產階級知識分子的自我感覺是大抵如此。不消說，這一特點的剖示也是接觸了本質的。

再次是「頹廢的衝動」和「向善的焦灼」相交織的獨特情感和性格。在這類女性身上，放縱、浪漫的頹廢行為總歸是弱點，因為這於社會無益，也於自己無益。但正如她們自己所說，「我們的苦悶成分」是「向善的焦灼，和頹廢的衝動」相連繫的，「我們含著眼淚浪漫、頹廢，但是我們何嘗這樣甘心，浪費了我們的一生！我們還是要向前進。」的確是這樣，作為有一定的知識、覺悟的小資產階級知識分子，浪漫、頹廢決不是她們的本心，自甘墮落更不是她們的本質。在她們那裡，前進的願望，向善的品性，是並未完全泯滅的，只不過無力抗拒社會的壓迫，無法救治社會的創傷，心頭的「焦灼」才以「頹廢的衝動」的形式表現出來。因此在本質上，她們雖稱不上是「革命的女子」，卻也不是「淺薄的浪漫女子」，在許多方面倒是「覺得她們可愛可同情」的。〔註12〕她們在向舊道德、庸俗生活挑戰的時候，表現出勇猛潑辣、破釜沉舟的氣概。對於弱小者、正直無辜的人們，卻又變得寬厚善良，熱情真摯。慧女士盡力愛撫、保護著比她稚弱的靜女士，為別人的幸福竭盡自己的綿薄之力。孫舞陽真誠勸說方羅蘭同妻子復和，因為不願因她的緣故而「使別人痛苦」，尤其是受到痛苦的「也是一個女子」。章秋柳在幾個男子中間周旋，似乎更為浪漫，但毫無害人之心。她最終選擇結合的對象是重病染身的懷疑派史循，為的是用自己「美豔的肉體」去促成他的「新生」，這更表現出一種不惜犧牲自己以救助別人的善良願望。嚴格說來，這幾個女性都沒有真正「玩弄」過男性，有的只是對玩弄女性的男性的懲罰和報復，而這種懲罰正是女子本能的反抗，也是可以理解的。孫舞陽說：「也許有男子因我而痛苦，但不尊重我的人，即使得點痛苦，我也不會可憐他。」話說得很尖刻，但何嘗不是從生活的辛酸中總結出來的經驗。是的，她們有難言的隱痛，她們不乏向善的品性，她們的行為有值得同情的一面。茅盾在批判小資產階級的弱點時是毫不留情的，但並沒有從本質上否定她們，甚至在寫弱點時往往同情、原諒她們的難處，以期把批判的鋒芒更尖銳、集中地指向造成這種弱點的社會環境。這就是作家寫這類「時代女性」性格兩重性的深刻、精到之處。

在特異型女性行列裏，還值得一提的，是《腐蝕》裏的趙惠明。這位女性同章秋柳們當然是頗不相同的：一是所處的時代不同，她沒有大革命高潮中的「時代女性」那種亢奮的熱情和浪漫的生活；二是她已失足落入「狐鬼世界」，在品格上似乎更比那一類女性卑微得多。然而，性格上的某些共同特

〔註12〕茅盾：《從牯嶺到東京》。

質，小資產階級知識分子弱點的相似之處，仍然無法把她排除在特異型女性形象之外。說她是一個特異型女子，是因爲她的思想、性格也是超乎常人的。她似乎也有「強者」的一面，曾受過新思潮的影響，在中學時代就有愛國、進步的思想，還曾有過一個革命者的愛人；她的性格中也不乏剛毅性，自詡爲「不是女人似的女人」，「心裏像有一團火，要先把自己燒掉，然後再燒掉這世界」！但是，她身上的小資產階級的弱點暴露得更充分：極端個人主義思想，享受放縱的生活追求，以及自傲、虛榮、任性的特點，都遠過於小資產階級「家族」中的「長姊」們。因此，一旦處在特殊的環境中（「狐鬼世界」的誘引），自己身受沉重的打擊（被無恥的男子遺棄），就會對環境作盲目的、無節制的報復，以致陷入歧途而不能自拔。很明顯，這個形象同前此的特異型「時代女性」有砍不斷的聯繫。正是任性、放縱的小資產階級根性的惡性發展，才導致眼前的趙惠明陷於痛苦的絕境。雖然兩者之間的結局並非帶有必然性，但的確有內在的聯繫性。因此，趙惠明形象的塑造，對昭示這一類女性的可能的結局，進而說明克服小資產階級根性的必要，都是極有意義的。雖然它的意義遠不止此，但考慮到「時代女性」形象的系列性，尤其是同類形象性格的延伸和發展，這一點卻不可不予以注意。

二、女性形象的獨特創造

　　對茅盾小說的「時代女性」形象系列作了一番粗淺的瀏覽後，現在可以看出，茅盾所創造的的確是一個絢麗多姿的人物形象系列，一個展示了各類「時代女性」性格、風貌的形象系列，從中蘊含了作家對生活的深沉思考，特別是對小資產階級知識分子命運、道路的探索。「時代女性」，終因茅盾的傾心盡力的描繪，而在文學史上灼灼生輝，成爲一個自成體系的、具有久遠藝術生命力的文學形象類型。

　　然而，從史的角度去考察「時代女性」時卻不能不注意到，「時代女性」形象的創造，並不始自茅盾。掀開中國現代文學史第一章，即可看到，被「五四」浪潮所喚醒，從追求個性解放、人格獨立、愛情自由而走上社會的女性，就是作家們樂於描述的對象；冰心、盧隱、淦女士、凌叔華乃至魯迅的某些作品，都寫到過有影響的新女性形象。這些先於茅盾筆下的人物而問世的女性形象，也程度不等地洛刻著時代生活的印記，可以說是較早出現的「時代女性」了。當然不能低估這類形象的價值，在文學發展的歷史長河裏，她們

是各各作出了自己的貢獻的。但是，同樣不能忽視的是：當人們用「時代女性」的概念去品評那些女性形象時，總覺得她們似乎缺少了什麼；在談及作家們創造這一形象品種取得的卓異成就時，仍然不能不首推茅盾。這裡究竟有些什麼奧妙呢？這是一個值得認真探索的問題，尤其在總結茅盾的創作經驗來說是如此。一眼可以看到的事實，是茅盾創造「時代女性」形象系列的完備性，這是同時代作家中罕有其匹的。對「時代女性」的氣勢雄偉的歷史描繪，足以使茅盾雄視文壇。還應當有其他因素，而且是更重要的因素。因為文學形象並不是以數量取勝的，歷史描繪也只是品衡價值的一個方面。這就需要對形象的內在特質作深入的研究了。對茅盾創造的「時代女性」形象系列同樣作一番綜合考察，並且著眼於社會價值和美學價值方面去研究，結論大致是：茅盾之所以把「時代女性」形象提到很高的水平，寫出了令人矚目的形象系列，全在於他藝術上的獨特創造，至少在下述三個方面為文學的發展提供了卓越的經驗。

色彩濃重的時代性特徵

時代性是「時代女性」形象藝術生命之所繫，缺少時代性的形象，是很難稱之為「時代女性」的。但作品描寫了新時代的生活，表現了一些「時代空氣」，是否就算有了「時代性」呢？也不盡然。茅盾在談到新文學第一個十年的文學現象時指出，「新文學的提倡差不多成為『五四』的主要口號，然而反映這個偉大時代的文學作品並沒有出來」，原因就在作品「並沒反映出『五四』當時及以後的刻刻在轉變著的人心」。〔註 13〕以描寫女性生活的作品而論，儘管也多少有些「五四」氣息，但大多只表現在個人愛情自由的追求上，並沒有反映出激蕩整個社會的偉大的「五四」時代精神，就很難說是揭示了時代生活本質的。茅盾認為，對文學形象作「時代性分析」，並不能僅僅以是否描寫到時代空氣為滿足，而要是「連時代空氣都表現不出的作品，即使寫得很美麗，只不過成為資產階級文藝的玩意兒」〔註 14〕。由此看來，對「時代女性」提出時代性要求，不能只一般地談「時代空氣」，還應有更高的標準。茅盾創造的文學形象之富於時代性，就在於對時代生活的本質反映，作家是從更自覺的意識上為他的文學形象灌注深刻的時代內容的。這裡就有必要剖析茅盾塑造文學形象的時代性本質的追求。

〔註13〕《讀〈倪煥之〉》。
〔註14〕《讀〈倪煥之〉》。

　　大凡在藝術上已經成熟的作家，集中選擇、傾力描繪一個相對集中的人物世界，總是同他的一貫創作思想緊密相關的。魯迅筆下的農民形象系列，是一群掙扎在生活底層的不幸兒，而且是從肉體到精神全被摧垮了的不幸兒。作家暴露「下層社會的不幸」，是在引起「療救的注意」。郁達夫專注於「零餘者」形象系列，意在找到一種表達自己對病態社會強烈憤怒的方式。於是，略帶灰色又不甘「沉淪」的孤獨憤世者便是他樂於描寫的角色。那麼，茅盾呢？茅盾一投入小説創作，最先牽動他創作思維的是各式「時代女性」，在其後的創作中又樂此不疲地描寫她們，這是基於什麼樣的因素和考慮呢？茅盾在當年就談到，當他「動極而靜」開始做小説時，心頭縈回、「驅之不去」的正是在大革命高潮中熟悉的、獲有強烈印象的各類女性。他在晚年的回憶中又進一步解釋説，由於他夫人從事婦女運動，他得以結識常來家中的「女學生、中小學教師、開明家庭中的少奶奶、大小姐等等小資產階級知識分子」，他自己在大革命時的武漢「又遇到了不少這樣類型的女性」，因此「漸漸與她們熟悉，對她們的性格有所瞭解」。〔註15〕熟悉生活中的「時代女性」，這是誘發作家創作的一個因素，但是看來還不是最主要的因素。試想，茅盾是在「經驗了動亂中國的最複雜的人生一幕」以後而走上創作道路的，在那個「動亂」的年代，他卷在鬥爭漩渦的中心，所接觸、所熟悉的人何其多也，豈獨以幾個女子為然？在茅盾豐厚的生活原料中，獨獨選「時代女性」作為描寫對象，精力又是那樣集中、彌滿，無疑還有更重要的考慮——這就是文學時代性的追求。在談到《蝕》的創作動因時，茅盾指出，這是「時代的描寫」，而且是「忠實的時代描寫」。〔註16〕這很可以看出他為此而付出的努力。而文學的時代性，又是他一貫所追求的。他在新文學的第一個十年中就已經確立的現實主義文學理論中，時代性主張就是重要內容之一。「時代女性」恰恰是最能體現文學時代性的一種社會類型。第一，「時代女性」這個歷史現象本身就是「五四」以後新時代的產物，在我國第一次思想解放運動的偉大潮流中，女性，特別是知識分子女性，被新思潮所喚醒，帶著強烈的個性解放要求走上社會，又經歷了一場曠古未有的大革命運動的洗禮，她們的亢奮和熱情，她們的痛苦和焦灼，甚至她們的頹廢和墮落，都是最足以反映那個時代的劇烈變動的。第二，作為「社會解放」的一個「天然尺度」，女性的命運典型地

〔註15〕《我走過的道路（中）》第4頁。
〔註16〕《從牯嶺到東京》。

反映出社會和時代的變化，更何況在以「發展個性」為號召的「五四」以後的中國社會裏。就自身「解放」而言，她們比男性承受了更多的精神負荷，需要作更堅實的苦鬥，從爭取不被當作商品買賣開始，到獲得社會上的獨立地位，以至進而爭到參加政治活動的權利，每跨出一步都敏銳地「反映出『五四』當時及以後的刻刻在轉變的人心」。因此，可以肯定地說，「時代女性」，這是一個對時代潮流特別敏感的人物世界；在現代文學史上，作家們樂於描述她們，提供的典型往往比男性形象更多、更有光彩，便是時代使命感召的結果。茅盾就對婦女的命運特別關注，從「五四」以後到開始小說創作以前，發表的談婦女問題的文章（不包括譯文）就有七十餘篇。當他後來採用文學的形式表現她們時，對文學時代性的執著追求，使他的藝術選擇落在「時代女性」一邊，就成為同時代思潮有關的、同作家的創作思想有關的一種必然性的抉擇。

　　頭緒已經理出：茅盾以極大的興趣與注意力去描述「時代女性」，這正是他的文學時代性主張的一種實踐。由此去認識他筆下形象的時代性特徵，便是題中應有之義了。這些「時代女性」形象之富有時代感，首先在於時代氛圍的濃烈性。同某些作家只寫抽象的「世道人心」，時代特點總是若明若暗不同，茅盾在作品的「時代」交代上從不含糊其詞。他創造的「時代女性」形象，正是在濃重的時代氛圍中脫穎而出。把眾多的「時代女性」形象次第展開，一眼就能看出她們分屬於各自的「時代」，因為這些人物是在嚴格規定的「時代情景」中行動，這種「時代情景」經作者重重渲染，具有明顯的不可移易性。《虹》表現的「五四」氣息和「五卅」熱潮，《蝕》的大革命時代的氛圍，《子夜》的「一九三〇年式」的時代生活，《腐蝕》、《鍛鍊》的抗戰期間「大時代」的「壯闊」──這就是這些「時代女性」所活動的四個典型的時代環境，她們在各自特定的「時代空氣」中演出了有聲有色的活劇。這四種時代環境各有自己鮮明的色調，既不能隨便混淆，也不可互相替代，因為茅盾旨在說明時代產生的是屬於它自己的「寵兒」，這是一種不可逆轉的規律。《虹》開頭描寫的是「趙家樓的一縷火光」，所展開的分明是「五四」氛圍，由這「火光」導引出來的必然是從「閨閣」走向社會的梅行素；同樣，清楚點明了大革命時代和抗戰時代的《蝕》和《鍛鍊》，分別孕育出由慷慨激昂到發狂頹廢的「特異女子」慧女士、孫舞陽、章秋柳，和克服了猶豫彷徨終於彙聚到抗戰洪流中的嚴潔修、蘇辛佳們，也都是「這一個」時代的必然產物。

這裡，「大時代」的背景是一目了然的，作家把人物置身在特定的歷史條件下，或者是反映一段革命的過程，使「時代空氣」表現得既具體、確定，又清晰、明瞭。而某些無時間特指性的作品，則盡量採用穿插情節、側面暗示等多種手法渲染時代的氣氛，使「時代空氣」表現俱足。《子夜》固然沒有像《蝕》那樣去具體描寫一場革命的過程，但濃重渲染了沉悶得使人窒息的「子夜」時代的空氣，外資入侵、蔣（介石）馮（玉祥）閻（錫山）大戰、工業破產、經濟蕭條等等景象的正面或側面描繪，集中反應了 1930 年前後乃至整個 30 年代的時代本質。活動在這樣的時代氛圍中的「時代女性」林佩瑤、張素素們，從一度有過理想和抱負到眼前難免在哀怨悽楚、無所作為中打發日子，也無例外地構成了時代生活的投影。

需要著重指出的是，茅盾小說如此鮮明的時代特徵，是得力於把人物置身在時代的激流、時代的主潮中去表現，從激蕩著歷史回聲的時代巨變中使人感受到了「時代空氣」的濃重熱烈，時代風雲的色彩斑斕。從《蝕》三部曲開始，「時代女性」還被卷到了革命鬥爭的漩渦中心，時代環境不只是作為一種背景來渲染，而且還化為重要的故事情節了。《幻滅》寫靜女士和慧女士參加了武漢第二次北伐誓師的場面，《動搖》寫孫舞陽在小縣城革命高潮時親歷民氣激昂的群眾大會以及革命失敗后倉皇撤走等情節，《路》寫杜若參加蔣管區白色恐怖籠罩下的學生運動，《鍛鍊》寫蘇辛佳、嚴潔修直接參與了「八·一三」後上海軍民抗戰活動等等，都是小說中最精彩的片斷。這些片斷，都是最生動的「時代描寫」，因為事件本身就是「大時代」浪潮的投影，在其間活動的人物的時代性特徵自然是鮮明、昭著的。相比之下，某些多少寫出了些「時代空氣」，但很少聯繫時代主潮的作品就要顯得遜色多了。以描寫「五四」時期的新女性形象的作品來說，淦女士的《隔絕》在當時可謂是名噪一時的佳作了，主人公繧華也可以說是「五四」時期大膽反抗封建傳統的新女性。小說雖已傳達出那個時代的青年女子爭取自由、解放的某些信息，但由於主要表現的是主人公被「幽禁」期間的相思之苦，人物是同外界「隔絕」的，環境的氛圍也是同時代的潮流「隔絕」的，主人公就很難說是真正體現了「五四」精神的「時代女性」。而茅盾的《虹》，寫梅行素在「五四」潮流激蕩下的覺醒，就是把人物置身在時代的主潮中去表現的。一些最能體現「五四」巨變的場景，諸如少城公園的群眾集會，抵制日貨，女子剪髮運動，演出易卜生的戲劇《娜拉》，各種「新」字排行的刊物對青年的吸引，等等，就

是貫穿在前半部中的重要情節，人物的活動同時代的潮流緊緊地黏連在一起，「時代女性」當然也是名副其實的時代的產兒了。

茅盾筆下的「時代女性」形象的鮮明的時代感，還突出地表現在「時代的性格」上。就塑造時代性形象來說，單純的「時代空氣」的渲染並不是目的，重要的是要寫出時代對於人的心靈的撞擊，對於人的思想、性格、行為的形成所起的作用，這樣才能夠看出形象的時代印痕，體現出時代性的特徵。從茅盾強調比「時代空氣」更重要的「意義」是時代的作用力，即「時代給予人們以怎樣的影響」〔註17〕，就可見出他對於寫出「時代性格」的重視。他所塑造的「時代女性」形象，都與時代共同著生命，體現了時代的精神，寫出時代的性格，即使寫病態特徵，也是一種不折不扣的「時代病」。在整個形象系列中，從身處「五四」時代的梅行素開始，幾乎全部是為「五四」潮流所喚醒的，就連《自殺》中的環小姐也曾飽受過愛情自由的歡欣，至於在革命浪潮中滾過來的章秋柳們就更不必說了。然而，同樣是被時代大潮所裹挾，由於分屬於不同的時代，人物的性格就呈現出不同的色彩，分別烙有各自時代的印記。梅行素走過的是條覺醒之路，她可說是由「五四」精神影響、造就的一代先進青年的典型。她所經歷的是從「五四」到「五卅」的路徑，在時代潮流中較多地表現了青年人與時代俱進的熱情、理想和獻身精神。但當大革命運動在1927年的高潮中突然失敗，歷史出現了曲折，時代呈現出複雜、微妙的狀況，它給予人們的影響也就複雜得多了。茅盾在《蝕》和《野薔薇》中，用力刻劃各式女士的性格，就是寫出複雜時代的作用力，從不同側面反映出紛繁的時代造就了複雜的形象類別。在這時期，多數小資產階級知識分子經不起時代浪潮的衝擊而走上了黯淡的路（如環女士），也出現了一大批既痛惜革命失敗又感到無路可走的發狂頹廢者（如章秋柳），自然也有執著於現在，繼續探索、創造未來的勇敢進擊者（如《創造》中的嫻嫻），從她們身上，無不顯出那個特定時代所造成的「時代的性格」。最典型的就是頹廢的女性所具有的「時代病」，那分明是特定時代的產物。在《追求》中，茅盾借張曼青之口解釋「什麼是現在的時代病」說：「不是別的，就是我們常說的世紀末的苦悶。自然這是中國式的世紀末的苦悶。……我到處見到了這個病。我們──像某些人所說的──浮浪的青年有苦悶，但我們的苦悶的成分是幻滅的悲哀，向善的焦灼，和頹廢的衝動」。這裡指出的所謂「時代病」，就是

〔註17〕《讀〈倪煥之〉》。

「世紀末」——黑暗時代所產生的對於革命「幻滅」的苦悶，是大革命失敗的時代現實使某些「時代女性」出現了悲哀、焦灼乃至頹廢等等複雜情緒相交織的狀況。她們固然尚存「向善的焦灼」的一面，但到底經不起時代潮流的激盪，感到「幻滅」和「頹廢」了——「時代的性格」表現得何等充分！由於茅盾緊緊抓住時代的作用力，寫出了她們同時代的脈搏躍動在一起的特徵——享受著時代的歡欣，體驗著時代的痛苦，烙印著時代的傷痕，積澱著時代的沉思——她們正是不折不扣的「時代」的女性。

含蘊深廣的社會化價值

在「時代女性」形象中，時代性要求是基礎，是形象的底色、基調。然而，從形象的社會價值和歷史價值而論，只談時代特徵恐怕是不夠的。因為狹義的時代性，主要指的是時間概念，並沒有包含更廣泛的社會內容。在一般情況下，取材於現代生活的作品多少總能折射出某些時代性特徵，這對作家來說也許不是一個很大的難題。正如茅盾在《讀〈倪煥之〉》一文中所指出的，「五四」以來的作家，「大都用現代青年生活作為描寫的主題了」，而且其中也不乏「卓越的例證」。但是，「這些作品所反映的人生還是極狹小的，局部的；我們不能從這些作品裏看出『五四』以後的青年心靈的震幅」。原因就在於「作品缺乏濃鬱的社會性」。因此他認為，對文學作品的要求，除了「文藝的時代性」以外，還必須強調「文藝的社會化」。茅盾塑造「時代女性」，旨在揭示時代的、社會的本質，不只是反映狹小的、局部的人生，而是要展現整個時代社會的脈動，因此除了表現充分的時代性以外，還從廣闊深入的社會背景上去寫出「時代女性」的「社會化」特徵，反映她們更廣泛的生活面貌，表現她們更大的「心靈震幅」。這就使得形象具有深廣的社會意義，比一般作家所塑造的形象具有更高的社會價值。

形象的社會化特徵，主要指的是形象的社會性本質。「人的本質並不是單個人所固有的抽象物，在其現實性上，它是一切社會關係的總和」〔註18〕。這個馬克思主義的原理說明，不能抽象地談人的性格，必須揭示人的社會本質；社會性揭示得愈充分，人的本質也就表現得愈完全。「時代女性」本質的揭示，也逃不出這個規律。某些新文學作品描寫的新女性形象，同典型的「時代女性」有相當的距離，原因之一也就在社會性的不充分，缺乏影響人物行動的深刻的社會背景，「幾乎看不到全般的社會現象而只有個人生活的小小的

〔註18〕 馬克思：《關於費爾巴哈的提綱》，《馬克思恩格斯選集》第1卷第18頁。

一角」〔註 19〕，就很難說是時代社會的產物。在某些作品裏，新女性衝出家庭，走向社會，大多只是進入一個狹小的社會，有的甚至連家庭也沒有真正衝出的。冰心的《兩個家庭》和淦女士的《隔絕》即是其例。前者寫家庭改革問題，主人公亞倩是個新式女子，她的改革只是把家庭裝點成歐美式的「小樂園」，用以取代中國封建專制的大家庭，而人物的行為、舉止仍脫不出賢妻良母的格調。後者寫縈華追求自由戀愛，但母親的一紙書信仍把她乖乖地召回家中·理由是對母親也是愛，「要使愛情在各方面的都得到滿足」，結果被「幽禁」家中，作著所謂在「牢獄」裏的反抗。像這樣的「新女性」，同社會革命固然是無緣的，就連促成她們「改革」、「反抗」行為的社會背景也很難尋見，幾乎看不出是哪個社會的產物。魯迅的《傷逝》是傳世名作，提出的社會問題之切要，自有不朽的價值，但小說的主旨是在說明主人公只是為了追求愛，脫離社會解放鬥爭之不可取，因此子君的活動範圍只能是很狹仄，難以更廣泛地反映那個時代裏新女性的社會內容。從這點來說，茅盾認為《傷逝》「也只能表現了『五四』時代青年生活的一角，因而也不能不使人猶感到不滿足」。〔註20〕看來，要全面反映整個歷史時期的新女性知識分子的面貌，不注意社會性本質的揭示，不著眼於「一切社會關係的總和」的描寫，是很難完成使命的。而茅盾，就是具備了比他以前的作家更優越的條件而投入創作的。一方面，他有前此描寫新女性作品的經驗、教訓可資借鑒，另一方面，他參加過社會革命鬥爭，非常熟悉新女性所活動的那個「社會」，這些就使他有必要也有可能去寫出堪稱為「時代女性」的社會化特徵。

　　首先是廣闊的社會背景的展現。社會背景是人物活動的天地，是影響、造就人物性格的典型環境。「時代女性」是否帶上社會的印記，同環境直接相關。「新女性」走出「深閨」或「淺閨」，去創立子君式的「滿懷希望的小小的家庭」，自然也不失是爭自由的一路，但茅盾要表現的是更廣闊的一路，即時代風雲激蕩下的新女性生活，因此就不以反映她們的「小小的一角」為滿足。他是真正讓新女性走上了大社會的：在大社會中活動，受大社會的支配，揭示了大社會的本質。多數作品以社會革命為背景，如《蝕》、《虹》、《路》等是；或者以戰爭為背景，《鍛鍊》、《腐蝕》等是。這樣，「時代女性」一踏上社會，就不能不卷到「大社會」的激流中去。以《蝕》三

〔註19〕茅盾：《〈中國新文學大系·小說一集〉導言》。
〔註20〕《讀〈倪煥之〉》。

部曲爲例。《幻滅》前半部寫學校生活，但不是平靜的學校生活，「五卅」週年紀念會，頻繁的學生集會，預示革命的氣息必將深刻影響剛剛走出家庭的新女性。就連軟弱的靜女士也感到：「至於靜呢，我不怕外界不靜，就只怕心裏——靜——不——下——來」。終於，她被更洶湧的革命潮流卷到武漢，參加了革命工作。社會革命的背景對青年的「心靈震幅」寫得透徹入微，「時代女性」（這恰好是茅盾寫到的第一個「時代女性」）一出場，便走進了劇變中的「大社會」。《動搖》展開的是更宏闊的（當然是濃縮了的）歷史畫面，在一個小縣城的範圍內描寫了農運、工運和與之相關的革命風暴。深受革命高潮鼓舞的孫舞陽們自然就更老成、練達，她們已成爲婦女協會的成員，「時代女性」已開始了主宰自己命運的時代。至《追求》，形勢陡變，描寫的是大革命失敗以後的情況。小說雖然沒有像前兩部那樣去描寫宏偉的革命場景，但也多方面展現了上海的政治「低氣壓」。經不起挫折的「時代女性」發狂頹廢，就是社會政治「低氣壓」窒息的結果。這樣，在廣闊的社會背景中行動的「時代女性」，不獨帶有地道的社會性，她們的成長、變化無一不受社會變動的影響，而且，她們的行爲、思想還是某種社會類型的代表，從中折射出當時社會生活的某些本質。

其次是全般的社會現象的描寫。已往描寫的新女性，並沒有很「新」的感覺，原因就在描寫的生活內容的褊狹。愛情、婚姻，似乎是唯一同女性有關的東西，爭取愛情自由似乎是女性最大的解放了。其實並非如此。魯迅說：「在眞的解放之前，是戰鬥。……應該不自苟安於目前暫時的位置，而不斷的爲解放思想，經濟等等而戰鬥。解放了社會，也就解放了自己」〔註21〕。很明顯，只有在社會的解放中，新女性才能完成自身的解放。事實上，歷經「五四」以後的各項重大社會鬥爭，中國的新女性早已跳出了自身解放的圈子，加入了社會解放鬥爭的行列，在社會生活中起著越來越重要的作用。茅盾著眼於新女性的這一特點，打破只寫褊狹生活的格局，從「全般的社會現象」中去表現新女性參加解放社會鬥爭的各個側面，從而眞正把握了「時代女性」的社會性特質，這裡正顯示出茅盾作品的獨特價值。在茅盾的筆下，「時代女性」所經歷的社會生活內容是極其廣泛的。歷次重大的社會鬥爭，諸如「五四」、「五卅」、北伐、大革命高潮期間的農運、工運、學運，乃至以後的抗戰，都構成「時代女性」的重要生活內容，而從社會現象的「全般」

〔註21〕《南腔北調集・關於婦女的解放》。

性這點來說，則涉及政治、經濟、教育、軍事等各方面。《蝕》中的靜女士、孫舞陽等就幹過婦女運動、總工會工作等多項社會活動，《虹》中的梅行素親歷了四川教育界、軍政界的黑暗腐敗，以後又參加了大罷工運動，《腐蝕》中的趙惠明還破天荒地接觸了最黑暗的「狐鬼世界」等。豐富的社會閱歷，就勢必拓寬了「時代女性」精神境界的疆域。自然，茅盾也寫到「時代女性」的戀愛生活，值得注意的是，描寫角度卻不在單純追求婦女的自身解放上，戀愛描寫只是一種折射，對社會問題的折射。如《幻滅》寫靜女士對愛情的幻滅，用以折射部分「時代女性」對革命事業的幻滅，《追求》寫章秋柳的「性解放」，表現了「特異女子」對傳統道德的虛無主義的破壞等，都是「時代女性」在參加社會解放鬥爭途中出現的問題，同樣體現了社會化特徵。至於《野薔薇》中的短篇「都穿了『戀愛』的外衣」，但「戀愛描寫的背後是有一些重大的問題」的，那更是茅盾一再陳說，只要仔細考察也是不難洞悉的。

　　再次是複雜的社會關係的解剖。人的本質是「一切社會關係的總和」，要充分揭示「時代女性」的社會性特徵，就要在展現廣闊社會生活的同時，寫出複雜的「社會關係」，從中探尋出形成社會現象的實質性原因。茅盾在評析「五四」以來某些反映青年「彷徨心理」的作品「缺乏濃鬱的社會性」的原因時指出，這些作品「並沒有表現出『彷徨』的廣闊深入的背景，──比如思想界的混亂，社會基層的動搖，新舊勢力之錯綜肉搏而無顯著的進退──而只描寫了一些表面的苦悶」〔註22〕，真是一見血。他所刻劃的「時代女性」形象就克服了這樣的弊病。儘管他也注重女性心理的刻劃，所描寫的也大多是「時代女性」的苦悶、彷徨心理，一部《蝕》實際上就是現代女性知識分子心靈的「苦難歷程」，但這不是「表面的苦悶」，而是包含了深刻的社會內容。關鍵就在於把它放到縱橫交錯的社會關係中去表現。以《追求》描寫的「時代病」來說，這裡有側面描寫的反革命勢力的猖獗，「有多少件事使人痛哭流涕，又有多少件事使人驚疑駭怪，幾乎不敢相信自己的眼睛自己的耳朵」；有正面描寫的敵不過黑暗勢力的小資產階級知識分子的可憐境遇，趙赤珠「為貧窮所驅使」走上了賣淫的路；也表現了整個社會「思想界的混亂」，使那一班「苦苦追索人生的意義而終於一無所得」的青年陷入了「莫名的惆悵」。處在這樣的複雜社會關係中，「既沒有勇氣向善也沒有膽量墮落」的

〔註22〕《讀〈倪煥之〉》。

章秋柳們在徒作空言中過著頹廢的日子，就決不是一種奇怪的現象。人物的行為、心理在複雜的社會關係中表現出來，烙上了明顯的社會性印記，也加濃了「時代女性」的社會化特徵。

性格獨異的典型性形象

考察「時代女性」的時代性和社會化特徵，注意到的是形象的社會歷史價值，即它所具有的為我國一代女性知識分子作藝術造型並從中反映出特定歷史時期社會生活本質的重要價值。然而，作為藝術形象，「時代女性」在我國現代文學史上產生過重大影響，成為一個獨特的形象品種，卻在於它自身所蘊含的美學價值。茅盾以精湛的藝術修養，刻意於文學形象的鑄造，從而把「五四」以來已為作家們所注目的女性知識分子的描寫提到一個很高的水平，應該說是一種了不起的貢獻。

不注重性格刻劃，這是尚屬草創期的新文學第一個十年中在小說創作中存在的普遍性毛病，描寫新女性的作品自然也不能幸免。當時還是評論家的茅盾就特別注視過這個問題，尖銳地指出，數量最多的是戀愛小說，不是寫婚姻不自由，便是寫「沒有辦法解決」的多角戀愛，然而兩者有一個共同的毛病——「觀念化」，「所創造的人物都是一個面目的，那些人物的思想是一個樣的，舉動是一個樣的，到何種地步說何等話，也是一個樣的，不但書中人物不能一個有一個的個性，竟弄成所有一切人物都只有一個個性，這樣的戀愛小說實在比舊日『某生某女』體小說高得不多」。〔註23〕這個批評，茅盾後來是感到有些「太苛刻」的，因為的確也還有一些較優秀之作是在這一「批評的例外」〔註24〕的。但是指明一個帶普遍性的、傾向性的問題，卻不能不說是一針見血的議論。魯迅指出這一時期小說「技術上的幼稚——往往存留著舊小說上的寫法和語調；而且平鋪直敘，一瀉無餘；或者過於巧合，在一刹時中，在一個人上，會聚集了一切難堪的不幸」，也是同茅盾大致相通的意見。就描寫新女性而言，魯迅列舉淦女士、凌叔華等人的作品，固有「大膽，敢言不同」的一面，但仍只是「適可而止的描寫了舊家庭中的婉順的女性。即使間有出軌之作，那是為了偶受文酒之風的吹拂，終於也回覆了她的故道了」。〔註25〕這說明，新女性形象的塑造，沒有盡脫舊小說的窠臼，這裡既有

〔註23〕《評四五六月創作》，《小說月報》第 12 卷第 8 期。
〔註24〕《〈中國新文學大系‧小說一集〉導言》。
〔註25〕《〈中國新文學大系‧小說二集〉序》。

思想上也有技術上的原因，而不重性格刻劃，缺乏人物的個性化，不能不說是癥結所在。茅盾是在目睹了這一弊病以後開始「時代女性」形象創作的，在寫處女作《蝕》三部曲時就強調：「人物的個性是我最用心描寫的」〔註26〕。這明確表示了他的創作一開始就以性格刻劃爲中心的意向。實踐也正顯示了他在這方面的卓越藝術才能，爲新女性形象的創造開了一種新生面。

「時代女性」都是經「五四」新思潮的洗禮而走上社會的女性，大都具有「時代女性」的某些共同素質。然而，由於時代環境、出身教養、個人天賦的不同，在每個人身上又各有自己的個性。作爲文學形象來描寫，作家的任務，就是要遵循藝術典型化原則，充分描寫人物的融合著共性和個性的性格，特別是要表現煥發著藝術生命力的個性。茅盾把「時代女性」的性格歸納爲「三型」來描寫，分別寫出軟弱型、剛毅型、特異型三種類型的女子，就包含了刻劃形象注意共性和個性相結合的因素。某種「類型」就是「時代女性」整體的某個側面，是由一種被主導性格所規定而表現形態又各異的眾多女性聚合起來的形象類別。分類描寫，有助於從大的方面去把握「時代女性」的性格，這是茅盾的一個獨特創造。但要指出的是，茅盾寫類型並不是追求形象的類型化，更不會忽視藝術的個性化。如果一個類型只是一種性格，那同茅盾所批評的「一切人物都只有一個個性」的「觀念化」並無多少區別，當然是爲他所不取的。在同類形象身上又寫出各自鮮明的個性，是茅盾刻繪的「時代女性」形象具有藝術生命力的一個重要因素。例如，在軟弱型女性中，靜女士和方太太屬於「同型」，都是好靜不好動的，生性脆弱且也受人欺騙，總是常常受到命運的嘲弄，對革命常感「迷惑而彷徨」，甚至是「幻滅而消沉」。在表現小資產階級知識分子的脆弱性時，這兩個人都有代表性，但她們又有自己豐富的個性。不獨在性格的表現形態上是各不相同的，靜女士的「幻滅」表現在事業和戀愛的雙重失意上，方太太的「迷惑」則反映在同丈夫方羅蘭的喜劇性的衝突中，各以在生活激流中的淋漓盡致的表演構成了性格的生動性與豐滿性。而且還顯露出不同環境所構成的性格素質的差別，靜女士剛剛踏上社會，又處在集體的「群」中，受到慧女士等人的影響，多少還帶有一些青年女子的朝氣，不失爲有所追求的女性，只是性格軟弱，一經挫折就消沉，甚至連失戀也會引起對革命事業的幻滅；方太太卻已從天眞活潑的女學生變成了溫婉端莊的家庭主婦，雖正當二十七歲卻「已燃盡了青春

〔註26〕《從牯嶺到東京》。

的情熱」，只覺得意態「闌珊」，「暮氣」沉沉，對「變得太快，太複雜，太矛盾」的世界無所適從，因此由丈夫的「不忠」帶給她的更是難以排解的苦悶。這樣，由各自的生活境遇出發所表現的軟弱性就很有差別，人物的精神素質也很有不同。如果說靜女士是一個解放得不夠徹底的女子，那麼方太太則純屬「過渡時代」的女性，這就明顯見出了人物的獨特個性。再如，三個性格近似的「特異女子」，也都是顯示了自己的個性特色的。慧女士在狂放中帶有哀怨，外在的放縱行爲掩飾不住內心的苦痛；孫舞陽卻只是豪爽不羈，要以自己的儀表、機敏、活力顯示出「時代女性」敢於同男子相抗衡的力量；章秋柳的頹廢、浪漫，也是追求和痛苦的混合物，但她同慧女士對待人生所持的冷漠態度又不同，尚不失對弱者的同情心，尚存在著從頹廢中振拔的願望。茅盾說他寫不同性格的「時代女性」，意在表現「現代青年在革命壯潮中所經過的三個時期」。這三位女性，果然分別烙下了革命前夕、革命既到和革命失敗以後三個不同時期的「時代性格」。因此雖是同一類型而所處的時代條件不同，也就各有鮮明的個性。

　　人物形象的個性化，來源於作家對性格描寫的重視，特別是對人物獨特性格的深入解剖。前此的有些新女性形象之所以立不起來，「病根」就在單純編織戀愛故事，重事件而不重人物，情節過於巧合，在一個人身上「聚集了一切難堪的不幸」，結果沖淡了、淹沒了人物的性格。茅盾描寫「時代女性」的作品，呈現著完全不同的狀況。他不以情節的曲折性取勝，「第一目標」是「研究人」、「寫人」，特別是對女性特有的性格、心理的細膩剖析，使得筆下形象無不個性鮮明、栩栩如生。茅盾注重的是對知識分子痛苦的心靈歷程的探索，而女性的感情世界又總是特別豐富、複雜，只要用心解剖就最能揭櫫人物的獨特性格。他筆下的各類女子或同一類型中的不同女子個性的展示，在很大程度上就是通過對人物的「最隱秘的心靈」的剖析來完成的。譬如，寫慧女士狂放中的哀怨，是著重解剖她心頭深重的創傷：一個留洋回國生，卻處於失業的境地，只能在兄嫂的奚落下混飯；在戀愛上，「黏著她的人有這麼多」，卻沒有一個是真心愛她的；事業上、愛情上都沒有找到「終身歸宿」，不能不歎時光虛度，「青春難再」。愈是把她內心的隱痛寫得曲折入微，她後來產生「對於男性的報復的主意」，就愈是性格的合乎邏輯的變化，因爲飲了生活中太多的苦酒，性格中「剛強與狷傲」的一面自然要外化爲不顧一切的反抗。借助於細膩的心裏分析，「這一個」的個性特點也就更加凸現了。寫章

秋柳的頹廢、浪漫時，作者也不時宕開一筆去寫複雜的內心世界，把她的既
沒有「向善的勇氣」也沒有「墮落的膽量」的矛盾心理表現得淋漓盡致。且
看章秋柳的自問自責：

　　　章秋柳呀，兩條路橫在你面前要你去選擇呢！ 一條路引你到光
　　明，但是艱苦，有許多荊棘，許多陷坑； 另一條路會引你到墮落，
　　可是舒服，有物質的享樂，有肉體的狂歡！

　　　她委決不下。她覺得兩者都要；冒險奮鬥的趣味是她所神往的，
　　然而目前的器官的受用，似乎也捨不下。雖然理智告訴她，事實上
　　是二者不可得兼，可是感情上她終不肯犧牲了後面的那一樁。

這樣的內心剖析，事實上就提煉出人物性格中最有個性色彩的部分，她的內
心矛盾是怎樣表現的，促成她浪漫行為的基因何在，都在這簡捷的自白中了。
正因為作家袒露了人物的心底，表現了她們的痛苦的矛盾的複雜心理，就可
以認識這類人雖可稱為「浪漫女子」，卻的確不是「淺薄的浪漫女子」。人物
形象的個性化，當然是作家調動多方面的藝術手段來完成的，但就創造「時
代女性」來說，探察女子心靈的奧秘，細膩刻繪她們的複雜心理，也不失為
有效的藝術方法。

第五章　形象觀照：形象系列（二）
——民族資本家系列

　　茅盾開手小說創作，是在標誌著現代小說已漸趨成熟的新文學的第二個十年開始以後。站在一個新的時代的開端，他責無旁貸地應該提供前此的小說作家未曾提供過的東西，而社會活動家和文藝理論家的深厚的修養、功力乃至職業習慣，又總是催動他在創作領域裏作不倦的探索。在創造文學形象方面，當他把嶄新的「時代女性」形象系列奉獻給讀者以後，緊接著又開始了第二個形象系列——藝術上更為光彩照人的民族資本家系列的創造，便標示了少有的才具和膽略。表現民族資產階級，這是過去的作家們未曾注意也感到力不從心的課題。在茅盾 30 年代初剛涉足於此的時候，新文學發展已十幾年了，這裡留下的還是一片空白。從這個意義上說，他的創作起著開闢草萊的作用，他為文學作出的是開創性的歷史貢獻。然而，當全面考察這一形象系列時就會發現，兼具藝術家和思想家氣質的茅盾對一個重要的課題，不會僅漢滿足於開創性這一點上，他的藝術追求是更廣闊和深遠的。這就是：著眼於整個一代——新民主主義革命時代民族資產階級歷史命運的探索，描寫一個既有現實生命力又有歷史縱深感的完整的形象系列，一個為文學提供了不朽典型和豐厚形象的獨創的人物世界。

一、在《子夜》的延長線上

　　小說家的藝術個性，形成於對他的特殊的對象世界（其中特別是人物世界）的把握。因此，愈是有個性的小說家，就愈是有一個被他自己熟練掌握了的並且帶有相當穩定性的特殊的人物世界。茅盾的小說選擇民族資產階級

作爲主更描寫對象，並在創作中逐漸形成了一個穩定的甚至須臾不可離開的對象世界，便是同他的創作個性直接相關的。考察一下這個對象世界的形成過程，就明晰地昭示著他在創作中對象選擇被創作個性所制約的現象，從中正反映出他創造這一形象系列的獨特的藝術追求。

在茅盾的小說創作中，《子夜》的問世是具有里程碑意義的。這個里程碑意義可以從多方面作出解釋。僅就這裡的論題範圍——塑造民族資產階級形象而論，《子夜》也是聳立在昨天和今天之間的一座界碑，標誌著中國社會中一個重要的階級被文學所遺忘的時代的結束。表現在茅盾的創作中，則是對象世界的轉換：在前期作品中對藝術形象的注意力主要是投射在「時代女性」身上，反映了他對探索小資產階級知識分子的前途和命運的濃厚興趣，至《子夜》是一變，「時代女性」已退居次要地位，民族資本家以「首席代表」的資格出現在文學殿堂裏，而且還不是一個兩個，而是熙熙攘攘的一群。《子夜》發表以後，曾引起文壇的轟動，並長時期來爲人們所傳誦，原不是無因的。

值得注意的是：茅盾的藝術探索並不止於《子夜》。如果說，僅以一部《子夜》就認定民族資產階級將成爲茅盾小說的一個特殊的對象世界尚爲時過早，那麼，此後仍把主要目光放到民族資產階級身上，爲刻繪完整的形象系列作著持久不斷的努力，便完全證明了另一個對象世界的確定。

日本學者松井博光在研究中曾注意到，《子夜》以後的作品「依然是在《子夜》的延長線上」，「可以看出茅盾對這個民族資本家問題非常關心」。〔註 1〕這是一個有益的發現。充分認識「延長線」的意義，對深入理解茅盾的作品是頗爲重要的。這個「延長線」，主要指的是人物形象的「延長」，也就是《子夜》以後的描寫民族資產階級的一貫性和延續性。這只要簡單考察一下創作狀況，就不難得到說明的。專力描寫工業資本家命運的劇本《清明前後》，不在本題論述範圍，姑略去不計；單就中、長篇小說而論，數量就頗爲可觀，因爲除去《腐蝕》等少量作品，幾乎全部是以民族資本家爲主要或重要描寫對象的。中篇《多角關係》向來被認爲是《子夜》的續篇，兼營工廠、房產、借貸的中小資本家唐子嘉，面臨的厄運與吳蓀甫有些許相像，但牽扯的社會關係之複雜又自有特點。這個形象在認識 30 年代的民族資本家特徵時是不可或缺的。中經《少年印刷工》，因作者的注意力是在童工生活上，「老闆」的

〔註 1〕《圍繞〈子夜〉的一些問題》，《黎明的文學》第 168 頁，浙江文藝出版 1984年版。

形象不免模糊，但仍表現出對工業題材的關注。如果再加上短篇《林家鋪子》等，茅盾描述的在殖民地化愈益加深的社會裏，工業界、金融界、商業界中民族資產階級的命運便讓人有了完整的印象。到了抗戰時期，三部長篇都以民族資本家爲主角。《第一階段的故事》反映的是抗戰初期人們「何去何從」的問題，而故事和人物的中軸則正在橡膠廠老闆何耀先及其一家的周圍，表現有正義感和愛國心的民族資本家報效國家的精神，寫來頗具特色。《走上崗位》寫的是民族資本家阮仲平「義無返顧」地投身抗戰，把自己的機器廠內遷，以保存實力同敵人周旋，也一樣有戰爭初期這一類人的眞實靈魂在。作爲一個歷史時期的記錄來看，對這兩部長篇或許會感到某些不足，因爲畢竟寫得過於倉促，也未完篇，但仍不能不爲形象的時代感和人物思想狀貌的正確、精細的把握而擊節讚賞。《霜葉紅似二月花》改換了主題，藝術上卻更成熟，而作品以新興的民族資本家王伯申同封建地主趙守義的矛盾構成全書的主要線索，表現出作家對探索早期民族資產階級命運的興趣，形象的感人力量似比前兩部更勝。整個抗戰時期，茅盾過著顛沛流離的生活，而小說的形象選擇無一例外在民族資本家一邊，分明在走著《子夜》以後已經駕輕就熟的路子。還有他的最後一部長篇——寫於 1948 年的《鍛鍊》，雖然只是《走上崗位》的改寫和擴充，人物幾乎是原班人馬，情節也略有相似之處，但正因一改一擴，在藝術上已成全璧。小說描寫的嚴仲平等民族資本家的面貌也同《走上崗位》中的阮仲平等大不一樣，描寫了他們克服思想動搖的過程，筆觸更爲細膩，形象也更見光彩，從而使得這部作品成爲《子夜》以後表現民族資產階級的又一部力作。

　　把這些作品連貫起來，顯示出來的正是一個特殊人物世界逐漸形成、日益豐滿的過程，是作家的藝術目標非常明確，在已經選準的道路上走到底的過程。在《子夜》及《子夜》以後的一系列作品中，茅盾的雄健筆力滲透到了民族資產階級的不同時期、不同生活領域，的的確確是把中國一代民族資產階級「形象化」了。不獨具有開創性意義，尤其在描寫民族資產階級的廣度和深度上，茅盾的成就都是無與倫比的，這就使他確立了足以雄視文壇的地位。

　　這裡，有一個值得人們思索的問題：茅盾的藝術選擇爲什麼轉到了民族資產階級一邊？因爲這是一種非常獨特的選擇，獨特性，以作家的生活經驗、藝術追求與前大不相同的形式呈現出來。一般地說，小說創作中特殊對象世

界的確定，是以小說家所熟悉的那個特殊生活領域爲基礎的。老舍專注於市民階層，巴金傾心於知識青年，葉紹鈞選擇小學教師，趙樹理偏愛翻身農民，諸如此類既不可互相混淆也不能任意替代的特殊描寫對象的選擇，都是作家持久活動於那個人物世界裏的結果。但茅盾小說對象世界的轉換，卻似乎超出了常規。當他傾力描繪大革命時期的「時代女性」形象時，人們可以認爲那是一種明智的抉擇，因爲那的確是他「眞實地去生活，經驗了動亂中國的最複雜的人生的一幕」以後，對「時代女性」的熟悉到了「縈迴心頭，驅之不去」的程度，藝術上遊刃有餘的表現是順理成章的。至描寫民族資產階級，情形就判然有別。他從一個原本熟悉的人物世界走到了另一個陌生的人物世界，一切都得重新去經驗，去認識。《子夜》的寫作，「東奔西走」搜集材料之艱難，是他一再談及的，就是明顯的例證。這樣，他仍然傾心關注這個對象世界，自然就成了一個多少有些不可捉摸的問題。人們要問：作家如此專一地進行對象世界的轉換，是何種因素在起作用的呢？

深入考察不難發現，在這裡起重要作用的是作家的藝術個性，是一貫體現在茅盾身上的執著的創造力和不倦的探索精神。進入 30 年代以後，茅盾的確定不移的目標「是怎樣使自己不至於黏滯在自己所鑄成的既定的模型中」，他的苦心不得不是「繼續地探求著更合於時代節奏的新的表現方法」；〔註2〕從描寫範圍說，則「有了大規模地描寫中國社會現象的企圖」。這類宣言，明確地預告了作家尋求藝術創新的渴望，標誌著藝術視野的擴展。而《子夜》的創作，正是實踐這類宣言的第一步。可以說，《子夜》的成功，對茅盾既是一種鼓舞，也是一種啓示：由此看到了在一個被忽視了的人物世界裏的潛在表現力。他寫《子夜》本來就有塡補空白的動機：「自有新文學運動以來，從沒有寫過的企業家和交易所等，現在有人寫了，這人是誰呢？」他要「讓人家猜猜」。〔註3〕從這不無自得的語調裏，可以看出作家對開創企業家描寫的偏愛和重視。因此，當《子夜》以民族資本家爲主角大規模解剖社會現象的成功，他就分明更深入感受到了描寫民族資產階級的重要性。另一個不容忽視的是茅盾當時還重視創作對社會現象的分析，其中特別是對社會經濟結構的分析。就選材角度說，他不但愈加明確了「應當憑那題材的社會意義來抉擇」，尤爲引入注目的是強調了題材應

〔註 2〕茅盾：《〈宿莽〉弁言》，《宿莽》，大江書鋪 1931 年版。
〔註 3〕《我走過的道路（中）》第 113 頁。

「觸到社會的經濟組織」。〔註4〕這樣，他對社會經濟結構中的重要部類──民族資產階級的重視，就決非偶然。不妨這樣認為：正是創作的社會化追求，對社會歷史現實作全般分析的目標，使茅盾從知識分子對象世界擴轉到民族資產階級一邊。就生活的熟悉程度來說，他選擇了一條捨易就難的路子，這反映出他為實現藝術追求的執著性，而從分析社會、解剖社會的要求出發去解剖一個特殊的對象世界，又決定了他必將以深入細緻的觀察、分析、研究，用藝術的形象化去創造一個嶄新的人物世界。因此，這一形象系列創造的獨特價值，除了形象本身的獨創性以外，還應當包括作家探索這一階級歷史命運的思想深刻性和由此表現出來的分析社會現象的精闢見解、藝術上的獨創性追求等等。

二、「命運注定了要背十字架」

　　基於對時代特徵的本質把握，對社會歷史現象的全般分析，茅盾描寫這一形象系列的深刻之處，首先在於對殖民地半殖民地社會中民族資產階級命運的探索，在於有效地把握了這一階級中的人物在特殊歷史條件下所走過的曲折道路和他們特有的思想面貌。

　　從《子夜》開始，茅盾小說創作的一個顯著特點，就是注重了對社會經濟結構的分折，因此，他塑造民族資本家形象，是作為社會中一種重要的階級力量來描寫，用力探索的是這一階級在特定歷史時期的共同遭際和命運。他的小說所展示的一系列形象，從30年代的吳蓀甫、唐子嘉、林老闆，到抗戰時期的何耀先、阮仲平、嚴仲平等，雖然人物性格各有不同，遭遇也有差別，但受制於動盪的時代、受制於半殖民地社會性質的共同厄運卻誰也無法幸免。這就是茅盾在談到《子夜》時所說的：「中國民族資產階級中雖有些如法蘭西資產階級性格的人，但是因為一九三〇年半殖民地的中國不同於十八世紀的法國，因此中國資產階級的前途是非常暗淡的」〔註5〕。或者如他借助於《清明前後》中的民族工業家林永清在抗戰時期常說的一句話：「中國的工業家，命運注定了要背十字架」。這兩段閃耀著哲理光芒的警策語言，可以看成是作家描寫民族資產階級悲劇命運的提示：正是從這裡出發，茅盾描寫這一階級的歷史命運及由此而映照的階級本質達到了相當深刻的程度。『在20～30年代的民族資本家中，吳蓀甫的命運是有相當典型性的。這位曾遊歷歐美的

〔註4〕茅盾：《創作與題材》，《中學生》第32期。
〔註5〕《〈子夜〉是怎樣寫成的》。

有魄力有手腕的企業家，被稱為「二十世紀機械工業時代的英雄騎士和『王子』」這雖不免過譽，卻多少表現出不失為英雄的本色，至少在中國的民族工業家中來說是如此。且不說他藏在胸中的宏偉計劃，那振興中國工業以實現孫中山提出的「東方大港」、「四大幹路」一類「實業建設」方略的勃勃雄心，足可使人傾倒，單就眼前「大刀闊斧」的行動說，就已表現出不凡的氣度。在同業叫苦連天之際，他的絲廠經營有方，「境況最好」；他認定「中國民族工業就只剩下屈指可數的幾項了，絲業關係中國民族的前途尤大」，幾度面臨困境，「還要幹下去」。尤為出格的是，為同買辦工業相抗衡，他不顧眼前的險情，同孫吉人、王和甫組成了益中信託公司，再經營八個日用品工業小廠，以拯救這類奄奄一息之中的民族工業。然而，「英雄騎士」畢竟命運不濟，他的計劃是著著落空，他的行動是步步失敗，原因就在他生錯了時代。在殖民地化愈益加深的社會裏，帝國主義和買辦工業擋住了他的去路，國內軍閥混戰、政治腐敗使工業面臨困境，這些都注定了他的悲劇結局的必然性。吳蓀甫的計劃原先就構築在這樣一種幻想上：「只要國家像個國家，政府像個政府，中國工業一定有希望的！」可是這幻想的前提並不成立，他的失敗終成勢所必然：這恰恰從現實同理想的矛盾中揭示了悲劇結局的成因。在這裡，茅盾對這類民族工業家的抱負和才幹不無讚賞，深感痛惜的則是他們的生不逢時。在 30 年代就有人評論說，《子夜》是「創造了一個英雄，而且這書也就成了這個英雄的個人的悲劇的書了」〔註6〕。如果就一種意義——主人公在事業上的命運遭遇說，也不妨說《子夜》描寫的是一齣「英雄悲劇」。透過這個形象的描寫，作家要強調的似乎是：在那個時代裏，的確也有如同法蘭西資產階級性格的人，但並沒有生長這種性格的土壤，因此，導致中國工業的破產，並非由於民族資本家的無能，恰恰是時代和社會的過錯。毛澤東曾經指出：「在歐美各國，特別在法國，當他們還在革命時代，那裡的資產階級革命是比較徹底的；在中國，資產階級連這點徹底性都沒有」，根本原因就「由於他們是殖民地半殖民地的資產階級」。〔註7〕茅盾創造的民族資產階級形象所揭示的悲劇命運及其成因，正是對這一論述的藝術的形象的說明。由此可以見出作家對處在「特別國情」中的中國民族資產階級獨特性的理解之深。

〔註6〕韓侍桁：《〈子夜〉的藝術思想及其人物》，《現代》第4卷第1期，1933年11月。
〔註7〕《新民主主義論》，《毛澤東選集》第635頁。

應當指出，茅盾對半殖民地社會中民族資產階級厄運的描寫，《子夜》還不是唯一的例證。《多角關係》中的唐子嘉，算不得是個英雄，他並無吳蓀甫那一份事業心，他的瘋狂追逐利潤和荒唐的生活方式倒顯得人格卑微。然而，當茅盾把他當作光華綢廠的老闆來描寫的時候，卻不能不同樣把他置身在一種可悲而又可憐的境遇上。由於外國絲傾銷，他經營的絲綢業產品價格一跌再跌，工廠只好關門。而四百五十箱存貨還堆在棧房裏銷不出去，資金周轉不靈，他只好東逃西藏躲避各種債權人。殖民地經濟原本是畸形社會的產物，它無孔不入地侵蝕著各個工業領域，唐子嘉當然也難以逃脫這樣的天羅地網。《林家鋪子》中的林老闆在商業領域裏的掙扎，也是如此。他可是老實本份的生意人了，論才幹也是無可指謫的。只要看他善於看準時機賣「一元貨」而使店鋪一度起死為生，就足見精明能幹的一面。但他畢竟也生活在殖民地化深重的社會裏，整個社會經濟命脈的破產，必然也要危及商業和流通領域，各種社會壓迫及農民購買力降低等原因，終於使他的店鋪走上了倒閉一路。在這裡，茅盾寫出的是半殖民地社會中民族資產階級面臨悲劇命運的廣泛性：只要成為這個社會環節中的一個鏈條，不論是工業資本家還是商業資本家，不論是這個階級中的翹楚人物還是庸碌之徒，他們都將殊途同歸，都要受到命運的無情嘲弄。悲劇的廣泛性，是在於深入揭示悲劇的社會性。如果說，吳蓀甫的悲劇命運還只是提供了個別的例證，那麼，不同領域、不同類別人物的命運的描寫，就分明昭示著一種社會性的現象，從廣闊的社會背景上揭示了命運悲劇的社會內涵。

對抗日戰爭時期民族資產階級悲劇命運的描寫，演示的也是大致相同的生活邏輯。正是在國家和民族的危亡關頭，茅盾在民族資本家身上看到了更多的愛國心，感受到了他們同各階層人民一起共赴國難的決心和犧牲精神。《走上崗位》和《鍛鍊》寫他們排除各種困難，把工廠內遷，積蓄力量以打擊日寇，《第一階段的故事》寫他們捐助車輛、物資支持淞滬戰爭，那個轉運公司的老闆陸和通還自己開車去慰勞前方將士，這都展現了他們把自己的命運同祖國聯繫在一起的熱切心腸。然而，即使在這樣民氣激昂的年代裏，他們同樣在遭受厄運，因為他們所處的半殖民地的社會環境並沒有改變。茅盾看到的另一方面事實仍然是：由於政治腐敗、軍閥割據、買辦工業擠壓，民族工業家的命運沒有比以前更好，或許反而是更壞了。在這幾部作品裏，茅盾都用「命運注定了要背十字架」來概括他們的遭遇，就是一種形象的說明：

他們肩負著重任，付出了力量，承擔了苦痛，卻沒有得到應得的報答。話劇描寫的林永清「背十字架」之歎，是在他的工廠遷入內地幾年以後一蹶不振而勾起的辛酸和痛楚，小說描寫的這類工業家在抗戰初期的遭際也何嘗不是如此。橡膠廠老闆何耀先就是雖有「忍痛犧牲的決心」，卻又深感「報國無門」之苦的一個。他極想把橡膠廠內遷，以報效國家，但現實並沒有為他創造這樣的條件——

> 內地，哪裏是可以安放我的工業的？交通不便，匪盜如毛，捐稅繁多，隔一個省就同隔一個國似的，政令不通一，……這叫人家怎辦實業呢？現代的中國人，除了軍閥，買辦，土豪劣紳，哪一個不是注定了要背十字架的？

是的，他同林永清生活在同一片國土上，有同樣的感歎決非偶然，而林永清後來的遭遇又恰恰證實了他的憂慮並不是多餘的。這裡所說，就不只是「報國無門」的問題了，實際上也展示了當時整個民族工業暗淡的前景。還有已經準備遷廠的阮仲平，本來滿懷熱情地響應政府的「工業遷建」政策，正在積極行動，然而要真正辦成，又是阻力重重，得到的不是運輸工具，而是禁令如毛，關卡重疊，「光是一條河罷，分做十七二十八段，段段有管你的」，簡直叫人動彈不得。作家通過這些描寫顯然旨在強調，半殖民地社會本身就是一種死症，只要這樣的現實不改變，「國家不像一個國家，政府不像一個政府」的狀況繼續存在，民族資產階級「注定了要背十字架」的命運也是注定不會改變的。

至此，人們就可以得到一個較完整的印象：茅盾執著表現的是一個同現代中國命運息息相通的人物世界，是從時代和社會的悲劇中反映了民族資產階級不可避免的悲劇命運。現在就從兩個方面來認識茅盾探索中國民族資產階級歷史命運的深刻性。

首先，是對中國社會性質的精闢分析。茅盾在談到《子夜》的創作經過時指出，寫這一部小說，是要提出一個問題：中國並沒有走向資本主義發展的道路，中國在帝國主義的壓迫下，是更加殖民地化了。其實何止《子夜》，這是茅盾圍繞不同類型的民族資本家命運所探索的共同主題。通過對他們共同的悲劇命運的描寫，所揭示的社會弊病是相同的，這足以說明，中國的民族資產階級在政治、經濟上都沒有出路，固然有先天不足的因素——自身的軟弱性，更重要的根源還在後天的不足上，即並沒有為他們提供一片宜於發

展的土壤。他筆下的形象，幾乎一個個都有一番雄心壯志，但到頭來都是壯志難酬，飲恨而退。從現象上看，似乎都有些偶然性因素，譬如吳蓀甫迷信「成事在天」，把發展民族工業的希望押在公債賭場上，終於弄得一敗塗地，這固然反映了他們的階級局限──由於自身力量的不足，只能一反科學精神，把希望寄託在「碰運氣」上，然而從本質上說，這卻是必然性的結局，因爲他們不論如何努力、掙扎畢竟無力迴天！趙伯韜一類買辦資產階級作爲帝國主義的幫兇擋住去路，吳蓀甫不是與之妥協，便會碰得頭破血流，此外別無選擇。而抗戰期間，「政治不民主，工業就沒有出路」的現象，也同樣不是林永清、何耀先等人的奔走呼號所能改變的。這樣，作家描述民族資產階級的失敗，就不是偶然、孤立的現象，而成爲同時代命運緊密相關的社會性悲劇。悲劇的主要成因，則是帝國主義的經濟、軍事入侵，從30年代初的轉嫁經濟危機，到其後的日軍大舉侵略，都是導致中國民族工業破產的決定性因素。側重描述這一點，既揭示了中國社會的殖民地半殖民地性質，同時也說明在民族沒有徹底解放的時代，是不可能有眞正的民族工業的。

　　其次，是對半殖民地社會中民族資產階級的某些本質的揭示。民族資產階級是一個複雜的階級，進步性與落後性兼而有之。全面考察這一階級的本質，茅盾當然不會忽略對它的落後性的揭示，然而當他注意到中國的「特別國情」，這一階級的特殊遭際和命運，卻用濃重筆墨描寫了它的作爲「悲劇英雄」的一面，毫不掩飾對它的讚賞和同情。一再渲染吳蓀甫的「大將風度」，和他最終破產出走的可憐境遇的描寫，給人的感覺是如此，再現何耀先和阮仲平等人所表現的民族大義和犧牲精神，當然更是如此。這並非作家的偏愛，而是同獨特的表現角度有關，同民族資產階級本身的獨特性有關。因爲茅盾解剖半殖民地社會中的民族資產階級，並非重在揭露剝削階級的本質（雖然這是它的一個重要特徵），描寫的重點就不像巴爾扎克等批判現實主義作家那樣在於對金錢的罪惡、資本家腐朽生活方式的揭露上，而是通過對它的悲劇命運的描寫去反映當時社會階級關係的變動，進而去分析、解剖社會，提出資本主義道路在中國走不通這樣的歷史性命題。這自然遠比批判金錢的罪惡所包含的意義大得多。事實上，處在半殖民地社會中的中國民族資產階級，的確也不同於西方的資產階級。「他們基本上還沒有掌握過政權，而受當政的大地主大資產階級的反動政策所限制」〔註8〕。即是說，他們既要受到帝國主

〔註 8〕毛澤東：《中國革命和中國共產黨》，《毛澤東選集》第 603 頁。

義的欺侮，還要受國內反動派的壓迫。《子夜》描寫吳蓀甫的事業受到蔣馮閻大戰和政府濫發公債擾亂金融市場的影響，抗戰時期的資本家得不到政府的支持深感「背十字架」之苦的歎息，便都是對此的形象說明。同其他被統治者一樣處在「弱國子民」的地位，使得他們之中相當一部分人既具有一定的才幹和識見，又不乏振興國家和民族的熱望，自然也是合情合理的。因此，茅盾寫他們的「悲劇英雄」的一面，是基於加強作品現實主義深度的考慮，也是對生活邏輯的遵從。而事實上，對民族資產階級的命運表示同情還在於茅盾著眼的並不是個人悲劇，而是社會性悲劇，通過它正加深了對黑暗社會的詛咒，應當說，其中還包含有更深刻的社會意義在。

三、形象系列的歷史縱深感

茅盾筆下的民族資產階級形象，從橫向看，都是半殖民地社會的產物，烙刻著為社會性質所規定的共同特質；從縱向看·他們又經歷了同一歷史時期的不同發展階段，各各顯示出特殊時代的「時代性格」。因此，就整個形象系列來考察，它所顯現的是一個綿長的歷史進程，一個體現了不同時代特徵的形象系列的連接，一個既有現實生命力又有歷史縱深感的形象整體。

社會類型的特殊表現，往往是特殊時代社會生活的投影。毛澤東曾分析過，民族資產階級從它自身的階級利益出發，面對中國革命不同階段的現實狀況，就有很不相同的表現：「他們在一定時期中和一定程度上能夠參加反帝國主義和反官僚軍閥政府的革命，他們可以成為革命的一種力量。而在另一時期，就有跟在買辦大資產階級後面，作為反革命的助手的危險。」〔註9〕1927年以後至抗戰以前，一度「跟隨著大地主大資產階級反對革命」，而在第一次國內革命戰爭時期和抗戰時期又曾經是「革命的同盟者」，這便是這一階級受特殊時代政治關係制約的顯著例證。其實何止對待革命的態度，還有它的階級力量的消長、變化，它的進步性與落後性的程度差別等等，也總是或隱或顯、或深或淺地體現在他們身上。茅盾描寫的民族資產階級形象，恰好放置在中國現代史上三個不同時期：《霜葉紅似二月花》中的王伯申是屬於 20 年代型的，大體上為第一次國內革命戰爭時期的人物；《子夜》和《多角關係》中的人物是 30 年代型的，已處在大革命失敗以後的時期了；《第一階段的故事》和《鍛鍊》則為抗戰時期，已無可置疑。如此，形象的系列性完全是作

〔註9〕《中國革命和中國共產黨》，《毛澤東選集》第 603 頁。

為歷史發展的一個過程而展開的，過程的各個階段是特徵鮮明，烙印深刻。當茅盾以善於對形象作「時代性分析」和對這一階級的階級本質的深入研究，去描寫不同時期民族資產階級的力量狀況、思想動態、對革命的態度等等，就把這一階級的歷史發展過程寫得井然有序，了了分明，既表現出勾勒民族資產階級在各個時代環境裏變異軌迹的明晰性，也顯示出從歷史發展的總趨勢中總體把握這一階級全貌的相當的歷史深刻性。

　　「近代中國的民族資產階級是在十九世紀的七十、八十年代才與買辦資本、官僚資本逐漸分離而形成。」〔註10〕這個事實說明，它年輕稚嫩，資歷不足，力量微弱。茅盾正確把握這一特點，筆下的中國民族資產階級作為獨立的階級力量出現在政治舞臺上，顯示出來的正是它的稚嫩性和軟弱性。王伯申是茅盾描寫的最早的民族資產階級形象，也是現代文學作品很少觸及的早期民族資產階級的一種類型。這個形象明顯帶上剛剛從封建社會脫胎而出的痕迹，是個具有濃重封建色彩的民族資本家。因為早期的「民族資產階級的主要成員是從封建統治階級中分化出來的」，他們既是一種「新的社會階級」，但也不可避免「仍保持原屬階級的社會身份」。〔註11〕王伯申所扮演的就是這樣的「一身而二任」的角色。作為在小縣城裏顯赫一時的輪船公司總經理，他當然是「新興階級」的代表，然而滿腦子的封建思想，對地方封建勢力的依附，卻同小說描寫的封建地主趙守義並無二致。他同趙守義的明爭暗鬥，是小說著重描寫的，爭鬥的結果是雙方在「幕夜之間，狗苟蠅營」，握手言和：一個不追究對方侵吞善堂的公積、公家的財產，另一個則對對手的輪船在鄉間行駛，衝垮田產，使鄉下人吃虧而閉眼不管。從成為縣上的頭面人物，同趙守義一同主宰全縣政治、經濟命脈的情況看，王伯申分明沒有失去「原屬階級的社會身份」。由此也表明了王伯申所代表的資本主義經濟對封建經濟的依附性和屈從性。茅盾在談到本世紀初借歐戰時列強無暇東顧的機會，我國的民族工業一度「有了擡頭的希望」，但終因底子薄弱，成不了大氣候時，不勝感慨地指出：「我們中國的資產階級有什麼祖宗遺產呢？數千年來所積累的剩餘勞動現存的形態是堤防、運河、萬里長城，以及無數祠堂、廟宇。我們太貧乏了，不能與外國人比」〔註12〕。王伯申就是歐戰以後出現的

〔註10〕　胡繩：《從鴉片戰爭到五四運動》（簡本）第 244 頁，紅旗出版社 1982 年版。
〔註11〕　胡繩：《從鴉片戰爭到五四運動》（簡本）第 354 頁，紅旗出版社 1982 年版。
〔註12〕　《我走過的道路（中）》第 93～94 頁。

現代中國的第一批工業資本家中的一個，積弱的國力，毫無「祖宗遺產」作為資本，就使得他無所施展其技。他的輪船要行駛，「祖宗」遺留給他的卻是狹窄的河道、低矮的堤防，而社會的公益事業又控制在封建地主手裏，現狀毫無改變的希望。他終於釀成同農民的衝突，民族資產階級要發展民族工業似乎必然會構成同農民的尖銳矛盾，便是他難以言狀的苦衷，也是當時的資本家共通的切膚之痛。因此，以犧牲公益事業為代價，他最終同趙守義媾和，固然反映了他為追逐利潤不顧農民利益的資產階級的自私性，更多的卻是表現了當時羽毛未豐的民族資產階級為求生存，謀取同封建勢力保持千絲萬縷的聯繫，甚至明顯表現出對封建勢力的依賴和妥協。毫無疑問，這是一個帶有封建性的「舊派」民族資本家，他雖然已跨入新的歷史時期，但不僅在生活方式上，而且在思想方法、志趣、行為習慣等等方面，都同後來的「摩登化」的資本家判然有別，倒是同近代萌芽期的民族資本家比較接近。從這個意義上說，這個形象不妨說是新舊交替的「過渡時代」的人物，在他身上反映了民族資產階級承上啟下的歷史連續性。因此，儘管這個形象還寫得比較單薄（用墨不多，事件也沒有充分展開），但作為現代中國社會的早期民族資產階級形象來看待，應當說是有一定的典型意義的，在中國現代文學的人物形象畫廊裏也應占得一席之地。

　　30 年代，是茅盾稱為「中國轉向資本主義第二期」〔註13〕的時期。這個時期的民族資本家，在經濟實力上當然遠勝於前，而且隨著封建勢力的衰落，它作為一股獨立的階級力量在社會生活中已起著越來越重要的作用。然而，「第二期」的資本主義發展狀況，又自有特殊性，突出表現為「官僚、地主、失敗後的工業家，都將他們積累的資本來開銀行，辦交易所，造成了金融資本的堡壘（財閥）」〔註14〕。這是帝國主義大規模的經濟入侵導致中國民族工業破產的結果，使工業資本轉化為金融資本，少數財閥壟斷了經濟命脈，交易所市場空前繁榮，形成中國的民族經濟畸形發展的狀況。當此社會經濟結構發生重大變動的時機，民族資產階級自然又會有新的動作，在經濟力量、政治態度等方面又會以與前迥然不同的面目出現。茅盾描寫這一時期民族資本家的深刻之處，就在於正確把握了殖民地半殖民地經濟的特點，寫出了他們受「第二期」時代所節制的心靈律動和命運遭際。《子夜》描寫的公債大王

〔註13〕茅盾：《我走過的道路（中）》第 94 頁。
〔註14〕茅盾：《我走過的道路（中）》第 94 頁。

趙伯韜是買辦財閥壟斷金融資本的典型，其實也正是殖民地經濟特徵的藝術形象化。由趙伯韜的瘋狂性，人們看到了作爲帝國主義附庸的買辦資產階級的爲虎作倀，而瘋狂的結果則又隱伏著民族資產階級轉化的必然性。一種是工業資本完全向金融資本轉化，杜竹齋是一個典型。如果說，他原來對辦工業就並不堅定的現象，還只是反映了民族工業正在大量破產的現實在他心頭引起的恐慌，那麼，他後來退出同吳蓀甫等人合辦的益中信託公司專力於公債投機事業，並在「前線倒戈」，反而幫助趙伯韜把自己的妻舅吳蓀甫打倒，便說明了他已完全金融資本化，並向買辦資產階級獻媚、邀寵。另一種是民族資產階級的買辦化，周仲偉是一個典型。這位火柴廠的老闆在趙伯韜的「經濟封鎖」面前，曾幾度掙扎：請求政府抑制外商，當然無濟於事；向吳蓀甫的益中公司求援，對方已是自顧不暇。不得已只好把工廠盤給「東詳大班」，自己當了一個買辦──掛名的老闆，變相的買辦。這或許是殖民地經濟中民族資產階級除宣佈破產以外的兩種必然性結局了。正是在這種必然轉化的途程中，某些民族資本家的性格特徵──如杜竹齋的狡詐奸猾、「大義滅親」，周仲偉在工人和同業面前的「涎皮涎臉」，他的「抖」起來容易、「躺」下去也快的「特別本領」等等，都典型地反映了那個時期不能掌握自己命運的民族資產階級的本質。自然，最能集中概括這個時期民族資產階級本質特徵的，當推《子夜》的主人公吳蓀甫。正是這一形象的塑造成功，使這一時期民族資產階級的諸種特性表現無遺。

作爲「第二期」民族資本家的代表，吳蓀甫形象的意義在於消逝了早期民族資產階級不堪一擊的軟弱性，摒棄了對封建勢力的依賴性，以在社會生活中起一定影響的一種階級力量的資格抒寫著自身的掙扎史、奮鬥史，也以鮮明的態度展現了這個階級爲維護自身利益所表現的政治立場。經過十幾年的苦苦掙扎，吳蓀甫比他的前輩王伯申們顯然要強大得多了，雄厚的經濟實力就連買辦資本家趙伯韜也要刮目相看，以至第一次主動與他「合作」。這表明，這個階級中的佼佼者作爲有影響的政治、經濟實體在社會中已經起著不可漠視的作用。已在衰落中的封建勢力，當然不在他的話下，而鄙薄朽腐的封建地主，正是他的卓見之一。所謂「父與子」的衝突，不把他的老舅父──雙橋鎮有名的「土皇帝」曾滄海「放在眼裏」，對這位年輕的實業家來說，就不止是標示著他已完全可以排除對封建勢力的依附，甚至還有意無意地把它看成是自己前進道路上的絆腳石。這並非作家淡淡的一筆，卻是印上了社會發展

的深重痕迹：在中國愈加殖民地化的社會現實裏，封建經濟已經江河日下，資產階級力圖以自己的經濟實力去充當社會的主宰。然而，像吳蓀甫這類民族工業家，卻是「短視症」患者，他們看不到社會發展的方向，也不去注意周圍正在變動著的社會現實──殖民地社會不允許民族工業發展的現實，而充當主宰的強烈欲望又驅使他們去鋌而走險，結果就難於幸免覆滅的命運。在這裡，這類民族資本家偉大的一面與渺小的一面便同時暴露了。吳蓀甫「不喜歡帝國主義」，對「中國官辦買辦的實業跑到洋商那裡去了」的情況深惡痛絕，再加自己的絲廠深受外資入侵之害，很自然把它視爲自己的「天敵」，因此他不如杜竹齋那樣會見風使舵，也不像周仲偉那樣選擇投降一途，而是拼著性命也要同買辦資產階級「背水一戰」。這表現出維護民族利益的堅定性，也不失爲一種英雄的氣概。然而，另一面的表現是，他同樣也把中國共產黨領導的革命置於爲敵的地位上，他的事業愈是受挫，這一點就表現得愈甚。如果說，當他在公債市場上輸紅了眼睛以後，到工人身上發泄，不擇手段地鎮壓工人的罷工運動，是剝削階級的本質使然，那麼，他把共產黨領導的紅軍、農民的暴動看成是妨礙他事業的「匪患」，就完全表現出政治上的反動性了。這固然同 1927 年以後的民族資本家「反對過革命」的特點相吻合，階級矛盾的激化使他們特別仇恨革命，但根源仍在於他們政治上的「短視症」，不懂得只有用革命的手段從根本上改造社會，才有民族工業發展的前途，相反卻把它看成是一種阻力──這正是吳蓀甫的渺小所在，也是他的悲劇所在。在這裡，茅盾從階級本質和特殊時代的特殊表現上去揭示 30 年代民族資產階級的種種特徵，顯得何其精確而生動！

　　基於對時代性特徵的正確把握，茅盾對抗戰時期民族資產階級形象的描繪，著眼在民族危機日益深重以後他們在政治態度上的深刻變化。隨著日寇的步步進逼，民族矛盾上昇爲主要矛盾，中國社會的政治力量就發生了變化，其中，「中間集團的進步和轉變」，「民族資產階級的左傾」，〔註 15〕是最突出的特點。這就同茅盾所說的「第二期」民族資本家的表現判然有別了。自然，這裡說的「左傾」，主要表現在愛國立場上，但也說明他們同革命已不再對立了，而是處在「同盟者」的位置上。茅盾描寫這一時期的民族資本家，是正確地把握了這一特徵的。愛國性，是側重表現的，又賦予了新的時代內容。

〔註15〕毛澤東：《上海太原失陷以後抗日戰爭的形勢和任務》，《毛澤東選集》第 365、359 頁。

如果說，在吳蓀甫所處的時代，帝國主義的經濟入侵主要表現在對民族工業的威脅，那麼，日寇的大舉軍事侵略，對每個中國人來說已有當亡國奴的危機了。因此，如何看待國家民族利益，就尖銳地提到民族資產階級的面前。茅盾把民族資本家身上固有的愛國主義因素放到特殊時代環境中去表現，就使得這時期民族資產階級思想的獨特性表現得頗爲深刻、精到。《第一階段的故事》中的何耀先經歷了一段思想演變過程，是最有代表性的。「七七」事變以前，他同吳蓀甫一樣，還只是感到外資入侵的威脅：「銷路已經萎縮到幾乎沒有」，自己的廠子漸漸「露出敗象」，因此爲自身的利益計，只求「局面」穩定，對日寇的覬覦華北一度發表過「和戰皆可」的議論。然而，「八‧一三」的炮火摧毀了他的工廠，擊碎了他的夢幻，使他直覺到，自己的事業是同國家聯繫在一起的，國家敗亡了，就什麼也不存在了。他終於成爲堅定的「主戰派」。這樣的思想演變是順理成章的。這實際上已把他們在大敵當前時的迅速「左傾」作了藝術的表現。在抗戰熱潮鼓舞下，何耀先主張「本位救國」，「在抗戰救國的大目標下，各人做各人本分的事」，並以捐助資產、支持抗戰的實際行動實踐自己的諾言。這也反映了當時的民族資本家出錢、出力的動人景象，愛國主義已不是一種抽象的東西，而是同民族利益、階級利益密切相關的自覺行動。《走上崗位》中的阮仲平，態度比何耀先更爲堅決。他的機器廠內遷，遇到重重阻力，斷然表示「哪怕是一路拉纖，也得拉到武漢」！如果遷出上海實在有困難，「那麼，送給敵人既然不甘心，就沈在黃浦裏罷！總而言之，現在是義無返顧了」！這種深明民族大義的氣概是頗能激動人心的，連工人也爲老闆的舉動所鼓舞。它表明，民族資產階級爲赴國難，已經下定破釜沉舟的決心。值得注意的是，同表現愛國主義精神相一致，茅盾還寫到這時期的民族資本家對共產黨領導的抗日運動的讚賞和支持的態度。《第一階段的故事》和《鍛鍊》都寫到了資本家對國民黨消極抗戰的失望，流露出對「北方」的那一片土地的嚮往，何耀先的子女已預示著投奔陝北、走向革命的趨勢。雖然這類描寫都是側寫或暗寫，但畢竟是揭示了這時期民族資產階級的思想動向，因爲作爲革命的同盟者，面臨祖國危急存亡關頭，在反帝愛國的旗幟下，他們同人民革命力量的利益原是相通的。『總之，茅盾是從區別上去寫出不同時期民族資產階級的不同特徵，區別的著眼點是各自時代的現實政治、經濟狀況，因此不僅各自的獨特性異常分明，而且還具有本時期時代性的鮮明印記。如果把他們彙成整體，那麼演變、發展的軌迹就十分

明顯，從這個意義上說，這個形象系列所給予人們的深刻印象，是對民族資產階級本質的全面把握，是形象本身所具有的歷史縱深感。

四、類型本質的兩重性和人物性格的複雜性

在民族資產階級形象系列中，「用形象思考時代」的結果，是茅盾對這一階級的時代特徵和歷史演進的深刻理解，表現出作家把握這一社會類型的精當的思想深度。而就形象本身來說，茅盾用力刻劃的是人物的性格，使形象以鮮明的個性化呈現出獨特的色彩，因而對民族資產階級形象都有程度不等的性格深層開掘。

茅盾刻劃民族資產階級形象的獨到之處，集中體現在人物性格的複雜性上。儘管這是一個形象系列，人物的性格卻都寫得並不單純，既不能用「好人」或「壞人」的概念去稱說其中的某一個人物，也不能用「反動資本家」或「民族資產階級的英雄」去概括形象群，原因就在於作家寫這類人物，沒有一個性格和靈魂是平面的、單一的，而都是立體的、複雜的，是寫出了特殊階級的複雜的時代和歷史內涵的。這一方面反映了作家獨特的藝術追求。因為性格的複雜性，本是對形象提出的較高的美學要求，如黑格爾所說，「人的特點就在於他不僅擔負多方面的矛盾，面且還忍受多方面的矛盾」，寫人物的性格就應當「把一種本身發展完滿的內心世界的豐富多彩性顯現於豐富多彩的表現」。〔註16〕另一方面卻取決於描寫對象本身的複雜性。中國的民族資產階級曾經是以生氣勃勃的姿態登上現代中國舞臺的，與當時已處於沒落的西方資產階級有所不同，在同帝國主義、封建勢力的抗衡中也稱得上是一個進步的階級，拯救貧弱祖國的願望和行為往往體現在多數成員上。只是由於先天不足和後天環境的制約，它又總是力不從心，或表現得無所作為。為此，一定程度的革命性和相當程度的軟弱性，便構成這一階級顯著的兩重性本質。茅盾表現民族資本家形象的複雜性，正是從這一階級的兩重性本質著眼的。複雜性，深入地表現了兩重性，這就是人物形象刻劃的成功之處，也是形象具有藝術生命力的關鍵所在。為表現性格的複雜性，作家注意的是性格的多層次性，總是多角度、多側面地給性格以「豐富多彩的表現」，有時甚至一筆並寫兩面，從幾種對立因素的組合上寫出性格的複雜體，展現活生生的藝術形象。刻劃吳蓀甫形象，經常去寫他的兩副不同的面孔：即在不同的時

〔註16〕《美學》第 1 卷第 304～306 頁，商務印書館 1979 年版。

機——處在順境或逆境時，在不同的場合——在人前或獨處時，思想和行為
的截然相反的表現，從而寫出他的既強硬又虛弱、既求實又迷信、既冷靜又
暴躁的複雜性格。在順境時，他處事冷靜，頭腦清醒，善於在複雜的環境中
應付事變，曾幾度闖過急流險灘，同時也表現得躊躇滿志，信心十足，即使
同人言談時也「像一個大將軍講述出生入死的主力戰的經過似的，他興奮到
幾乎滴下眼淚」。但在逆境時，卻又變得很不冷靜，一再迷信命運，到公債市
場上冒險，遇到挫折則更是暴跳如雷，冷漠無情，像一頭受傷的野獸，到處
咬人。在同業和屬下面前，他始終保持著外表上的威風凜凜，「他從來不讓人
家看見他也有苦悶沮喪的時候，就是吳少奶奶也沒有機會看到」。但在他獨處
時，卻總是「閉門發悶」，「總感到自己的孤獨」，甚至時常覺得身邊到處埋著
地雷，在戰戰兢兢中打發日子，連外出時汽車拋錨也能使他膽戰心驚，大失
常態。這種判若兩人的對立性格，奇妙地統一在一個人身上，就把一個處在
困境中的民族資本家的獨特思想和行為寫得活靈活現。作為在上海灘上風行
一時的人物，他論抱負、學識、才幹、魄力，都可以稱得是非常夠格的實業
家，但由於在事業上一開始就遇上了勁敵，陷在「三條火線」中作戰，「忍受」
著各方面的矛盾，就不能不使他經常處在複雜、矛盾的思想狀態中。性格的
複雜性，在多變的環境中表現出來，見得真切可信，而從本質上說，又反映
了這類資本家所固有的兩重性格，即倔強好勝和力量微弱集於一身的特點，
使他們的階級本質藝術形象化了。《走上崗位》中的阮仲平，受進步性與落後
性兼有的兩重性本質的制約，表現了另外一種形式的性格複雜性。比起吳蓀
甫來，這位民族資本家更能決斷，在遷廠問題上表現得義無返顧，志不可奪，
同業的袖手旁觀，乃兄的竭力阻攔，都不能動搖他的決心。這反映了抗戰時
期民族資本家的堅決性。然面，就是這樣一位深明大義、富有毅力的人物，
卻又為一些小事憂心忡忡，委決不下。在遷廠大計既定以後，他深感憂慮的
是思想左傾的四弟阮季真想「到內地」的動議，害怕會同「什麼組織攪在一
起」，為此鄭重其事地同人商量對策，即使被人勸說仍痛苦異常，感到「好像
承受不住那太多的麻煩問題的重壓似的」。這並非無關緊要的一筆，恰恰反映
了這類民族資本家思想和性格的另一側面：在敏感的政治問題上又總是膽小
怕事，顯得政治目光短淺，對共產黨領導的抗戰和革命認識不足等等。看起
來，這幾種性格因素似乎也是對立的，其實卻是統一的，就是統一在民族資
本家的所謂「保持中立」的政治態度上，使他們在一些問題上表現得很有氣

度，而在另一些問題上又表現得畏縮不前，缺少識見，有時甚至還很不明智。

在表現民族資產階級的複雜性格時，茅盾的筆觸是探索到人物心靈深處的，使性格具有複雜的心理內涵，既增加了形象的感人力量，也演示了複雜性格形成和變化的內在邏輯。民族資產階級處在變動著的時代環境中。時代是光明同黑暗的交織、扭結和搏鬥，這勢必刻刻撞擊著他們的精神世界，性格本質的兩重性——時而表現為剛強，時而表現為脆弱，也往往從心靈搏擊中充分表現出來。茅盾通過人物複雜的心理變化，傳達出人物性格的複雜性，筆力最為精到。吳蓀甫的情緒就常常處在大起大落的變化之中，有時甚至表現出失態的、變態的心理狀態。《子夜》第十四章寫吳蓀甫在益中公司和自己的廠子兩處活動後，回到書房「發悶」，思前想後，終於，「暴躁重複佔領了」他的「全心靈」，「化為一個單純的野蠻的衝動，想破壞什麼東西」。其結果是「破壞」了剛進書房的老媽子。這真是一個異乎尋常的「衝動」，因為在兩性關係上吳蓀甫一向表現得比較「淡泊」，漂亮的吳少奶奶因此得不到溫情。一貫的正經和一時的荒唐，有力地說明他此時此地處於極度矛盾、痛苦的心理狀態中。行為往往是心理的外在表現，反常的行為正是反常心理的剖露，是人物碰到特殊的遭際或挫折時性格複雜多變的顯現，吳蓀甫面對益中公司因趙伯韜的搗亂而陷於困境，自己工廠的罷工運動又無力對付的狀況，心頭由惱怒而暴躁就毫不奇怪，而通過這一頓發作，他的性格的多變和無力挽回敗局的軟弱性倒是充分暴露出來了。變態心理是對正常心理的背反，對表現複雜性格來說，它往往構成顯露隱伏著的、非常態性格的一個側面。吳蓀甫在外表上總是表現得很有力量，常常把缺乏信心和虛弱的一面掩藏起來，造成人們對他的錯覺，據此也就難以真正把握一個處在困境中的人物的複雜心態；如今解剖了他的複雜的，有時是變態的心理，表現了性格的不同側面，這個具有複雜性格的形象就活生生地展露在讀者面前了。

描寫人物複雜的心理內涵，另一種情況是寫人物在特定環境中的特有心理狀態，表現民族資產階級的兩重性本質是受環境所制約的，揭示他們的性格複雜性的成因。《鍛鍊》寫嚴仲平克服思想動搖的過程，就很能說明這一點。這位良心並未泯滅的民族資本家，本是作好共赴國難打算的，遷廠的準備工作也早在進行之中，但經不住身為「國府」大員的乃弟嚴伯謙的一頓「利害關係」的陳說，就意存觀望，按兵不動了。他考慮的是遷廠將要蒙受很大的經濟損失，何況遷到武漢前途如何還難逆料，就寄希望於仗不是「真打」。然

而，抗戰局面的急劇發展爲始料所不及，「以今日之我反對昨日之我」也使他感到十分內疚，使他陷於痛苦的思想爭鬥中。他的「看風行船」，既爲工人所反對，也爲同業所不滿。在內擠外壓中，他終於終止了猶豫、彷徨，使遷廠一舉「成了鐵案，無可再翻」。這個動搖過程的描寫，實際上也就是剖析了當時一部分民族資本家隱秘的心靈。他們既有爲自身利益打算的一面，實在也有爲環境所迫的難言的苦衷，其心理表現本來就不是簡單的。將這些有層次地描述出來，也就將這類人物性格的複雜因素頗爲透徹地揭示了出來。這種從獨特生活遭遇出發去寫人物複雜的心理內涵，也起到了表現性格獨特性的作用。茅盾描寫的抗戰初期的三位民族資本家，思想和性格都比較接近，如果不寫出性格的獨特性，就要彼此混淆。作家就從人物受不同環境的制約而形成的不同的思想心理狀態，來寫出各自的性格複雜性。嚴仲平的優柔寡斷，起因於嚴伯謙的從中作梗，再加上自身利害關係的種種權衡。阮仲平的情況就不同，他的家庭比較開通，父輩們經受過「八國聯軍打北京城」的劫難，說起眼下日本人的侵略就特別痛恨，因此他對於遷廠、報效國家就表現得義無返顧，憂慮只在政府設置的障礙，而當工人奮勇當先，冒著敵機轟炸的危險搶出廠裏的機器設備，他也就更堅定起來。他所經歷的不是動搖的過程，而是原先就較爲清醒，經過現實的教育而眞正「走上崗位」的過程。何耀先是在「大時代降臨」以後，民族資本家滙聚到時代洪流中去的典型。如果說，他開始對時局的看法還有些糊塗，是因爲切實的感受不深，對侵略者也多少有些幻想，那麼，經歷了「八‧一三」血肉橫飛的一幕，看到了自己的財產被「截留」在敵佔區的慘痛事實後，終於把個人的命運同正在受難的祖國緊緊繫在一起了：

> 何耀先以一個中國人應有的忍痛犧牲的決心，朝遺在那邊的財產行了個注目的告別禮。他的心是澄靜的，他沒有留戀，沒有幻想的萬一的希冀……

這種思想狀態就是從人物此時此地的感受出發的，心理的演變軌迹也顯示出它的獨特性。思想的轉變過程，實際上就是性格複雜性的展示過程。茅盾從人物特有的遭際出發去寫人物的心理演變，既寫出了性格的複雜性，也使大致相同的性格呈現出各自獨特的色彩。

描寫人物性格的複雜性，從總體上說是豐富形象性格表現的需要，使形象既具有「定性」，又「保持住生動性與完滿性，使個別人物有餘地可以向多

方面流露他的性格，適應各種各樣的情境」。〔註17〕茅盾筆下的民族資本家形象就是體現了這一美學追求的。由民族資產階級的「定性「所規定，他們所具有的是這一階級的共同本質，諸如基於「民族性」的反帝愛國的特性，政治態度上的「短視症」，爲維護自身階級利益的唯利是圖的本性，等等。這種種特點，在茅盾塑造的諸多形象中，都或多或少、或隱或顯地存在著，只不過有的偏重這一面，有的偏重那一面罷了。本質特徵的一再被揭示，是說明性格是按照嚴格的質的規定性來表現的，在描寫性格的複雜性時不能忽視的是性格的統一性。然而，作爲具體的藝術形象，除了性格的「定性」以外，他們還必須有各自的複雜表現，「流露」出多方面的性格，成爲一個「完滿」的性格整體。從這個意義上說，複雜性，正是由「定性」規定著的性格「完滿性」的顯現。而這種「完滿性」的獲得，既借助於形象本身複雜的階級內涵，更重要的還借助於更爲複雜的時代和社會內涵。中國的半殖民地半封建社會的畸形發展，本來就是造成人們思想複雜性的土壤，在此基礎上產生一批時進時退、亦左亦右的人物原是毫不足怪的。民族資產階級本身具有兩重性，恰恰成爲最適宜於描繪這類性格面貌的對象。茅盾的深刻表現就在於從特殊的社會性出發，寫出了這類人左右失據的精神狀態，從而使形象呈現出各自得「完滿性」。《霜葉紅似二月花》中的王伯申，是 20 年代初期的民族資本家，還帶著剛剛從封建社會脫胎而出的痕迹，就是個半新半舊的人物，封建性和資產階級性集於一身，明顯表現出屬性並不單純。他的興辦實業，不過如作者所調侃的，是奉行著「現在中裝也不便宜，又不好看，倒不如改穿了洋服」的哲學，只是爲了趕時髦，在本質上是不改其舊的。在這個形象身上，作家著眼的是早期「舊派」民族資本家的性格獨特性，側重從新與舊的交戰中去揭示性格的複雜性。吳蓀甫和《多角關係》中的唐子嘉·是屬於 30 年代型的，他們的「摩登化」程度比老派資本家不知要高出多少，倒是真心誠意在「中裝」之上再披上一件「洋服」的，並力圖以自己的經濟實力同買辦資產階級相抗衡。他們的左右失據、進退維谷，表現在理想同現實構成尖銳的矛盾，雖有勃勃雄心卻無實現壯志的充足條件，即使純粹爲自身的利害打算（如唐子嘉）也終於難保自身。因此在奮鬥、掙扎、拼命中，時而清醒，時而糊塗，民族立場上的進步性和政治態度上的反動性並存等等，便形成另一種表現形態的性格複雜性。抗戰時期的三位民族資本家，面臨民族存亡危

〔註17〕黑格爾：《美學》第 1 卷第 304 頁。

機，自然又表現得很不相同，他們的思想天平朝著反帝堅決性一面傾斜，是順理成章的，然而對他們來說，作爲企業家的那一份產業畢竟也是一種沉重的負擔，如何做到愛國和保家兩全，不可能像一般小百姓那樣表現得無牽無掛，步履輕鬆。因此，有的人一度猶豫彷徨，有的人老是左顧右盼，思想表現也必定是複雜微妙的。由此看來，這一大批從本質上來說都是亦左亦右的人物，但在表現形態上各有特定的內涵。這種爲特殊時代和社會所規定的性格複雜表現，茅盾從不同角度攝照下來，就形成了各自的性格「完滿性」。從這裡可以得出結論：緊緊把握民族資產階級的時代性和社會化特徵，去寫出他們的複雜思想和性格，恐怕是這一形象系列獲得藝術成功的根本的原因。

第六章　農民形象，作爲探索「農民問題」的一個視點

　　比起描寫「時代女性」和民族資產階級的作品來，茅盾的農村題材小說數量要少得多：專力描寫農民的長篇小說沒有出現，短篇小說中也只以反映30年代農村生活的一組作品——以《春蠶》、《秋收》、《殘冬》組成的農村三部曲以及《當鋪前》、《水藻行》等爲著稱。而從塑造形象的角度說，雖然提供了像老通寶、王阿大這樣在文學史上有影響的農民典型，但數量畢竟有限，並沒有形成如「時代女性」或民族資本家形像那樣有系統性、連貫性的農民形象系列。然而，這只是就茅盾自身作品的比較而言，卻絲毫不意味著作家在這個領域裏的探索成就式微。恰恰相反，以茅盾對農民問題的關注，對農村生活一定的熟悉程度，在數量並不很多的作品中仍有相當的勞績，特別是一以貫之的社會分析色彩，獨到的思想透視力，體現在農民形象的觀照中就是對農民命運的用心探索，描寫農村生活的鮮明的時代性特徵等，這些都顯示出獨特的價值，在中國現代小說中佔有重要一席。除了其他文學領域裏的成就以外，茅盾也是作爲一位描寫農村生活的大家而受到人們重視的。當年《春蠶》等三部曲發表時，就引起廣泛的注視，出現了評論蜂起的熱潮。朱自清評價說：「《春蠶》、《秋收》分析得細」。他甚至認爲「我們現代小說，正應該如此取材，才有出路。」〔註1〕魯迅把經《春蠶》改編的電影，看成是國產影片從「聳身一跳，上了高牆，舉手一揚，擲出飛劍」的現狀中「掙扎起來」，走向「進步」的標誌。〔註2〕爲文學大師們肯定的，正是茅盾描寫農民

〔註1〕《子夜》，《文學季刊》1934年第2期。
〔註2〕《準風月談·電影的教訓》。

和農村生活小說的現實主義成就。不獨是名篇,還有一些農村題材的短篇也曾受到過注意。30年代中期,美國作家埃德加‧斯諾在選編《活的中國》時,收入茅盾的小說兩篇,其一就是寫於20年代末期的反映內戰時期農村生活的《泥濘》。這個早就被介紹到大洋彼岸的作品,如今反而被遺忘了。還有他的《水藻行》,最早刊登在日本的《改造》雜誌,是他「唯一的一篇先在國外發表的小說」〔註3〕。它以嶄新的農民形象糾正了國外讀者對中國農民的偏見,在茅盾的創作歷程中具有重要意義。因此,無論從哪一個方面來說,茅盾的反映農村生活的小說也是一座蘊量豐富的寶庫,他的諸多成功經驗都有待人們去研究、去總結,其中包括對現代中國農民命運的探索,富有時代特徵的農村生活狀繪,農民形象的刻劃,乃至描繪農村生活的藝術經驗,等等。

一、著眼於「大中國的人生」看待農民世界

在半殖民地半封建的舊中國,農民占著全人口的絕大多數,農民的狀況如何,直接聯繫著時代,透視出社會。毛澤東曾經指出,中國的新民主主義革命實質上就是共產黨領導下的農民革命,農民問題是中國革命的基本問題。因此,文學注意反映這一重大問題,去寫出農民的苦難與要求,探索農民的前途與命運,這既體現了當時中國革命的客觀要求,也是擺在現實主義作家面前的重要任務。以魯迅為代表的新文學的優良傳統之一,便是對農民問題的關注。魯迅以他的如椽大筆描繪了舊中國農民的歷史命運,表現了對這一社會主體力量的前所未有的重視,從而開創了文學關心農民、反映農民的「自覺時代」。

茅盾對農民問題的重視,是承繼了魯迅所開創的現實主義傳統的,正反映出他的創作對中國革命重大問題的關注。在描寫對象的選擇上,茅盾同魯迅一樣,也注視著農民,表現了兩位作家驚人的一致,然而更重要的相似點卻在他們所共同具有的對農民命運的歷史性探索上。通常認為,魯迅小說寫農民,注重的是農民精神世界的探索,深藏著魯迅對中國農民現實命運和歷史道路的總結,茅盾小說寫農民,則著眼於當代農村的經濟破產,從中反映出現實社會的深刻變化。這當然不無道理。如果從一種角度,即茅盾小說的社會分析特徵上,去看待他的農村題材小說,農村,的確是作為剖視社會的「一角」來描寫的。表現30年代農村經濟破產的那一組作品,主要也應作如

〔註 3〕茅盾:《我走過的道路(中)》第356頁。

是觀。然而，倘若就農村題材小說本身而論，意義當然遠不止此了。茅盾寫農民，也同樣表現出探索農民命運的歷史深刻性，他是從現實關係的揭示中聯繫著過去，透視出將來，提出了農民問題的重要性。而且，他所描寫的農村生活，並非僅僅局限於經濟破產上，還有其他一些專力描寫農民運動、農民精神世界變化的篇章，更呈現出藝術視野的廣闊，表明作家所一貫具有的關注農民問題的濃厚興趣。

茅盾對農民問題的重視，在他專力於小說創作以前就已有充分顯示。他早期從事文藝批評的時候，就強調農村題材的重要，對當時「大多數創作家對於農村和城市勞動者的生活還很疏遠，對於全般的社會現象不注意」的狀況，提出過尖銳的批評。〔註4〕這是從他的「為人生」的現實主義文學主張出發的，文學既然是「為人生」的，就應當去反映「廣闊的人生」，對作家來說就應「對於社會上各種問題」能夠「提起精神注意」，其中特別是占人口絕大多數的農民和城市勞動者的生活。因此，當新文學中第一批、也是最卓越的魯迅的農村題材小說一問世，當時還是批評家的茅盾就給予高度的評價，成為最早的魯迅作品的知音。魯迅的第一篇農村題材小說《風波》發表不久，茅盾即肯定作品開拓農村生活疆域的獨特貢獻：「至於把農民生活的全體做創作的背景，把他們的思想強烈地表現出來，如魯迅去年發表的《風波》（見《新青年》七卷五號），在這三個月裏是尋不出了。」〔註5〕其後，他又對魯迅塑造的閏土、祥林嫂、愛姑、阿Q等一批農民形象表現出極大欣喜，談到「這一切人物的思想生活所激起於我們的情緒上的反映」，只覺得「這是中國的，這正是中國現在百分之九十九的人們的思想和生活，這正是圍繞在我們的『小世界』外的大中國的人生」了。〔註6〕由此，茅盾對農村題材作品的注視固已清晰可見，他所強調的注視點也說得頗為透徹，即著眼於「大中國的人生」去看待農民世界。他所擊節讚賞的以及日後自己的創作追求，都沒有離開從探索「人生」的角度去探索農民命運這一點。

茅盾奉獻給讀者的第一個作品是《蝕》三部曲。但人們似乎都沒有注意，就是在這部處女作裏，茅盾已開始了對農民問題的探索。三部曲之一的《動搖》寫到南鄉的農民運動，這恐怕是中國現代文學史上最早寫農民運動的作

〔註4〕《評四五六月的創作》。

〔註5〕《評四五六月的創作》。

〔註6〕《魯迅論》，《小說月報》第18卷。

品了。它的寫作距兩湖農運的失敗僅幾個月，理應有值得珍視的價值。小說沒有具體寫農民形象，但其中描繪的「像粗大的棟柱」一樣，「掮著長梭標，箬笠掀在肩頭」而又邁著「堅定的步武」的農民自衛軍群像，卻給人留下了深刻的印象。作者參加過大革命運動，對兩湖農民運動可以說瞭若指掌。在擔任《漢口民國日報》總主筆期間，他就在報上熱情宣傳過農運。在湖南農民運動是「好得很」還是「糟得很」的爭論中，他理直氣壯地為農民運動辯護：「農運在湖南極為發展，已為大家所共知，農民在鄉村中掃除封建勢力，建立起革命的鐵序，能有道不拾遺，夜不閉戶之風。他們懲治土豪惡紳，原也用了些非常革命的手段，此亦為暴風雨時代必然的現象，也可以說非此則不能剗除鄉村的封建勢力。」〔註7〕對聲勢浩大的運動中出現的某些難以避免的「幼稚」問題，他的估價是：「現在眾口同聲稱十分『幼稚』的湖南農民運動原來雖有三分幼稚，猶有七分好處！」〔註8〕這個見解同毛澤東在《湖南農民運動考察報告》中的觀點基本一致，或許正是當時置身在革命潮流中的戰士對一場革命風暴所必有的清醒認識。他的小說就是循著這一思路，對農民自衛軍和農運場面給以藝術表現的。他首先肯定的是在「暴風雨時代」農運的「火山般爆發」的革命力量，這支農民自衛軍在那個小縣城裏，就是使右派勢力聞風喪膽的革命武裝。當城內的反動勢力蠢蠢欲動，伺機反撲時，「近郊的武裝農民就好像雨後的山洪，一下子已經灌滿了這小小的縣城」，使那些不自量力的人馬上龜縮回去，的確使人感到一種快意。小說同時也描寫了農運「三分幼稚」的一面。南鄉農民的「公妻」大會，在打倒「夫權會」以後婦女又喊出「擁護野男人！打倒封建老公！」的狂熱口號，便反映出運動中的某些混亂。這當中，有土豪劣紳的造謠作祟，但主要是純樸的農民對革命的認識不足。這樣，茅盾就藝術地再現了當時農民運動的真實狀況。作品對大革命高潮時農民的思想狀況作了認真的探索：既揭示了農民對革命的迫切要求和蘊藏著的勢如暴風驟雨，迅猛異常的革命力量，也寫出了農民的思想局限性（未能從本質上把握革命而出現了某些過火舉動，終為反動勢力扼殺農運提供口實），說明了精神上的真正解放對於徹底改變農民自身命運的重要意義。

如果說，《動搖》是對革命高潮期間農民命運的最初探索，那麼，《泥濘》

〔註7〕《漢口民國日報》1927年5月16日社論。
〔註8〕《漢口民國日報》1927年6月13日社論。

就是從革命低潮時期農民思想的麻木與無知的描寫中，切實提出了農民問題的重要性。小說寫的是兩支同穿「灰色軍衣」的互相對立的部隊，在通過一個偏僻村子時引起的波動。小說沒有明確的時代交代，斯諾認爲這是以 1927年「四‧一二」反革命政變以後「這個重大轉折時期爲時代背景的」〔註9〕，恐怕是不錯的。這兩支部隊中，一支動員農民組織農民協會，發動村民打土豪；這一支開走後，另一支進村，就將寫農會「花名冊」的黃老爹等人槍殺了，「一切復歸原狀」。很明顯，這裡描寫的正是第二次國內革命戰爭時期的情狀，兩軍的對立，即是紅軍和國民黨部隊的對立。值得注意的是小說描寫農民對待紅軍的無知態度。儘管紅軍幹的都是有益於農民的事，部隊紀律也是空前的好，但農民仍都避開了，更因爲部隊中還有女兵，還感到了「共妻」的恐怖。雖經開村民大會說明，他們仍「不相信」，「回去把門關得緊緊的」。小說中沒有一個農民是覺悟的，那個黃老爹也總被硬拖去爲農會辦事的，後來也是糊裏糊塗地被國民黨軍隊槍斃了。透過這個故事，茅盾強調的是兩點。其一仍是《動搖》中提出的那個問題，即農民對革命缺乏認識，反動派「共產、共妻」的惡毒宣傳革命失敗以後在農民中傳得更廣了。其二是農民對革命的厭倦，他們所討厭的是「年年有仗打」，而不問這仗爲誰打，相反，反動軍隊進村了，雖然徵糧徵款、殘酷壓迫如昨，但「村裏人覺得這才是慣常的老樣子，並沒不可懂的新的恐怖，都鬆一口氣」。在這裡，茅盾是以極其沉痛的心情寫農民混沌如「泥濘」的不覺悟狀態，正同魯迅寫阿Q被莫名其妙槍殺仍不覺悟一樣，提出了亟待教育農民的嚴重問題。小說描寫大革命失敗以後部分農民的精神狀態，還含有更深一層的意義在：隨著革命遭受挫折，反動勢力的愈益猖獗和他們的欺騙宣傳的愈益厲害，動員農民、教育農民的問題既顯得更艱苦，也顯得更重要、更突出了。

時代進入殖民地化加深的 30 年代，茅盾有更多的機會回故鄉接觸農民。對破產農民的痛苦遭遇感同身受，使他更重視了對農民命運的探索。在創作思想上，他確定不移地認爲，「寫演變中的農村以及農民」，「是我們現在最切要的題材」。〔註10〕這當然是基於描寫整個 30 年代社會劇烈變動的考慮。他從「全般」社會描寫出發，著眼的是農村「一角」時代生活的透視，然而，在這「一角」的範圍內，既然強調的是「演變中的農村以及農民」，實際上重

〔註 9〕埃德加‧斯諾編：《活的中國》第 11 頁，湖南人民出版社 1963 年版。
〔註10〕《創作與題材》，《中學生》第 32 期。

視的也正是在特殊時代裏農民命運、前途、道路的探索。在這個時候，作家有了大規模地描寫中國社會現象的計劃，想寫出城市與農村的「交響曲」來，不獨在《子夜》第四章描寫了農村暴動，也不獨在大量的散文、雜記中錄述了農村現狀，尤其是專力於農村題材的短篇創作，寫出了《春蠶》、《秋收》、《殘冬》、《當鋪前》、《水藻行》等優秀作品，取得了前所未有的成績。把這些作品連貫起來，所顯現的正是半殖民地半封建社會中農村生活的全景。其間有農民的苦難與災禍，有農民的掙扎與奮鬥，也有農民的前途與希望。不消說，在殖民地經濟的侵襲下，農民走到了破產的邊緣，所遭受的苦難是更深重了。《春蠶》、《秋收》所描寫的養蠶、種稻的豐收成災的慘痛事實，《當鋪前》描寫農民已在死亡線上掙扎，從不同的角度揭示了農民更爲悲苦的命運，而這一揭示，並非只在對黑暗社會的暴露，更重要的是在說明：單靠「年成熟」，單靠辛勤勞動，農民最終並不能擺脫貧困，根本的出路是要改變半殖民地半封建社會的制度。《秋收》的後半篇和《殘冬》，都寫到了「搶米風潮」和農民襲擊「三甲聯合隊」的行動，雖說不上是農民自覺革命，但從農民的反抗行動中已經反映了他們要求改變厄運的願望。《子夜》第四章寫農民舉行武裝暴動，清算惡霸地主曾剝皮的罪行，卻從一個側面反映了被憤火所燃燒的農民力圖掌握自己命運的革命要求與行動。他們的行動並不是鎭民所謠傳的「搶鎭」，那是「保衛團」乘火打劫的「德政」，農民的明確目標是要抓住並審判那些專放印子錢、強奪田產、霸佔人妻的地主老財，因爲「冤有頭，債有主」。這就揭示了在尖銳的階級對立中農民革命的必然性，從這一大快人心的舉動中也預示了農民要獲得眞正解放的必由途徑。在這一組作品裏，茅盾探索農民命運的深刻之處，就在於把握了時代生活的本質，從農民苦難生活的狀繪中，寫出了農民力圖改變自己命運的願望、要求與鬥爭，實際上也揭示了農民所應該走的正確道路。這一時期，茅盾在農民身上看到了更多的積極因素，揭櫫了他們勇於鬥爭的一面（除農村三部曲和《子夜》中的暴動以外，還有《水藻行》的主人公財喜敢於同兇焰逼人的鄉長展開面對面的鬥爭等），也顯示出探索農民精神面貌時與前很不相同的特點。前一時期所寫的《泥濘》等作品中提出的教育農民的重要性問題，固然自有深刻意義，但畢竟由於大革命的失敗，作家思想不無迷茫，對農民的弱點看得較多，如他自己所說，「《泥濘》寫的農民全是落後的，這就不合實際情況」〔註11〕。現在，

〔註11〕《我走過的道路（中）》第34頁。

他看到了農民更多的進步性、革命性，看到了農民的希望、前途，表明了作家思想基調的轉換，能夠正確地、本質地把握農民的前途和命運了。

茅盾小說關注農民問題的歷史性探索就是這樣漸次深入的。從中正反映出作家在農村題材領域裏耕耘的不斷進取的精神，也體現出他為正確表現農民所進行的執著的追求。文學是否注意反映現實生活中的重大問題——農民問題，是衡量作品現實主義成就的重要尺度之一，也是衡量作家能否成為人民代言人的一個標誌。茅盾在客觀條件非常困難的條件下，自覺地去表現農民，不斷探索農民的命運，正從一個重要方面顯示出他的創作所具有的價值尺度。

二、在「時代視野」中觀照農民生活

當然，在茅盾的農村題材小說中，成就最高、影響最大的還數他在 30 年代寫出的那一組作品。農村三部曲、《當舖前》等，也一直被認為是現代短篇小說的典範之作，歷來膾炙人口，傳誦不衰。還有那篇很少有人研究、至今少為人知的《水藻行》，在思想和藝術上也有新的突破，成為茅盾自己所喜愛的作品之一。這組作品在內容上是互相連貫的，從不同的側面滙成了時代生活的大面貌。因此，就反映 30 年代生活的角度來說，就有集中起來加以討論的必要。

在 30 年代初、中期，茅盾有一段相對集中的時間專力於農村題材的小說、散文創作。這是一個很值得注意的現象，考察其中的原因的確並不簡單。茅盾在回憶錄中談到那時為什麼「轉向了農村題材」，說過三個「機緣」。其一，構思《子夜》時原也打算多寫些農村生活的，就「有意識地注意和搜集了一些農村的素材」，後因《子夜》縮小了內容範圍，「農村部分的材料就可以用來寫其他的東西」；其二，「九・一八」事變以後，帝國主義的經濟、軍事入侵，尤其是日本貨向農村傾銷引起了「各種矛盾的尖銳化」，造成了「農村經濟危機」，使得「農村的題材又有了新的有意義的內容」；其三，當時曾兩次回鄉，「也耳聞目睹了『一・二八』戰爭後家鄉一帶的人情世態的變化」。〔註12〕從這一段自述裏可以看出，觸發作家的創作動因，除了豐厚的農村素材積累以外，最重要的考慮在於表現一個特殊時代裏農村生活的「新的有意義的內容」的需要。在殖民地化愈益深重、各種矛盾尖銳化的時代裏，引起

〔註12〕《我走過的道路（中）》第 34 頁。

作家關注的，正是由農村經濟破產造成的農民生活的深刻變化。他要以歷史見證人的身份去記錄這一段時代生活內容，要為包括他的家鄉農民在內的中國農民傾訴新的苦難和不幸。

重視農民問題，反映農民生活，根本點是要描繪出或一時代的農民生活的本質特徵，體現出農民的情緒、願望與追求。誠如車爾尼雪夫斯基所說，文學應當是「時代願望的體現者」，「時代思想的表達者」。在這方面，茅盾的農村題材小說為文學樹立了典範，他的作品反映的是地道的30年代中國農村生活面貌，時代性特徵特別鮮明。試以農村三部曲為例。

從《春蠶》、《秋收》、《殘冬》這三個連續性的短篇裏，通過老通寶一家養蠶、種植等生產過程和家庭生活狀況的描寫，不但展示了農村一年四季的生活和生產過程，而且寫出了鄉村從稍有生氣到蕭瑟荒涼經濟破敗的狀貌。尤其是老通寶的家庭由自耕農淪為雇農的變遷，相當有代表性地揭示了當時農民的生活道路及可悲命運的歷史必然性，幾乎成為或一時代農民生活的縮影。在30年代的舊中國農村，老通寶的生活遭際無疑是最有代表性的。老通寶的家庭從他的父輩起原是尚可自給自足的小康人家，「十年中間掙得了二十畝稻田和十多畝桑地，還有二開間兩進的一座平屋」。到了他的手裏，連年的兵荒災禍，「他父親留下來的一份家產就這麼變小，變做沒有，而且現在負了債」。慣於在生活道路上苦苦掙扎的倔強，使他們並沒有絕望，他們仍然種幾畝薄田聊存卒歲之念，這個家也總算苦撐著。不料無情的打擊接踵而至：春蠶的空前豐收，卻帶來了空前的災難，不但使他們增添了債務，還賠上了十五擔葉的桑地；秋收的苦打苦熬，又因米價狂跌，弄得無以為生，使老通寶因此賠上了一條性命；到了「殘冬」，生計更是無著，他的兒子阿四只好去當雇工，兒媳四大娘則當了女傭，小兒子多多頭走得無影無蹤，這個家就這麼散了。作家用飽蘸感情的筆墨，訴說一個自耕農破產的過程，實際上展示的是特定歷史條件下大多數農民的命運。作者借老通寶的口說出：「世界真是越變越壞！」這「越變越壞」的世界，正是導致農民破產的根源，而從老通寶家庭的變故里，又可以折射出這「越變越壞」世界的面貌，這就使得這一角的畫面有了廣闊的內容。《當鋪前》裏雇農王阿大生活無著甚至到了無所典當的程度，也正是老通寶、阿四們生活的繼續和延伸，為這個壞到不可收拾的世界提供了又一個證據。

除了時代生活描寫以外，作家的筆觸還突進更深的層次，深入挖掘農民

陷入貧困的社會根源，賦予具體歷史條件以特定的內涵，揭示了活動在時代生活中的人的精神狀態，反映出他們的情緒和願望，使作品成為「時代思想的表達者」。農村三部曲對造成農民豐收成災的社會根源的挖掘，對那個「越變越壞的世界」的揭露，始終緊扣半殖民地半封建社會的特點。加於老通寶們災難的，固然有「地主、債主、正稅、雜捐」等層層盤剝，揭露了反動統治、剝削階級造成的禍害，作品尤其著力渲染了以「威嚴」的小火輪為代表的外資入侵對中國農村經濟的橫暴侵襲。洋貨的傾銷，使我國繅絲業受到打擊，蠶農陷入困頓成為勢所必然，這就鞭闢入裏地暴露了社會的病態，反映了時代的特點。《春蠶》對橫衝直撞的小火輪的描寫，《當鋪前》重複出現這個怪物的「慘厲的氣笛聲」，又加上了「機器碾米廠的汽管」的驕傲的吼叫，無不都是從這一特點上加以渲染的，又無不各各展示出時代的風貌。同時，茅盾對這一時期農民思想的挖掘，也是富有時代特色的。他不僅寫了老通寶式的一類農民的不切實際的幻想，也寫了新一代農民的朦朧的覺醒，以及他們的理想和追求。多多頭不再像老通寶那樣冥頑無知了：「他永不相信靠一次蠶花好或田裏熟，他們就可以還清了債再有自己的田；他知道單靠勤儉工作，即使做到背脊骨折斷也是不能翻身的。」他終於加入了「搶米風潮」的行列，企求通過鬥爭來改變自己的命運。這樣，或一時代農民的情緒、願望與追求，同當時風雲激蕩的社會鬥爭緊密呼應起來了，這才是時代生活本質的反映。

　　這裡，有必要對另一作品──《水藻行》的時代內容作一番剖析。《水藻行》的寫作遲於農村三部曲和《當鋪前》三、四年，反映的時代生活卻是大致相同的，都是「農村經濟危機」下農民苦難生活的寫照。小說描寫的財喜和秀生的生活遭遇似乎比老通寶和王阿大們更落魄了：財喜已經淪為赤貧戶，真個是上無片瓦、下無插針之地，只能寄居在堂侄秀生家裏謀生；秀生則是一副病病歪歪孱弱的身軀，完全是一個被生活徹底壓垮了的農民。他們的生活極為艱難，賣柏子的錢，贖了冬衣，便缺油少鹽，鄉長又來逼債，強令秀生拖著病體去築路……這真是一幅淒慘、辛酸的圖畫。茅盾在寫出農村三部曲等作品以後又畫了這樣一幅圖畫，無疑是強化了半殖民地半封建社會本質的揭示，深刻的意義在於說明，只要這樣的社會性質不改變，農民的貧困面貌就不會改變，只會日甚一日地惡化下去。這是小說的一個方面的意義。這個作品還描寫了同農村三部曲等完全不同的內容，因此還包含有另一層更

深刻的意義，這就是對苦難時代農民特殊精神世界的剖析。小說描寫了一種
非常獨特的性愛關係。秀生體弱多病，而妻子卻是個體格健壯、充滿青春活
力的女人，她從丈夫身上得不到所需要的一切，就同同樣體格健壯的堂叔財
喜相愛了。財喜對於他和侄媳婦的關係並不感到不安，他覺得他們之間的愛
情是純真的，秀生配不上那個女人，那女人應該享受大自然賦予她的做一個
人的權利。很明顯，作者是抱著肯定的態度去寫這種性愛關係的，他後來在
回憶錄中就稱財喜的行動是「不受封建的倫常束縛」〔註13〕之舉。這樣，作
品就觸及了當時封建意識十分濃厚的農村所普遍認為的「亂倫」關係，表現
了農民在精神領域裏的獨特追求，無疑是很有特色的描寫。看來，對這種描
寫未可深責。因為用封建倫常觀念去解釋婚姻和愛情，本身就是於理不通的，
男女之間結合的基礎是彼此相愛，判斷婚姻之是否道德的準繩，也正在於此。
何況，秀生已經喪失了作為丈夫的能力，其妻要享受做一個人的權利的要求
應當說是合情合理的，合乎人道的。自然，財喜和那女人在愛情表達方式上，
還保持著一種「原始的野性」，他們之間的行為是在沒有「名份」的情況下進
行的，唯其如此，才是地地道道「農民式」的，是同當時這個家庭生活水平
低下、財喜無以自立、秀生又要倚重他的勞力等實際情況相吻合的。茅盾從
獨特的角度寫了這樣一個奇特的戀愛故事，足可以說明：即使在物質生活艱
難竭蹶之中，農民的精神世界仍然不是一片「廢墟」，當他們還可以追求到什
麼的時候，總是不忘記去追求的。小說也描寫了由不合法的性愛關係引起的
人物在感情上的複雜糾葛：秀生的「做開眼烏龜」的痛苦，財喜看到秀生的
痛苦而產生的「疚悔」，那女人感到對不起丈夫的負罪感。這一切，更讓人深
切感受到這種愛情衝突的不簡單。仔細想一想，造成這三方痛苦的原由，都
是由貧窮造成的。設若秀生沒有被生活壓垮，體魄是健壯的，他同妻子的悲
劇就不會發生；財喜的貧窮若沒有到壯年還不能成家立業的地步，也無須去
作這樣不尋常的追求。可以說，破產社會造成了對農村正常家庭關係的破壞，
奇特的精神生活正是畸形社會的必然產物。茅盾從農民精神領域的深入開掘
中，同樣發現了接觸社會本質的某些東西，從而對社會弊病作了合乎規律的
剖析；作品感人至深的力量，就不止是對農村破產現狀的生動描繪，更重要
的是表現在深入生活底蘊的現實主義思想探度。

〔註13〕《我走過的道路〔中〕》第355頁。

三、刻印著時代特質的農民典型

　　談到茅盾塑造的農民形象，首先應該提到的當然是老通寶這個不朽的典型。老通寶這個典型，在茅盾刻劃的眾多人物形象中固然是出類拔萃的，就是在中國現代文學史上也是屈指可數的。就農民典型而言，如果說，魯迅筆下的阿Q是現代文學史上矗立的第一座豐碑，那麼，茅盾筆下的老通寶就是第二座豐碑了。由此就顯示了茅盾的農村題材小說的獨特價值。

　　判斷一個典型的價值，主要的是要看它是否概括了一代人的持質，在當時有無時代意義和在今後能否產生深遠的影響。老通寶典型的成功，就是它是作爲一代農民形象出現在文學領域裏的，作家以對生活的獨特的思考，發現並探索 30 年代農民所獨具的思想氣質和精神面貌，從而把它融鑄在他的藝術典型之中。作爲老一代農民，老通寶具有我國勞動農民所固有的氣質：勤勞，善良，對生活充滿希望，爲改變厄運而頑強地苦鬥。同時，又有保守落後的一面：迷信而近於無知，落後而甚至於古板，對本階級的成員，例如對地位比自己低下的荷花也有阿Q式的自尊自大。這一些，對於發掘老一代農民的優良品質，對於解剖他們長期以來背負著因襲的重擔而形成的落後心理，無疑是眞實可信的。但是，對老通寶性格的刻劃，如果只是停留在舊時代一般農民的共性上，那當然是遠遠不夠的，因爲它還不能同其他時期的農民相區分，看不出老通寶式的特點究竟在哪裏。文學藝術的典型，必須是屬於那個時代的典型，離開了時代，就失去了典型的靈魂。作家正是把握了這個基本的特點，展開了對老通寶仇洋心理的描寫，並把它貫穿在小說始終，從而揭示了典型的時代特色。老通寶痛恨租債捐稅，是出於他的階級本能，而他尤其痛恨的是「洋鬼子」，甚至遠過於租債捐稅。他直覺到「自從鎮上有了洋紗、洋布、洋油──這一類洋貨，而且河裏有了小火輪船以後，他自己田裏生出來的東西就一天一天不值錢，而鎮上的東西卻一天一天貴起來」，因此，他恨一切帶著「洋」字的東西，「聽得帶一個洋字就像見了七世冤家」。推而廣之，他甚至連養蠶的「洋種」也恨，抽水的「洋水車」也恨，肥田粉也叫做「毒藥」，看來是到了頗爲偏激的程度。有人就曾經把這稱爲老通寶的籠統的「排外性」。其實，老通寶如此執拗，是由他的無限的痛楚爲前提的。唯其「洋人」加害之烈才使他恨得深切。他何嘗不知道洋種比土種好，「洋水車」比「踏大水車」更爲管用，就連這些有用的也一併痛恨，正好表明農民積累了太多的辛酸和血淚。作家不厭其煩地描述這個特點，深刻地揭示了老

通寶鮮明的階級意識和民族意識。而這個特點，只有在殖民地化愈益加深的時代裏，才會在農民身上如此倔強地表現出來，典型所散發的時代氣息就是這樣顯而易見。正像阿Q的「精神勝利法」只能產生在那個封建意識非常濃厚的時代裏一樣，老通寶的仇洋心理也只能在帝國主義的政治、經濟入侵達到肆無忌憚的時期，才會以加倍的方式出現。這樣看來，老通寶的性格特徵的確是有相當的典型意義的。

茅盾的農村題材小說中另一個成功的藝術典型，是《水藻行》裏的財喜。這個形象至今沒有給以足夠評價，可以認為是茅盾小說研究中的一個疏忽。小說本來是寫給國外讀者的，因而在形象塑造上就有作家獨特的考慮。茅盾在《我走過的道路》中談到：

> 我寫這篇小說有一個目的，就是想塑造一個真正的中國農民的形象，他健康，快樂，正直，善良，勇敢，他熱愛勞動，他蔑視惡勢力，他也不受封建倫常的束縛。他是中國大地上的真正主人。我想告訴外國讀者們：中國的農民是這樣的，而不是像賽珍珠在《大地》中所描寫的那個樣子。

看來，作家是把財喜作為「真正的中國農民的形象」來塑造的。這個形象，不同於已往新文學作品中經常出現的那種由於苦難生活的重壓，從肉體到靈魂都被摧垮了、扭曲了的農民，完全是以嶄新的面目走到文壇上來的。作家賦予這個形象的最顯著的特點，就是不僅有健全的體魄，還有健全的靈魂。他有高大的身軀，厚實的胸膛，鐵杆般的臂膊，同小說中那個孱弱瘦小的秀生適成鮮明的對照。因此在他身上就蘊蓄著一種力量，一種任何磨難都壓不垮的力量。儘管生活把他剝奪得只剩下光杆一身，他仍不向命運低頭，敢於向貧困挑戰，以自己的勞動去創造生活。在秀生家裏，出於對貧弱侄兒的救助，實際上是他在擔著全家勞動的重擔，憑著他豐富的生產經驗，渾身使不完的力氣，苦撐著這個極艱難中的家。透過這些描寫，中國勞動農民所固有的種種美德，如頑強求生，任勞任怨，見義勇為，救弱扶貧，等等，都分明顯現出來了，的確可以改變人們心目中那種病態農民的印象。同時，在這個形象身上，也散發著鮮明的時代氣息。30年代的農民，身受慘重的階級壓迫和民族壓迫，這既使他們經受了太多的苦難，也催動他們去作改變命運的苦鬥。財喜就是不同於思想保守的老式農民老通寶那樣「認命」的人，面對苦難而有自強不息、樂觀進取的精神。他不像秀生那樣多憂多慮，「天塌下來，

有我財喜！」是他的生活信條。因此，生活磨折的結果不是忍氣吞聲，不是退縮畏懼，而是強烈的反抗欲望，是磨礪了異乎尋常的意志和膽量。當仗勢欺人的鄉長硬逼著病在床上的秀生去築路時，他敢掄起像「一對鋼鉗」的臂膀，發出了憤怒的呼吼：「你這狗，給我滾出去」。這裡所顯示的就是農民身上閃光的東西，讓人看到了農民的前進力量。對財喜形象的描寫，還有一點表現得更爲精到、更有特色的，就是他的充實、豐富的精神世界的剖露。他同秀生女人的複雜愛情糾葛，體現了他對傳統的倫常觀念的蔑視，是他對於享受應得的精神生活的追求，當然無可厚非；然而，這畢竟傷害了秀生的感情，他心頭因而總是「湧起內疚」。爲了擺脫這種難堪的處境，他曾打算離開這個家，「但是一轉念，就自己回答：不！他一走，田裏地裏那些工作，秀生一人幹得了麼」？很明顯，他並不想從根本上傷害秀生，倒是充滿對秀生的體諒與愛撫，關懷與照顧。在他面前愛情上的追求和對弱小者的愛憐，兩者很難統一，因此常常使他陷於複雜的思想矛盾中。這種矛盾心理，既寫出了這個苦了大半生的光棍漢對不期而遇的愛情生活的依戀，又袒露了他純潔、厚道的內心世界，對於表現一個正直農民形象來說，這實在是很有力量的一筆。讀完小說，人們對財喜的「越軌」行動並沒有產生厭惡之感，反而會引起同情和贊許，原因就在人物的精神世界是高尚的，的確不失爲善良、正直、樸厚的「眞正農民」。

茅盾筆下的其他農民形象，比起老通寶和財喜來，自然要遜色得多，但由於作家對人物觀察、研究之深，也總是顯示出各自的特色，有著各自的價值。多多頭就是一個很值得注意的人物。看起來這個青年單純、天眞，甚至還帶有點魯莽。表現在《秋收》和《殘冬》裏，人物行動的思想軌跡也不甚明晰。但是他對於生活的獨特的思維方式，卻是寫出了青年農民的理想和追求的，在當時的農村青年中也很有代表性。他對於生活的前景是朦朧的，對渴求改變現狀的意識卻是清晰的；他弄不懂人和人之間爲什麼要互相歧視、吞噬，但這種「永遠弄不對」的現象是直覺到了，希求變革它的願望也是強烈的；他的參加「搶米囤」、襲擊「三甲聯合隊」的舉動雖然說不上是自覺革命，但畢竟已從父輩們的一切皆由命定的狹隘觀念中解脫了出來，走上反抗、鬥爭的道路了。作家沒有給他硬灌進更多的革命意識，一切都從當時當地的具體環境、歷史條件出發，寫來眞切可感，自然也不失爲一個成功的形象。對《當鋪前》的王阿大，作者是側重於從生活命運上去揭示他的性格特徵的。

這個無衣無食的可憐雇農已經掙扎在飢餓與死亡線上了，但仍然把愛憐留給妻子，獨自擔負著飢寒去尋求一線生機的希望；在當鋪前的人流裏，他深深地同情著命運似乎比他更慘的大肚子女人，這同喪盡天良的典當朝奉相對照，就映襯出勞動者心靈的高尚。王阿大這個形象可以作為歷史的見證，讓人們具體看到當時的農民的悲苦境況，同時，可以認識作為農民的「底層」小人物在那個時代裏所特有的思想面貌和精神境界。從這點來說，這個人物形象同樣具有較深廣的性格涵量。

把茅盾筆下的農民形象作個簡單的綜合，可以看到，茅盾著眼於時代特徵去探索農民的前途和命運，因此化為具體的形象，最鮮明的特點就是烙印著時代特質。同新文學第一個十年中的農民形象大多是被侮辱與被損害者的情況有所不同，在農民日漸覺醒的時代裏，茅盾的主要注意力放在了在艱難困苦中掙扎、奮鬥和初步覺醒的農民身上。在茅盾的作品中，原來居於支配地位的老一代農民（如老通寶），正逐漸被新一代農民（如財喜、多多頭）所代替，新一代農民正以旺盛的生命力在開發出一條新的生路來。就連冥頑難化的老通寶在臨終前也有了朦朧的「醒悟」，對多多頭說：「真想不到你是對的！真奇怪！」是的，這是對時代特徵的正確把握，在那樣激烈動蕩的年代裏，即使多麼難化的「老腦筋」，也總是難免要「化」的。而財喜、多多頭等形象、卻的的確確表現了農民中的潛在力量，代表著農民的希望和未來。在那經濟破產、夜氣如磐的年代，這類形象確實起到了摧人驚醒、促人奮起的作用。給農民形象的塑造以全新的色調，開啟了新型農民成為文學中重要角色的時代，這也許是茅盾小說塑造農民形象的獨特價值所在。

四、描繪農村生活的成功經驗

茅盾用藝術筆觸狀寫農民和農村生活，在藝術上也顯示出鮮明的獨創性。他的作品，不僅以巨大的思想深度、不朽的典型形象著稱，也以獨到的表現技巧、濃厚的藝術魅力吸引著讀者。富有特色的江南水鄉的風俗畫，帶有泥土芳香的栩栩如生的人物形象，具有濃鬱生活氣息的場景渲染，運用包括江南土語、俗諺的嫻熟語言，都表明他是一位擅長寫農村題材的小說大家。茅盾在這方面的深厚功力，主要是得力於兩個因素。一是精湛的文學修養。他對我國傳統文學、民間藝術有很高的造詣，從中汲取有益的養份，以豐富

自己的藝術表現，對他來說是輕車熟路。二是深厚的生活底子。如他自己所說，「南方的小鎮和農村是連在一起的。我二十歲以前常住家鄉，天天接觸到農民」〔註 14〕，耳濡目染，對農村生活就有了相當的熟悉。其後他一度返回故鄉，作實地考察，又增添了新的生活內容。這些都爲他創作農村題材小說打下了堅實的基礎。可見，他的技巧來自長期的生活和藝術的積累。而創作實踐又不斷豐富了他的藝術經驗。茅盾在農村題材小說創作中，藝術經驗是多方面的，歸納起來，大約有以下一些基本特點。

創造色彩鮮明的典型環境。茅盾非常重視環境描寫，他的作品總是以渲染濃重、熱烈的環境氣氛取勝，爲人物的活動布置了一個有聲有色的舞臺。他認爲，「一位作家對現實生活觀察而搜集材料的時候，『人』與『環境』是同時在他觀照之中的」〔註 15〕，不能離開環境去寫人。尤其是農村題材小說，要寫出農村的特色更離不開環境，因爲「地方色彩，風土人情，與環境描寫有關」，「無論自然環境、社會環境」都不能「寫得太少」。〔註 16〕基於這種認識，他往往用很多的篇幅去寫環境，描繪浙東水鄉的自然風光，寫出富有生氣的農村生活圖景。《春蠶》整整用了一節寫故事發生的背景，著力渲染了農村經濟破敗的景象；《當鋪前》開頭一大段也是寫景，交代了王阿大陷於貧困的社會背景。當然寫景只是手段，目的是爲了更好地寫人，爲典型性格的完成創造一個典型環境。茅盾寫景之可貴，就是把寫景同寫人結合起來，景隨人生，景從人移，寫出了活的自然環境。《春蠶》的景物描寫，是通過老通寶的所見所思展現出來的，首先出現在畫面上的是主人公老通寶，然後再從他的視覺、聽覺、觸覺中寫出周圍的環境，既交代了人物的大致輪廓，又展示了人物活動的背景，人和景有機結合，交相輝映，一齊活了起來。同時，景致必須同主題相協調，同整個社會環境相一致。茅盾在《春蠶》中所寫的，固然是江南水鄉風光，但並不是「田家樂」的景致。那「官河」上橫衝直撞的小火輪，「塘路」上拉縴的紹興人額上的黃豆大汗，田邊留著幾條短短的戰壕，曾經駐過兵的蠶站依舊空關著，等等，分明勾勒的是動亂的政治局而，是一幅殖民地化日益加深的農村經濟破產的圖像。通過這些景物，形象地描繪了當時的社會背景，對深化主題、刻劃人物起了極重要的作用。

〔註 14〕　《短篇創作三題》。
〔註 15〕　《創作的準備》。
〔註 16〕　《短篇創作三題》。

　　富有生活氣息的場面描寫。茅盾的小說以善於鋪排，故事有生活實感而為讀者所喜好。而這一些，又無不同作家能夠選取富有生活氣息的情節，渲染熱鬧的場景氣氛相關聯。以農村題材作品來說，反映農民的生活與勞動，本沒有驚險的故事可編排，如果寫單一的生產過程又顯得枯燥乏味。但農村生活確實又是豐富多彩的，這就全靠作家深入生活的底蘊，去尋找富有生活氣息的、生動有趣的生活場景，去吸引讀者，打動讀者。茅盾的農村題材小說，寫的是平常人、平常事，但由於選取的情節甚至細節都經過精心的提煉，寫到了生活的實處，因而總有吸引人的魅力。仍以《春蠶》為例。作品寫的是蠶農從看桑、窩種、養蠶到收繭的全過程，但作者並不側重描寫生產過程，而是通過生產來寫生活的場景。這裡有緊張的勞動，也有歡快的場面；有勞動的艱難，也有豐收的喜悅；有豐收的一時高興，更有豐收成災的無窮的痛苦。農民的生活、情趣、喜怒哀樂無不寫得活靈活現。河邊洗繭具這一節寫女人們互相潑水、打鬧取樂，六寶因吃醋而告發荷花愉蠶，寫出青年男女之間的趣事，都很有生活氣息。在悲劇中插入幾段輕鬆的小曲，使故事變化多致，平凡的生活就有了不平凡的內容。《水藻行》寫三個同樣命運的人物，加入了當時農村所少有的婚姻生活，並圍繞這個問題解剖了不同人物的精神世界，寫來也很有生活的實感效能。

　　寫出「立體的複雜性的活人」。茅盾認為，對人物形象的刻繪，切忌平板，成為「標本式」的人物，而應當做到「寫出來的人物是立體的複雜性的活人」〔註 17〕。這確乎是精到之見。寫農民，要寫出農民獨具的生活習慣、思想氣質來，尤其不能用一個模式、標本去套用所有農民的特點，而要寫出各自的個性，揭示出各自複雜的性格，使形象具有立體感。這就是黑格爾所說的，讓性格「保持其生動性與完整性，使個別人物有餘地可以向多方面流露他的性格」〔註 18〕。茅盾筆下的成功的農民形象就寫出了形象的立體感。他總是多層次、多側面地寫出人物性格的豐富性和複雜性，既有或一類農民的共性，又的確有「這一個」農民的個性。以老通寶這個典型來說，在農村三部曲中，作者在他身上花費的筆墨最多，既寫他的行動，又寫他的意識，既寫他的忠實厚道，又寫他的自信極強，既寫他的慣於精打細算，又寫他的實在愚不可及，從各個方面展現出這個老農民獨特的性格。看起來，這個人物的性格是

〔註17〕《創作的準備》。
〔註18〕《美學》第 1 卷第 304 頁。

複雜的，不同的甚至對立的因素交織在一起，但由於它們統一在一個舊時代農民身上，卻又是十分和諧的。唯其如此，才使得這個人物成為生動形象的「活人」。由於注重形象的立體感，作家寫出了各自獨具的個性，就是性格大致相同的人物也不會互相混淆。例如，同樣寫性格堅強、敢於反抗的農民，青年農民多多頭具有叛逆行為但不乏單純、稚氣，就同壯年農民財喜的老成持重，又善於抓住時機「像一頭受傷的野獸似的」勇猛進擊有所不同；同樣寫性格潑辣的青年婦女，地位卑下的荷花不甘凌辱奮起抗爭，但有時又不得不忍氣吞聲，就同六寶的自視甚高而毫無顧忌又有區別。正是在這些不同里，見出作家善於寫「活人」的功力。

運用生動形象的純熟語言。茅盾小說運用語言之高度純熟是世所公認的，在農村題材小說中又有獨到之處。因為反映的是農村生活，描寫的是農民，要使運用的語言同環境氣氛、人物身份相一致，就要求語言帶有鄉土氣息，盡可能活用群眾的口語。茅盾運用的語言就帶有濃鬱的地方色彩，大量採用了流行於浙江一帶農民的口頭語言，生動的民間俗諺，甚至不避俚詞俗語，寫來樸素、清新，引人入勝。例如，「棺材橫頭踢一腳，死人肚裏自得知」，「清明削口，看蠶娘娘拍手」，這一類生動形象的俗諺、土語，如果不在農民中間生活過是斷乎寫不出來的。當然，採用群眾的口語並不是越土越好，而要以能夠確切地表情達意為前提，這就要經過采擇、提煉，形成性格化的語言。例如，《春蠶》中四大娘不滿於老通寶不願選用「洋種」，說過這樣一段話：「老糊塗的聽得一個洋字就好像見了七世冤家，洋錢，也是洋，他倒又要了！」這段話既寫出老通寶的仇洋心理，又寫出了四大娘的較有見識和對公公的憤憤不平，真是聲態並現，可謂傳神之筆。

茅盾在藝術上積累的經驗遠不止這些，但僅舉這幾方面也足資後人借鑒了。

第七章 小說品類：社會剖析小說的
典型模式

　　若對茅盾小說的基本特質和創作經驗作必要的梳理和歸納，首先進入研究視野的應當是茅盾小說的獨特品類。這就是基於作家十分自覺的社會意識，用小說展開了對中國社會現實的整體性剖析，從而為我國現代小說提供了一種堪稱為社會剖析小說的典型模式。

　　在中國現代文學史上，茅盾是個獨樹一幟的作家。他的小說，並不以吟詠風花雪月為能事，也沒有像有些作家描繪更多屬於詩情畫意的東西，甚至也沒有抒發磅礴的激情。他只是冷靜地、客觀地諦視著人生，注重於對觀實人生的細密的描繪和理智的剖析；他不諱言社會科學理論對創作的指導，還提出過創作是「先從一個社會科學的命題開始」的頗為出格的主張，作品明顯呈現帶有理性化特點的社會分所色彩，通過文學的命題提出了重大的社會科學命題。簡言之，他不只是在寫小說，還展開了廣泛的社會人生的研究。這就是茅盾鮮明的創作個性，猶如別林斯基稱之為「作者的紋章印記」般的藝術獨創性。這種帶有茅盾式「紋章印記」的創作特色，很少為同時代的作家所具有，在中國現代小說的現實主義流派中是帶有開創性的。

　　這裡所展現的正是茅盾作為傑出的社會編年史作家的一個重要側面，這就是：從研究人生出發的對社會歷史的透闢分析和精確把握，由此顯示出創作的一個重要特色。世界文學史上那些可以稱之為藝術大師的作家對於人類作出的偉大貢獻之一，就是以作品蘊含的「巨大的思想深度和意識到的歷史內容」震撼讀者的。人們評述莎士比亞、托爾斯泰、巴爾扎克……這些名震

寰宇的偉大作家，無不都注意於此。泰納在提到巴爾扎克的傑出成就時就作過這樣的評論：「在他身上哲學家和觀察家結合起來了……他不但描寫，而且還思想，觀看人生他還感覺不夠，他還要瞭解人生。獨身、結婚、行政、理財、淫欲、野心，人生中一切主要的情境和一切深厚的情欲形成了他作品的底子。他對人生作了哲學研究。」他認為「巴爾扎克在小說界的地位亦即從此得來」（重點號為引者所加）。〔註1〕泰納的這些評論，幾乎都可以拿來概括茅盾創作的特點。如果我們同樣注意到茅盾小說也「對人生作了哲學研究」，那麼，這不僅對於探討這位作家獨特的創作個性是極為必要的，同時也將從這個能確立作家在「小說界的地位」的創作特點上去估量茅盾小說的獨特價值。

一、整體性的社會人生研究

現實主義文學的根本特徵之一，是強調文學的社會功能，即通過對社會現實的解剖去分析社會、認識社會，進而找到改革社會的途徑。重視文學對社會人生的研究，正是這種特徵的突出表現。考察茅盾的小說創作，最引人注目的特點便是它的社會分析色彩，即通過對社會現象的細密描繪，去分析、研究社會問題，或通過文學的命題提出具有巨大思考力的歷史命題和哲學命題。他很早就在文藝評論中強調「使文學成為社會化」的要求，並認為「文學家的責任」之一是「也要研究社會人生哲學」〔註2〕，去分析紛紜複雜的社會現象。投入小說創作以後，他更是以「凝視現實，分析現實，揭破現實」〔註3〕自命，把社會分析作為自己的目標。可以說，分析社會、研究社會是茅盾小說創作中貫穿始終的基本色彩。

強調文學的「社會要求」，重視文學的社會功能，在某些淡化文學社會意識的「純文學」的提倡者們看來也許是不可思議的，對茅盾的這一創作特色深以為病者就不在少數。然而，離開具體的時代環境去侈談文學之「純」畢竟是容易做到的，倘若注目現代中國社會艱難前行的歷程及在此多難的土壤上孕生的現代中國文學的發展過程，事情就並非如此簡單。或者正可以說：茅盾強調於此，是順應了「文學自覺時代」的要求，體現了作家在文學創作中崇高的使命意識。誠如黃子平等人闡述「二十世紀中國文學」這個命題時

〔註1〕《巴爾扎克論》，《文藝理論譯叢》1957年第2期。
〔註2〕《現在文學家的責任是什麼？》《東方雜誌》第17卷第1期。
〔註3〕《寫在〈野薔薇〉的前面》。

指出的，本世紀的中國社會，是社會政治問題「壓倒了一切」的時代，「文學始終是圍繞著這個中心環節而展開的」；這是「因為事情是在列寧所說的『亞洲一個最落後的農民國家』中進行的，因為經歷著的是一個危機四伏、激烈多變的時代，因為歷史（即便只是文學史）畢竟是一場艱難地血戰前行的搏鬥（試想本世紀中國作家所經歷的那些劫難）」。〔註4〕處此境遇，把文學置於「象牙之塔」，既不可能，也難有作為。明乎此，就不難理解中國現代文學的開山鼻祖魯迅也是遵奉如下原則的：「說到『為什麼』做小說罷，我仍抱著十多年前的『啓蒙主義』，以為必須是『為人生』，而且要改良這人生」〔註5〕。這就不難理解，為什麼「為人生派」文學始終是現代中國文學的主流，即便一度鼓吹過「為藝術而藝術」的創造社作家，到頭來也紛紛把目光移到社會人生一邊，竟至於成為「革命文學」的自覺的倡導者。這是一個毋庸置疑的事實：把文學同研究社會、揭破社會、改造社會聯繫起來，正體現了中國作家自覺的使命感。與其說這是一個弱點，毋寧說這是一個優點。茅盾創作的社會分析色彩，正是順應了這樣的文學潮流的；更何況，以 1927 年發表《蝕》為起點，他的創作剛好同新文學第二個十年開始同步前進。在社會革命愈益發展的新的時代浪潮中，文學進入了更深入的「自覺時代」，他無疑會更自覺地意識到文學服務於社會、服務於革命的重要性，創作的「社會化」追求就更不是一種偶然的現象了。

通過文學作品去反映現實、分析現實，是「為人生」作家的共同特點。但茅盾遠過於一般作家——反映了他獨特的藝術追求，這就是刻意追求的現實主義獨創性。舊寫實主義作家雖然有探索人生的願望（如「五四」時期的「問題小說」作者），但畢竟由於作家社會認識面的狹隘和思想力量的不足，創作中的社會分析就難免顯得捉襟見肘，破綻百出。茅盾在早期從事文藝批評時，就一再指出過這類現象。這實際上意味著，如果由他來創作決不肯滿足於只對現實作隔靴搔癢式的反映和評價，必將更注重以深邃的思想之力去透視社會。鑒於如此自覺的「社會要求」，茅盾的獨特性在於社會分析是注重分析社會現象的整體性，展開對社會人生的總體研究。他對現代中國社會的解剖不只局限於一角、一隅，也不局限於一個階段、一個時期。他的確是雄心勃勃、氣度不凡：不解剖則已，一解剖就是一個社會整體，涉及社會的動

〔註4〕黃子平、陳平原、錢理群：《論「二十世紀中國文學」》，《文學評論》1985 年第 5 期。

〔註5〕《南腔北調集‧我怎麼做起小說來》。

向、前景及其歷史聯繫。用茅盾自己的話來說,研究和分析的是「全般的社會現象」和「全般的社會機構」。因此作品就呈現出宏大的規模和磅礡的氣勢,完成了對「全般社會」的歷史描繪和綜合研究。

社會分析的整體性,首先是指它的完整性,即著眼於描繪一幅完整的現實生活圖景,進而去解剖整體性的現實社會。對茅盾小說的這個特點,有眼力的人是很容易看出來的。捷克漢學家普實克稱茅盾的作品「總是能夠創造出一幅整體性的,充滿行動的大幅壁畫」。〔註6〕無獨有偶,用壁畫來比擬的,還有法國作家蘇娜娜・貝爾納,她也稱茅盾的《子夜》是「一幅氣勢宏大的壁畫」,「達到了令人目眩神移的程度」〔註7〕。是大型壁畫,而非尺幅山水;是宏偉的整體,而非片斷的畫面:這就是對茅盾小說描繪出完整的生活圖畫的極好的概括。把茅盾的小說也同樣作一番總體性的考察,便可發現他的創作是在努力實現解剖「全般社會」的既定計劃,是在整體性要求的目光嚴密注視下進行的。

《子夜》當然是這方面的典型,其「野心」就是要「實現大規模地描寫中國社會現象」的企圖。原來打算描寫的,不只是大都市,還有「農村的經濟情形,小市鎮居民的意識形態,以及一九三〇年的新《儒林外史》」。作家的計劃就是不放過一個角落,描繪出一幅30年代社會生活的整體壁畫,進而去解剖完整的現實社會。這個計劃雖然沒有完全實現,創作實踐偏重在都市生活的描寫,不妨說還有缺欠,但作品所透露的力圖「全般」描寫的意願卻是清晰可見的,實際效果也是部分達到的。交易所冒險,工廠罷工,農村暴動,幾條線頭一一俱在,只是筆墨有輕有重,而事件所涉有關政治、軍事、經濟、金融界、企業界、知識界等種種情狀,更可以看出作者描寫「全般社會」的意向。人們稱這部作品為30年代的「百科全書」,不能說是毫無理由的。值得注意的是,茅盾本人並不滿意於自己的「倉卒成書」,對自己的原定計劃「只好馬馬虎虎割棄」,〔註8〕一直深以為憾。他所考慮的是整體性要求並沒有全部達到,他在努力尋求彌補缺欠的途徑。這個途徑終於通過短篇創作找到了。如果把《子夜》和反映這時期生活內容的那部分短篇作品聯繫起來,那就是一幅完整的社會生活圖畫了。茅盾頑強地甚至不無執拗地在追求社會解剖、社會分析的整體性,於此可見一斑。

〔註6〕轉引自《普實克和他對我國現代文學的論述》,《文學評論》1983年第8期。
〔註7〕《走訪茅盾》,《新文學史料》1979年第8期。
〔註8〕《〈子夜〉後記》。

　　這裡，值得深入一層去思考的問題是：茅盾如此執著於描繪一幅完整的人生圖畫，其價值是否僅僅在作品的規模和氣勢上？茅盾的考慮，是否只是為了提供更多的「歷史內容」？從客觀效果看，當然含有這樣的因素，但絕非主要因素。應當說，茅盾的著眼點是在研究社會，通過對一幅整體性圖畫的描繪，目的是在完成對一段歷史時期現實社會的綜合研究，從而從本質上去把握社會。茅盾曾經多次強調：「觀察一特定生活，必須從社會的總的聯帶關係上作全面的考察」〔註9〕。這「總的聯帶關係」非常重要。因為社會生活的諸部分儘管現象各異，姿態萬千，但都受特定的社會生活的本質所支配，形成了既矛盾又統一的狀況。從「總的聯帶關係」上去考察，就有利於揭示事物之間的有機聯繫，進而去把握社會的本質。他的描寫30年代生活的作品，也都是從「聯帶關係」上展開的：吳蓀甫的破產，導致了以蠶桑為業的老通寶們的破產；農民生活無著，購買力銳減，又危及鄉鎮小商人的利益，加速了林家鋪子的倒閉；商業蕭條，連當鋪也無力經營，赤貧戶王阿大之類只好掙扎在饑餓與死亡線上了。把這一幅幅圖畫連接起來，30年代生活的本質就得到了充分的揭示。倘若說，《子夜》提出了「一個問題，即是回答了托派：中國並沒有走向資本主義發展的道路，中國在帝國主義的壓迫下，是更加殖民地化了」，還只是從工業經濟破產的角度提出的，那麼，在農村三部曲、《林家鋪子》、《當鋪前》等篇中又演示了農村經濟破產、城鎮商業經濟破產等現實圖景，無疑是補充、強化了前此提出的命題，使這一社會科學命題提得更形尖銳，分析也更具說服力。由此可見，茅盾從綜合研究的角度去分析社會，就使他的社會分析達到了無可爭辯的正確性，他的作品也就成為社會生活的忠實記錄，具有充分的社會認識價值。難怪瞿秋白要肯定有人提出的「《子夜》在社會史上的價值是超越它在文學史上的價值」〔註10〕的說法了；如果這個說法不是把社會價值同文學價值完全對立起來，不是含有貶低文學價值的意味，應當說是精闢的。一部《子夜》是如此，聯繫著《子夜》的整體圖畫就更是如此。

　　社會分析的整體性，除了橫向發展以外，茅盾還努力作縱向深入，從歷史描繪的角度去把握整個社會和社會的歷史進程，力圖為人們提供一部描寫中國社會的「卓越的現實主義的歷史」。這就需要提到那些未完成的多部頭長

〔註 9〕《創作的準備》。
〔註10〕瞿秋白：《讀〈子夜〉》，1933年8月13日《中華日報·小貢獻》。

篇，如《虹》、《第一階段的故事》、《霜葉紅似二月花》、《鍛鍊》等。這類作品的故事大都只停留在「第一階段」，僅有完成的部分還不足以顯示歷史描繪的趨勢，但值得人們注意的是茅盾構思的宏偉性，他的解剖社會現象的一以貫之的整體性要求。且看茅盾原定的宏偉計劃。《虹》的計劃原是要從「五四」寫到 1927 年的大革命，「將這近十年的『壯劇』留一印痕」〔註 11〕。成書部分只寫到「五卅」，精彩的片斷尚在筆觸未及的後面。《第一階段的故事》最初的構思「原也雄心勃勃」，打算在「力所能及的廣闊畫面上」反映上海、武漢兩地的抗戰生活，而已完成者「只占一半」。〔註 12〕《霜葉紅似二月花》反映的時代與《虹》同，構思的規模則更為宏闊，對「這一時期的政治、社會和思想的大變動，想在總的方面提出這時期革命雖遇挫折，反革命暫時佔了上風，但革命必然最後取得勝利」〔註 13〕，而小說所描寫的僅僅是個前奏（這也是讀者往往不解書名的原因），全部完成必構成多部作品。《鍛鍊》則明確提出這是「五部連貫的長篇小說的第一部」，原意「企圖把從抗戰開始至『慘勝』前後八年中的重大政治、經濟、民主與反民主、特務活動與反特務鬥爭等等，作個全面的描寫」〔註 14〕。這裡不厭其煩地引述茅盾的這些想法，旨在說明茅盾的計劃顯示了何等雄偉的氣魄。如此明確的解剖「全般社會」的觀念和勃勃雄心，在同時代作家中是著實少見的。他的雄心，再加上他的豐富的生活經驗、嫻熟的藝術技巧（上述計劃大都產生在寫作《子夜》前後的「藝術成熟期」），他在中國現代作家中恐怕是最有希望完成像巴爾扎克的《人間喜劇》那樣的史詩型巨著的。儘管由於種種原因（如經濟的拮据，戰亂的生活等等），他的計劃沒能全部實現，使人難以考量它的全部價值，但是，已有的實績還是顯出了相當的規模和氣勢。更重要的是，它反映了作家的藝術追求不同尋常。

在歷史描繪中，茅盾的社會分析是注重於從歷史的聯繫中去把握整個社會發展進程的，因此也不妨說這是對現實社會的歷史研究。在這類作品裏，茅盾並非單純敘述歷史。他所說的「廣闊畫面」、「總的方面」、「全面的描寫」，無不都是從解剖「全般社會」的總體性上提出的；他所要反映的是政治、經濟、戰爭、社會、思想、革命、反革命種種複雜狀況，幾乎囊括了完整的社

〔註 11〕 《我走過的道路（中）》第 35 頁。
〔註 12〕 《〈第一階段的故事〉新版的後記》。
〔註 13〕 《〈霜葉紅似二月花〉新版後記》。
〔註 14〕 《〈鍛鍊〉小序》。

會。很明顯，茅盾敘寫歷史只不過要從歷史描繪中找到現實的「政治、社會和思想大變動」的歷史成因，或者從歷史發展的總的流向上去把握革命發展規律，預示革命必將戰勝反革命的前景。《虹》和《霜葉紅似二月花》都是表現了這樣的意向的，著眼點都是對一場轟轟烈烈的大革命「壯劇」的回顧，他要尋找的是它的歷史動因、它在演進過程中的經驗和教訓，以求給現實的革命鬥爭以有益的啓示。至於兩部反映抗戰生活的作品，與現實的距離貼得更近，目的是要通過歷史畫面的描述提出啓人深思、引入警策的社會問題。其中寫作較早的《第一階段的故事》就提出了在民族危亡關頭每一個中國人「何去何從」的問題。具有深刻意義的是，小說最初發表時這個問題曾觸目驚心，及至出單行本時，描述抗戰「第一階段」所提到的「若干問題」，過了七、八年「依然存在未得解決，而且有些是變本加厲，嚴重到不可終日」〔註15〕。這恰好表現了作家眼力的深遠，這也就是歷史同現實相融合所顯示的力量：茅盾從歷史研究的角度去分析社會，不僅使作品包容了「意識到的歷史內容」，還表現出驚人的歷史透視力。

二、社會剖析的濃重理性化

文學作品中的社會分析色彩，既然是對社會人生的深刻研究，那麼思想之力就顯得非常重要。泰納認爲，巴爾扎克是「挾帶著他一生積累起來的巨量思考」來驅使筆下人物的，因此，「思想豐富就形成了他們的偉大，他們的言論幾乎都是值得我們深思的」，唯其如此，巴爾扎克方才完成了對人生的「哲學研究」。〔註16〕茅盾通過小說解剖社會人生，也總是借助思想之力，運用長期積累起來的對人生的巨量思考，去分析、研究社會問題，他的作品也就以「思想豐富」爲特色，或提出了觸目驚心的重大社會問題，或在透闢的社會分析中表現了敏銳的政治洞察力和深刻的思想見解。這事實上已形成了茅盾小說研究社會人生的另一個顯著特點，這便是：帶有明顯的理性化色彩，表現了對社會現象分析的異常精確性，達到了對社會人生的本質把握。

創作中運用理性化原則，對於注重社會人生研究的現實主義作家來說，並非個別現象。因爲他們的作品總是要表現一定的思想見解，甚至力求具有相當的思想豐富性，作者也總是在這樣那樣的思想指導下從事創作的。正如

〔註15〕茅盾：《〈第一階段的故事〉新版的後記》。
〔註16〕《巴爾扎克論》。

車爾尼雪夫斯基所說：「如果藝術家是能思想的人，那末他對於再現的現象就不能不有他自己的判斷，這個判斷，不管他願意不願意、自覺不自覺，總或隱或顯影響到他的作品」〔註17〕。茅盾的獨特之處，在於理性化原則完全是一種自覺的運用，甚至幾乎成為一條既定的、不可變更的創作原則。從創作開始，他就提出過「一個做小說的人不但須有廣博的生活經驗，亦必須有一個訓練過的頭腦能夠分析那複雜的社會現象」，「認真研究過社會科學」。〔註18〕後來他又提出了創作是「先從一個社會科學的命題開始」的主張。這說明，茅盾要用社會科學理論去指導創作的目標是非常明確、毫不含糊的。體現在創作實踐中，則總是在藝術構思時把提出社會科學的命題也考慮在內，如像《子夜》那樣提出並回答了「30 年代的舊中國是怎樣性質的社會」這一類發人深思的問題。這種現象，在小說作家中即使不能說是獨一無二的，總也算得是相當別致的。這種特殊性的形成，可以追溯到茅盾的創作源頭。同一般作家最不相同、也最具有優越條件的是，他是由著名的社會活動家、文藝批評家轉向小說作家的，他最初的注意力是在理論和「社會」方面，那一段有將近十年之久的經歷使他積累了豐富的社會生活經驗和淵博的社會科學知識。他是在「經驗了動亂中國的最複雜的人生的一幕」以後，「動極而靜」，才開始用文學來思索人生、研究人生。因此，思索、研究的對象並沒有變化，只不過採取的方式不同：過去用社會科學，現在用文學。這種生活道路所養成的個人素質，便注定了他即使改用文學武器也不會放過對社會的研究，而在研究過程中也必將以思想之力去透視整個社會。

　　茅盾自覺運用理性化原則，突出地反映在他的創作都是從社會科學的命題開始的，在創作中以社會科學理論為指導，去分析、研究社會問題。這一特點，最初是在《我怎樣寫〈春蠶〉》一文中說破的。作者提到，《春蠶》主題的形成，是在研究了「帝國主義的經濟侵略以及國內政治的混亂造成了那時的農村破產」的社會現象，再考察蠶農受蠶絲業破產的危害的「特殊原因」，就有了表現「豐收災」的主題。其實何止《春蠶》，其他作品中也存在類似情況：《子夜》是意在參加社會性質的大論戰；《林家鋪子》的寫作遠在研究《子夜》素材時，就已經「注意到：小市鎮的商人不論如何會做生意，但在國民

〔註17〕 《文藝對現實的美學關係——作者自評》，《美學論文選》第 23 頁，人民文學
　　　　 出版社 1957 年版。
〔註18〕 《我的回顧》。

黨這大魚吃小魚，小魚吃蝦米的社會裏，只有破產倒閉這一條路」，主題的輪廓也大致形成了。這種有意識地去表現某一社會科學命題，在表現過程中又注重科學的、理智的分析，就使得作品的思想線索非常清晰。對於農村破產、商店倒閉、工業蕭條等社會現象，引起茅盾注意的，不僅是現象本身，更重要的是現象後面的成因。蠶桑豐收，帶給農民的反而是災禍；精明能幹的生意人，連自己的店面也維持不下去了；有魄力的工業資本家，最後也難逃破產的厄運。這些看來各不相關、各自獨立存在的現象，其實都受制於一個魔影——殖民地化愈益加深的社會壓迫。茅盾從對社會性質的本質把握出發，在作品中既揭示了階級壓迫（經常寫到的所謂「租、債、捐、稅」之類）所造成的嚴重禍害，尤其不放過民族壓迫——這一最能體現社會的殖民地化性質的特徵——所造成的深重災難，就全面而深入地揭示了問題的實質。不能小看這類作品中屢屢出現的橫衝直撞的小火輪，人們談外國絲傾銷的「談虎色變」，由「東洋人打仗」引起的市面亂闐闐，這些其實都聯繫著各類破產現象的實際成因，在當時的歷史條件下還是本質的成因。這樣，茅盾從分析社會的政治、經濟現狀入手，抓住了現象之所由形成的根本社會原因，就使這類作品對社會性質的揭示達到了異常的精確性。當年羅浮在評述短篇小說集《春蠶》時就指出，它們應用了「社會科學的確定不移的理論」，「不能不說這是百分之百把握住了現實，意識上也是非常正確的」。〔註19〕《春蠶》一出，描寫豐收成災的作品在文壇競相發表，由茅盾率先揭破的社會問題引起人們的普遍重視，這本身就說明茅盾思想上的獨特發現的價值。

　　用思想之力去透視社會，往往是同作家的遠見卓識聯繫在一起的。茅盾運用理性分析於創作實踐，還表現在他不僅敢於去觸及、探索生活中別人一時還無力提出也無法把握的問題，而且能提出自己卓異的新見，給人們以深沉的思索，深刻的啟示。這主要反映在茅盾對當代重大政治、歷史事件的精闢分析上。別林斯基指出：「在構成真正詩人的必要條件之中，一定非包括有現代性不可。」〔註20〕文學的現代性之所以受到重視，在於它反映的是現時正在發生和發展著的社會運動，其事變或事件的發展進程是人們普通關注並希望得到正確的認識和答案的。然而，由於事件重大，時間又近，人們對事

<hr>

〔註19〕　《評〈春蠶〉》，《文學月報》第1卷第2期。
〔註20〕　《論巴拉廷斯基的詩》，《別林斯基選集》第1卷第216頁，上海譯文出版社
　　　　　1979年版。

變還沒有一段認識、理解的過程，要立即反映它，又能正確把握它，是何其不易。在這裡，思想家的眼力就顯得尤爲重要。正是茅盾，憑著他長期從事社會活動的豐富經驗和敏銳的政治洞察力，對這類題材表現了一般作家所少有的興趣，體現了重視文學現代性的作爲「眞正詩人」的特質，尤其是用科學分析去把握事件的本質，完成了爲一般人很難企及的藝術實踐。大革命失敗以後僅幾個月，就寫出了總結這一歷史事件的《蝕》三部曲，寫於 1941 年孟夏的《腐蝕》，以發生不久的皖南事變爲背景，都是適例。這兩部作品在發表時都引起過轟動。題材的重大性和切迫性是原因之一，而作品提出的一些見解，即便在今天來看都是灼灼閃光的。《蝕》是對一個歷史事件的正確把握。他在大革命鬥爭逝去不久，就寫出了一部「革命之前」、「革命既到」、「革命以後」的完整的「革命三部曲」。尤爲精到的是，他分析了大革命失敗的責任只能讓方羅蘭這類號稱「左派」實則軟弱無力、「無往而不動搖」的資產階級去承擔，而眞正破壞革命、絞殺革命的則是地主豪紳、國民黨右派的代表「積年的老狐狸」胡國光一夥，這就迅速接觸到了問題的實質。在一個革命進程剛剛完結時便有如此精闢的分析，這是很不容易的，非有一個「訓練過的頭腦」是無法勝任的。《腐蝕》是對國民黨特務統治的揭露，而閃耀其間的思想光彩，是對被特務拖下水的青年「難言之痛」的解剖，分明提出了罪惡制度「腐蝕」青年的嚴重社會問題。這是以特定的政治事件爲背景，展開了對當時社會政治面貌的精闢分析。作者透過特務的「狐鬼世界」所一眼看穿的，是國民黨的反共本質，是與反共相聯繫著的國民黨投降派與汪僞漢奸的合流，以及由此引起的更加深重的民族災難。所提問題的尖銳性，遠遠超出了對特務罪行的揭露。茅盾對政治歷史事件進行科學分析的精到之處，在於他不會滿足於表現事件的表象，而總是憑藉對革命的深刻認識，對事件作著由此及彼、由表及裏的剖析，揭示事物的實質所在，提出獨到的見解，給人以極大的思考力量。

關於茅盾運用社會科學理論指導創作問題，還應當提到一點：他把握了社會發展規律，對中國革命的前途和命運作出深沉的思考。對茅盾描寫革命歷史題材的作品，過去的評論是有分歧的。因爲《蝕》表現了某些消極的東西，創造社、太陽社作家就批評過他「落伍」。但是茅盾對這類批評並不悅服，曾作文答辯。在晚年所作的回憶錄中，他又一再申述當年對革命的「信念」：歷代的農民起義「史不絕書」，有共產黨領導的中國革命也決不會一遇挫折就

一蹶不振的；革命要「經過許多挫折」，但「它的前進是任何力量阻攔不住的」，〔註21〕等等。把這些意見歸納起來，可以看到，茅盾由社會發展規律所認識到的是中國革命的長期性、艱巨性及最後必勝性，文學實踐也基本上按這樣的思路在探索，既避免了簡單化傾向，又預示了革命發展的總趨勢，對中國革命面貌的剖析仍表現出相當的準確性。如果不是拘泥於某一部作品，而是把一系列作品聯繫起來考察，茅盾對革命歷程進行科學分析的思路同樣是明晰的。《蝕》的命意是「如日月之蝕，過後即見光明」，「革命的勝利是必然的」，〔註22〕這對一場大革命失敗的認識並無偏差。從作者最初對三部曲的命題──始而「幻滅」，繼而「動搖」，復有「追求」的邏輯發展看，也明顯表現出對革命繼續有所「追求」的熱望。只因為在寫《追求》的過程中，作者被「一些不幸的消息壓倒了」，原來的意圖才有所偏離，作品才出現了「纏綿幽怨和激昂奮發的調子同時並存」的現象，不妨說還有弱點。但茅盾的探索並沒有就此中止，《蝕》的弱點也始終在設法彌補。果然，到了《虹》，色彩就顯得明朗了，小說中的梅女士從一個大家閨秀，幾經曲折最後投身到「五卅」運動，走上了革命的道路。「『虹』是一座橋，便是春之女神由此以出冥國，重到世間的那一座橋」〔註23〕，這樣的象徵意義便標誌著作品昂揚的基調。但在茅盾看來，走上革命的道路，並不意味著革命途程的終結。「虹又常見於傍晚，是黑夜前的幻美，然而易散」〔註24〕，他題名「虹」還含有另一層意思：主人公的命運還要有劫難，思想上也會有反覆。為表現這一意圖，他還有擬議中的一部《霞》。他當年寫信告訴鄭振鐸，這一部《霞》將是「轉移到新方向」之作，其命意是：「霞有朝霞，繼朝霞而來的將是陽光燦爛」〔註25〕。梅女士經歷種種考驗，最後被黨救出，轉移到新的地方繼續從事革命工作。這樣，把三部作品聯繫起來，從《蝕》到《虹》到《霞》，反映了革命從發生、失敗到繼起再到「陽光燦爛」，既演示了它的曲折經過，又揭示了它的勝利結局，茅盾由此把握了革命發展的完整歷程。從象徵色彩中寄託深意，包藏了作者的良苦用心，也反映了一個「哲學家」的理智分析。如果再著眼於比《虹》稍後寫成的反映「中國歷代農民起義」的歷史題材小說《大澤鄉》、《豹子頭

〔註21〕《我走過的道路（中）》第10～11頁。
〔註22〕《補充幾句》，《蝕》，人民文學出版社1980年版。
〔註23〕《我走過的道路（中）》第36～38頁。
〔註24〕《我走過的道路（中）》第36～38頁。
〔註25〕《我走過的道路（中）》第36～38頁。

林沖》等，揣摩一下爲什麼恰在中國共產黨領導下的土地革命戰爭勝利展開的時刻去描寫農民運動的壯闊聲勢，那就能充分體察到作者的創作意圖。從這裡不難看到，茅盾是從「史不絕書」的革命鬥爭中去總結歷史經驗，對革命的進程是運用社會發展規律去進行邏輯推理，這便是他應用社會科學原理於革命歷史題材作品的成功經驗之所在。

三、獨特的思維方式：兩種思維的滲透和交融

在茅盾的小説中，貫穿始終的是一條清晰的社會分析和理性分析的線路，眞正稱得上是在對社會人生作著「哲學研究」。就文學的「哲學研究」而言，具有如此自覺、清醒的意識，進行如此持久不懈的努力的，在中國現代小説作家中茅盾堪稱爲第一人。他終於憑藉著這樣的「研究」使作品蘊含了「歷史內容」和「巨大的思想深度」，爲自己贏得了地位。

然而，耐人尋味的是：他的最鮮明的創作特點和優點在於此，他的最遭非議和責難之處也在於此。人們提出，藝術創作是以形象思維爲特徵的，茅盾如此執著於偏重邏輯思維的理性分析，怎麼能避免創作的概念化呢？海外的某些文學史作者對此的批評就更爲尖刻。美國學者夏志清稱茅盾的《子夜》爲「失敗之作」，原因就在「茅盾的野心——要給中國社會來一個全盤的檢討——說明了一點：作者愈來愈『科學』（馬克思主義式的和自然主義式的）了」，並認爲這正是他「創作生命」中的一個「迷障」。〔註26〕香港學者司馬長風既稱讚茅盾的創作「確未曾粗製濫造，他每一字每一句都用了千鈞之力」，但又批評他「由於才力太弱，『社會』要求太重，致文學往往被壓扁壓死．《子夜》是最好的證明，這是無可如何的事情」。〔註27〕仔細考量這類批評所包含的意義，其間固然屬雜著因政治見解的歧異而帶來的評論傾斜性，但籠統地稱之爲惡意的誣罔，恐怕過於簡單。因爲用文學去研究社會人生，畢竟不同於社會科學論文對社會問題的論述，它必須用藝術手段去把握，抽象的分析絕不能代替形象的描繪，因此把理性分析應用於創作實踐並不容易掌握，人們的憂慮不爲無因。問題在於：茅盾的創作是否存在著這些批評家所指責的那種失誤？這實際上牽涉到對這個具有獨特創作個性的作家把握藝術世界方式的獨特性應作何理解的問題，其中主要又在於作家在創作中運用藝術思維方式呈現出怎樣的獨特性形態。

〔註26〕《中國現代小説史》第136頁，香港友聯出版社1979年出版中譯本。
〔註27〕《中國新文學史》中冊第50頁，香港昭明出版社1978年版。

　　是的，在茅盾的創作中理性化色彩表現得非常鮮明，以致一提起他的作品，就使人立即會想到這一點。然而就實際創作而言，情況要遠爲複雜得多。上面集中談他的理性分析，只是爲了論述的方便，其實用形象反映方式去把握對象世界的藝術創作，理性分析、邏輯思維並不是一種主要的思維方式。它在創作中的參與是有條件的，並非可以獨來獨往地孤立進行，必須依附於、滲透於形象思維中——這一點，茅盾是非常明確的。表現在創作中，理性化，就不是游離於形象思維之外的孤立存在的東西。某些批評者斷言注重理性分析注定要成爲阻滯茅盾「才力」發揮的「迷障」，便是把兩者割裂開來、對立起來的結果。事實上，茅盾是個非常重視兩種思維交融的作家，這是他的創作思維獨特性之所在，也是理性分析能較好地運用於創作實踐之所在（當然不排斥某些作品也有失誤之處）。考察茅盾對這一問題的理解以及實際創作狀況，便可以獲得如此完整的印象。

　　關於形象思維和邏輯思維的交互作用，茅盾認識得是比較早的。寫於他從事創作前兩年的《論無產階級藝術》一文，就提出過一個藝術產生的公式：「新而活的意象＋自己批評（即個人的選擇）＋社會的選擇＝藝術。」對於這個公式，他的具體的解釋是：

> 　　新而活的意象，在吾人的意識裏是不斷的創造，然而隨時受著自己的合理觀念與審美觀念的取締或約束，只把那些美的和諧的高貴的保存下來，然後或借文字或借線條或借音浪以表現之；但是既已借文字線條音浪而表現後，社會的大環境又加以選擇，把適合於當時社會生活的都保存了或提倡起來，把不適合的消滅於無形。

這樣的表述，在概念的使用上也許不十分精確，但基本上闡明了形象思維的本質特徵。他所說的「意象」，是指外界豐富的社會生活現象在作家頭腦中所形成的表象，「意象」的不斷「創造」，就凝聚爲形象，是屬於形象思維的範疇。所謂「合理觀念與審美觀念」的約束，是指兩種思維的交錯作用：從「審美」的角度言，即盡力選擇「意象」中「美的和諧的高貴的」部分；從「合理」方面去要求，則是在理性認識的指導下，對「意象」進行分析綜合、選擇含棄，以是否合於「當時的社會生活」爲度，盡可能選取那些能充分反映社會本質的材料進行藝術概括。這樣，在整個創作過程中，主要是運用形象思維，同時也借助邏輯思維，在思維規律的認識上是並無片面性的。茅盾的這一認識，在他從事創作活動以後，是表現得更爲明確，堅持得愈益充分的。

人們不會忘記，在 20 年代末、30 年代初的革命文學論爭中，茅盾集中攻擊的目標是徒有「革命」名字的「高頭講章」。他對蔣光慈的作品、對陽翰笙的《地泉》三部曲的尖銳批評，幾乎都是圍繞概念化問題進行的，其中所指出的這類作品的一個重要失誤點，就是「理智地」得出結論，而不是讓讀者「被激動而鼓舞而潛移默向於不知不覺」，即未能用形象用情感去潛移默化地影響讀者。為此，他以更堅定的語氣提出藝術作品必須具備的「兩個必要條件」：

　　（一）社會現象全部的（非片面的）認識，

　　（二）感情地去影響讀者的藝術手腕。〔註28〕

茅盾對創作中思維特徵已闡述得相當清楚了：既強調了作家自覺的「社會要求」和對社會現象的全面認識，也不忽略創作主要是用形象思維的「藝術手腕」，是把兩者協調地和諧地統一起來了。人們或許會問：茅盾不是非常強調理智因素在創作中運用的嗎？他對舊寫實主義「理智」的局限提出過責難，何以又對蔣光慈等人偏重於「理智」的分析提出如此尖銳的批評呢？其實，這恰恰反映出茅盾的兩種思維統一觀。因為無論是舊寫實主義作品，還是某些革命文學作品，儘管表現形式不同，毛病卻是共通的，都只是偏執一端把握思維方式，未能從兩者的有機結合上去實現藝術的完美性。因此，對兩種截然對立現象的批評，正說明茅盾的藝術追求是全面的：強調創作思維的自覺性，重視理智的參與作用，是在於增強作品的現實主義力量，然而，理智在創作中的運用卻不是無所節制的，要以不割裂、損害形象思維為前提，理智的參與正在更「合理」地推進形象思維。

　　那麼，兩種思維的交融，在茅盾的創作中是以怎樣的方式顯現出來的？別林斯基曾經指出，在文學作品裏，思想觀念的參與往往可以「顯現」出兩種方式：一種是，「觀念延伸到形式裏面去，從而在形式的全部完美性中透露出來，溫暖著並照亮著形式，──這種觀念是富有生命力的，富有創造性的」；另一種是，「觀念跟形式漠不相關地產生在作者的頭腦中──形式被他另外單獨地製造出來，然後，再配合到觀念上面去。其結果是：一部作品，按觀念說來（也就是按作者的意圖說來）是很可取的，但在形式上卻一點也引不起人們的注意」。〔註29〕這說明，單純強調兩種思維在創作中的並存，不注意兩

〔註28〕 《〈地泉〉讀後感》，《地泉》，上海湖風書局 1932 年版。

〔註29〕 《符拉基米爾·菲里莫諾夫的〈難以理解的女人〉》，《外國理論家作家論形象思維》第 67 頁，中國社會科學出版社 1979 年版。

者之間的水乳交融，結果仍然是觀念歸觀念，形式歸形式，觀念仍將是枯燥無味，毫無生氣的東西。茅盾所運用的無疑是前一種方式，做到了觀念同形式的完全融合、滲透。這可以從整個創作過程中看出來。

第一，在藝術構思階段，也重視兩種思維相「伴隨」進行。

按照茅盾晚年總結的創作思維觀點看，在他的整個創作過程中，「邏輯思維和形象思維並不是自覺地分階段進行而是不自覺地交錯進行的」；即便是側重於分析、研究材料的構思階段，「主要是邏輯思維在起作用，但伴隨著，也有形象思維」。他以題材的成熟為例：「作家的世界觀決定了他從最熟悉的社會生活中選擇其最能反映時代精神的部分，作為題材，這便是邏輯思維」；但是，「題材決不是以抽象的方式憑空跳出來的，而是作家在長期深入生活」，充分感知了生活中的人和事，以至於「使他興奮，使他時刻難忘，甚至睡夢中也參加這些事件」，「作家渴望而且感到有把握進行寫作的就是這些人和事，從而進行了初步的構思，這便是形象思維」。〔註30〕這樣說來，兩種思維的運用完全是呈膠著狀態的，是密不可分地聯繫在一起的，實在很難分清究竟什麼時候用了哪一種思維。由這種特點所規定，作品題材的成熟，主題的孕育，當然不可能只是單純思想觀念的產物；即便是觀念的形成，也不是心血來潮，憑空產生，而是對生活中的人和事進行長期靜觀默察的結果，自然包含了作家對此的「形象化」的思考。

《蝕》三部曲的創作，最能說明這一點。這個作品的「有意為之」，擇取作家所熟悉的「時代女性」去表現大革命時期的「時代精神」，反映了他自覺地在進步世界觀指導下對中國革命規律的探索，當然有明顯的邏輯思維的參與。同樣寫女性知識分子，在別的作家那裡，或者著眼的是愛情題材，或者注重於寫小資產階級的命運遭遇。而茅盾通過一群女性的描繪，去總結一場革命的得失，這在題材處理上的確有不同尋常之處，或者說思想觀念的參與是特別鮮明、昭著的。然而，如果把《蝕》的題材成熟、主題形成，僅僅看成只是觀念支配的結果，則又大謬不然。其實，這個由作家「經驗了人生」以後創作成功的作品，孕育的過程卻要綿長得多。據茅盾自述，在寫這個作品前一、二年，他在上海、廣州、武漢從事革命活動的時候，那些對革命「抱著異常濃烈的幻想」的「時代女性」就使他獲得深刻的印象和強烈的感受，使他久久難忘，經常在「意識上閃動，閃動」，

〔註30〕《漫談文藝創作》，《紅旗》雜誌 1978 年第 5 期。

寫小說的企圖也「一天一天加強」，有時甚至到了「文思洶湧」的程度。當大革命失敗的一幕降臨以後，這類女性的「發狂頹廢，悲觀消沉」給他的刺激益深，以往的種種感受「突又浮上」他的「意識」。終於，回顧往事，帶著對革命的深沉思考，「坐定下來寫，結果便是《幻滅》和《動搖》」。〔註31〕不難看出，這個作品構思的成熟，也正是形象成熟的過程。在這裡，形象思維的參與又起了重要作用。而從總體上講，這兩種思維各在哪一個「階段」上進行，就連作者自己也未必說得清楚，因為它們的確是「交錯」著進行，又往往是互相滲透、融合為一的。當生活現象給他以創作衝動時，便有實現某種願望的意圖，而在「坐定下來」研究材料時，思考也並非抽象觀念的演繹，使觀念得以形成的恰恰是「初步構思」時已感到「有把握」的那些人和事。很明顯，在作品的構思過程中，觀念和形象是交融在一起的，觀念絕非同形象漠不相關地由作者的頭腦中「製造」出來的。茅盾的其他創作，基本上也是遵循這一思維原則的，因為人們還沒有發現哪一部作品純粹只是思想觀念的圖解。即使是社會分析色彩最濃厚的《子夜》，作家「東奔西走」搜集材料是大家熟悉的，對大量積聚的生活現象作「形象思考」同有意識的理性分析結合起來，也同樣實現著兩種思維的交融。茅盾的作品，既有精闢的思想見解，又有鮮活的藝術形象，便是堅持這一思維原則的結果。

第二，在兩種思維交融過程中，特別注重形象思維的「回歸」。

在創作過程中，兩種思維的運用誠然是不可分割的，但從思維的不同功用出發，在創作的不同環節裏畢竟也各有側重點。一般說來，邏輯思維的作用是在於對材料的綜合、分析、研究，在創作的構思階段用得較多；形象思維是把研究所得的材料加以藝術形象化，則主要用於創作的實施階段，同時也「伴隨」著邏輯思維。然而，他認為邏輯思維的參與是有條件的，即不能僅以綜合概括所得的結論「翻」成「文藝形式」為目標，必須遵循這樣的藝術規律：「即當其開始，是由具體到抽象，由表象到概念，而後復由抽象到具體，由概念到表象，在這回歸之後，才是創作活動的開始」〔註32〕。這就是說，藝術創作所走的路徑，並不如人們想像的那樣簡單，似乎只是循著「表象──概念──形象」這樣單一的道路前進，而是由表象上昇為概念後，「還

〔註31〕《幾句舊話》。
〔註32〕茅盾：《談技巧、生活、思想及其他》，《奔流》新集之二《橫眉》。

得再倒回去，從最初的出發點再開始」〔註33〕，即仍然回到「表象」那裡，並在具體形象的思維中進入具體的創作階段。這樣，形象創造的「出發點」並不是「概念」，恰恰是「最初」給作家以深刻印象的「表象」；所不同的是，經過第一次「概念」的昇華，對「表象」的認識更加清晰了，在「表象」鎔鑄爲形象的過程中，經過「概念」的參與、導引，能夠本質地把握「表象」，塑造出具有典型意義的形象。這一思維過程的闡述，是茅盾對藝術思維規律的本質揭示。充分注意這一點，對他的創作就有可能會理解得更深切一些。

　　有些人認爲，茅盾的創作注重理性化，在得出社會科學結論以後進行創作，完全是從「概念」出發的。批評《子夜》因「愈來愈科學」而「失誤」，說的正是此。其實這是對他思維過程的臆測和曲解。固然，茅盾在創作中十分重視理性分析，其中主要的又是馬克思主義分析，寫《子夜》時的對社會本質的精細分析也是他幾次說及的，然而，重視理性分析，並不意味著創作是以理性爲「出發點」，恰恰相反，理性分析始終只是他本質地認識「表象」的一種手段，在具體創作階段，「再倒回去」把握「表象」進行形象思維，是他所運用的更重要的思維方式。在《子夜》的創作中，藝術思路的確是循著既定的主題進行的，但作品並非只是對主題作簡單的圖解。給人印象最深刻的是主人公的命運描寫。主題只是在人物的命運中透露出來──能夠做到這一點，就在於在既定主題以後，又重視思維的「回歸」，用極大的精力去對搜集到的原始材料作形象的思考，特別是對「最初」活在心頭的各類民族資本家在未來的作品中如何動作的思考。可以說，一進入具體創作，在作家腦海中蜂擁而入的是那些鮮活的形象，他的注意力必然放在形象如何循著生活的常規走完自己應走的途程方面。有時候，爲使人物的行動符合性格發展的邏輯，甚至會改變原來的構思意圖，出現屠格涅夫所說的「這個形象……獨來獨往地任意行動起來」的現象。從《子夜》的創作《提要》看來，原來設計的吳蓀甫的性格似乎要卑微得多，描寫他私生活的份量特別重：

　　　　吳蓀甫先與家中女僕有染，又在外與一電影明星有染，後交易所最後勝利之時（其實他並無多大錢賺進，因爲虧空亦甚大也），徐交際花忽又棄趙而與吳戀。二人同往牯嶺。

這類設計，在成書的《子夜》中已「面目全非」，不獨吳蓀甫沒有「最後勝利」，他在私生活上也並不怎樣糜爛，甚至表現得對此缺少興趣，連漂亮的吳少奶

〔註33〕茅盾：《談技巧、生活、思想及其他》，《奔流》新集之二《橫眉》。

奶也因此得不到溫情。這顯然是人物獨特的命運支配著作家的創作；因為他的主人公在走著一條險峻的道路，不但「勝利」是不可能的，而且他在事業上的追求也表明並非是個庸俗、腐朽的資本家，不「容忍」把性格寫得太壞，就不能不改變原來的安排。這樣處理，有利於符合人物性格發展的必然性，表明作家在「形象化」的過程中對「表象」的認識更趨明晰，在某種程度上修正了原先的構思。由此看來，在整個創作過程中，邏輯思維的作用僅僅是在分析材料、確定主題階段對人物的命運作了初步的設計，在具體創作時又盡可能使人物的命運描寫不偏離主題所規定的必然性（即使是後來的「修正」，也以不偏離作品的主旨為原則），而更具體更大量的思維活動則是在如何豐富形象描寫和充分揭示人物命運的創造性的思索上。可以這樣認為，《子夜》的描寫十分「科學」，是在於人物的命運揭示同提出的社會問題高度一致，從而產生了令人折服的力量，然而就作品感染人的藝術效果言，實不限於（得力於）它的「科學」性，恰恰得力於人物的感人的命運遭遇和形象塑造的美學力量。能夠達到這一步，沒有形象思維的「回歸」，自然是不堪設想的。

第三，邏輯思維的參與，最終目的是把「觀念延伸到形式」中。

文學創作對現實的審美把握，最理想的方式是滲入作者對現實的主觀評價而又不留痕跡，即創作者的主觀性不是以理性的形式直接表露，而是從直觀性上對讀者施加深層的影響，導致他們去作出同作者沒有透露的本意相一致的判斷。別林斯基主張「觀念延伸到形式」中，就是基於這樣的考慮。他還提出過更高的要求，認為觀念不僅要延伸在形式中，還「必須和它構成一體，消逝、消失在它裏面，整個兒滲透在它裏面」〔註34〕。這恐怕是藝術所達到的最高境界了。茅盾也是盡力追求這種藝術效果的作家。他在創作中邏輯思維參與的意識是自覺的、明晰的，努力的目標則是使這種參與只成為灌注在作品中的內在血液，而並不在形式的表層直接透露出來。像《三人行》等少數稍帶概念化的作品，為他所最不滿意的，就是觀念的淺顯表露。這種單純按照觀念去複製性格，又讓作者意念中的「肯定」人物去直接「說出」自己的「覺醒」，藝術效果的不能盡如人意是可以想見的。因此，他在緊接著《三人行》以後創作的一大批社會分析小說，特別注意觀念在形式中的滲透、消融。這類作品，一般都提出了重大的社會科學命題，但不是靠空洞的

〔註34〕 《〈馮維辛全集〉和札果斯金的〈猶里·米格斯拉夫斯基〉》，《外國理論家作家論形象思維》第 57 頁。

說教，而是靠形象，靠形象本身「做什麼」和「怎麼做」來演示。中國社會更加殖民地化這個命題的托出，主要是通過吳蓀甫、林老闆、老通寶這類人物的現身說法的解剖來完成的。在描述這類形象時，作者注重的是冷靜的客觀描繪，都沒有直接評論，甚至也很少其他的議論。雖然茅盾小說在反映社會生活的宏偉性上最接近於托爾斯泰、巴爾扎克，但在作品的議論性少這一點上，同這兩位作家「隨時隨刻都在說理推論，他的人物也隨時隨刻在說理推論」〔註35〕，有顯著的不同，或者說他的作品表達見解是更為「隱蔽」的。需要指出的是，有人指陳茅盾作品的概念化，一般都是以作者談《子夜》、《林家鋪子》、《春蠶》等作品的創作動機來推論的。司馬長風稱茅盾談《子夜》寫作經過的文章會使人們「直覺是馬克思《資本論》中的片斷」，有這樣的「寫作動機」，肯定寫不出「優秀的小說」，〔註36〕即是一例。其實，「創作動機」不會直接寫在作品中。有誰曾從《子夜》裏「讀」出了同社會性質大論戰有關的問題？茅盾的精到之處就在於：創作動機乃至把握人物、主題的思想觀念，都是「整個兒」滲透在形式裏面的。人們讀完作品，第一印象是形象描寫的深刻性，透過形象的獨特性格和命運，自然也就「發現」了深藏其中的社會問題；茅盾自己的「點破」，只不過加深了人們對作品的理解。正由於觀念不是直接表述的，它的確已消融在形式中了，這樣就很容易構成欣賞者和作者之間判斷的一致性。要說茅盾創作中兩種思維的交融所能達到的最顯著的藝術效果，恐怕就是在這裡。

四、獨特的創作個性：文學家和哲學家的結合

從對茅盾獨特的藝術思維方式的輪廓勾勒中，大概可以獲得如此的印象：他用小說去研究社會人生，固然體現了社會分析、理性分析的特點，但這是同尊重藝術本身的規律結合起來的，是使思想賦予藝術的生命才使作品產生了巨大的力量，這裡所顯現的既有哲學家的對生活的理性思索，更重要的是表現了文學家的對藝術的「形象思考」。通過這樣的簡略描述，這位作家獨特的創作個性已初露端倪：正是文學家和哲學家的生動結合，才使他顯現出與眾不同的特色。由此也說明：他對人生的「哲學研究」，是文學的「哲學研究」，而非社會科學的「哲學研究」。如果聯繫他的藝術實踐再作考察，這

〔註35〕 泰納：《巴爾扎克論》。
〔註36〕 《中國新文學史》下冊第 119 頁。

一特色將愈益分明。

一是「哲學家和觀察家」的結合。

這本來是泰納對巴爾扎克的評價。現在用在茅盾身上也是合適的，因為就實際創作而言，在這一點上茅盾做得比別人毫不遜色。

文學創作中的理性分析，是對客觀現象的推理和判斷。因此作家只有在感知了生活現象以後，方能上昇到理論的高度進行科學分析。一個作家如果是能夠進行科學分析的「哲學家」，同時必須也是感知了生活的「觀察家」。茅盾善於運用科學分析，當然堪稱為「哲學家」，但許多人往往忽略了他同時也是一個「觀察家」，而且首先是一個「觀察家」。他是「真實地去生活」，「經驗了人生」以後再去「做小說」的，正是在「觀察」以後才形成了他的「哲學」推理，他的分析才見得異常精到、深刻。茅盾若是沒有近十年之久的社會活動經驗和後來持續不斷的觀察，不能設想，他能夠從如此廣闊的畫面上去反映社會人生。對此，茅盾其實說得很清楚：「對於一個作家來說，進步的世界觀雖然提供給他一個分析並提煉社會現象的基礎，卻還不能使他立即有比較成熟的題材以供形象描寫。」〔註37〕基於這樣的認識，他總是不斷覓取新的題材，把分析置於觀察的基礎之上。剛進入30年代，茅盾有研究社會革命的強烈願望，但是由於以前過的是「蟄居」生活，對現實的革命鬥爭所知甚少，他只有借助於歷史題材，通過歷史小說的創作去分析、總結革命鬥爭經驗。這是作家尊重生活支配創作的規律的生動例證。

就觀察與分析而言，觀察應當先於分析的。固然，茅盾說過他的創作是「從社會科學命題開始」的，但看來這只表現在主題的孕育過程中，並不是先於體驗生活、搜集材料的階段。《蝕》的創作，作者已有參加過大革命的豐富經驗，自不待言；就是最遭物議的《子夜》的寫作，也何嘗不是如此。試看茅盾自述《子夜》的創作經過：先是因病不能看書，只能在朋友中「東跑西走」，使他「對社會現象」只從原來「看到一個輪廓」到「看得更清楚了」，材料的積累到了能夠「寫一本小說」的程度；繼而看到了社會性質論戰的論文，把「所得的材料和他們的理論一對照」，增加了他「寫小說的興趣」；然後再去研究外資入侵，蔣、馮、閻大戰等社會問題，聯繫所得的材料去「分析社會現象，確定主題思想」。〔註38〕可見，主題是在「觀察」的

〔註37〕 《〈茅盾文集〉第七卷短篇小說集後記》。
〔註38〕 參見《〈子夜〉後記》和《〈子夜〉是怎樣寫成的》。

最後階段才形成的。這說明，茅盾的理性分析並不是先驗的產物，而是觀察生活的結晶，而且還不是一般的觀察，而是深入的觀察。套用泰納的一句話，「觀看人生他還感覺不夠，他還要瞭解人生」，只有深入瞭解（或者說是理解）了生活，他才有對生活的獨特發現和獨特見解，才提得出具有深刻意義的重大社會科學命題。這樣看來，把《子夜》這樣的作品僅僅看成是《資本論》的圖解，豈不冤哉！自然，在觀察和分析之間，茅盾也不是沒有教訓的。寫於 1931 年初的《三人行》的「失敗」，就是「沒有『體驗』、也缺乏『觀察』」所致。〔註 39〕但茅盾的可貴之處是，很快就覺察了這一弊病，對瞿秋白等人的批評心悅誠服。此後，他「探頭到自己的生活圈子以外」，去不斷獲取豐富的生活原料，不久就寫出了《子夜》等優秀作品，使得社會分析更加深刻、切要，擊中時弊。

二是研究社會側重在對人的研究。

茅盾對小說作家的社會研究方式有自己的精當認識，這根源於他對藝術把握生活方式的特殊性的深刻理解。在他看來，文學創作也是對社會現實的一種「研究」，從中去揭示重大的社會問題，表明作家對問題的看法。但是文學家和社會科學家相比較，在「研究」的對象和方法上是大不相同的：後者的研究對象是「那些錯綜已然的現象」，前者則是造成這些現象的「活生生的人」；在研究的方法上，後者主要是進行理論的「分析」，並通過「分析」而「達到了結論」，前者「卻是從那些活生生的人身上，——從他們相互的關係上，看明了某種現象，用藝術手段來『說明』它」。〔註 40〕這正表明他對文學創作的思維主要是寄寓在「人」（或者說是形象）身上去完成具有清醒的認識，並以此闡明了文學家異於哲學家、思想家的根本區別之所在。因此，他把塑造形象置於創作的首位，反映出他力圖用形象思維方式去實現對世界的藝術把握的自覺意識。如果說，他的小說具有濃厚的社會分析色彩，表現出巨大的思想深度，體現了他作為「哲學家」的某些素質，那麼，他把表現人尊為創作的「第一義」，主要是運用寓於形象的思維，說明了他的小說並非純粹的「哲學的」社會分析，恰恰是遵循藝術規律的「文學的」社會分析。

在社會研究中注重對人的研究，茅盾的出色之處是，在長期的生活和藝術實踐中積累了「研究人」的豐富經驗，甚至達到了「能看到他們的內心」，

〔註 39〕《〈茅盾選集〉自序》。
〔註 40〕《創作的準備》。

知道他們的「所思所感與所痛」的程度。〔註41〕最早引起他創作衝動的,正是對人的研究的結果。他是「帶了『要寫小說』的目的去研究『人』」〔註42〕,對「時代女性」的認識爛熟於胸,開筆時才感到並不費力,僅用四周時間便完成了第一部中篇小說《幻滅》。可以這樣認爲,茅盾在《蝕》三部曲以及《野薔薇》、《宿莽》等短篇集中,對「時代女性」形象解剖那麼深入,心理分析那麼細膩,原來都是同他早就開始對人的悉心研究聯繫著的。同樣,在《春蠶》、《林家鋪子》等作品中,通過對幾代「丫姑爺」的研究融合成了老通寶的性格,通過對在烏鎮時就熟悉的小商人的研究塑造了林老闆的形象,也無一不表明他對人的研究的深刻程度。正由於對人的感知、研究之深,他刻劃人物性格時才得以向人物的心靈深處突進,創造出有靈魂和血肉的、動人的藝術形象。因此他的作品既運用了社會分折,又避免了概念化的弊病,讀者從中首先感受到的,是形象的藝術力量。茅盾對人的研究自有獨特之處;研究人是作爲研究社會的一種手段。對人的性格的解剖總是同對社會問題的分析聯繫在一起的。它所提供的就不止是人物個人的東西,還包含著作者對社會、對革命的思考。可以說,用藝術形象去感染讀者,又由此啓引人們對社會問題的關注,這便是茅盾通過對人的研究去研究社會的精到之處。

三是理性判斷同情感滲透的交融。

別林斯基指出:「科學通過思維直截了當地對理智發生作用,藝術則是直接地對一個人的情感發生作用。這是兩個完全背道而馳的極端。」〔註43〕這是一個界碑,一種分野,區分出科學和藝術的截然不同。這種分野,對於判定一個重視理性化作家的藝術思維時,是特別重要的。因爲在他的創作中,理智的因素常常表現得非常明顯,如果理智完全是以抽象觀念顯露的,沒有經情感的滲透、交融,未能把抽象觀念演化成別林斯基所說的「詩情觀念」,就會失卻藝術上的意義。作爲文學家的茅盾對生活作「哲學思考」時,重視並切實實現情感因素的積極參與,因此他在創作中表述的思想觀念不妨認爲也是一種「詩情觀念」。

茅盾的創作,不表現爲情感的外在熱烈性。他注重的是冷靜的客觀描繪,很少採用抒情的筆致,當然更不可能像一般浪漫主義作家那樣抒發澎湃的激

〔註41〕 《我怎樣寫〈春蠶〉》,《青年知識》第 1 卷第 3 期。

〔註42〕 《談我的研究》。

〔註43〕 《俄國文學史試論》,《外國理論家作家論形象思維》第 75 頁。

情。然而，仔細讀完他的作品，再慢慢咀嚼、回味，就會感到有一種難以抑止的情感力透紙背，令人感動不已。這尤其表現在描寫人物悲劇命運的那些作品裏。如：農村三部曲寫一個勤勞、善良的老實農民一再受到命運的播弄，終於被折磨得咽了氣；《當鋪前》寫雇農王阿大「慘痛的生活史」，以及比他更爲悲慘的那些以典當度日而不可得的人們所演出的悲劇的一幕；《大鼻子的故事》寫無家可歸的流浪孩子過著比豬狗都不如的生活，無不浸透了作者的辛酸，流貫著對勞動者、下層人們愛憐、同情的情懷。即便是寫吳蓀甫、林老闆等民族資產階級形象，當筆墨用在揭露唯利是圖的一面時，固然不能掩飾他的厭惡之情，然而當他注意到這些處在特殊時代中的「不幸者」不配有更好的命運時，也不能不在他們身上寄託遠比厭惡爲多的同情心理。吳蓀甫和林老闆最終破產出走的淒涼結局，所給予人們的是沉重的壓抑之感，不自覺地對他們的遭際產生諸多同情，這不正是作者情感渲染的結果嗎？儘管茅盾的創作多表現爲客觀描繪，但創作實爲某種目的所主宰，從形象的孕育開始就注入了作家鮮明的態度和立場。本世紀初法國著名學者李博在談到藝術創造「都包含感情因素」時指出：「在這裡，感情因素是原始的，初發的；這是因爲一切創造總要以某種需要、某種願望、某種用心、某種沒有滿足的衝動，甚至常常以某種痛苦的孕育爲它的前提」。〔註44〕茅盾在創作中注入的「感情因素」，不取外在的熱烈的形式，而表現爲深沉、執著、含而不露，恰如一股涓涓細流滲透人們的心田，或者說表現爲外表冷靜、內含熱烈，產生了搖撼人心的力量。這種情感顯現的形式，頗接近於魯迅小說的外冷內熱、冷中有熱的風格，這或許正是沉靜、嚴謹的現實主義作家所常有的創作特色。

　　在情感的傳達方法上，茅盾的創作具有兩個顯著特點。一是情感同形象的交融。作家的愛憎是文學創作的機緣、原動力，而文學創作的情感又離不開具體的形象，因此形象思維中的情感應是一種形象化了的情感。茅盾十分注重情感的形象化，他的作品所表達的情感之所以含而不露，是因爲它是深深地寄寓在形象之中並同形象緊緊地交融在一起的。他很少在作品中直陳對生活的感慨，他的或愛或憎的情感態度只是通過對具體形象的肯定或否定而表達出來。形象的豐滿性由作家的情感澆灌而形成，反過來，豐滿的形象也必然襯托出作家情感的豐富性。《蝕》中「時代女性」性格的複雜性，反映了作家創作時「情緒」的複雜性——「我那時發生精神上的苦悶，我的思想在

〔註44〕《論創造性想像》，《外國理論家作家論形象思維》第186頁。

片刻之間會有好幾次往復的衝突，我的情緒忽而高亢灼熱，忽而跌下來，冰一般冷」〔註 45〕。然而在《蝕》裏何嘗有作家這種情感的直接剖露，唯有形象的本身的確「自然流露」了這種複雜情緒。這應當說是情感同形象相交融的一個生動例證。在《子夜》中，通過對趙伯韜從思想到生活方式的盡情醜化，寄託對買辦資產階級的憎懼；描述吳蓀甫的「事業心」和大將風度，表現對企圖有所作為的民族資本家的某些讚賞之情：作家鮮明的情感態度盡在其中了。情感附麗於藝術形象，體現了藝術傳達的直覺性和生動性，這可說是一種最典型的形象思維方式了。二是情感同理智的交融。這兩者本來該是對立的，在茅盾的創作中卻做到了自然渾成，有機結合。他並不否認情感因素更為重要，「因為文藝作品不比社會科學論文，它是應該從情緒上去感動讀者」〔註 46〕的。因此一旦進入創作領域，情感因素就表現得更為活躍，理智隱退到形象的背後，只起到調節或整理情感的作用。在他的創作中，思想觀念的參與是明顯的，不過總是寄寓在滲透著豐富情感的形象身上，像《春蠶》托出帝國主義的經濟入侵導致農民「豐收成災」的社會科學命題，既是生活形象化的，又飽含了作者的獨特感受，比同類題材的作品都要表現得觸目驚心，便是理智同情感交融的結果。自然，理智的參與也提煉了、調整了作家的情感，把握合理的走向，提高評價生活的能力。他的創作一般都能實現既定的目標，流露了豐富的情感又不表現得偏激，反映了對情感的正確把握。這裡恰好體現了一個注重理性化的作家運用形象思維的獨特之處。

〔註45〕 《從牯嶺到東京》。
〔註46〕 《從思想到技巧》，重慶《儲滙服務》第 26 期。

第八章　創作理性化──自覺的藝術思維活動

　　理性化，是茅盾小說觀念中一個不可移易的原則。作為社會剖析小說的基本特質而顯現的理性化滲透，此前已經論及，那麼在具體創作活動中，理性化對於作家的藝術構思，對於他對整個創作過程的把握，又是如何起作用的呢？這就需要談到茅盾小說創作中藝術思維活動的一個顯著特徵了，這便是：在理性統馭下的十分明確、不可違拗的創作思維自覺性。這位有獨特創作個性的作家，自覺運用理性化的藝術思維，不獨體現在創作階段以前的憚精竭慮的藝術思考，同時表現在生活的再現過程、人物的形象化、情節的審美把握等諸多環節的匠心處理上。因此，這裡所涉及的就不止是一般的藝術技巧問題，誇大一點說，不妨可以認為是對他諸多藝術獨創性經驗的一個重要側面的透視。

一、「做」小說──藝術構思中的慘淡經營

　　藝術構思活動，是作家、藝術家作為藝術創造主體從事創作時最先投入也是用力最多的活動。因為任何一部文學、藝術作品的成功，總要經歷作家、藝術家對作品進行總體構思的內在認識活動和將構思外化為具體的物質材料造成藝術品的實際製作活動這兩個階段。這是互相關聯、不可分割的統一體，而構思，則常常是製作活動的先導，也是決定製作是否成功的關鍵。作家唯有經過「靜觀默察」、「爛熟於心」和「凝神結想」的藝術構思，通過把生活中的人和事化為活生生的審美意象的心理活動，才有可能造成「一揮而就」的藝術製作。王充說：「實誠在胸臆，文墨著竹帛，外內表裏，自相稱副，意

奮而筆縱，故文見而實露也。」〔註1〕

由是，成功的小說創作，總是離不開作家在藝術上的慘淡經營。這當中，生活的積累是基礎，而一旦把生活融化為具體的創作，那麼從原始的生活材料中選取題材、提煉主題、鎔鑄形象的藝術構思活動，恐怕就是至關重要的了。茅盾是非常重視小說的藝術構思活動的。他一再強調小說是「做」出來的，與寫詩「靠一時的靈感」應有所不同，因此他反對「作家太把小說『詩化』」，主張「小說要努力做」，甚至不妨有「中外古今的大文豪」總是「構思幾年，修改數次而成」大傑作那樣的「做」法。〔註2〕針對某些青年作者「只憑一時的創作衝動」而寫作的狀況，他告誡說，做小說「須得有若干時間的考慮、經營而後得之」，「如果沒有此等事前的計劃經營，貿貿然信筆寫一時的感觸，最好只能作小品文，長篇巨著則斷乎不行」。〔註3〕顯然，他的所謂「做」小說，正是指的關乎「計劃經營」一類的藝術構思活動。他自己的創作實踐正好說明了這一點。一部《子夜》，寫成是三十餘萬字，而體現藝術構思過程的《提要》和《大綱》卻三易其稿，文字至少有定稿的六分之一；從時間上說，構思過程用了一年，正式寫作則還不到一年。這再生動不過地說明了：茅盾確實是在「做」小說。

小說是「做」出來的，這既淺顯又明白的道理，似乎並無什麼驚人之處，但仔細玩味，卻是深得個中三昧的精到之見。如果說，詩歌（特別是抒情詩）創作，主要是抒發詩人的一己情感，情緒傾瀉可以發而為詩，那麼，像李白的「斗酒詩百篇」，郭沫若在「靈感襲來的時候」全身心為「詩情」所主宰，可以一口氣寫下《女神》中的諸多詩篇，便都是可以理解的事情。郭沫若說：「詩不是『做』出來的，只是『寫』出來的」，「生底顫動，靈的喊叫，那便是真詩，好詩」。〔註4〕由此看來，「詩化」的藝術構思活動要簡單一些，它往往存在茅盾所說的「取一時的靈感」而得之的現象。小說則不然。這當然不是說小說創作是完全排斥情感的，作家沒有那種為激情所感染、支配時走筆行文奔流直下的狀況。但就總體而言，小說作為敘事文學，藝術構思活動要遠為複雜得多。這是因為小說特別注重敘事狀人，就功能言更適於表現廣闊

〔註1〕《論衡‧超奇》。

〔註2〕《一般的傾向──創作壇雜評》，1922 年 4 月 1 日《時事新報》附刊《文學旬刊》第 33 期。

〔註3〕《告有志研究文學者》，《學生雜誌》第 12 卷第 7 號。

〔註4〕郭沫若、田漢、宗白華合著之《三葉集》。

的社會生活，描寫曲折生動的故事情節，表現錯綜複雜的人物關係，這是一種有獨特效能與作用的文體。別林斯基指出：「長篇和中篇小說現在居於其他一切類別的詩的首位；它們包括了一切藝術文學，以致任何其他作品和它們比較起來，都顯得是稀見而偶然的東西了」，「和其他任何類型的詩比較起來，在這裡，虛構與現象、藝術構思與單純但須真實的自然摹寫，可以更好地、更貼切地融滙在一起……才能在這裡感到無限的自由，其中結合了一切其他類別的詩：既有作者對所描寫的事件的感情的吐露──抒情詩，也有使人物更為鮮明而突出地表達自己的手段──戲劇因素」。〔註 5〕別林斯基談的雖是長、中篇小說，其實也應當包括短篇小說在內，因為才能表達的「無限自由」性及注重描寫事件、善於刻劃人物等特點，對不同篇幅的小說來說是完全相同的。這樣，小說的這種特殊功能，既給作家的才能發揮帶來了充分的「自由」，同時也為作家完成小說的多功能使命提出了更高的要求。為要使「結合了一切其他類別的詩」的特點表現無遺，即作品既有作者真情實感的自然流露，也有人物、事件的縝密描繪，不獨生活積累要更其厚實，就是人物設置、事件安排、結構處理等謀篇布局的功夫也要花得更多。因此，小說是「做」出來的觀點，顯然是深知此中甘苦的經驗之談。事實上，任何一個小說家，他的作品的成功，都是經歷了這樣一番「做」的功夫的。在小說家中，儘管才思有敏捷與遲緩之分，落筆有快慢之別，但不管出手多快的作家，都不可能像某些詩人那樣「談化」了構思過程，或者競憑「靈感」一揮而就，產生出好作品來。通觀中外文學史，憑「靈感」而得之的詩作不乏其例，但以同樣的方法獲得成功的小說作品卻恐怕是很難找到的。恰恰相反，自訴構思艱難的小說家，倒是比比皆是。曹雪芹寫成《紅樓夢》，是「披閱十載，增刪五次」；列夫・托爾斯泰創作《戰爭與和平》，光是「大綱」就修改了七次，構思過程「經歷了長時間的折磨」。〔註 6〕這些是人們熟知的事例。由此看來，作為詩人的郭沫若說詩不是「做」出來的，作為小說家的茅盾說小說是「做」出來的，他們在不同的場合各各就自己所鍾愛的文學樣式談到了「做」的問題，這雖然只是偶然的巧合，但無不都是從特定的角度揭示了不同文學樣式的創作特點。

〔註 5〕《一八四七年俄國文學一瞥》，《別林斯基論文學》第 200～201 頁，新文藝出版社 1958 年版。

〔註 6〕列夫・托爾斯泰：《〈戰爭與和平〉序和跋》，《文藝理論譯叢》第 1 輯。

　　由於明確意識到小說是「做」出來的，茅盾在藝術構思階段的慘淡經營是令人讚歎的，可以說在中國現代小說創作中提供了罕見的例證。一個鮮明的特色是：他的創作事先都經過精心組織、嚴密佈局，以便在製作階段一絲不苟、毫不含混地奔向既定的構思目標。在茅盾看來，藝術構思過程從本質上說是「作者把全部材料通盤籌劃精心布置」〔註7〕的過程，因此，所謂「做」小說，就是一種極複雜的精神勞動。就他的小說構思過程而言，這種「精心布置」的意匠經營是顯而易見的。他在談創作體會時說：即使寫短篇小說，也有一個「從原料的整理選別到『腹搞』打好」的過程，「如果是中篇或長篇，則『構思』的時間應當更多，而且最好先寫下全篇的要點或大綱」。如果作家有寫大綱和不寫大綱兩種不同的構思習慣，那麼他所採用的大抵是如他所概括的「巴爾扎克所使用」的方法：「即是先寫好了一個詳細的幾乎等於全部小說的『縮本』那樣的『大綱』，或者是一篇記錄著那小說的『人物性格』和『故事發展』的詳細的『提要』。而實際的寫作就是把這『縮本』似的『大綱』或『提要』加以大大的擴充和細描」。〔註8〕現有的材料完全證實了這一說法，最顯著的例子自然是《子夜》，保留至今的《子夜》寫作「大綱」和「提示」〔註9〕，簡直就是成書的一個「縮本」。其實據茅盾在回憶錄中所述，長篇《虹》、《走上崗位》、《霜葉紅似二月花》、《鍛鍊》等，乃至農村三部曲、《林家鋪子》等許多短篇，在寫作前都經過縝密構思，事先有周詳計劃，體現了他重視「做」小說的一貫性。對於茅盾這種細心琢磨、用心構思的寫作習慣，他的摯友葉聖陶體會得最深切，也最為推崇。在《略談雁冰兄的文學工作》一文中，葉聖陶對茅盾創作的構思作了如此深情的回憶：

　　　　他作小說一向是先定計劃的，計劃不只藏在胸中，還要寫在紙上，寫在紙上的不只是個簡單的綱要，竟是細磨細琢的詳盡的記錄。據我的回憶·他這種工夫，在寫《子夜》的時候用得最多。我有這麼個印象，他寫《子夜》是兼具文藝家寫作品與科學家寫論文的精神的。近來他寫《霜葉紅似二月花》與《走上崗位》，想來仍然是這

〔註7〕《創作的準備》。

〔註8〕《創作的準備》。

〔註9〕《子夜》「提要」見《我走過的道路》（中）第99～107頁，「大綱」載《茅盾研究》第一輯（文化藝術出版社1984年版）第22～37頁，這還只是「現在存留的部分」，並非全稿。

様。對於極端相信那可恃而未必可恃的天才的人們，他的態度該是
個可取的模式。〔註10〕

這可說是摯友的知人之論了。葉聖陶所推崇的就是茅盾構思中「細琢細磨」
的「工夫」。儘管小說作家的構思可以有不同的「模式」，也不必去貶低別的
「模式」所具有的價值，然而，體現在茅盾身上的對待創作的嚴肅、審慎的
態度，他的一絲不苟「做」小說的精神，無論如何也該是一種「可取的模式」。

二、「理性化」觀照下的思維自覺性

　　從茅盾「做」小說的構思「模式」，人們很容易獲得他謹慎從事創作的印
象。如果考察到此為止，那麼他的藝術思維獨特性還沒有顯露。因為人們僅
從一眼可以看到的現象中觀照其構思活動的苦辛，而倘若深入內層去考察，
認識將楔入更深一個層次，至少將面對這樣一個不容迴避的問題：作家如此
執拗地遵循著「做」小說的構思原則，僅僅是屬於他個人的創作習慣，還是
同他的藝術創作個性相聯繫的一種獨特的藝術思維方式？

　　毫無疑問，這裡有個人的創作習慣，例如在謀篇布局時習慣於寫「提
要」、「大綱」之類。這種習慣，在對創作同樣進行嚴密構思的別的作家那
裡，未必都會具有。比如巴金寫《家》，構思的時間也很長，至少「孕育了
三年」，他就沒有事先寫提綱，待到醞釀成熟後，「小說的結構略略思索了
一下」便動筆了。〔註11〕茅盾小說布局的嚴謹性，的確甚於一般作家，包
括同他相近的現實主義作家。這是一種獨特性。另一種獨特性是，在藝術
構思中情感滲透的方式與程度不同。說小說的「做」法與詩的「寫」法有
別，是同情感的傾瀉與否有關，這也是大體而言的，並不能涵蓋所有的創
作現象。其實，在小說創作中，只是訴諸於形象，宣泄著感情，無所謂創
作目的性和自覺性的作家比比皆是。儘管小說描寫的對象都是「社會」，但
從不同的創作方法出發，就有「主情」與「主智」之分。一般說來，浪漫
主義的創作方法是特別注重情感的，現實主義作家則重視理智的因素。由
這一點不同，在是否遵從一定的藝術準則，創作準備階段是否經過嚴密的
構思方面，是大異其趣的。由於「主情」，就像詩人重視靈感、激情一樣，
作家在小說創作中特別注重自我情感的宣泄，並不考慮更多的小說法則，

〔註10〕《新文學史料》1982年第1期（最初發表於1945年10月）。
〔註11〕參見巴金：《關於〈家〉（十版代序）》，《家》，人民文學出版社1981年版。

作品會明顯表現出散文化傾向。在我國現代小說作家中，郁達夫就是這樣
的一個典型。他強調「小說的表現，重在感情」，「將天眞赤裸裸的提示到
我們的五官前頭來的，便是最好的藝術品」。〔註12〕因此，他的作品以大膽
的自我暴露爲特色，一篇篇都寫得情眞意切，就像一首首暢敘心曲的抒情
詩。然而也由於太重情感的宣泄，作品較少思辨的力量，在謀篇布局上，
則有未暇精心構思的缺陷。正如有人所正確評論的：「他的創作，以抒情爲
藝術中軸。從抒情出發，他注重心理表現，講究景色描繪；也是從抒情出
發，他忽略結構剪裁，輕視情節事件。」〔註13〕同郁達夫的這種創作特點
剛好相反，茅盾是一個特別「主智」——特別重視理性認識和理性判斷在
創作中運用的作家。他不光是從一般的現實主義創作原則出發，提倡應對
社會現象作冷靜的剖析、客觀的描繪，而且還嚴格履行既定的藝術構思布
局，包括並非「略略思索」即完成的情節結構安排。自然，拿高度「主智」
同特別「主情」的創作相比較，究竟哪一種方式加強或削弱了藝術上的意
義，還是一個值得討論的問題，而且創作的整體是由諸種複雜因素組成的，
很難僅就一個方面判定優劣。但是有一點可以肯定：茅盾如此執著於創作
的理性分析，至少說明他是以十分嚴謹的態度去對待創作的，其中又特別
表現在創作的構思階段（因爲「分析」主要是在構思階段完成的）。

　　頭緒實際上已經理出：茅盾反對信筆由之「寫」小說，不肯把小說「詩
化」，既是一種創作習慣，更體現出他一以貫之的自覺創作精神；如果從藝術
思維的角度去理解，那就是一種自覺的思維意識。這種自覺意識，是基於他
對小說這一文學樣式反映複雜社會生活而呈現的構思複雜性的認識，也直接
關係著他的特別重視創作理性化的心理定勢。倘若深入到內部結構進行考
察，就不難發現他在理性化原則指導下進行自覺的藝術構思活動的具體表
徵。概括起來，表現在兩個方面。

　　一是創作思維的有目的性。在整個藝術構思階段的思維活動中——從創
作衝動的激發，到題材的擇取、開掘，主題的醞釀、形成，形象的孕育、成
熟，茅盾都是有目的地進行的。這個「目的」，當然因篇而異，不過根本的一
點，如司馬長風評述《子夜》所說的，是「社會要求」。這，實在是茅盾所有
創作的共同特點。即使爲某些否定《子夜》的人所竭力推崇的，所謂「站在

〔註12〕《小說論》，上海光華書局1926年版。
〔註13〕許子東：《郁達夫新論》第8～9頁，浙江文藝出版社1984年版。

小說家的立場，說了小說家的話」、「蘊藏著個人深厚的情感」〔註14〕的《蝕》，和所謂雖有「主題的政治任務如此露骨」的缺點但的確又是「一部相當結實的作品，顯示了非凡的筆力」〔註15〕的《腐蝕》，也何嘗不是如此。《蝕》的創作，如茅盾所說，也完全是「有意為之」的，其「意」是要表現「一九二八年以前那幾年裏震動全世界、全中國的幾次大事件」〔註16〕。小說選擇一群「時代女性」作為描寫對象，表明了作家對探索一代小資產階級知識分子命運的濃厚興趣，並以此透露出作家通過或一社會類型的描寫去把握時代脈動，總結歷史經驗的意向。在這裡，「小說家的立場」並非抽象的不可捉摸的東西，恰恰同哲學家的思考交互作用，滲透著作家不可抑止的社會目的。至於《腐蝕》，那更是一部「作為『緊急任務』趕寫出來」的作品。所謂「緊急任務」，其中有編者催稿的緊急，更有為某些批評家所「不齒」的「政治任務」，即要給發生不久的「千古奇冤」皖南事變的真相以及在這一背景下國民黨的種種陰謀勾當以藝術的再現。小說的整個藝術構思服從於這一目的，人物的設置體現了蔣汪合流，故事的急速發展說明製造事變的緊鑼密鼓，作品的寓意是一目了然的。只說《子夜》有「社會要求」，那是便宜了茅盾；對茅盾來說，「社會要求」、社會目的，正是貫穿在藝術構思中一個不可掩飾的鮮明特徵。

　　二是藝術構思中自覺的思想參與意識。這裡所說的「思想參與」，還不只是指謀篇布局中的意匠處理，即通常所說的作家把生活素材鎔鑄成藝術品時的分析、綜合、概括、提煉等一般的思維活動，而是指某種思想觀念、理論觀念的直接參與，質言之，是指社會科學理論對創作的滲透、干預，乃至自覺的指導、支配。這個特點在茅盾創作中有不同的表現，思想參與的程度有強弱之分、隱顯之別，而「參與」卻顯示出不變性、一貫性。早期作品如《蝕》、《虹》、《野薔薇》等，雖然以客觀的「忠實描寫」為主，並不如後來以提出社會科學命題為目的那樣用理論去指導創作，但還是體現了他一再申述的對小資產階級知識分子作「階級的『意識形態』」的分析，力圖使人物精神面貌的剖示不偏離為階級本質所制約的軌道，思想參與的結果，使作品明顯留下了他當時思想認識水平的印記。例如他在談到《虹》的創作時指出：「作家儘

〔註14〕夏志清：《中國現代小說史》第124頁。
〔註15〕司馬長風：《中國新文學史》下冊第119頁。
〔註16〕《我的回顧》。

管力求客觀，然而他的思想情緒不能不在作品的人物身上留下烙印。梅女士思想情緒的複雜性和矛盾性，不能不說就是我寫《虹》的當時的思想情緒。」〔註17〕《子夜》以後的創作，思想參與意識自然是更自覺、更明確了。他已不滿足於只對作品作個人「思想情緒」的干預，還直接求助於科學理論的指導，使思想的參與更呈科學化。寫《子夜》，仔細研究了大論戰三方的觀點，在得出一個科學結論以後才著手創作，這當然是個典型的例證。聯繫《子夜》的現實圖景，繼續探索半殖民地社會本質的短篇《林家鋪子》、農村三部曲及中篇《多角關係》等，也同樣體現了他一如既往的科學分析精神。即使反映抗戰的作品，如《第一階段的故事》對置身在時代大洪流中的人們「何去何從」的探索思考，也無例外地映現著作家進行理性分析的濃厚興趣。思想，不折不扣地成為燭照茅盾藝術構思順暢前行的火光。

這樣，茅盾創作中藝術構思的獨特性已見分明，它固然同那些強調直覺性、非理性作家的創作呈現出迥異的色調，即便在一般現實主義作家中也是頗為「出格」的。對此種藝術構思特徵，如果著眼於對藝術規律的探討和對作家執著的藝術追求的認識，就不應輕率否定。最早提出形象思維的別林斯基，固然一度認為創作是一種「非自覺性」現象，但同時指出：「直感性中可能有不自覺性，但並非永遠如此，——並且，這兩個詞絕不是同一個東西，甚至也不是同義語。」「不自覺性不但不是藝術的必要屬性，並且是跟藝術敵對的，貶低藝術的。」〔註18〕他還認為，在堪稱為「詩人」的條件中，不可缺少的是「創造性的想像」，但「他還須有從事實中發現觀念，從局部現象中發現普遍意義的深刻的智力」，否則就「不足以構成詩人」。〔註19〕別林斯基的這一思想，愈是在完整闡述形象思維理論的後期，就堅持得愈充分。這至少可以說明：創作思維的有目的性和自覺性，其中包括思想觀念的積極參與，絕非不可思議，恰恰是一種帶規律性的現象。茅盾的獨特性僅僅在於他是完全排斥創作中的「直感性」的，這就是他一再尖銳抨擊的「以意為之」的創作狀況。同非理性作家側重「表現自己」剛好相反，茅盾重視的是「再現生活」，而且還不是一般的「再現」，而是能夠探索到人生真諦的「再現」。因此，創作只抒寫一縷情思、一點感受，就不能為他所滿足，而在深刻的智力支配

〔註17〕 《我走過的道路（中）》第 37 頁。
〔註18〕 《藝術的觀念》，《外國理論家作家論形象思維》第 66 頁。
〔註19〕 《一八四三年的俄國文學》，《外國理論家作家論形象思維》第 73 頁。

下，預先作周詳的有目的的藝術構思，使作品提出的「觀念」更合乎「科學」，便是順理成章的事情。這裡所顯示的正是這樣一種狀況：一方面，它並沒有拂逆一般的藝術規律；另一方面，卻表現出一個特別注重文學社會功利性作家的獨特表現意識。其創作思維自覺性儘管表現得非同一般，但無論如何也無法否認它正是現實主義的一個特點，甚至是優點。

三、側重「再現」的「立體思維」結構

基於十分明確的創作思維自覺性，茅盾小說的藝術構思顯示出對社會生活現象作宏觀把握的整體性思維特點，如果用茅盾自己的觀點來概括，或者可以稱之為「立體思維」結構。

所謂立體思維結構，按照茅盾的理解，表現在兩個方面。一是對社會生活現象必須「作全般的鳥瞰」，二是分析這些現象時必須「從社會的總的聯帶關係上作全面的考察」，從而達到對社會的「立體」認識。〔註20〕而所謂「立體」，又包括縱橫兩方面的整體把握：橫的方面是「社會生活的各環節」，縱的方面是「社會發展的方向」。歸結到一點，又是「對於全面茫無所知，就不可能深入一角」。〔註21〕不難看出，茅盾在藝術構思時，包括謀篇布局，提煉主題，乃至安排情節，設置故事等，著眼點首先放在對「全般」的總體認識上，還不是一般的認識，而是通過細密的分析完成對社會生活現象的各種複雜關係及其發展趨向的明晰把握，從而表現出為別的作家所少有的開闊性思維特點。馬克思在《〈政治經濟學批判〉導言》中，提出過「思維具體」的命題，即在強調思維通過「具體」去掌握世界的方式，而具體「是許多規定的綜合，因而是多樣性的統一」，所以思維也就「不是一個混沌的關於整體的表象，而是一個具有許多規定和關係的豐富的總體了」。〔註22〕茅盾主張的立體思維結構，也正是由事物的廣泛聯繫性所構成的「豐富的總體」的整合，是面對豐富複雜的大千世界作整體性思維的必然表現形式。

需要指出的是，運用立體思維結構的必然性，取決於茅盾一絲不苟地「再現生活」的藝術要求。既然他重視的是再現而不是表現，而且又要是社會化的再現，那麼，再現，就應當有對生活對社會的本質認識。倘只是浮光掠影，

〔註20〕《創作的準備》。
〔註21〕《〈茅盾選集〉自序》。
〔註22〕《馬克思恩格斯選集》第 2 卷第 103 頁。

或只看到一個混沌的表象，是很難達到再現目的的。唯有從四面八方、縱橫交錯的社會生活現象中作綜合的、立體的觀察與思考，才能真正把握生活的真諦。茅盾提出立體思維，就是從創作如何反映「真實人生」的角度著眼的，由此可以見出他的思維原則是完全服從於再現要求的。譬如他曾舉過這樣一個例子來說明立體思維的必要：在舊中國戰爭頻仍、百業蕭條的境況下，獨有軍工業和煙草工業出現了「景氣」的狀況，這兩種工業的發展，使股票上漲了三倍。這個現象在生活中是真實的，但如果以此為題材寫小說，以說明「中國工業正在勃興」的結論，就會犯「只見部分，不見全體」的錯誤，因為它沒有反映「工業界全般的狀況」，讀者據此「不能認識全般的社會現象」，因而就「不是真實人生的反映」。倘若換一種情況，「一位作者以煙草工業的發達為『經』，而以一般工業的衰落為『緯』，交織出現代中國產業界畸形的啼笑史，那我們的觀感就不同了。我們要說這是真實人生的反應了。為什麼呢？因為作者是看見了 『全體』的」。〔註 23〕這是個很能說明問題的例證，從這裡顯示出茅盾為真實地再現生活，對開闊藝術視野有多麼執著的追求。他的創作實踐充分證明了這一點。試以《春蠶》的創作為例。作家在當時看到的是春蠶空前豐收，而農民仍陷於貧困這樣一種「畸形」的現象。對這個題材的處理，如果只寫了春蠶豐收的一面，竭力渲染農村「田家樂」的氣氛，對於反映舊中國農村面貌來說，當然是不真實的。如果就事論事寫「豐收成災」，不去開掘它所由造成的社會原因，也不能說是觸及了本質的。作者構思的巧妙，就在於把這一奇特的現象放到本身就是「畸形」的社會中去表現，以春蠶的豐收為「經」，以社會的衰落為「緯」，交織著描繪出一幅舊中國農村經濟破產的現實圖景。這樣表現，避免了認識的片面性，顯得相當真實和典型，因為作者也是看見了「全體」的。《子夜》的創作也同樣。這部長篇要表現的是 30 年代中國民族工業發展的「畸形的啼笑史」，也是從全景的鳥瞰中落筆的。如果說，對吳蓀甫的裕華絲織廠從興盛到衰落的描寫，是全書的「經」的話，那麼，對吳蓀甫夾在三條火線中作戰的描寫，對變動的社會作「交響曲」式的全景透視，便是全書的「緯」了。經緯交錯，把民族工業的「一角」放到劇變著的社會「全般」中去表現，就令人折服地揭示了民族工業破產的歷史必然性。倘只是孤立地描寫工廠「一角」的生活，吳蓀甫的破產就缺少典型性，因為民族工業的無出路，並非吳蓀甫一類資本家的經營無

〔註23〕茅盾：《螞蟻爬石像》，《上海法學院季刊》（1933 年）創刊號。

能，實在也是半殖民地社會的性質所決定的。由於作者看到了「全般」，從多方面暗示了「全般」，「一角」的表現就見出了深刻性。如此說來，注重再現生活的立體思維結構，也體現了藝術的眞實性和典型性。

那麼，在茅盾創作的藝術構思活動中，立體思維結構是怎樣影響並深化了他的創作的呢？這主要表現在兩個方面：一是主題的精心提煉，二是情節的審美把握。

由於注目於對社會人生的研究，茅盾在小說創作中比一般作家更注重主題思想的明晰性，因此在藝術構思時，提煉出一個具有深刻社會意義的主題，通過文學的命題去揭示有巨大思考力的歷史命題和哲學命題，是他首先考慮的。立體思維便在於從紛紜複雜的生活現象中找出事物的內在本質方面，顯示出獨特的功效。茅盾說：「我們必須善於總攬全局，鳥瞰式地來表現主題。」〔註24〕他的作品主題的提煉，往往都是「總攬」和「鳥瞰」的結果。這裡仍以《春蠶》的創作爲例。據說，觸動作家寫這個作品的重要因素，是當年的兩次故鄉之行，使他「聽到了不少這幾年來周圍農村和市鎮發生的變故」，「尤其是關於蠶農的貧困和繭行不景氣的故事……加深了對『豐收災』的感性認識」。〔註25〕然而，當他把這一素材鎔鑄到藝術的畫面中，去揭示一個重大社會問題時，他的觀察、分析就不限於故鄉所見的「一角」的生活面了。從茅盾敘述這個作品的具體構思經過中，最能看出他對生活作「全般的鳥瞰」所花費的功力：

> 《春蠶》的構思過程大約是這樣的：先是看到了帝國主義的經濟侵略以及國內政治混亂造成了那時農村的破產，而在這中間浙江蠶絲業的破產和以育蠶爲主要生存的農民的貧困，則又有其特殊原因──就是中國廠『經』在紐約和里昂受了日本絲的壓迫而陷於破產，（日本絲的外銷是受本國政府扶助津貼的，中國絲不但沒有受到扶助津貼，且受苛雜捐稅之困）絲廠主和繭商（二者是一體的）爲要苟廷殘喘便加倍剝削蠶農，以爲補償，事實上，在春蠶上簇的時候，繭商們的托拉斯組織已經定了繭價，注定了蠶農的虧本，而在中間又有『葉行』（它和繭行也常常是一體）操縱葉價，加重剝削，結果是春蠶愈熟蠶農愈困頓。從這一認識出發，算是《春蠶》的主

〔註24〕《關於反映工人生活的作品》，《人民文學》1951年第1期。
〔註25〕《我走過的道路（中）》第132～133頁。

　　題已經有了，其次便是處理人物，構造故事。〔註26〕
茅盾為寫農村「一角」的生活，竟調動了那麼多的素材，「鳥瞰」了那麼廣闊
的社會現實，作了那麼廣泛聯繫性的思考！在這裡，作家所看到的是扭結在
一起的複雜社會關係：殖民地化的愈益加深，導致了整個中國工業的破產；
外資入侵，洋貨傾銷，尤其使繅絲業受到沉重打擊；繅絲業為轉嫁危機，只
能在農民身上打主意，蠶農的破產是勢所必然。由於作者如此全面深入的考
察和思索，挖掘到了農民貧困的真正社會根源，這既豐富了小說的藝術表現，
也使作品有了深刻的思想蘊含。這個作品反映的儘管只是「一角」，但這是在
「全面」透視下的「一角」，非但以展示生活畫面的廣闊見長，幾乎成為舊中
國農村經濟破產的一個縮影，更以揭示了深刻的主題，表現出對當時社會性
質的精到分析而獲得了不朽的價值。

　　像《春蠶》這種構思方式也大致存在於其他創作，這同樣有作家的自述
可證。茅盾在談到《養蠶》的構思經過以後接著說：「我寫小說，大都是這樣
一個構思的過程。我知道這樣的辦法有利亦有弊，不過習慣已成自然，到現
在還是如此。」「現在」是指當時的 1945 年，可見的確持續已久，成為一種
自覺遵行的構思習慣。不能說這種構思方式是最完善的，倘若未能處理好理
性化和形象化的關係，倒還是很容易失足的，作品的概念化往往由此而來。
但這種構思方式在茅盾用來基本上是成功的，因為在他的思維過程中並沒有
捨棄形象化，而從社會分析小說的特徵而言，從「全般的鳥瞰」中提煉主題，
恰恰是不可或缺的，或者正是其所長。

　　立體思維結構運用於情節的審美把握，是在於突出情節本身的透視力，
即透過「這一個」情節去表現富有「全局」意義的東西，從而加大了情節所
蘊含的思想和藝術容量。一個作品不可能包攬生活的全部，這就有一個典型
事件的選擇和情節的提煉問題，即通常所說的情節的典型化。典型事件的選
擇，實際上就是對最佳「突破口」的挑選，通過「一角」的描寫以突破「全
局」，真正收到以少勝多的功效。立體思維，正是通達典型化的有效途徑。因
為它是籠罩「全局」進行思維的，可以從繁雜的生活現象中，經過精心的觀
察、分析、取捨，「恰好地選取了最有代表性的、典型性的，即具有深刻的思
想性的一事一物」〔註27〕來表現。茅盾小說的藝術構思，大都經過這樣的匠

〔註26〕《我怎樣寫〈春蠶〉》。
〔註27〕《〈茅盾選集〉自序》。

心獨運，情節也往往以典型化見勝。這在短篇創作中尤其突出，篇幅容量的限制，不得不使作家去苦苦思索那最足以反映「全面」的「一角」，使短小的篇幅蘊含探廣的容量。如《當鋪前》選擇當鋪這個場景就很典型，在市鎮、鄉村一片蕭條的氛圍下，當鋪的表面「繁榮」適足以暴露那個病態社會的特點。《喜劇》選擇的是一個饒有情趣的故事：一個贊成「國民革命」反對封建軍閥的青年，卻因在已是「民國」的監牢裏，出獄後又無衣無食，情願再回到監牢裏去。這幕小「喜劇」正好暴露背叛國民革命初衷的國民黨政府的實質，具有涵蓋「全局」的典型意義。那麼中、長篇小說是否也要選擇這樣的最佳「突破口」呢？當然沒有兩樣。它們儘管篇幅較長，運用以個別反映一般的典型化原則並無不同。

茅盾在中、長篇創作中對「一角」的角度選擇，同樣花力甚多，體現了他在藝術構思中的立體思維習慣。他的反映 30 年代民族工商業凋蔽和社會破敗的兩部作品──《子夜》和《多角關係》，都選擇絲綢業作爲描寫對象，分別以絲廠老闆和綢廠老闆作爲主人公，就是在「全局」的透視下所作的深沉的思考。茅盾曾這樣談到《子夜》主人公的選擇：

> 本書爲什麼要以絲廠老闆作爲民族資本家的代表呢？一來因爲我對絲廠的情形比較熟習，二來絲廠可以聯繫農村與都市。一九二八──二九年絲價大跌，因之影響到繭價。都市與農村均遭受到經濟的危機。〔註28〕

作家的生活機緣是一個方而，不熟習描寫對象，小說當然是無從構思的，茅盾更重要的考慮還在另一方面，就是這「一角」生活同其他生活的聯繫性，描寫它對於反映「全般」社會的經濟危機的典型性。機緣是誘發創作的因子，而事件的最終選擇卻不能不取決於作家對全局的「立體」思考。事實證明茅盾的抉擇是明智的。由絲綢業去解剖社會，可說是觸及了社會經濟恐慌的敏感的部位。在《子夜》裏，因蠶農破產而收不到乾繭，是使吳蓀甫傷透腦筋的問題。爲此，他毫不憐憫地將小絲廠老闆朱吟秋擠倒，從他手裏奪得二百包粗細廠絲和大量乾繭。但因此他又背上了沉重的包袱，中國絲的「廠經跌落」打不開銷路和外國絲的大量傾銷，使他的產品賣不出去，堆在棧房裏發黴變質。爲維持生產，又面臨資金不足的困難，他只得陷在公債市場裏，終於弄到不可收拾的地步。在《多角關係》裏，唐子嘉經營的光華綢廠已停工

〔註28〕《《子夜》是怎樣寫成的》。

四個月,「僵」在那裡動彈不得,原因就是經不起外國綢的競爭,「綢價已經跌到無可再跌」。為謀生存,他加緊了對工人、農民的剝削,於是,受苦最烈的仍然是下層人民,特別是深受民族工業衰落之害的農民。社會生活的各環節就是這樣互相牽連,不可分割。由於作家從敏感反映社會變動的「一角」入手去深入分析,聯繫了都市與農村,整個社會大局便都活動了起來,作品所包含的社會意義無疑是大大開闊了。

在藝術構思中,情節的審美把握,除了精選、提練典型事件以外,在情節安排上能否組成有機聯繫的情節鏈條,發揮此一情節在照應全局中的作用,也是應予著重考慮的。正如狄德羅所說,作家「必須精選情節而在利用時應該善於節制,他應該把各個情節按照主題的重要性作適度的安排,並在它們之間造成一條幾乎不可缺少的聯繫」〔註 29〕。茅盾在精選情節以後,進行「適度的安排」時,重視的也就是情節和主題之間的有機聯繫,而且這種聯繫也正同他的總體構思相一致,即習慣於運用立體思維結構,在「全局」的統率下去凸現情節在折射、映襯「全局」中的作用。在這方面,《多角關係》的情節安排是最有特色的。這個作品構思相當巧妙,一個七萬餘字的中篇,故事只放在一天的時間內進行,幾乎所有情節都圍繞著主人公——資本家兼地主唐子嘉展開,寫來緊湊集中,趣味橫生。唐子嘉「一身數任」,同社會各色人等就有了「多角關係」。發生此種「多角關係」的核心是債務,於是情節始終在一方逼債和另一方躲債中展開。所有的債權人都在同一天湧來,當然是作家的精心設計,唯其如此設計,把各種社會矛盾彙集於一身,把故事濃縮在固定的時間、場景內,無疑是極大地發揮了情節的表現力。不消說,情節和主題的有機聯繫是顯而易見的,每一層「關係」的描寫都在說明著經濟恐慌給予人們以不安、焦慮和恐懼,可謂絲絲入扣,而各種複雜「關係」的組合,又正構成一個複雜的社會。因此,情節所組成的生活畫面,明顯是社會全景的投影,小說也收到了以「一角」反映「全面」的預期的藝術效果。

四、「立體思維」的重要環節:把形象化納入構思

茅盾創作構思中的立體思維結構,所演示的是這樣一種構思圖式:從再現生活著眼,重視對社會生活本質的理性揭示,因此小說的藝術構思首先必將從充實和豐富作品的思想底蘊入手,從對社會全局作宏觀透視的立體思維

〔註 29〕 《論戲劇藝術》,《文藝理論譯叢》1958 年第 1 期。

中去實現對生活的本質把握。這裡所顯示的是一個特別注重理性化和社會化作家的創作思維習慣。

　　說到創作思維習慣，不妨指出一點：倘若對這樣的「構思圖式」孤立地看，或者只作抽象理解，那麼可以斷言茅盾的創作是注定要失敗的。人們對理性化作家的批評已經夠多了，如果創作只從抽象概念出發，只是出於純粹的理性思考，這樣的批評當然不無道理。問題在於作家的創作思維是否完全按照一個既定的「模式」進行的？重視思維的理性要素是否就一定意味著排斥或捨棄思維的形象要素？這恐怕未必就是一個帶規律性的、能夠貿然成立的逆向定理了。作家對自己的創作面貌所作的理論概括也常常是這樣：當他在強調藝術構思中對作品的思想性提煉時，他的理論說明是偏重在理性判斷一面，然而這只是思維的一面，未必就是思維的全部，甚至也不是大部。對茅盾創作的思維習慣也應作如是觀。在闡述他的立體思維結構時，多從主題和情節提煉的角度立論，意在說明他的構思在集中奔向既定的思想目標時所作的努力，而這絲毫不意味著他的藝術構思只注重思想的提煉，心目中只有一種思想或一個主題，形象的構思似乎是不在其內的。恰恰相反，把形象化納入構思，正是茅盾的一個重要創作思想。對這一問題的闡述，茅盾的語氣也是夠堅定的：

　　　　我們可以確定地說：作品中的生動活潑的人、事、境，是在作者下筆以前就存在於作者的腦中的，必定腦中先有那麼一些東西，然後他筆下可以寫得出來，若腦中只有一個概念（主題），下筆時再忙於『形象化』，未有不失敗的。通常我們說，『我有一篇作品已經構思成熟云云，決不是單指思想方面，……一個作家腦海中出現了一個『主題』的時候，『形象』必伴之而來，在創作過程中，決沒有什麼不與形象相伴隨的光杆的所謂『思想』。〔註30〕

這就是茅盾對「構思成熟」的理解：思想（主題）不是單純存在的，它必須伴隨在、依附在形象身上，還必須做到形象的深思熟慮在胸。他還作過如此生動的描述：唯有形象已「活在」作者「胸中」，或者說「好像站在你面前好久了」，構思過程才算完成，作者方可「伸紙奮筆，颼颼然寫下去」。〔註31〕至此，茅盾對小說構思過程的表述，已完整無遺。他對此的認識已較全面，

〔註30〕《從思想到技巧》，重慶《儲匯服務》第26期。
〔註31〕《創作的準備》。

而很少片面性。至少在概括他的創作思維習慣時，是不能排斥形象化因素的；在他的立體思維結構中，形象化正是作爲一個重要環節參與其間。

在評述茅盾創作的藝術構思特徵時，有一種觀點曾頗爲流行，即認爲茅盾的創作是「主題先行」的。這自然包含著對茅盾創作的批評。現在看來，如此批評未必切合實際，對「主題先行」命題的正確性與否也應作具體分析。「主題先行」之說，大致起源於十年動亂中的「假大空」文藝，由於片面強調創作從抽象的概念出發，此說的名聲就頗不好。但如果避免了這種片面性，情況又會如何呢？細究各類文學現象，主題的形成在形象的成熟之先，是有例可證的，這尤其表現在現實主義作家的創作中。列夫·托爾斯泰在日記中寫過，根據科尼提供的案件爲素材而創作的《復活》，確是「從生活寫起」的，面「科尼的情節是可以用具體的形象環節同縈迴在他腦海的那些重大的社會主題緊密聯繫起來的」，由此「產生了新的、旺盛的創作熱情」。〔註32〕毫無疑問，正因早已浮現在托爾斯泰腦海中的「重大的社會主題」導引著他前進，後來他又把生活的巨量思考融滙於生活、寄寓在形象中，才產生了這個不朽的現實主義傑作。我國作家趙樹理的小說以善於「提問題」著稱，他自述創作體會說：「我在群眾工作的過程中，遇到了非解決不可而又不是輕易能解決的問題，往往就變成所要寫的主題。」〔註33〕他創作的《李有才板話》等名作，就是著名的「問題小說」，主題（問題）的提煉往往是在形象的構思之先。現實主義作家特別注重文學的社會功能、教化作用，在創作中把思想主題的提出置於首要位置，這是毫不足怪的。因此，在重大社會主題的啓迪下，激發起作家創作衝動的現象就不是個別的、少見的文學現象。需要指出的是，在藝術構思中「主題在先」的命題，也並非毫無規範、絕對正確的，它至少要受到兩個方面的制約。首先，必須遵循從生活出發的原則。即是說，主題的形成須得之於生活，須是在對社會生活作廣泛研究的基礎上。列夫·托爾斯泰是「從生活寫起」，趙樹理能夠提出許多問題，是因爲「在生活中」同問題走得「碰了頭」。可見，如果把「主題在先」理解爲先於生活，或同生活分離，像「假大空」文藝所鼓吹的那樣「領導出思想，群眾出生活，作家出創作」，就失去了應有的意義。其次，即便是主題在先，藝術構思的完成也必須是在形象因素的參與下，使主題更趨明晰，達到主題和形象的同步成熟。列

〔註32〕 《外國名作家談創作經驗》第 90 頁，北京出版社 1980 年版。
〔註33〕 《也算經驗》，1949 年 6 月 26 日《人民日報》。

夫・托爾斯泰的創作實踐證明：最初「縈回」在他腦海中的社會主題是朦朧的、若隱若現的，一旦科尼提供的案件闖入他的生活，通過對這個「具體的形象環節」的思考，他的思維活躍展開了，不但形象成熟了，也完成了對主題的明晰把握。由此看來，「主題在先」的構思方式並非不能成立，但要正確運用它卻是有條件的，其中特別重要的是要同形象化的思考結合起來。

在現實主義作家中，茅盾可以算得上是特別重視主題的一個。他提出過在創作前和創作過程中，都必須有明確的主題思想「時時在念」的主張，甚至毫不含混地宣稱過：「主題至上，一切服從主題」。〔註34〕如果按照他構思《春蠶》過程的表述，即「《春蠶》的主題已經有了，其次便是處理人物，構造故事」，也不妨說，在主題和形象之間，他也有過主題在先的看法。倘若不是拘泥於片言隻語，而是能夠顧及到藝術構思的全過程，應當認為茅盾的說法是有合理性的。他的先有主題之說，主題首先就不是凌空而來的，而是他對社會生活現象作綜合研究的結果，這同列夫・托爾斯泰的「從生活寫起」並無兩樣，此其一。其二，主題在先，恐怕也只是他創作的最初構思，即作家從生活的偶發性事件中得來的一種思索，這種思索，體現了他習慣於通過創作提出思想命題的要求。更重要的是，其三，這種思索，只有同早已儲存在作家心頭的形象性因素相交融，主題才能最終形成。如果茅盾沒有「曾在農村生活過」的經驗，沒有對老通寶一類農民（如曾在他家幹過生活的幾代的「丫姑爺」）的熟悉，沒有在他腦子中已活了很久的那些苦難農民的形象，「豐收成災」的生活現象也許根本勾不起他寫小說的興趣。主題的提出只有同爛熟於胸的形象相吻合，才能產生「一拍即合」的藝術構思；由是，得出這樣的結論也許不會是太勉強的：主題在先，是說明作家探索社會問題的高度注意力，然而作家的注意力是在他的形象感受最深切的部位，他用不著在既定主題以後再搜索枯腸去尋找形象，這樣的「主題在先」，也不能說是同形象思考完全脫節的。當然，茅盾的更多作品並不是主題在先的，像《霜葉紅似二月花》這樣純粹的寫意畫，細膩地刻繪了江南小縣城和農村的世態人情，就很難用一個主題去概括；《腐蝕》著眼於暴露，展現了國民黨特務機關的種種罪惡內幕，創作意圖並不如那些偏重剖析社會本質的作品那樣要通過複雜社會關係的解剖去揭示社會問題，因此要用一根細小的思想導線去說明它也會顯得相當困難。即使主題意識比較明確的《子夜》，在構思過程中形象化因

〔註34〕《有意為之──談如何收集題材》。

素的參與也是十分鮮明的。保留至今的《子夜》寫作大綱之一部分，記載著他構思這部傑作所花費的心血，恰恰從這裡透露出他的構思對形象化的重視。在小說的分章「大綱」中，人物、事件、情節都已顯輪廓，給人印象最深刻的還是人物的性格提示。如第十章提示寫道：

> 主要點：吳蓀甫應付環境之手忙腳亂，忽而躁急，忽而沮喪，
> 忽而剛愎，忽而妥協。

第八章寫公債市場上的三個賭徒，提示中已有出場人物和部分事件線索，在旁邊特別注明的則是：

> 馮雲卿之過去歷史及性格。何愼庵之過去歷史及性格。馮宛君
> 〔眉卿〕之性格。……要竭力寫出馮、何、李之窘。

把性格置於「主要點」上，足見他的構思重點。這個性格提綱，在後來成書時是大體實現了的。除出場人物稍有增刪以外，第十章寫吳蓀甫在益中公司和公債市場兩次搏鬥時又「躁急」又「沮喪」的複雜性格，第八章寫馮雲卿、何愼庵、李壯飛三位冒險家僅在一次公債投機中就把家產輸得精光，爾後又詳盡介紹這幾位土財主挾資來當「海上寓公」做投機生意的歷史及各自的性格，這些都實現了原先的計劃。很明顯，茅盾作品豐富、深刻的思想性的形成，正是寄寓在對人物形象的透闢的觀察和分析之上的。因此，考察茅盾小說藝術構思的本質特徵，還如他自己所提到的是主題和形象「相伴隨」的方法，他在提煉主題的時候，是把形象化提到重要位置上的。

這裡，還需要特別提及茅盾的另一個重要構思原則。這一點往往爲過去的研究者所忽視——茅盾在談到作品主題形成的要素時，作過如此闡述：小說作家必須研究人，但是「單有了『人』還不夠，必得有「人』和『人』的關係；而且是『人』和『人』的關係成了一篇小說的主題」〔註35〕。這或許算不得是特別新鮮的發現，但是當某些人們過多地責難茅盾小說缺乏形象、「主題先行」時，提及它卻是頗有趣味的。它至少可以說明，對構成小說主題的重要元素——「人和人的關係」，茅盾是有清醒認識的，因此，他不僅重視把形象化（其中特別是「人」）納入構思，甚至還把它納入到了主題形成的過程中。這樣看來，茅盾小說主題的構思，就更不是純粹游離於形象之外的東西了。這裡包含了茅盾對主題本質的正確理解，以及同主題本質把握相俱的形象化思考。一篇小說的主題，通常是對複雜社會關係的解剖，而社會關

〔註35〕《談我的研究》。

係，說到底只是人際關係，因為人的本質是一切社會關係的總和。因此，從「人和人的關係」——他們的互相聯繫、依存、組合，或他們的互相糾葛、衝突、爭鬥中，實際上也就把握了社會發展的現實動向、歷史聯繫及其必由規律。作品由此提煉出思想主題，就將深入地揭示生活的本質。茅盾小說的構思，通過「人和人的關係」的思考去提出社會生活問題，是相當明顯，也是相當突出的。正如中篇《多角關係》的題目所透露的那樣，他的作品所展現的人物關係，往往是主人公同社會各階層人們所廣泛發生的「多角關係」。唐子嘉是如此，《林家鋪子》中的林老闆也是如此，他同卜局長、商會長、黑麻子、錢莊老闆、裕昌祥的掌櫃等，同樣組成了複雜的人物關係網，每一層「關係」都是社會結構鏈條中的一環，多種關係的展示，透露了他所受到的多方面的迫害和擠壓，令人信服地揭示了一個小商人必然破產的命運。長篇作品中的人物關係，更是縱橫交錯，紛繁複雜，不獨人物的命運得在人物的關係中決定、變更，便是作品的思想主題也得在人物的複雜關係中透視、托出。設若《子夜》沒有描寫吳蓀甫同趙伯韜的貫穿始終的明爭暗鬥，就將很難提出民族工業在買辦資產階級擠壓下必然會一蹶不振的思想命題。同樣，由於《霜葉紅似二月花》寫了趙守義和王伯申之間時而勢不兩立、時而握手言和的微妙關係，人們也就認識到在封建勢力還占相當優勢的 20 年代中國社會的某些特質。這裡，複雜人物關係的設置，對於揭示深刻主題是不可或缺的，然而，作家用力的重點畢竟不是在抽象觀念上（如茅盾所說的只是表現了「光杆的」思想），恰恰是在文學所要求的對人的性格、人的本質的揭示上。因此，從「人和人的關係」中表現主題，恰好說明在茅盾小說的藝術構思中，主題和形象是同步思考的，構思中的形象化，是由他的藝術實踐所一再證明的、一個不容漠視的創作特點。

五、藝術思維的開闊性和活躍性

由形象化的藝術構思特徵所顯示的，是茅盾創作的藝術思維的活躍性。這就是說，他的理性化的思維習慣並不意味著只對生活現象作單純的理性思考，而是在形象因素的參與下，特別注重在藝術形象的創造中去托出思想，同時實現思想的豐富性和形象的豐滿性這兩種要求，從而極大地活躍了藝術思維形式，拓寬了藝術思維空間。現在，需要繼續討論的問題是：這兩種表面對立的思維方式是以什麼為中介統一起來，使茅盾創作的藝術思維變得如

此活躍？這就要談到他在藝術構思中的心理活動了，其中特別重要的是藝術想像活動。

在藝術構思活動中，想像的參與程度對於實現藝術形象化的意義，是早經作家、理論家所闡述過的。高爾基就指出想像是「創造形象的文學技術之最本質的一個方面」〔註36〕。然而，想像在構思中的不同參與方式，不同作家運用想像各有獨特之處，卻未必會有一致的看法。一種比較極端的理解是：把想像同理智看成是完全排斥、絕不相容的兩件事，因此一個特別注重理性化的作家必定同想像無緣，或至少是淡漠的。意大利18世紀初期的古典主義文藝理論家維柯就認為「推理力愈薄弱，想像愈雄厚」，因此「詩的性質決定了任何人不能既是詩人，又是大哲學家」。〔註37〕這種對問題作非此即被的理解，也表現在對茅盾創作的認識上。在有些人看來，重視在創作中運用理性化的茅盾，似乎只是習慣於概念的演繹，而對生活描寫的科學性、精確性追求，勢必限制他展開藝術想像的翅膀在更廣闊的思維空間翱翔。其實，這也只是想當然。藝術創作中的理性思考，畢竟不同於科學中的純思辨方式。其參與創作的正確意義，是在於對片面強調藝術直覺現象的匡正，使創作不只是照相式地錄製生活，而能夠作出盡可能符合生活本質的反映和評判。但它不是獨此一家的唯一的思維方式，不獨把理性的思考化為具體的形象需要有一個思維的飛躍過程，即使是對生活現象作綜合改造、提煉取合，獲取比生活本身更能集中顯示出事物本質的東西，也需要借助活躍的藝術思維能力。在這裡，想像佔據著極重要的位置。自然，在理性作家和非理性作家之間，想像的運用是有區別的：前者仍保持著一貫的理性思索習慣，即便開展由此及彼、由表及裏的藝術想像活動，對形象的想像和虛構仍納入既定的藝術構思；後者往往不受思想束縛，想像也運用得更為奇特和大膽。然而，這僅是方式不同而已，在運用想像這一點上兩者並無不同。在茅盾的創作中，想像的運用固然自有特色，但想像作為一種活躍的思維活動展開，卻仍表現得相當突出，也極為出色。最常見的現象是：當藝術創作本身向他提出了直接經驗所不能解決的任務時，想像的發揮便成為他打破直接經驗的局限的重要手段，由此，他把握的生活領域遠比直接感知過的領域要廣泛得多，也深刻得多。《腐蝕》的創作，就是典型的例證。

〔註36〕 《關於創作技術》，周揚編：《馬克思主義與文藝》第77頁，解放社1950年版。

〔註37〕 《新科學》，《古典文藝理論譯叢》1966年第11期。

在茅盾的所有小說中，《腐蝕》是一件相當獨特的藝術品，即便在整個中國現代小說中它也是相當特殊的。因爲小說完全是在作家從未涉足、非常陌生的生活領域裏展開的，同所謂小說創作要從自己最熟悉的生活經驗入手之類的文學理論根本無涉。迄今爲止的材料證明，茅盾從未蹲過監獄，也沒有同特務分子打過交道。他敢於給國民黨的罪惡的特務分子生涯以藝術表現，僅憑「聽人講過」的部分材料。材料又是那樣籠統而抽象：「抗戰初期有不少熱血青年，被國民黨特務機關用戰地服務團等假招牌招募了去，加以訓練後強迫他們當特務，如果不幹，就被投入監獄甚至殺害」〔註38〕云云。既缺少具體細節，也沒有人物模特兒。然而，當鄒韜奮主編的《大眾生活》缺稿，約茅盾寫連載小說，並限在「一周時間」內拿出小說第一章時，他居然立刻寫起了《腐蝕》。小說還寫得「十分順利，可以說是一氣呵成」，而作品描述的「狐鬼世界」是何等駭人聽聞，描寫特務間的勾心鬥角是何等有板有眼，刻劃趙惠明痛苦的內心世界又是何等鞭闢入裏，簡直就像眞人眞事的實錄，以致小說發表以後引起「不少誤會」，「一些天眞的讀者以爲當眞有趙惠明其人，來信詢問日記主人後來的下落」。〔註39〕這眞是一種非常奇特的現象。除了說明茅質有非常豐富的想像能力以外，不可能得到其他解釋。茅盾「一氣呵成」地寫完這部長篇，當然是調動了他的其他生活經驗的（如他對國民黨反動政府及其爪牙的直接或間接的認識），然而，具體的人物和故事設計卻不能不取決於他的想像力。而透過想像，他的確把握了一個未知的生活領域，而且又是認識得那麼深刻。這是一個很有說服力的例證。雖然茅盾寫《腐蝕》，也是有理性思考的，這就是基於對國民黨反動統治的憤懣，要揭露製造「皖南事變」的罪惡陰謀，小說即把故事置於這一件事件的背景下，即使運用想像也沒有越出這一總體構思，然而使構思得以昇華爲藝術形象化，卻不能不說是以想像爲中介的。這實際上已演示了茅盾小說的理性思考同形象化相結合的具體進程。

想像參與藝術構思過程，更重要的是體現在藝術形象塑造上。高爾基說：「有才能的文學家正是依靠這種十分發達的想像力，才能常常取得這樣的效果：他所描寫的人物在讀者面前要比創造他們的作者本人出色和鮮明得多，

〔註38〕茅盾：《戰鬥的一九四一年——回憶錄〔二十八〕》，《新文學史料》1985年第3期。

〔註39〕茅盾：《戰鬥的一九四一年——回憶錄〔二十八〕》，《新文學史料》1985年第3期。

心理上也和諧和完整得多。」〔註40〕茅盾重視形象塑造的豐滿性，就在於不致使理性思考成爲虛無縹緲、不可捉摸的東西，而能夠寄寓在具體形象身上表現出來。他的作品達到了高爾基所指出的那種人物描寫所能達到的藝術效果，即作家所塑造的人物比他本人感知過的還要「出色和鮮明得多」，在很大程度上也是借助於他的「十分發達的想像力」。這裡，有屬於一般的形象塑造所不能違背的規律性因素，也取決於茅盾的獨特的創作個性。從表現重大的社會主題出發，茅盾所選擇的描寫對象往往同他自己的實際生活距離較遠。他著重描寫的兩個形象系列——「時代女性」和「民族資本家」，很少有屬於他個人「生活圈子」以內的人物。在這種情況下，僅憑一己的生活經驗就遠不濟事了。然而，正如茅盾所說的：「生活經驗是重要的，但也不可以爲除了自己實實在在『經驗』過的範圍以外，便一字也不能寫，我們要知道『經驗』之外，還有想像，有許多心理狀態，作家是沒有經過的，就要靠想像。」他還舉描寫女性爲例，「我們男人要寫各種女人的心理，當然不能去做一次女人再來寫；所以這是靠『想像』，但倘使我們生活在絕無女人的荒島上，就無從『想像』。」〔註41〕如果把茅盾的這一經驗之談同他出色的「時代女性」形象描寫聯繫起來看，就不難理解想像在他的創作中的確起著並不比一般作家遜色的作用。其中最爲突出的，是細膩的女性心理解剖。如《虹》對梅行素打進「柳條籠」前一刻的既不打算爲貞操所左右、又懷著莫名恐懼的少女所特有的複雜心情剖析；《幻滅》寫靜女士初戀時對性愛的朦朧恍惚的「異樣」感覺，以致終因「本能的驅使，和好奇心的催迫」而失身於暗探抱素；《腐蝕》寫那個「不是女人似的女人」的趙惠明的複雜心理，時而剛愎自用，時而又柔情如水：這些都是極爲傳神的筆墨。這裡，作家所涉足的都是女性最隱秘的情感區域，不但非一般男性作家所能體味，就連不身歷其境的女性也很難領略個中意味。茅盾敢於作如此的「靈魂探險」，固然說明他的藝術追求非同一般，在深化人物性格內涵上的確不遺餘力，而能夠作出如此細緻入微的描述，他只能仰仗於想像和推測，從而完成對形象的再造或創造。這個事實本身說明，茅盾的小說創作過程，不是單純的理性化所能解釋的，十分發達的想像力正表明作家藝術思維的活躍性和開闊性，也是使他足以稱之爲「有才能的文學家」的重要藝術素質。

〔註40〕 《論文學技巧》，《論文學》第 317 頁，人民文學出版社 1978 年版。
〔註41〕 「談人物描寫」，桂林《青年文藝》第 1 卷第 1 期。

　　自然，同單純邏輯思維相對立的豐富的藝術想像話動，在茅盾創作中的運用也是有其特色的。他並不認為想像可以天馬行空、漫無邊際，它運用於創作構思活動中是有條件的，即想像不能離開對生活「透徹的觀察」而憑空產生。茅盾一貫反對創作僅憑靈感而得之的狀況。作為創作思維現象來看待，靈感和想像有某種相通之處，都來自於作家的內省感受，是形象長期儲存在創作者心頭，為強烈的創作欲望所感染而突發或洶湧爆發的創作力。然而，當靈感被描繪成純屬作家主觀意念的東西，成為一種飄忽不定的「空靈」感覺的時候，當然是為注重寫實的茅盾所反對的。其實何止靈感是如此，想像也可能出現這類弊病。茅盾在批評創造社作家「太偏重於靈感主義」時就認為，「最大的病根在那些題材的來源多半非由親身體驗而想像」，於是使得創作成為「『靈感忽動』時『熱情奔放』的產物」。〔註42〕因此，無論是靈感還是想像，茅盾都不願意把它們當作主觀隨意性的東西而任意調遣。仔細分析創造「時代女性」形象時想像的運用，就會認識到它決不是完全脫離作家的實際生活經驗而存在的。他不但並非生活在「絕無女人的荒島」上，而且對他的描寫對象還是接觸甚多，非常熟悉的。這是他在回憶錄中一再說過的。熟悉生活中的「時代女性」，是他得以充分展開藝術想像力的基礎。他的創造性是依據形象的獨特的性格內涵，給予合理的想像，使性格表現得更豐滿、更典型。因此，他所運用的想像，仍然帶著濃重的寫實色彩，為他十分明確的創作目的所激發、所決定、所支撐，並為表現既定的思想而活動。想像受著理性的制約和調節，使它更具合理性和科學性，這是茅盾運用想像的獨特之處，也體現了一個注重理性分析的作家的獨特之處。然而，僅僅只是獨特性而已，想像，作為活躍藝術思維的一個基本特徵，畢竟是滲透在他的整個創作思維活動中了。

〔註42〕《關於「創作」》，《北斗》創刊號。

第九章　注重形象創造的現實主義
　　　　小說特質

　　現代主義的新潮小說，側重表現作家的情緒、理念、意趣，已不再重視典型化和典型形象的刨造；在新潮作家心目中，說起形象創造，彷彿已是一個老掉了牙齒的話題。然而，現代主義的新潮小說只是一種小說觀念，在一種小說美學範疇內自有合理內核，它不能包容也無法排斥其他小說觀念及其存在價值。注重寫實的現實主義小說流派，就同這種觀念大異其趣，它把創造形象置於小說創作的首要位置，以自己的形式實現對生活的審美把握，在漫長的創作歷程中不斷顯示出存在的合理性，取得過輝煌成就，並將繼續取得成就。可以說，注重形象創造，正是現實主義小說的一個重要特質，也是重要藝術價值所在。

　　從這個意義上，研究、總結茅盾小說在人物形象創造中的獨特追求，他筆下的形象所達到的典型化程度、審美層次等，就不只是對作家藝術創造經驗的總結，實際上也是對他的小說所體現的顯著的現實主義特色的一種呈示。這裡論及茅盾小說的人物形象創造，也將注意經驗的總結，不過打算把研究的視野稍稍拓展一些，即想顧及茅盾在他的有所發見的小說形象理論的統馭下形象創造的獨特性，並給這種獨特性以歷史的評估。評估將以中國現代小說的縱向發展和橫向聯繫作爲參照系，使價值的論定明確規定在特定的歷史範疇內。如此，茅盾小說的藝術成就也許會得到比較公允、客觀的評價。

一、以人爲本：重視人的主體性的創作追求

「人的發現」，人在文學創作中主體地位的確立，這是現代小說成熟、發展的標誌。正如人們已經指出的，文學發展的歷史，在很大程度上，是人的觀念變遷的歷史，而演變、發展的軌跡是，作家們在尋找人在創作中的位置時，逐漸揚棄了把人降低爲物、降低爲工具和傀儡的「物本主義」，和把人變成神、實際上又把人變成理念的化身的「神本主義」，而眞正確立了「以人爲本」的觀念·即「把人當成人」，當成是活生生的充滿著血肉的實體，從而賦予「文學是人學」這個不朽的命題以豐富、深刻的歷史內容。我國現代小說的發展歷程，大體上也經歷了這樣一個人的觀念變遷的過程，雖然其間充滿著尋找「以人爲本」觀念的失落與復歸的激烈鬥爭，鬥爭有曲折與陣痛，但它的終究會被人們所普遍接受的歷史規律卻是不可逆轉的。劉再復曾闡述過「中國現代文學史上對人的三次發現」〔註1〕，描述了這段文學歷史中「以人爲本」觀念的「升降浮沉」及其日趨深化的過程。這能給人們以深切的啓示。

對「以人爲本」的理論概括及歷史現象的描述，富有探索精神的理論家已經作過了，這裡想著重談及茅盾在接受、運用「以人爲本」觀念中的態度。在中國現代文學史上，「人的發現」也是以五四新文學運動爲開端的，記載著一批目光如炬、思想敏銳的新文學先驅者在鼓吹、實踐這一文學新思潮中的勞績。周作人的「人的文學」觀念的提出，魯迅的勇於探索國民靈魂的把握人的精神主體性的創作實踐等，都是具有開山意義的對「人的發現」。茅盾的文學實踐稍稍晚於周氏兄弟，然而他一步入文壇，便以一個善於吐納「人的文學」的清新空氣的青年文學理論家而爲世矚目。由於對傳統文學只「替古哲聖賢宣傳大道」的弊病看得分明，他對新文學先驅者的理論啓迪特別敏感，很自然地成爲「人的文學」的熱心吹鼓者。他不止一次地提出，現在文學家的重大責任是要認清「文學和人的關係」，同傳統文學創作中的「不知有人類」的缺憾劃清界線。他認爲：

> 這樣的文學，不管它浪漫也好，寫實也好，表象神秘都也好；
>
> 一言以蔽之，這總是人的文學——眞的文學。〔註2〕

自然，這裡所提及的「人」的觀念還帶有空泛性，並不如他後來成爲自覺的

〔註1〕《性格組合論》第18～29頁，上海文藝出版社1986年版。

〔註2〕《文學和人的關係及中國古來對於文學者身份的誤認》，《小說月報》第12卷第1期。

階級論者的更高層次上的人的發現，但是對文學必須著重表現「人」的藝術
眞諦的把握卻是不容忽視的。而在十多年後回顧評述五四新文學運動中「人
的發現」的價值時，他所作的就是一種透視歷史本質的表述了：

> 人的發見，即發展個性，即個人主義，成爲『五四』時期新文
> 學運動的主要目標；當時的文學批評和創作都是有意識的或下意識
> 的向著這個目標。
>
> 個人主義（它的較悦耳的代名詞，就是人的發見，或發展個性），
> 原是資産階級的重要的意識形態之一，故在新興的資産階級意識形
> 態對封建思想開展鬥爭的「五四」期而言，個人主義成爲文藝創作
> 的主要態度和過程，正是理所必然。而「五四」新文學運動的歷史
> 的意義，亦即亦此。〔註3〕

茅盾站在歷史唯物主義的高坡去俯察歷史，就能夠對「人的發現」的意義給
以歷史的估價。然而他仍然把「人的發現」提到賦予「『五四』新文學運動的
歷史的意義」的高度去認識，不能不表現出他對這一文學觀念本身的重視。
不妨認爲，注重文學對「人的發現」，茅盾的視點是在文學觀念的更新上，即
打破傳統文學的「不知」人、漠視人的狹隘觀念，以圖創建一種眞正恢復人
的主體地位的「眞的文學」。這一思想是滲透在他的整個文學活動中的。

　　從文學表現「人」的獨特價值的發現出發，在具體的創作中，茅盾提出
了以人物爲「本位」的觀點。這可以視爲對「人的文學」觀念的深層揭示。《創
作的準備》這本談創作經驗的著名的小冊子中，他提出了確定不移的原則：
在文學作品「構成的要素」中，應當「把『人物』作爲本位，尊爲第一義」。
這同他以前提的「『人』——是我寫小説時的第一目標」相呼應，完整地確
立了文學「以人爲本」、把「人」置於「第一目標」的嶄新的文學觀。今天，
「以人爲本」是文學研究者樂於提及的「新名詞」，然而考究它的出處卻可以
追溯到茅盾五十多年前的論著中，這不能不讓人佩服茅盾獨具只限的識見。
如果說，「人的文學」觀主要是著眼於人的個性的尊重，「人」在文學創作中
應居於何等地位尚提得不十分明確，那麼，「以人爲本」、把「人」置於「第
一目標」，就毫不含糊地強調了人在文學創作中的主體地位，無疑是對前此概
念的強化和深化。茅盾在這本論著和其他論述中，還一再重申他的寫「活人」
的主張，反對把人降格爲工具和「傀儡」，或奉之爲「神人」和「超人」，這

〔註 3〕《關於創作》。

包含了對物本主義和神本主義的批判，使人的主體性具有更深刻的內涵。從「人的發現」到「以人爲本」，清晰地展現出茅盾的藝術思路：他的創作執著地實現恢復、確立人在文學中的主體地位的追求。

由於明確認識到「以人爲本」的意義，茅盾對「人」的重視是體現在創作全過程中的：在創作的準備階段，「第一目標」是研究人；投入具體創作後，「第一目標」是描寫人。

研究人，幾乎已成爲茅盾的一種「職業習慣」，如他所說，「把寫小說作爲一種職業」的作家，「沒有一點『研究』好像是難以繼續幹下去的，因而我不能不有一個『研究』的對象。這對象就是『人』！」〔註4〕他不但側重於「向活人群中」研究，即通過對生動活潑的現實生活中的人的實際研究，以獲得對描寫對象的新鮮印象，也不排斥通過其他的方法去研究人，諸如在同朋友交談中獲取「第二手材料」，從報章記事中研究社會動向特別是人的動向等等。《蝕》的創作偏重於前者，《腐蝕》偏重於後者，《子夜》則可以說是兩者的結合。無論是取哪一種方式，都是在形象的「成活」以後始入創作境界。關於研究對象的確定，茅盾認爲也有兩種方式。一種是左拉式的，總是預先定了研究的目的，跑進一個「特殊的生活圈子」裏，作細膩的觀察，又經常留心報上關於特殊生活圈子裏的一切動態記載，然後即以此爲材料寫小說。另一種是契訶夫式的，不預定研究目的，走到各個生活圈子裏去，並且「老帶著草薄在身邊，隨時把所見所聞所感記錄下來」，加工而成小說。這兩種方式，茅盾也是兼而用之。他經常是帶了「要寫小說」的目的去研究人，當然要去與此目的相關聯的「特殊」生活圈子，然而「特殊」的生活圈子畢竟有局限，不可能據此完成對此類人的完全認識，於是就要「探頭」到特定的生活圈子以外去觀察、研究。寫《子夜》是最好的例證。他計劃描寫的是民族資產階級，去得最多的也就是「特殊」生活圈子，即他那位在上海頗有名望的實業家兼銀行家的表叔盧恩溥的居所，在那裡接觸了各類民族資本家。但民族資產階級的生活是聯繫著其他「社會」的，諸如工廠、農村、交易所等，爲此他又走訪了「同鄉親戚故舊」，幾次參觀了絲廠和火柴廠，託熟人帶進了一般人難得進去的證券交易所等。由於對「人」的研究之深之廣，他才能以此爲基礎鑄造成不朽的藝術典型。

在創作過程中突出描寫人，是反映在人同事的關係處理上：「構思的時候

〔註4〕《談我的研究》。

應先有人物，然後想出故事，不是先有故事再想出人物來。要使故事服從於人物，不使人物服從於故事」〔註5〕。在小說創作中，作家的頭腦裏是先有人物還是先有故事，這曾是個爭論不休的問題。茅盾的鐵定原則，是必須人物在先，這反映了他把人定爲創作的「第一目標」的不可移易性。魯迅寫《阿Q正傳》，首先活在他腦海中的，也是阿Q的形象，而不是那些故事。在小說第一章《序》中就寫到，他要給阿Q做傳，「已經不止一兩年了」，談到這篇小說的創作經過時，明確指出：「阿Q的影像，在我心目中似乎確已有了好幾年」。〔註6〕「以人爲本」的作家，目光主要盯在「人」身上，他的深思熟慮首先是在形象方面，創作大抵總是人在事先的。茅盾把人「尊爲第一義」，又有「研究人」的習慣，對此自然也不會例外。至於在人事關係的配置上突出人，則更有創作爲證。他的作品一般不以曲折離奇的故事取勝，有的甚至連故事的可讀性也不很強，但能夠深深吸引讀者，就在於作品具有描述人物性格和命運的奪人心魄的力量。像《當鋪前》這樣的作品，只寫主人公王阿大的一個浸透「生活的辛酸史」的包袱及在當鋪前經歷的悲慘的一幕，就能重重扣擊人心，正是得力描述人物悲劇命運的深刻性。情節較爲曲折生動的《子夜》、《林家鋪子》等，也不是那種追險獵奇式的曲折，只是按照人物性格的發展、變化來設置故事，人物性格的豐滿性自然是特別明顯的。在刻劃性格和描寫故事之間，茅盾顯然是偏重於性格。如果說，小說創作中有所謂「情節小說」和「性格小說」之分，那麼，茅盾的小說無疑應歸入「性格小說」之列。這樣看來，由於認識到文學的主要職能在於寫「人」，在於通過對人的研究去研究社會，茅盾必然把「第一目標」定在「人」的創造上。他用力最多的是在這裡，他爲文學所提供的最重要的創造也在這裡。

　　著名小說家老舍說過一段精闢的話：「創作的中心是人物。憑空給世界增加了幾個不朽的人物，如武松、黛玉等，才叫做創造。因此，小說的成敗，是以人物爲準，不仗著事實。世事萬千，都轉眼即逝，一時新穎，不久即歸陳腐；只有人物足垂不朽。」〔註7〕對茅盾的「以人爲本」創作的認識也可以是這樣：通讀他的作品，人們獲得的是對「社會」的百科全書式的瞭解，是他分析社會本質的觸目驚心的見解，是他對腐朽社會制度的切中肯棨的針

〔註5〕茅盾：《談「人物描寫」》，桂林《青年文藝》第1卷第1期。
〔註6〕《華蓋集續編·〈阿Q正傳〉的成因》。
〔註7〕《人物的描寫》，《老舍論創作》第88頁，上海文藝出版社1980年版。

砭，但給人印象最具體、最直接，因而也最深刻的，卻還是那些栩栩如生的
人物形象。這種感覺，隨著時間的流逝會表現得愈益明顯。人們也許忘掉其
中的故事情節，也許會記不清哪一部作品表現了一個什麼主題，然而那些「足
垂不朽」的人物將長時間停留在記憶裏，歷久彌新。像吳蓀甫、趙伯韜、老
通寶、林老闆、趙惠明、梅行素、章秋柳等一長串閃耀著性格異彩的人物，
莫不以鮮明、獨特的個性而獲得了久遠的藝術生命力，他（她）們將永遠刻
印在人們的腦海中，存留在這個生生不息的世界上。

二、在人物性格化的展示階段上

　　把「人」置於小說創作中的首要位置，茅盾的注意力必然主要集中在人
物形象創造上，他所追求的美學目標就是塑造典型性格。按照通常人們所認
為的小說的歷史演進，大體上經歷了三個階段：「（1）生活故事化的展示階段；
（2）人物性格化的展示階段；（3）以人物內心世界審美化為主要特徵的多元
化展示階段」〔註8〕。茅盾的小說顯然是在第二階段，即人物性格化的展示階
段上。注重「生活故事化」的表現模式為茅盾所不取，這一點容易理解，因
此它不可能在第一階段上；如果說「內心世界審美化」的展示方式，著重表
現的是人物的「內心圖景」，即人物自己的感覺、想像、幻覺、情感拼搏、意
識流動等等，這同茅盾的小說也不契合，儘管他在小說中突出描寫人，包括
寫人的心理意識，但他並沒有完全打破傳統敘述體小說的格局，同「意識流」
小說等相距更遙──它也不可能在第三階段上。

　　問題是對處在人物性格化的展示階段上的小說應作何評價。今天人們要
求對小說藝術進行不斷的更新，不滿足於小說只寫故事或只寫人物的單一格
調，主張小說的藝術表現應有多元化趨向，特別注重人物「內心圖景」的剖
示，向人物的內心世界審美化的層次突進，這是不無道理的。由此而對西方
現代派小說的表現技巧表示出濃厚的興趣，也是可以理解的。但是，這些都
不應當成為貶抑甚至蔑棄人物性格化小說的理由。既然小說的藝術表現應該
是多元的，那麼性格化小說作為一元也應當允許存在，並使它更趨完善和發
展，此其一。其二，人物性格化同內心世界審美化，不是截然對立的，性格
化小說並不排斥對人物豐富的內心世界的展示，只是表現形式同西方現代派
小說有所不同罷了。倘若寫人物性格不去揭示人物的「內心圖景」，那是稱不

〔註8〕劉再復：《性格組合論》第33頁。

上嚴格意義上的人物性格化的。因此，眞正的人物性格化小說，審美層次並不低。在這一點上，劉再復對處在這一展示階段上的小說的評價是適當的：

> 小說進入這個階段才跨入成熟的階段，才獲得巨大的審美價值。人類的文學，到了這些小說大師手中，才獲得了令人驚歎的成就。他們已不再像人類童年或幼年時期那樣愛講故事，而是進入人自身。這些以人爲中心的小說，在美感上，已不再像第一階段的小說那樣只限於滿足人們的好奇心，給人以離奇的刺激性的低級審美感受，它已能給人一種高級的審關感受，即滿足人們的情感需要。……因此，這個階段的小說，進入了人類文化更高的層次。這個階段一直延續到今天，而且還將延續下去。〔註9〕

這一評價，可以在一大批「小說大師」的創作中得到印證。茅盾也是處於這一階段上的「小說大師」之一，他的小說的人物性格化，就達到了較高的審美層次，可以說是小說在人物性格化的展示階段上取得了比較有代表性的成就。這裡，首先談及他的創造「立體的活人」的創作主張和實踐。

理想的人物性格化形象應當是怎樣一種面貌？按照黑格爾的理解，「每一個人都是一個整體，本身就是一個世界，每一個人都是一個完滿的有生氣的人，而不是某種孤立的性格特徵的寓言式的抽象品」〔註10〕。這通常被認爲是對人物形象本質的精當概括。它的核心意義是強調性格的生動性與完滿性，要求作家塑造的形象，既是來自實際生活的富有「生氣」的人，又必須是充分表現了「完滿」性格的「整體」。茅盾在小說理論上也有大致相似的主張。他認爲小說描寫的不應是「『標本式』的人物」或「紙剪的傀儡」，提倡「寫出來的人物是立體的複雜性的活人」。〔註11〕這種「立體的活人」，就實現了性格的生動性與完滿性兩個方面的要求，它突破了對性格只作平面透視的單一化模式，能夠實施對有血肉、有情感的生氣勃勃的「人」的「整體」把握。茅盾小說的人物性格化，正是在刻意追求立體感效果上顯示出獨特的審美價值。

所謂有立體感的「活人」，是指塑造的文學形象要有具體可感性，能給人以可以逼視、可以觸摸、可以聽聞的直觀感受，使之形神俱現、栩栩如生，

〔註 9〕　《性格組合論》第 38 頁。
〔註10〕　《美學》第 1 卷第 303 頁。
〔註11〕　《創作的準備》。

言談、舉止、音容、笑貌都宛如「活人」。這種用三度空間的實體性去要求文學形象的立體感效果，實際上是對文學作品提出了很高的美學要求。因為文學傳達作家感情的信息，是通過文學形象而非採用說教來實現的，倘若塑造的形象具體、可感，使人如臨其境，如見其人，如聞其聲，從中受到強烈的藝術感染，這就既能得到心靈的陶冶，也是一種難得的藝術享受。然而，作為語言藝術的文學，較之於其他藝術，用文字圖像而達到形象的立體感難度更大。因為它同雕塑、實用工藝、建築等造型藝術不同，所塑造的形象怎樣也克服不了間接性。如果說，雕塑等藝術對形象的刻劃，可以用直接的物體造型存立於空間，使人在冰冷的大理石中，在突出的棱角、線條中，感到實體的存在，那麼，用文字描寫的形象，卻是通過作者的筆間接傳達給讀者，要使形象刻劃得有棱有角、有形有色，不致成為「寓言式的抽象品」或「標本式的人物」，就決非易事。而茅盾，正是在運用語言藝術的手段，塑造出有立體感的「活人」上，表現出形象創造的獨異成就。

茅盾筆下形象的立體感，首先表現為外觀形態上的真切、傳神，從那呼之欲出的人物狀貌裏產生出既觸目可見又觸手可辨的生活實感。作家往往採用造型藝術的技法，捕捉到閃耀性格光彩的形體特徵，把人物在一瞬間的富有生氣的神采形態刻繪下來，造成語言的塑像，從而取得了類似於雕塑形象的立體感。《子夜》寫吳蓀甫，人物一出場，就是一幅塑像的浮雕：

> 車廂裏探出一個頭來，紫醬色的一張方臉，濃眉毛，圓眼睛，臉上有許多泡……大概有四十多歲了，身材魁梧，舉止威嚴，一望而知是頤指氣使慣了的「大亨」。

這是一幅看來似乎是靜止的孤立的肖像，然而形體的特徵是那樣分明、凸現，有色調，有形態，甚至還有臉部細微的縐褶，形象的可感性是強烈的。而形體的每一個部位似都有性格的閃光，更見得是一尊活的塑像。此刻的吳蓀甫，尚是財源充足、精力旺盛的「吳三爺」，躊躇滿志、頤指氣使是基本性格特徵。作者從「威嚴」上刻繪狀貌：「紫醬色」渲染濃重熱烈的色調，濃眉眼足見是一位有魄力的漢子，臉上的小泡則泛現出四十歲的中年人所少有的青春氣息和活力。這一切無不顯現出此時此地的吳蓀甫的身份、格調，乃至隱秘的心靈。形象的勾勒當然算不上繁複，卻也形神俱現，彷彿活的一般。其後，隨著事件的演進，作者又不時變換視覺的角度，形態的變化，不厭其煩刻繪這一塑像的外觀。寫他向趙伯韜進擊時咄咄逼人的凌厲氣勢：「他的眼光愈來愈

嚴厲，像兩道劍⋯⋯臉上的紫泡，一個個冒出熱氣來。」寫他腹背受敵，遭受挫折時的頹唐樣子：「他臉色發白，眼睛消失了勇悍尖利的光彩⋯⋯額角上青筋直爆，卻作怪地沒有汗。」至最後眾叛親離、面臨絕境時，又是另一番面目：

> 吳蓀甫蹡（電話）聽筒在桌子上，退一步，就倒在沙發裏。直瞪了眼睛，只是喘氣⋯⋯他的臉色黑裏透紫，他的眼珠就像要爆出來似的。

絕望、沮喪、怨恨、惱怒，都在這無聲的表情中了，而一舉手，一投足，臉色的急劇變化，眼珠的噴爆感覺，更顯現出一副活態。通過造型傳神，雖不完全寫出性格，性格中基本的東西卻是可以蘊含在肖像的神采之中的。如果把這幾幅塑像按順序排列起來，吳蓀甫性格變遷的歷程，大致上也就可以看出一個眉目了。活的肖像的連接，可以從一個側面寫出有立體感的「活人」，成功的語言塑像就有這樣的藝術力量。

自然，造型藝術也有局限。因為它塑造的形象是佇立不動的，只有確實捕捉住閃耀性格光彩的某一瞬間，能夠由此喚起觀賞者對事物的豐富想像，方才稱得上是一個「活人」。捨此則無法表現性格的活態，性格的生動性。那些平板地刻繪狀貌的雕塑，譬如廟宇裏千神一面的泥塑菩薩，縱然有線條、有棱角，也是徒有其形體的立體感，算不得是活的形象。在這一點上，語言藝術又有造型藝術所不能企及的長處：它可以越過生活的平面，突破時空的限制，在連續性的描繪中寫出人物的動態，使性格「從運動本身，通過鬥爭，通過衝突，通過行為，顯現出來」〔註 12〕。茅盾創造立體感的「活人」，還在於充分發揮語言藝術可以超越時空的特長，善於從形態的立體感寫到動作的立體感，抓住人物特有的動作，並把這種動作放在一定的情節運動當中去表現，使性格從動態中活現出來。茅盾指出，寫人物不能「只在固定的地點上去觀察他們」，因為「活人們是到處跑的」，你的筆也「必須跟著他到處跑」，以寫商人為例，你應當「從他的店鋪裏跟他出來，跟他到小館子裏．到朋友家裏，到他家裏，到他臥房裏，一直跟他到『夢』裏」。如此，寫出來的人物方有「個性」，方是個「活人」。〔註 13〕《林家鋪子》寫林老闆，就提供了一

〔註 12〕阿・托爾斯泰：《思想、思維、形象所引起的喜悅》，《論文學》第 57 頁，人民文學出版社 1980 年版。

〔註 13〕《創作的準備》。

個範例。作家不僅固然從「店鋪裏」的活動中活現出一個精明能幹的生意人，而且為表現林老闆在動亂社會的各種打擊面前萬般無奈、惶恐不安的心情，揭示他老實本份而又生性軟弱的性格，還寫他在店鋪以外的不少活動。他一會兒懷著忐忑不安的心情走到街上，打聽戰亂的消息；一會兒跑到商會長前訴苦，請求照應；一會兒又趑向錢莊，向「錢猢猻」通融借款，以度過難關。特別是聽到戰亂的消息後，為表現他再也經不起風浪襲擊的惶急心理，寫了一連串的動作：聽說「栗市班遭強盜搶」，而他的店夥壽生正外出要帳，這時候——

> 他滿臉急汗，直往「內宅」跑，在那對蝴蝶門邊忘記跨門檻，
> 幾乎絆了一交⋯⋯

壽生算是回來了，又聽說滿身是泥，光景是遭了搶劫了，消息傳到他耳朵裏——

> 林先生跳起來，又驚又喜，著急的想跑到櫃檯前去看，可是心
> 慌了，兩腿發軟⋯⋯

從外面要回的帳不敷支付欠款，向錢莊借錢又碰了壁，在回來的路上——

> 林先生愈想愈仄，走過那座望仙橋時，他看著橋下的渾水，幾
> 乎想縱身一跳完事。

這裡，幾個流動著的動作場面，都是從人物此時特有的遭際、心境出發加以演示的，是性格在規定情景中的自然流露，寫來既真切又傳神。在《林家鋪子》中，作者很少用敘述語言介紹人物，主要是通過人物的動作說話，讓人物在行動中充分表現自己。這正是林老闆這個藝術形象之成為「活人」的關鍵，茅盾用傳神的動作描寫賦予形象以立體感的本領於此可見一斑。

作為一個「活人」，文學形象的立體感還表現在有靈魂有血肉上。別林斯基指出，文學塑造的形象之高於攝影師的照相，就在於它「不僅是肖像，並且是一件藝術品，不僅抓住外部的相似，並且還把握住原物的整個靈魂」〔註14〕。這說明，要創造立體感的「活人」，只追求外觀動作上的形似是不夠的，重要的是要開掘出蘊藏在人物心靈深處的東西，寫出人物的「整個靈魂」。魯迅稱讚《儒林外史》描寫人物，不僅「現身紙上，聲態並作」，還能「洞見所謂儒者之心肝」，〔註15〕可謂道盡了個中妙處。由此也說明，只要充

〔註14〕 《一八四七年俄國文學一瞥》。
〔註15〕 《中國小說史略‧清之諷刺小說》。

分調動文學藝術的手段,畫出靈魂以表現形象的立體感,也不是難以做到的。事實上,就文學表現人物的手段而言,它的確又有較大的自由,不僅可以像造型藝術那樣借形傳神,還可以直接描寫人的精神活動,把人物細微的心理變化都形諸筆墨。正如茅盾所說的,作者的筆不僅可以追蹤到人物行動的各處,還可以「一直跟他到『夢』裏」。茅盾刻繪人物,同樣也是以善於把握人物的「整個靈魂」取勝的。作家的筆追蹤到人物的潛意識中去,揭示出人物行為的動機,探察到流貫於外表的隱秘的心靈,從而使形象血肉飽滿,立體感強,成為有思想、有情感的「活生生的人」。《林家舖子》寫林老闆驚慌失措、見風是雨的失態行為,正是人物身處逆境中內心極度慌亂的外在表現。作品在描述他的每一個行動以後,總是宕開一筆,去解剖他「早就籌思過熟透」的內心活動:「這舖子開下去呢,眼見得是虧本的生意,不開呢,他一家三口簡直沒有生汁……他覺得只有硬著頭皮做下去」;然而,上海打仗,「恒源」要帳,捐稅派餉是逃不了的,敲榨尤其無法躲避,橫在他面前的就只有「等於破產的路」──想起這些,不由他不心慌意亂。正是這種心理,支配著他在每一個打擊面前都無所適從,窘態畢現。作家的筆觸深入到了人物心靈的深處,使動作描寫具體可感,由動作和心理交織著表現出來的人物性格也整個兒祖露在讀者面前了。《子夜》第十二章寫吳蓀甫的行為動機,以展示他紛亂的思想狀態,也有異曲同工之妙。吳蓀甫駕著小車到趙伯韜的姘婦劉玉英住的旅館和益中公司兩處活動後,一回到家中即向家人發泄無名的怒火。他從樓上跳到樓下,從客廳跑到外頭,一忽兒罵聽差,一忽兒訓老婆,一忽兒又把弟弟克得暈頭轉向,活像一匹受傷的狼,不停嗥叫,到處咬人。其實,這種連他自己也無法理解的行動,正是他當時思想混亂到了極點的外表流露。作品在他發泄一通後緊接著解剖了他紛雜的思緒:

> 他的心忽兒卜卜地跳得很興奮,忽兒又像死了似的一動不動。
> 他那飛快地旋轉的思想輪子,似乎也不很聽從他意志的支配:剛剛想著益中公司總經理辦公室內那幕驚心動魄的談話,突然攔腰裏又闖來了劉玉英那誘惑性的笑,那眼波一轉時的臉紅,那迷人的低聲的一句「用什麼稱呼」;剛剛在那裡很樂觀地想到怎樣展開陣線向那八個廠堂而皇之進攻,突然他那鐵青的臉前又出現了那八個廠二千多工人的決死的抵抗和反攻……

這段描述,把吳蓀甫「夾在三條火線中作戰」,「身邊到處埋著地雷」所引起

的煩躁不安的心緒，表現得淋漓盡致。由此讓人窺見他內心的奧秘，他的發洩怒火決非是沒來由的。怒火發在家人身上固然是莫名的，但是從當時的心境出發要借機發洩卻是必然的，而無端尋釁，使一向具有「大將風度」的吳蓀甫如此失卻常態，又強化了他當時複雜心情的表現。這種交替描述人物的行為和心理，從動態和靜態兩個方面去表現人物的性格，對於展示「活人」的「整個靈魂」是大有助益的，小說藉此塑造了具有立體感的活生生的藝術形象。

三、人物性格典型性的深層開掘

塑造「立體的活人」，顯示性格的生動性與完滿性，表明茅盾是在努力以自己獨特的創造，提供為人們所喜愛的傳神的藝術形象。在人物性格化的途程上，性格的立體展示是最足以實現這一藝術要求的有效方法。然而，人物的性格化是個涵義廣泛的概念，它不以把性格表現得充分為終極目的，同時還要求性格具備真實律、典型性等等。黑格爾在闡述性格的完滿性、整體性的同時又指出：「一個性格之所以能引起興趣，就在於它一方面顯出上文所說的整體性而同時在這種豐富中它卻仍是它本身，仍是一種本身完備的主體。」〔註16〕這就是說，性格描寫不能背離人的主體性，必須把人當作真正的人來描寫，離開具體人的「本身」片面追求性格的豐滿性，也會失卻性格描寫的意義。這是對人物性格化所提出的真實律的美學要求，使文學作品描寫的人物既具有傳神的性格，又還原為真實意義上的人，這是對人物性格的一種深層把握。在人物性格化的展示階段上，小說能達到如此效果，應當說是進入了較高的審美層次了。

茅盾的創造「活人」理論，除立體感這個側面以外，另一個重要側面就是對性格的真實性追求——主張寫出「真的人」，使「人的文學」成為「真的文學」。這種真實性追求，是基於他對人的主體性的尊重，即把人當作有個性、有靈性的、「活的人」來描寫。在對 20、30 年代出現的某些普羅文學作品的兩種傾向性問題的批評中，最能看出茅盾的眼光，也最能看出他的追求。一種是把人降低為物，蔣光慈小說是突出的例證。蔣光慈描寫革命者，全憑自己的意念去驅使筆下的人物，常常是心血來潮地讓人物作出種種離奇的行動。茅盾批評說，此類小說「給讀者以最不好的印象就是這些人物不是『活』

〔註16〕《美學》第 1 卷第 302 頁。

的革命者而是奉行命令的機械人」〔註17〕。把人寫成「機械人」，就是把人當成傀儡或工具，當成順著作家筆端轉動的玩物，當然不是眞正的「活人」。另一種是把人奉爲神，寫英雄而離開了人應有的本色。茅盾批評某個歌頌群眾領袖的作品，「把首領當作一個突出的超人：他是牧者，而群眾是羊」，這也是嚴重的「拗曲」現實，不能算作無產階級「自己的」藝術。〔註18〕原因就在此類「超人」實際上就是「怪人」，它同現實生活中的「眞人」同樣是格格不入的。茅盾的嚴肅批評，既是對文學創作中的物本主義和神本主義的批評，也是對他的「以人爲本」的文學主張的堅持。由此，也揭示了「以人爲本」的更深入一層的內涵：它實際上是同描寫「眞人」聯繫在一起的，是人物性格化把握「完備的主體」在性格眞實領域裏的突進。茅盾在闡明此類文學觀念時，正是革命文學運動聲勢甚壯之日，然而他能同魯迅站在一道，對那種違背藝術規律的現象進行不遺餘力的批評。正因爲他不隨流俗，能以藝術的眼光去審視創作，當某些堪稱爲「革命文學」的作品中多少難以避免人物描寫的抽象化、虛假性時，茅盾的同樣體現了「革命文學」特徵的作品卻見得別具一格，就是可以理解的事情了。

　　茅盾的創作對藝術眞實律的遵從，突出反映在人物性格的個性化上。唯有寫出「個性」，「方是一個活人」，這是他對「活人」概念的又一規定，這裡就是從個性化要求著眼的。個性化何以能成爲活人、眞人？因爲個性描寫能充分揭示「這一個」人物的性格的獨特性。對人的主體性的尊重，就意味著對人的「本身」的深刻理解，它必然是從生活中實在的人出發的透闢研究，也就有可能通過具體、鮮明的個性特徵的透視，去表現人的本質。同個性化相對的，是形象的類型化、臉譜化。它往往是從作家的觀念出發的，忽視乃至抹煞個性，形成「千部一腔，千人一面」的狀況，這樣，「這一個」的自身消失了，人物形象就會一片模糊。茅盾批評蔣光慈的小說寫不出「活人」，問題就在個個人物「都戴上蔣君主觀的幻想的『臉譜』，成爲一個人了」〔註19〕。這就是從喪失個性化的角度提出的「診斷」。這一觀點同樣表現在他對某些外國作家的評價上。他認爲「拜倫寫人物不如莎士比亞」，原因就在莎士比亞側重刻劃各具特色的「個性」，他筆下的人物，「一個個是活的人，在社會中可

〔註17〕　《〈地泉〉讀後感》。
〔註18〕　《論無產階級藝術》。
〔註19〕　《〈地泉〉讀後感》。

以找出來」，與此相反，「拜倫寫的人物，往往是他自己的化身，往往以拜倫自己性格的一部分賦予一個人物。拜倫的性格包括得很廣，他拿一部分給這個人物，又拿另一部分給那個人物，所以他的人物雖然有多種性格，然而只是拜倫之化身」。據此，他得出結論，要寫出富有「個性」的「不同性格的人物」，就要「不做拜倫，而做莎士比亞」。〔註 20〕茅盾對拜倫的批評，是引述普希金致友人信中的觀點，未必就是對拜倫創作的全面評價，但至少可以說明：他提倡個性化，是要求寫出符合生活本色、能從生活中「找出來」的「活人」，而不應成為個人觀念的「化身」。這一見解非常切近馬克思提出的性格描寫的「莎士比亞化」要求，更表明他的個性化理論的完備性與深刻性。他的豐富的創作實踐，正因遵循這一理論而大放異彩。

在人物形象創造上，由生動的個性描寫而達到人物性格的深層開掘，在茅盾塑造的大量人物形象中做得特別出色的則是系列形象的典型性和個性化。這裡所顯現的是一個最可以比較的形象領域，比較，將在同類形象的排列中認出「個性」。如同某些革命文學作品寫「一體」的革命者而終於看不出「個性」一樣，系列形象是以形象的類別性為特徵的。作家著眼的是從多種角度去探察或一階級、階層人們的思想、性格面貌，因此所提供的就不只是一、兩個「個別」的形象，而是完整的形象類別或形象群。從單個形象說，是反映類的一個側面；把一系列形象集合起來，就構成了對這一社會類型的總體認識。由於為「類」的本質所規定，系列形象之間便有某種聯繫性和相似性；而從塑造形象的「這一個」性格而言，則又必須使每個形象具有相對獨立性，刻劃出屬於它自己的鮮明、獨特的個性。在刻劃系列形象的獨特個性上，茅盾是最花功夫，也最見功力的。他曾經提醒說：「假使你的『人物表』裡有一對性格相似的人物，你的警戒的目標便應當是，謹防他們混雜不清。」〔註 21〕這裡所強調的就是相似性格的相異性。生活之樹並沒有長出兩片完全一樣的綠葉，對於生活中最複雜的存在物——人來說，就更是如此。人與人之間可能有相同或相近之處，但不管多麼相同，總是存在差異的。提出性格的個性化要求，就是要善於發現這種差異，寫出各自的獨特性。金人瑞說：「《水滸傳》只是寫人粗鹵處，便有許多寫法：如魯達粗鹵是性急，史進粗鹵是少年任氣，李逵粗鹵是蠻，武松粗鹵是豪傑不受羈約，阮小二粗鹵是悲憤無說

〔註20〕 《雜談文學修養》，《中學生》第 55 期。
〔註21〕 《創作的準備》。

處，焦挺粗鹵是氣質不好。」〔註22〕可見，即便同樣一種類型的性格，也有如此複雜的表現，如果寫一個大的類別的不同形象，不多考慮性格的幾個側面，就難免會把形象寫得單薄、刻板，「混雜不清」。茅盾刻繪資本家形象系列，能夠從「各人本身利害不同」，或「不同的意識形態」入手，作各自「區別的描寫」，就能使資本家形象無一面貌相同，無一個性相類。不獨在民族資本家、買辦資本家、抗戰期間附敵的反動資本家這些大的類別中，人物各有區別分明的個性，即使在小的類別中，也總是各各依據不同的身份、處境、利害關係等等，顯出各自鮮明、獨特的個性。綢廠老闆唐子嘉，面臨工廠倒閉的困境，同絲廠老闆吳蓀甫的命運大致相同。這個人物也有他自己不堪的處境，他的「多角」債務糾葛，既坑害別人，自身也受其害，性格表現得並不單純。但作為一個民族資本家，唐子嘉畢竟少了一份振興民族工業的熱心，多了一點追求金錢、利欲的打算，即使「躲債」在外，仍不忘過荒唐的生活。這同吳蓀甫破產臨頭，仍為他的「事業」作困獸猶鬥相較，就有迥然不同的個性。在個人的人格、品性上，唐子嘉與吳蓀甫的區別，恰恰展示了相類的民族資本家的兩個不同的側面。《第一階段的故事》中的何耀先和《鍛鍊》中的嚴仲平，都是抗戰初期不乏愛國心的民族資本家，都程度不同地捲入了抗戰的洪流，也都一度出現過動搖、彷徨的思想情緒。但何耀先的彷徨大半出諸天眞，不願把別人想得太壞，對敵人多少存有幻想；而嚴仲平的動搖，卻是城府極深，滿腦子的個人利害打算，遲遲卸不掉背負在身上的重擔。因此即使後來兩人都「上陣」了，前者是深明大義、無可返顧，後者則顯得步履維艱，多少表現出不得已而為之的精神狀態。這裡所顯示的就是「本身利害不同」而形成的不同的性格面貌。《幻滅》、《動搖》、《追求》三部作品寫到的三個「時代女性──慧女士、孫舞陽、章秋柳，所表現的則是同類「時代女性」的不同個性。這三個「很惹人注意」的「特異女子」，性格十分接近，都顯得輕率放縱，浮躁浪漫，都追求性的解放，表現實在出格。然而，由於受到各自複雜環境的影響，她們的性格又存在很大的差異。一是浪漫的程度有差別，可以說一個比一個突出，尤以章秋柳為最甚，她最後甚至企圖以自己「美豔的肉體」去創造「黑影子」史循由頹廢走向「新生」的奇迹。二是浪漫的方式不同：慧女士玩世不恭，沒有眞正玩弄男性，有時同他們「混混」，

〔註22〕《讀第五才子書法》，《中國歷代小說論著選（上）》第285頁，江西人民出版社1982年版。

只是作為報復社會、發洩憤恨的手段；孫舞陽放浪形骸，用「破天荒」的舉動向世俗社會發起了挑戰；章秋柳則從極其痛苦的思想狀態出發，追求官能刺激和「肉欲享樂」，既表現了頹廢情緒，也含有向社會復仇的意味。這裡著重表現的是「時代女性」在不同革命階段的不同「意識形態」，性格變態的層層深入，正是革命形勢越變越壞在人物心理上的投影。而每個人都有自己的獨特表現，都有動作感極強的性格外在流露，構成各自鮮明的個性，便都是能在生活中「找出來」的活人和真人。

在人物性格的深層開掘中，還應當提到茅盾對典型性同階級性的關係的正確處理。我國的左翼文藝運動，由於受到蘇聯「拉普派」的影響，主張「用唯物辯證法」指導創作，將性格描寫體現階級性特徵誇大到不適當的程度。突出的弊病是用階級模子去鑄造形象，造成一個階級只有一種典型的現象。這一度成為一種「集團的傾向」，極大地阻礙了創作的「深入」。對這種創作傾向較早提出批評的，是茅盾和魯迅、瞿秋白等人。茅盾批評華漢的《地泉》三部曲寫一個階級、一種營壘的人物是「一張面孔」，便是一例。在《談「人物描寫」》一文中，茅盾闡述得更為明確；「典型性格是階級性的，這句話有點問題，為什麼呢？因為在『階級性』這個術語以外，我們知道還有一個術語，就是『個性』。某一階級有其典型的性格，這是不錯的，但不能說同一階級的人物的性格就像一個模子裡鑄出來似的完全相同。」〔註 23〕這裡所表明的仍是茅盾對人物個性化的重視，個性化，在不偏離為階級性本質所規定、所制約的軌道呈現出來。這既是一種難處，也表明一種深入：難就難在要對同一層面上的人物加以細心的區分，分寸不易把握；如果能在同一層面上劃出不同的層次，個性將得以凸現，自然也就標誌著性格的深層開掘。茅盾刻劃各具個性的民族資產階級形象，事實上已表現出他對階級性和典型性、個性化關係的正確把握。這裡還想舉出《子夜》描寫的三個封建地主作例證，因為在這些人物身上恰好表明作家對只有細微差別的同質人物的更其明晰的剖析。吳老太爺、曾滄海、馮雲卿，都是屬於行將就木的、同時代氣息很不合拍的老朽的封建地主。他們對農民的殘酷剝削，封建意識濃厚，思想頑固、守舊等等，都體現了一般地主階級的特性。茅盾寫這三個地主，落筆各有側重，賦予了不同的個性。吳老太爺是作為老一輩的封建地主來描寫的，是信守封建道德規範的典型，他的默念文昌帝君的「萬惡淫為首，百善孝為先」

〔註 23〕桂林《青年文藝》第 1 卷第 1 期。

的「誥誡」，以及一聲裂帛似的怪叫——「太上感應篇」便構成個性的主體。這種「僵屍」式的言動，一旦融滙在摩登化的大都會裏，立即同「僵屍」本身一起「風化」了，是毫不足怪的。在這個形象身上，體現了未被「五四」浪潮清洗乾淨的封建垃圾到此時必然歸於死滅，因爲所謂「正統」的封建性，在殖民地化愈益加深的社會裏實在也是並不相容的。同這種性格相對照的，是馮雲卿的廉恥喪盡。這位靠地租、高利貸盤剝農民發家的財主，因爲農民身上已榨不出更多的油水，就跑到上海灘希圖做公債生意發財了。他的最出色的表演，是不惜以親生女兒的肉體去換取趙伯韜的「公債情報」，封建道德所規範的「萬惡淫爲首」早被拋諸腦後。這個形象的意義，是在於說明資本主義的金錢勢力對中國封建宗法觀念、倫理道德的破壞，也體現了地主階級中的一部分正在「俏俏」地向資本主義勢力轉化。只有曾滄海才是舊中國農村最習見的地主。這個雙橋鎮有名的「土皇帝」，既以貪財、吝嗇、刻薄馳名，又以橫行鄉里、魚肉鄉民、稱霸一方著稱，十足代表了地主階級在鄉村中既是剝削者又是統治者的雙重身份。在他身上，充分暴露了這一階級的寄生性、腐朽性和反動性。這三個人物，在作品中擔負著不同的角色，各有特定的表現角度，因而就各有個性。同屬地主，彼此的面目決不會相混。

四、走向性格塑造的更高審美層次

立體感、典型性、個性化，已經從幾個側面展示了茅盾人物形象塑造的獨特創造。在人物性格化的展示階段，調動多種藝術手段如此深刻地表現人物的性格，也算得是小說藝術之上乘了。然而，茅盾的藝術追求並沒有到此爲止，在人物性格塑造上，他是向更高的審美層次突進的。

隨著小說觀念的深化，人們認爲只刻劃了單一化性格的人物，不能說是有很高的審美價值層次。英國評論家愛·莫·福斯特說：「十七世紀時，扁平人物稱爲『性格』人物，而現在有時被稱作類型人物或漫畫人物。他們最單純的形式，就是按照一個簡單的意念或特徵而被創造出來。如果這些人物再增多一個因素，我們開始畫的弧線即趨於圓形。」〔註24〕據此，就有所謂「圓形人物」與「扁形人物」之分。按照福斯特的觀點，所謂「圓形人物」，是在「扁形人物」身上「再增多一個因素」，就是要克服性格的單一結構傾向，造成性格的多重組合、複雜組合。描寫這種性格，將更符合現實生活中作爲複

〔註24〕《小說面面觀》第 59 頁，花城出版社 1984 年版。

雜體存在的「活人」的實際狀況，的確有更高的審美價值。茅盾沒有使用過「圓形人物」與「扁形人物」的概念，但他提出的創造「複雜性」的「活人」的主張，卻同這種觀點頗爲接近。在《創作的準備》中，他反對「太單純」、「太直線式」地描寫人物，把由這樣描寫出來的人物稱之爲「平板人物」或「標本式」的人物，就包含了對「扁形人物」的批評。朱光潛在介紹福斯特的觀點時，就把通常翻譯的「圓形人物」與「扁形人物」譯成「圓整人物」與「平板人物」〔註25〕。可見在反對「最單純的形式」或單一化的人物描寫傾向時，提「扁形人物」或「平板人物」，兩者是相通的。自然，實質並不在確定概念、名詞上，而在於茅盾對創造「複雜性活人」的理解，以及由此塑造的人物形象所具有的美學價值。

提出人物性格的複雜性要求，是由現實生活中的人的複雜性所決定的。茅盾指出，文學作品的描寫對象，既然是那些「造成錯綜複雜的社會現象」的「活生生的人」，作家筆下的形象也必須具有「複雜性」。他把作品中的人物比喻爲從「人生樹上」摘下來的一片「葉子」。雖然「摘下來的葉子引起你的感覺是單純的，而在枝頭的葉子所引起的，卻要複雜很多。一個『人物』雖然被寫得周到，可是倘只能引起單純的感覺，還是不行的」〔註26〕。這裡所表述的就是人物複雜性格描寫對於揭示生活本質的意義。文學作品寫人，如果只是把它看成同整個「人生樹」無關的孤立的、單個的人，不管將他描繪得如何「周到」、如何生動，仍然只能給人們「單純的感覺」，原因就在實際生活中的人「卻要複雜得多」。高爾基說：「人是雜色的，沒有純粹黑色的，也沒有純粹白色的，在人的身上滲透著好的和壞的東西——這一點應該認識和懂得。」〔註27〕這可說是對人的性格複雜性的最透闢、形象的闡述了。茅盾提出複雜性要求，是他對「活人」性格的更切近生活本色的把握，也進一步豐富了「活人」性格的涵量。如果說，他要求人物的性格寫得「周到」，寫得豐滿，具有「立體」效果和充分的個性化，是從形象的生動性、直觀性和典型性而言的，那麼，他同時提出性格的複雜性要求，就既是對形象塑造的眞實性的深化，也達到了能更深入地把握生活的本質、「人」的本質這樣較高的美學標準。魯迅高度評價《紅樓夢》的人物描寫，認爲它「和從前的小説

〔註25〕 《談美書簡》第 75 頁，上海文藝出版社 1981 年版。
〔註26〕 《創作的準備》。
〔註27〕 《文學書簡》第 219 頁，人民文學出版社 1962 年版。

敘好人完全是好，壞人完全是壞的，大不相同，所以其中所敘的人物，都是真的人物」〔註 28〕。這又一次指明注重性格的複雜性描寫，對提高小說價值的重要意義。

性格的複雜性，就是性格的多層次性、非單一性，就是多角度、多側面地寫出置身於複雜社會環境中的人的性格的「雜色」。不管是使用「圓形人物」概念，還是稱之爲性格的多重組合、複雜組合，意義是大致相通的——茅盾筆下的諸多人物形象，也往往有如此豐富、複雜的性格內涵。這在很大程度上取決於作家在特殊形象領域裏的探索。由於人所處的社會環境和所承受的矛盾糾葛有比較複雜和稍顯單一之分，人身上所表現的「雜色」性也就有程度的差別。一般說來，遭遇曲折、命運多舛的人，「不僅擔負多方面的矛盾，而且還忍受多方面的矛盾」，性格的複雜性就特別明顯一些。茅盾所選擇的形象表現角度，往往有很大的特殊性：或者是人物所處的社會環境特殊，比如《腐蝕》寫了「狐鬼世界」；或者是人物處在特定的時代條件下，如寫了大量在時代劇變中活動的「時代女性」；或者是人物本身就具有兩重性格的複雜體，如寫到的一批民族資產階級形象，等等。這種種複雜社會類型本身在生活中的表現就並不單純，再加上作家能給性格以多重性的表現，結果大都能夠寫成有複雜性格的形象。茅盾小說中一些最成功的典型，諸如吳蓀甫、林老闆、趙惠明、章秋柳等，無不都表現了性格的複雜性。吳蓀甫既具有「法蘭西資產階級性格」的特徵，生氣勃勃，大有作爲，又在面臨困境時難以「忍受」多方面的矛盾，變得極其渺小，一無可爲，從而典型地反映了民族資產階級倔強好勝而又力量微弱的特點。林老闆的性格也在多變的環境中展開，淋漓盡致地再現了複雜性；作爲一條「小魚」，他被「大魚」吃著的時候，盡力掙扎，不肯認命，境遇的確可憐，然而對待更弱的「蝦米」，他卻是夠狠心的，自身難保時索性席卷餘款一逃了之，吞沒了朱三太的三百塊送終「老本」和張寡婦的「用十個指頭做出來的百幾十塊錢」，使她們陷入了絕境，從而表現出商人自私狹隘、唯利是圖的品性。對這位林老闆，人們自然也是既同情他的遭遇，又有理由譴責他的不義。「肉體是女性，性格是男性」的章秋柳，也可算得是狂放不羈、痛快熱烈了，在生活中真也像是「車輪一般」地飛快轉動，飛快地「追求」著一切「新奇的刺激」，「甚至於想到地獄裏，到血泊中」，然而有誰知道，在暗底裏，在沉思中，她也經常在作「悲痛的懺悔」，

〔註28〕《中國小說的歷史的變遷》，《魯迅全集》第 9 卷。

有時還傷心得不能自持，因爲在這「灰色的生活圈子」中打轉終究是虛擲生命。外表的熱烈和內心的隱痛，不忘有所追求，而追求終是虛空，使得這位「時代女性」的性格表現得很不單純。由於描寫了性格的多重側面，這類人大都有異於常人的舉動，都有一個隱秘、複雜的內心世界。作爲生活中「活生生的人」的再現，他（她）們是有極大的藝術感染力量的。

性格複雜性的另一種表現，是寫性格的矛盾性，即把人物性格中的諸種因素置於對立的兩極——好的和壞的兩個剛好相反的側面，並使性格在對立中統一。這就是性格的二重或多重組合。這是一種比較理想的複雜性格組合方式，能充分地傳達出人的性格的複雜性程度。茅盾小說所表現的人物性格複雜性，很多帶有多重組合性，經常是好的一面和壞的一面並存，因此對形象就很難用「好人」或「壞人」的斷語作概括。吳蓀甫、林老闆等人物，都或多或少帶有這方面特點，尤以吳蓀甫的性格表現爲最充分。作爲一個「好人」，他是正正派派的企業家，專注於事業的勁頭和發展民族工業的宏圖大略，連很有抱負的孫吉人、王和甫輩都自歎弗如；作爲一個「壞人」，他的確又兇相畢露，毫不顧及工人死活，在日暮途窮時生活上也放蕩起來了。幾個方面，不同表現，看來相當矛盾，很難統一，其實這種矛盾性格正是當時身處矛盾境遇中的民族資產階級特徵的本質表露。性格的兩極描寫，正在於集中展現人物的矛盾性。另一個出色的性格二重組合形象，是《腐蝕》中的趙惠明。小說選取一個獨特世界中的獨特人物，以折射生活本身的多樣複雜性，更顯出特點。作爲失足落入「狐鬼世界」中的特務，趙惠明幹了不少骯髒的醜事，手上還沾有革命者和無辜人們的血跡，當然是一個「壞人」；但她有痛苦的思想鬥爭，她的「天良發現」，最終救出誤入羅網的女學生，走上了一條「自新之路」，似乎又不是「壞人」了。這同樣是一個具有複雜性格的形象，複雜性完全是在性格的對立統一中展開的。「狐鬼世界」原本是一隻黑色的大染缸，誰掉進去，靈魂就會被染黑，發黴、變質。趙惠明本來是個天眞無邪的女學生，參加過進步活動，出於小資產階級知識分子的自傲、虛榮、任性的特點，在身受沉重的打擊（被遺棄）以後，出於對環境作盲目的、無節制的報復，又受到特務機關的欺騙、誘引，終於陷入了泥潭。一旦失足，在那個暗無天日的世界裏鬼混，她當然要被污染。原先的青春氣息喪失殆盡，愛慕虛榮、追求享受的一面更加擡頭，這自在料中，而甘願接受特務機關一個又一個指示，幫著去幹傷天害理的事情，這既是身不由己，也更表現出她的

墮落。然而，趙惠明的「失足」卻還自有獨特性。她淪爲特務是被騙，她有並非狐鼠之徒的天性，這使她在魔窟裏生活決不會安之若素，內心不會不激起爭鬥的波瀾。再加上特務機關內部的爾虞我詐、勾心鬥角和小特務常常處在人人自危中的局面，更使她有可能厭惡、痛恨所過的生活。小說細緻地解剖了趙惠明混迹在特務群中的複雜的內心世界，既寫她靈魂被污染的一面，也寫她思想苦痛的一面；既寫她常常喪失理智和天良，去幹那些害人損己的事情，又寫她尚未完全消滅的良心和情感，在心靈的極其矛盾、苦痛的掙扎中，完成了性格的二重組合。比如她的任性，是導致走向罪惡深淵的主觀因素之一，爲了「報復」那個拋棄她的男人，她「狠心」拋下了出世二十幾天的嬰兒，去「毫無牽累地」過那種在她看來可以爲女人「爭氣」的生活。

　　她這樣做，表面上看來是無情無義，被人們罵爲「下作」、「忍心」，然而她內心裏又何嘗好受：

　　　　……下作的女人？忍心的母親？哦，下作，一萬個不是！忍心
　　麼？我有權利這樣自責，人家卻沒有理由這樣罵我。
　　　　我不是一個女人似的女人，然而我自知，我是一個母親似的母
　　親！

她以爲，割斷親子之愛是報復環境的手段，人們「沒有理由」罵她；她以爲，自己終究是個「母親似的母親」，拋下親骨肉心頭痛苦難道會比別的「女人」和「母親」少一些嗎？這段抒寫，既展示了她的「糊塗」和「不明大義」的一面，也寫出了她的不失有豐富情感的一面，她的思想和情感原就不是單純的。再比如，她陷入特務羅網以後，爲痛苦所折磨，力圖擺脫這種處境，但畢竟負荷著沉重的心頭壓力。並非輕輕鬆鬆就可以邁開向善的步子：

　　　　世上還有許多好人，我確信。但是他們能相信我也是個好人
　　嗎？我沒有資格使他們置信。我的手上沾過純潔無辜者的血。雖然
　　我也是被犧牲者，我不願藉此寬恕自己；我欲以罪惡者的黑血洗滌
　　我手上的血迹；也許我能，也許我不能，不過我相信有一線之可能。

一個有著深重負罪感的人，要脫離罪惡而去，既要同周圍的環境搏鬥，又要同自己的良心搏鬥，作著如此的複雜的心靈交戰，可說是作家對具有複雜性格的形象的深入內心堂奧的解剖了。正由於小說自始至終不放過描寫人物的多側面性，特別是對立統一性，這就把一個身處複雜社會環境中的複雜人物的性格表現無遺了。

　　描寫性格的複雜性、二重組合，從美學範疇說，還涉及到了表現「缺陷美」的問題。即作家不是將人作為「完人」，而是作為複雜的對象去解剖：寫「好人」不迴避缺點，寫「壞人」也不是一無「長處」，各各顯示出主體性格以外的「缺陷」，以寫出更接近於生活真實與藝術真實的活生生的人。既然在現實生活中沒有絕對的好人或絕對的壞人，小說有意識地表現人物的或一「缺陷」，就不會是多餘的；也只有這樣表現，方見得是同現實生活協調、和諧、統一，人物形象充滿活力，使讀者從中獲得欣賞的美感。那種對於正面形象一律不寫缺點，反面人物又寫得不堪一擊的做法，使藝術與生活脫節，顯然是不足取的。茅盾就批評過描寫「自天外而入」的「飛將軍式」的革命者，和「把資本家或資產階級知識者描寫成天生的壞人」這兩種各自走向極端的現象。〔註29〕他的創作從不迴避寫人物的「缺陷」，正面人物固然不是神人，聖人，反面人物也不是天生的壞人。他總是嚴格按照生活的本來面目，寫出富有生活實感的「活人」。

　　茅盾筆下的正面人物形象，大多樸實，「飛將軍式」的英雄找不到，十全十美的人物也談不上，總是質樸無華地貼近了生活的本色，原因之一就是不迴避表現形象的「缺陷美」。譬如，農村三部曲中的老通寶，是個勤勞、善良、正直、本份的老實農民，他那種為改變窮困的厄運而執著奮鬥的精神，給人留下了深刻的印象。然而在這個正面形象身上，同樣給人印象深刻的是他的許多「缺陷」——迷信、落後、保守的一面。如果說，在他們家隆重舉行的討蠶花「利市」的那些繁文縟節，是「千百年相傳的儀式」，也許還只是表現出受落後風俗的影響的話，那麼，他對命運之神的繫念，就到了非常可笑的地步了。他把全部希望寄託在預卜吉凶的「『命運』的大蒜頭」上，而大蒜頭只發三、四莖嫩芽，「覺得前途只是陰暗」，弄得他寢食不寧；他對竈君又是那樣恭敬虔誠，「蠶花」的「利市」只盼著它來保祐：這些，無不反映他的迷信和無知。然而，他的「缺陷」在於此，他的「可愛」也在於此。只有如是描寫，才足以反映老一代農民的優點和弱點。老通寶沒有喪失對生活的希望，面對蠶桑豐收的情景，「他的被窮苦弄麻木了的老心裏勃然又生出新的希望來」，但他畢竟缺乏科學知識，他對希望的表達方式只能是地地道道農民式的。在對神的虔誠裏，既浸透了農民無知的辛酸，又蘊藏著他們對未來希望的追求，這種對性格「缺陷」的描寫，剖示了人物的精神世界的豐富多樣。

_____

〔註29〕　《論無產階級藝術》，《文學週報》第 173 期。

還有老通寶的「仇洋」心理，這是對洋貨入侵的本能反抗，本也無可指謫，然而當它堅持得過頭，同老通寶的固執和偏見聯繫在一起，又表現爲一種「缺陷」了。他以自己的狹隘經驗選擇蠶種，明明「洋種」可以增產，只因帶著一個「洋」字，「就好像見了七世冤家」，一概拒之門外。這裡就包含著性格的兩個側面：一方面是鮮明的民族意識，另一方面則是他的保守、落後性。後一點描寫豐富了性格的複雜內涵，非常貼近老一輩農民的思想狀貌。「一筆並寫兩面」，形象才見得深刻、眞實而又傳神。

　　寫反面人物則並不專力描寫「反面」性，成爲「天生的壞人」，而同樣把人物看成是一個性格的複雜體。爲表現這種複雜性，有時甚至去寫「反面」的對立面，即貌似正確的一面，或者寫他們並非天生是混蛋，做壞事也總是經歷了痛苦複雜的思想矛盾的，或者寫出他們並非始終是笨蛋，在身上也總有不少能幹之處，因此可以造成人們對他們的錯覺，如此等等。這樣，寫出了另一種形式的「缺陷」，即反面性格的對立面，使人物的行爲眞切可信，同樣是表現「活人」所需要的。《子夜》寫腐朽地主馮雲卿，即是一例。這位在公債市場上輸紅了眼睛的小地主，爲挽回敗局，竟然唆使獨生女兒去勾引趙伯韜，以刺探公債行情，可謂天良喪盡。但茅盾在表現馮雲卿這一性格特徵時，卻並非寫他「天性」如此，而是用不少筆墨寫他痛苦的思想鬥爭，以展現人物的複雜情感。作爲父親，馮雲卿也愛自己的女兒。因此，當何愼庵最初向他提議使用「美人計」的時候，他簡直不敢相信何愼庵竟會出此言，震驚得「臉色倏然轉爲死白」，以致「撲索索落下幾點眼淚來」。其後，他內心一度有所活動，但想到女兒的可愛之處，不禁又慚愧起來，發狠打了自己的嘴巴，罵自己「比狗還下作」。即使後來思前想後，覺得捨此別無他途，決定勸說女兒上鉤時，他的心頭仍「浮起了幾乎不能自信的矛盾；一方面是唯恐女兒搖頭，一方面卻又怕看見女兒點頭答應」。女兒當眞點頭了，他又難過得不能自持。這個心靈交戰過程，眞是寫得一波三沂，維妙維肖。馮雲卿最後還是幹出了「比狗還下作」的勾當，這自然是爲利欲薰心的剝削階級本質所決定的，但他終究是個「活人」，幹出如此有傷骨肉、有失體面的醜事，內心畢竟是痛苦的。作家以細緻入微的筆觸，寫馮雲卿有「天良發現」的一面，並非往醜惡地主的臉上貼金，恰恰在於寫出有思想、有情感的活生生的人。寫反面人物取得成功的另一個典型是《子夜》裏的工賊屠維岳。此人是資本家的忠實鷹犬，爲人猖傲、自負、狡詐、陰險，鎮壓工人罷工用盡心計，人

們對他深惡痛絕，顯然是一個否定人物。但茅盾寫這個人物卻別具一格，不但沒有把他寫成是天生的壞人、笨蛋，反而先寫他的聰明、能幹，有膽有識。吳蓀甫最初召見他，是他在小說中的第一次亮相，就表現得氣度不凡：

> 他毫沒畏怯的態度，很坦白地也回看吳蓀甫；他站在那裡的姿態很大方，他挺直了胸脯；他的白淨而精神飽滿的臉兒上一點表情也不流露，只有他的一雙眼睛卻隱隱地閃著很自然而機警的光芒。

給人的印象是機警、幹練、信心十足。這樣描寫，正是為了突出他的狷傲的一面，日後一旦大權在握，自然會凶相畢現。不用漫畫化手法將其醜化，也在於說明反面人物並非都是草包，而他的外表做作，內心骯髒的醜態日漸暴露，就更會引起人們的厭惡。這樣，側重從複雜性上寫人物的性格，寫好人不避其短，寫壞人不掩其長（儘管只是表象上的「長」），才使性格寫得完整，符合生活真實，夠得上是一個實實在在的「活人」。

需要指出的是，寫出人物性格的複雜性，並不意味著寫性格分裂、寫「二重人格」是可取的。人的性格具有複雜性，是因為人是有思想、有情感的，又在複雜的社會環境中行動，情感不可能是單純的，思想也要隨環境的變化而變化。但不管怎樣，性格總有一種質的規定性，如黑格爾所說的性格的「主體性」，在人身上總有一種起主導或主體作用的方面，因此它總是雜而又不雜的。否則，只談複雜性，不講統一的一面，真的要弄到連好人和壞人也莫辨了。茅盾寫複雜性的「活人」，就有明確的是非觀念，是在嚴格的質的規定性中去寫複雜性的，因此不管性格寫得多雜，都是個統一的整體，不致造成人為的性格分裂。《腐蝕》中的趙惠明，是個被騙陷入特務羅網的青年，雖然也頂著特務的名號，但本質上不同於陳胖、舜生、F等職業特務。她的性格的規定性是可變性，即由她的天良未泯的本性所規定，在有利的條件下可以促成性格向好的方面轉化。她說，自己成為一個「好人」，「相信有一線之可能」。作品中人物的性格發展，其實正是按照這「一線之可能」所規定的線索發展的，她最終走上「自新之路」就是這種發展的必然結果。有人認為，趙惠明的最後轉變，是作者給她硬加上去的一條「光明的尾巴」。實乃不然。這既是描寫性格複雜性的需要，也是符合由主體性格所規定的性格發展邏輯的。她落入特務群中，本來就有諸種複雜因素，更何況過著受人擺佈、愚弄、凌辱的屈辱生活，還使她處在極其矛盾、痛苦的思想境遇中。她先前的愛人、革命者小昭也落入特務之手，受盡非人的折磨。她親眼目睹了這摧人心肺的一

幕，心靈受到極大的震顫。她畢竟是個有靈性、有情感、有血肉的活生生的人，因此在小昭被害以後毅然走上生活的轉換點，正是順理成章的。人物由主導性格所規定，又充分表現了轉化的條件，趙惠明的最終結局，同樣體現了性格的統一整體性。《子夜》寫屠維岳的性格複雜性也同樣。這個人物的性格規定性，是自命不凡又工於心計的作爲工賊的特性，他在其後利用黃色工會，鎮壓工人罷工中有出色的表演，將自己的醜惡剝露無遺。小說寫他的另一面，也不會造成性格分裂。因爲寫他的聰明能幹，是表現在工賊身份規定下的聰明能幹，因此這一面也常常是同狡詐、奸猾連在一起的，不會使人覺得性格是兩重的。在被吳蓀甫召見的那一幕裏，他表現得很有氣度，似乎令人可愛。但仔細讀下去，再慢慢體會，就會感到這正是他工於心計的出色表演。因爲他熟知「吳三爺」的性格，在他面前決不能表現出軟弱的情緒，否則就等於宣告了自己的失敗，因此他採取的是以硬制硬的辦法，竭力裝出倔強的神態，使吳蓀甫感到能抵擋自己「那樣尖利獰視」的職員「還是第一次遇到」，不覺對他產生了好感。待這一著奏效後，他又立即獻上一計──收買黃色工會。這一「頂」一「獻」，果然博得了吳蓀甫的歡心，取得了他的信任。聰明中包含心計，能幹裏暗藏殺機，這就是屠維岳性格的多側面性，然而它們又都是統一的，統一在有相當手腕的高級工賊身上。性格描寫是那樣渾然天成，不可移易。這，就是茅盾寫出複雜性的「活人」的可貴之處。

第十章　追求有機性結構形態的小說敘事模式

　　小說作爲一種敘事文學，敘事方式的靈活運用，多樣展開，以適應小說述事敘人，狀物繪景、寄情寫意等多方面藝術需要，無疑是拓寬小說藝術表達功能的有效途徑。我國傳統小說的弊病之一，是敘事模式的單一化：在敘事時間上是呆板的連貫敘述法，在敘事角度上基本採用全知視角，在敘事結構上則是以情節爲基本結構中心。「五四」現代小說在積極移植外來藝術形式後，突破了傳統小說的敘事模式，促成了敘事方式向多樣化方向發展。僅以敘事結構言，就有以情節爲中心、以性格爲中心、以背景爲中心等多種敘事結構。這是現代小說在傳統小說基礎上的重大發展。有的研究者把這種發展看成是小說「現代化」的一個標誌[註1]，是很有道理的。

　　在小說敘事模式的「現代化」進程上，茅盾是站在新文學第一個十年的基點上繼續前進的作家。不棄傳統，廣納新知，是他從事藝術創造的基本出發點，敘事模式的創新自然也是他追求的目標。在「五四」小說實現敘事方式多樣化的基礎上，茅盾小說所提供的是使之日趨成熟的經驗。儘管茅盾小說的敘事模式同「五四」以後湧現的一大批具有詩化或散文化傾向的小說頗不相同，如果按照有的學者所闡述的我國小說的發展受到「史傳」傳統與「離騷」傳統兩種傳統影響的觀點，那麼著眼於寫出一部社會「編年史」的茅盾小說，無論在小說容量還是敘事模式上都側重在繼承「史傳」傳統方面，這同注重追求「詩意」、宣泄情感的那部分「五四」小說相比較，對傳統敘事模

　〔註1〕陳平原：《中國小說敘事模式的轉變》第 14 頁，上海人民出版社 1988 年版。

式偏離的程度可能要小一些，但這並不意味著茅盾只是沿襲傳統而無所創新。恰恰相反，突破單一的傳統敘事模式正是茅盾之所長。在敘事時間上，他基本上揚棄了傳統的連貫敘述（從頭說起，接下去說）方法，大體採用交錯敘述（如《子夜》、《鍛鍊》等），也有採用倒裝敘述（如《虹》、《創造》等）的。在敘事角度上，基於他的客觀描寫主張，不完全捨棄全知敘事，但也拓展了敘事視角，出現了第一人稱敘事（短篇小說除外）、第三人稱限制敘事等。在敘事結構上，不再以情節為中心，而是以性格為中心。所有這些都表明，茅盾小說在敘事模式上都是具有相當的現代意識的。當然，新文學第二個十年以還的小說注重反映廣闊的社會人生，在敘事模式上也會同「五四」以後的「身邊小說」、散文化小說等有所變異。茅盾小說的敘事模式既是「現代化」的，又是充分顯示這種變異的，適應了小說以開闊的視野展示現實人生的要求，特別是在敘事結構上為社會寫實小說提供了多方面的藝術創造。

在長篇創作上，他是獨步文壇的。如果說，中國現代長篇小說在敘事結構上的成熟，是經由一代作家的共同努力完成的，那麼，首先記錄著的應是茅盾的功績。誠如葉聖陶所說，在《蝕》三部曲以前，還沒有見過「寫那樣大場面」的小說。茅盾的貢獻無疑是具有開創性的。同時，他的小說還以體制完備、形式多樣為特色，不獨長、中、短篇各色俱全，而且形式活潑，樣式多變。有《子夜》式的幾十萬言的單部長篇巨著，也有《鍛鍊》、《霜葉紅似二月花》那樣的多部頭長篇組成一個整體的宏觀構思；有故事連貫、布局謹嚴，形成一氣呵成之勢的中篇《多角關係》，也有注重生活紀實，畫面流動，搖曳多姿，恰如多幅特寫鏡頭連接的中篇《劫後拾遺》；有截取生活的橫斷面的幾千字的精鍊篇什，如《夏夜一點鐘》、《第一個半天的工作》、《船上》等「短短篇」，也有筆酣墨暢地縱寫人物來龍去脈的長至三萬餘言的「長短篇」，如《林家鋪子》、《煙雲》等；在結構形式上，還有《腐蝕》的日記體，短篇《創造》的借鑑戲劇結構的「三一律」原則等等——真可以說是呈現出千姿百態、異彩紛陳的局面。茅盾在小說結構藝術上作了多方面的嘗試，積累了豐富、完整的經驗。深入挖掘這座蘊量豐富的寶庫，能給現代小說創作提供諸多有益的借鑑，而其中最重要的則是小說的敘事結構原則，使各類技巧運用自如、左右逢源的帶有規律性的經驗。茅盾曾經指出，小說的敘事結構可以因篇而異，在方式上「縱剖或橫斷」也要視具體情況而定，主要的是要看「作者從怎樣的角度去取材，以怎樣的手法去處理」，就此而言，小說的結構

「似乎自有其法規」〔註2〕。那麼，茅盾小說結構的主要「法規」是什麼呢？

一、「有機性」──小說敘事結構的總體原則

　　對於嚴謹的現實主義小說來說，由於事件的紛繁複雜，人物行動的充分展開，在敘事結構上如何做到布局合理、構造嚴密，應是頗費斟酌的；這對那些展示廣闊社會人生、多少帶有「史傳」體的小說而言尤其是如此。茅盾從他的創作實踐出發，提出了「有機性」的敘事結構原則。關於有機性，他是這樣表述的：「有機性指整個架子中的任何部分，不論大小，都是不可缺少的。少了任何一個，便損傷了整體美，好比自然界中的有機體，砍掉它的任何小部分，便使這有機體成為畸形的怪物。」〔註3〕這裡強調的是結構的整體統一性和有機聯繫性，使小說在各部分的緊密聯繫中滙成一個結構整體。如果說，浪漫抒情小說擅寫情緒的飄忽流動，不大看重敘事結構的嚴謹性，那麼，這恐怕正是注重敘事狀人的寫實小說對結構嚴謹性提出的嚴格要求了。從這一要求出發，茅盾認為，同樣是我國古代優秀長篇寫實小說，「《水滸》的結構不是有機的結構」，因為全書沒有形成一個整體，「我們可以把若干主要人物的故事分別編為各自獨立的短篇或中篇而無割裂之感」；〔註4〕只有像《紅樓夢》那樣，「包舉萬象的布局，旁敲側擊、前呼後應的技巧，使全書成為巍然一整體，動一肢則傷全身」，方才稱得上是真正「有機性」的。〔註5〕不難看出，茅盾對結構的有機性要求，重視的是結構的嚴密性，而且還不是一般的嚴密，而是缺一不可、增一嫌多的嚴密，還不是單章結構的嚴密（如《水滸》），而是整體結構的嚴密。這在小說的結構藝術上是一種較高的美學追求，反映了茅盾在總結前人創作經驗的基礎上尋求藝術創新的渴望。綜觀茅盾的小說創作，可以說他在自始至終實現著這一追求。在具體的結構方法上，有機性是他遵循的重要原則，體現在各類小說的結構形態中。這裡，首先僅就長篇小說結構形式的變化，從長篇有機結構漸趨成熟、日益完善的過程中，來看一看他為實現有機性──這一結構的總體原則所作出的執著的努力。

　　比起中、短篇小說來，長篇作品有機結構的實現，自然是更加困難的。

〔註2〕《對於文壇的又一風氣的看法──談短篇小說之不短及其他》。
〔註3〕《漫談文藝創作》。
〔註4〕《談〈水滸〉的人物和結構》。
〔註5〕《關於曹雪芹》，《文藝報》1963年12月號。

篇幅的浩大，人物的眾多，事件的紛雜，要做到瞻前顧後，彙成整體，使「整個架子」成爲一個「有機體」，的確並非易事。考察我國小說史，在茅盾以前的長篇的有機結構是並不成熟的。古代小說在短篇有機結構方面，已有成功的經驗，從唐人傳奇、宋元話本以還的各類小說中，都有精心構製的佳作。但長篇有機結構的成功，除《紅樓夢》等少許作品以外，確實是罕見其例。魯迅在《中國小說史略》中指出，直到清末的譴責小說，長篇的結構仍是「短製」的聚合，「其記事逐率與一人俱起，亦即與其人俱迄，若斷若續」。即使被他稱之爲諷刺小說中的「絕響」之作的清中葉的《儒林外史》，也只是「集諸碎錦，合爲帖子」，難言「巨幅」。這說明，在駕馭小說結構的能力上，已往的小說家還缺少組織長篇的經驗，而遇到要用長篇的形式去反映較爲繁複的生活畫面時，也只能是諸多短篇的聯綴，如《官場現形記》等只是用一個一個小故事去暴露官場的齷齪現狀，其間沒有一線連貫的中心人物和事件，少一個或多一個故事都於整個機體無傷，這當然就很難稱得上是有機性的結構。從短篇聯綴的角度而言，像《儒林外史》那樣能夠做到「集諸碎錦」，即是眞正精粹短篇的集合，那已算是上乘之作了。《水滸》和《三國演義》等優秀長篇，在結構藝術上是有所創新的，人物和事件已粗具連貫的態勢，但這兩部作品被稱爲連環體式的結構形態，嚴格說來仍沒有脫出中篇或短篇聯綴的格局。敘事的方式是以一人引出另一人，前一人的事迹即告段落，因此《水滸》可分割爲林十回、宋十回、武十回等獨立的篇章，《三國演義》的官渡之戰、赤壁之戰、諸葛亮六出祁山、姜維九出祁山等也都是相對獨立的故事，以全書的結構言說不上是有機性的。「五四」以後的現代小說，在內容和形式上都呈現出與前大不相同的面目，結構藝術的革新和發展也是顯而易見的。魯迅的小說尤其是如此。誠如茅盾所說：「在中國新文壇上，魯迅君常常是創造『新形式』的先鋒；《吶喊》裏的十多篇小說幾乎一篇有一篇新形式」〔註6〕。然而同樣應當看到的是，在尚屬草創期的新文學的第一個十年裏，短篇小說創作已顯示出繁榮的局面，長篇創作卻仍然寥若晨星，像魯迅這樣的小說高手也無暇在長篇領域裏問津，所奉獻的是清一色的短篇作品，而某些號稱爲長篇的作品，如張聞天的《旅途》等，藝術上的稚嫩且不說，單就結構而言也只是中篇的規模，同長篇的有機的整體結構距離尚遙。小說發展的趨向在呼喚作家不斷從藝術上完善它，富有開拓精神的作家則常常以此爲己任。茅

〔註6〕《讀〈吶喊〉》，1923 年 10 月 8 日《時事新報》副刊《文學》第 91 期。

盾於新文學第二個十年甫始（1927 年下半年）之際，開手小說創作，而且一出手就是長篇作品，立志在一片荒原上開掘，表現出順應文學發展潮流的意向。而反映在小說結構藝術上，則是實踐他一貫主張的有機性結構的探索，力圖為我國現代長篇小說結構的完善作出自己的貢獻。考察他的長篇創作過程，就是不斷追求小說結構有機性的過程。在這一過程中，可說是邁出了四大步。

處女作《蝕》三部曲，是實現有機結構的第一步。這一部由《幻滅》、《動搖》、《追求》三個中篇組成的長篇小說，在我國現代小說史上屬於開山之作：不獨篇幅容量之大（二十六萬字）、反映生活面之廣闊是空前的，就是用三部曲組成長篇的形式也是首創的。在這以前，有郭沫若的自傳體小說「漂流三部曲」（《岐路》、《煉獄》、《十字架》），但這只是由三個短篇組成的，總計不過三萬字左右，還不及一個中篇的規模，影響力當然遠不及《蝕》。《蝕》三部曲在結構上的連貫，是主題的內在聯繫性。茅盾通過一群小資產階級知識分子在大革命時期的生活描寫，來表現他（她）們在革命以前的「幻滅」、革命既到時的「動搖」和革命失敗以後仍在「追求」的思想狀貌，不妨說是一部完整的小資產階級革命三部曲。小說描寫的重大事件也是連續發展的，形成首尾連貫的氣勢：《幻滅》由「五卅」週年紀念寫到武漢的第二次北伐誓師，再寫到強連長的出征上前線；《動搖》基本上連接前一時間，側重表現湖北某縣城的大革命高潮場景，以及革命被反革命勢力撲滅的經過；《追求》則表現經歷革命失敗的青年知識分子回到上海的情景，描寫他（她）們在上海的政治「低氣壓」下所作的種種掙扎和追求。三部作品展開的具體情節各不相同，是自成起訖，各自獨立的，但事件背景的連貫性卻體現了一定程度的有機性。小說中的人物採用的是「重現法」，讓個別人物（如李克、東方明、史俊等）在三部裏不時出現，起了穿針引線的作用，把活動在各部裏的人物勾連在一起，這也無形中造成了三部的整體感。茅盾說：「《蝕》是預先想好要寫三部曲，人物和故事也要有連貫」〔註7〕。但結果並沒有完全實現計劃。原因大概比較複雜，但有一點可以肯定，連貫性的計劃是早已藏在心中的，以《蝕》總其名把三部連成一個整體在意識上一直是明確的，而人物和情節的缺少聯繫也並不妨礙連貫性的實際存在。因此，這一部長篇作品可以視為有機結構的雛型。

〔註7〕《我走過的道路（中）》第 133 頁。

　　《蝕》的結構為茅盾所不滿意的，是有機性程度的不足，即三部缺少連成一氣的中心人物和中心事件，這多少削弱了整體的有機統一。第二部長篇《虹》的創作，就努力克服《蝕》的結構缺陷，在有機性結構的實踐中邁出了第二大步。如果說，《蝕》是由三個中篇組合的，各部在情節安排上尚明顯存留各自獨立的傾向，那麼，《虹》就是茅盾完成的第一部單獨成篇的長篇，人物和事件的高度集中使小說構成了嚴謹的布局。這部作品在結構上的最大特點，是故事情節緊緊圍繞主人公梅行素的性格發展來展開，人物的成長過程就是情節的推進過程，故事的進展是如此緊密相連，以致於砍去其中一節就會模糊人物性格發展的軌迹。小說寫梅行素從婚，抗婚，出走，單闖人海，到最後滙聚到集體主義的洪流中，所演示的正是情節和性格齊頭並進的趨向，情節是連續推進的，在情節的連續推進中也完成了人物性格的塑造。這部小說在人物和事件的緊密聯貫上，體現了結構的有機性特徵，而且還從《蝕》的內部聯貫（主題和背景的內在聯繫性）走向了外部聯貫（情節外在緊密勾連）。就小說有機性結構的形成而言，它無疑是一個很大的發展。

　　然而，如果用長篇小說結構的有機性特徵去衡量，《虹》的結構也還有弱點。同反映生活的豐富複雜性相一致，長篇小說在結構上要求情節發展的多樣統一，除了人物和事件的連貫性以外，還要求情節開展的豐富性，並在豐富性中見出有機統一性。茅盾稱讚《紅樓夢》的有機結構，就在於它有「包舉萬象的布局，旁敲側擊、前呼後應的技巧」，而又「使全書成為巍然一整體」。對《紅樓夢》這部小說，有人稱為運用了「一樹千技」式的結構方法，有一條中心線索（寶、黛的愛情悲劇）貫穿始終，又延伸出許多條支線（金陵十二釵的故事，乃至四大家族的興亡史），使情節發展呈現出集中性和豐富性的統一。與此相對照，《虹》的弱點就明顯了。這部作品的情節緊密勾連，體現出有機性，但情節的安排卻呈現出單一發展趨向，故事只圍繞在梅行素身邊展開，只有縱向深入而無橫向拓展，只有線的發展而無面的勾連，這就大大影響了結構建築的整體性。因此，《虹》還不是完善的長篇有機整體結構。《子夜》成功地運用了堪稱為「一樹千技」式的結構方法，是茅盾實踐長篇有機結構邁出的第三大步。《子夜》結構的有機性當然是表現得最完全的。它既有《虹》的線索集中性和聯貫性，緊緊圍繞主人公吳蓀甫的悲劇命運展開故事，中心人物和中心事件的一線到底，使全書的結構有機地串連在一起，滙成嚴謹的布局，同時，它又體現出情節開展的豐富複雜性，不獨吳蓀甫一人陷在

「三條火線」中作成，使情節的發展縱橫交錯、撲朔迷離，而且小說的畫面還分別牽連到都市、農村、鄉鎮，涉及到政界、軍界、商界、企業界、知識界等各色人等．從而成爲一部百科全書式的巨著，眞正描繪了一幅 30 年代時代生活的整體圖畫。這部小說結構的有機性，使它成爲現代長篇小說中運用「一樹千技」式結構的典範之作，標誌著茅盾運用長篇有機結構的完全成熟。

當然，茅盾並未滿足於在《子夜》裏取得的成功，他此後的努力又邁出了第四大步，即在多部長篇作品裏運用「一樹千枝」式的結構方法。《子夜》以後的五部長篇，除《腐蝕》外，《第一階段的故事》、《走上崗位》、《鍛鍊》、《霜葉紅似二月花》，都是計劃中的多部頭作品。這些作品都沒有全部完成，但從已成書的部分看，它們都不同程度地透露出作家要從宏大的規模上把結構線索的集中性和反映生活的豐富複雜性有機地統一在一起的特點，結構的有機性追求同樣是十分明晰的。其中以《霜葉紅似二月花》爲最有特色。這部作品的構想是要寫從「五四」到 1927 年大革命失敗近十年的「壯劇」，結構規模的宏偉性自可想見。有人稱這部小說具有「紅樓風韻」，不僅在於它對日常家庭生活細膩、溫潤的描繪酷似《紅樓夢》風格，尤其是指它的「一樹千枝」式的結構形態。小說以民族資本家王伯申同地主趙守義的矛盾糾葛爲貫穿全書的主線，這條線索又牽動著張（恂如）、錢（良材）、黃（和光）、朱（行健）四家各色人的生活和矛盾，展現出破落的世家子弟、無力迴天的「新派」人物、小縣城裏的守舊勢力、土豪劣紳等形形色色的嘴臉，形成了紛繁複雜的情節發展趨向。小說沒有全部寫完，成書的部分還只是理出了線頭，情節的發展高潮遠沒有到來，其結構的規模明顯超出了《子夜》。倘若後面幾部能夠完成，它可望是一部具有整體結構的宏篇巨著。

由粗略的回顧中可以看到，茅盾在小說結構上所刻意追求的是有機性特徵，這一貫穿在整個創作中的結構原則的具體運用，正是使他的小說藝術不斷豐富、完善的一個重要原因。自然，茅盾所提倡的有機性結構原則又自有豐富的內涵，在各類作品中有不同的表現形態，從不同的側面反映出茅盾小說創作中結構經驗的豐富性，這就需要作出更爲具體的剖析。

二、注重理性分析的「立主腦」敘事結構

貫徹有機性結構原則，對於注重理性分析，創作中主題意識十分自覺、非常明晰的茅盾說來，便意味著敘事結構圍繞主題的表現而展開，以主題的

內在邏輯性使敘事線索融合成一個嚴密的有機整體。清初戲劇家李漁在論述結構藝術時，提出過「立主腦」之說。他以為，「作文一篇，定有一篇之主腦」，若缺乏駕馭全篇的「主腦」，勢將成為「散金碎玉」，或如「斷線之珠，無梁之屋」，〔註 8〕導致結構上的雜亂鬆散。這個原則，按今天的理解，就是用主題意識統帥結構，使結構布局成為有效地傳達作品核心內容的手段。用茅盾的話來概括，即是：「所有主要次要各人物的思想意識，主要次要各動作的發展，都有機地圍繞於一個中心軸」〔註 9〕。

結構「圍繞於一個中心軸」，這在只是截取生活斷面的短篇作品裏是比較容易做到的。出場人物的有限，事件的單一發展，都使作者有可能比較順手地去駕馭結構。茅盾的精當之處，是構思階段通過故事的設置去表現某個主題的意念十分明確，情節安排就集中奔向主題，使短篇結構顯得更加緊湊，各部分毫無鬆動、脫節之感。比如《春蠶》表現「豐收成災」的主題，整個故事就緊緊圍繞這一主題展開。主要的篇幅放在老通寶們對豐收的渴望、為爭得豐收而作出的苦鬥以及因豐收而帶來一度喜悅的描寫上，至故事結尾來了個陡轉：因繭價跌落，上好的白繭賣不出去，老通寶原來的希望化為泡影，還背了一身債。這個作品有近二萬字，但由於所有情節都在說明豐收的形成和災變，由主題所規定的內在邏輯聯繫非常緊密，整個故事就形成一氣呵成之勢，單以結構之嚴密就堪稱為佳作。另一個短篇《喜劇》，作者要表現的是反動政府換湯不換藥、借「革命」以欺蒙人民的主題，主題的明晰性決定了結構處理上的意匠經營。故事情節集中在青年華出獄以後連連碰壁的事件展開，構成一連串的喜劇衝突。情節的富有喜劇色彩，就是為作品嘲笑反動政府之欺騙宣傳同現實不相協調的主旨所規定的，截取生活中的一個斷面，把現實生活裏的不合理因素濃縮在特定的畫面中，既突出、強化了主題，也使作品的結構顯得十分緊湊。

在長篇作品裏，特別是在多部頭長篇中，由於人物繁多，事件複雜，線索交錯，作者表達的思想常常是主題以外又有副題，這樣，要使結構的安排都「圍繞於一個中心軸」難度就大了。不過，為不致使長篇的結構雜亂鬆散，「中心軸」的要求也就顯得更加突出，更為緊要了。這裡，起決定作用的是，作者在主題思想明確的前提下，在作品諸多發展著的線索中突出一條主線，

〔註 8〕 《閒情偶寄‧立主腦》。
〔註 9〕 《渴望早早排演》，1937 年 1 月 1 日上海《大公報》。

其餘各線都環繞著它展開，猶如眾星拱月，托出主題。這樣，「中心軸」的作用就體現在中心線上。譬如，《紅樓夢》的人物、事件之多是驚人的，光在大觀園內，有名、有姓、有事迹的人物就不下幾十個，但小說始終圍繞賈寶玉和林黛玉的愛情悲劇為中心線展開，其餘十二釵以至女奴們的悲劇故事都在襯托、補充這一條主線的內容，作品的反封建主題非常突出，整個結構布局也就顯得十分嚴謹。列夫・托爾斯泰的名著《戰爭與和平》亦復如此。茅盾分析這部作品的結構長處時指出：「這麼一部百餘萬言的巨著——人物多至一百以上、場面自血戰、國王的會議、貴族做生日、貴族的喪事、劇場、跳舞會、打獵乃至小兒女的情話，農民的生活，十九世紀初十年俄國的政治事件和社會現實，幾乎網羅無遺，然而貫穿這一切的線索就是『對拿破侖的戰爭』。……在全書的結構上，既以對拿破侖的戰事始，亦以對拿破侖的戰事終。」〔註10〕很明顯，茅盾確立結構圍繞「中心軸」的理論，正是吸取中外文學名著藝術經驗的結果，而他的表現主題思想的自覺性，使這一結構原則在長篇創作中發揮得更其透徹，明顯表現出立足於前人基礎上的創新和發展。《子夜》的結構處理，即是範例。

　　這部作品結構的嚴謹性，已經引起人們的廣泛注意。這裡要強調的，是作品嚴格遵循結構圍繞「中心軸」的嚴謹性。茅盾在回憶錄中已對《子夜》的創作經過說得頗為詳盡了，使人們對這部作品的結構安排有了更深一層的認識。綜觀他在結構處理上煞費苦心的過程，正是在用心思索如何找到一種好的結構方式，更集中、更明確地表達主題思想的過程。在藝術構思中，茅盾面對積累的大量材料，決定「用形象的表現」，來提出「中國沒有走向資本主義發展的道路」這一歷史性命題，是絕不含糊，不可變更的。這是一種少有的創作思維過程中的自覺性現象。然而，要使這一主題在作品中明晰地昭示出來，還必須借助於線索清楚的結構，因為它畢竟是在繁複的生活畫面上展開的，弄得不好主題就會模糊。最初，茅盾設想寫一個以《棉紗》、《證券》、《標金》為題的都市三部曲來表現，並寫下了小說提綱。據「提綱」所示，《棉紗》寫初期「輕工業勃興」的同時，「即受日本紗之競爭而瀕於破產」的情景，說明我國初期民族工業的不堪一擊；《證券》是民族資本發展的「第二期」的現象，寫官僚、地主、失敗後的工業家，將積累的資本開銀行、辦交易所，

〔註10〕《〈戰爭與和平〉》，轉引自《茅盾研究論文選集》（下）第 495 頁，湖南人民出版社 1983 年版。

造成了剩餘資本不去發展生產事業而以金融資本營利的狀況,「表示了中國資產階級的極端墮落」;《標金》又是「第二期」的發展,由於「銀價低落」,連金融資本也無出路,只能進一步買辦化,而「以外人附庸的形式而存在」。這一思路,顯見是《子夜》的雛形,它同後來表現的民族工業前途暗淡的結局也相去不遠。但從結構上考慮,這樣處理要深刻地表現既定主題,卻有兩個問題。其一是未能同農村組成「交響曲」,就揭示社會性質而言,缺了農村這重要的「一角」,「社會化」程度就明顯不足,如果再輔以「農村三都曲」,又會使結構顯得鬆散、不融合。其二在《棉紗》等都市三部曲中,表現的是整個民族工業的狀況,面鋪得很開,時間跨度過長,要寫得線索集中就有困難,同時,由於內容過於龐雜,只能寫出資本主義的衰落過程,民族資本奮鬥、掙扎至最後破產的經過就無法實現,這樣反而無法再現在半殖民地社會里民族資產階級必然失敗的歷史命運,結果削弱了作品的主題。經過再三考慮,茅盾終於捨棄了這一結構安排,把已寫就的「初步的提綱」擱下,而形成了另一種結構,這就是後來成書的《子夜》的結構。《子夜》反映的社會生活面顯然要比《棉紗》等三部曲廣闊得多,既寫了都市,也寫了農村,既表現了金融資本的壟斷狀況,又表現了民族工業的掙扎過程。由於它緊密圍繞民族資本家吳蓀甫的命運展開,在全書結構上以吳蓀甫的事業發展始,又以吳蓀甫的事業破產終,始終不離「中心軸」,就顯得高度緊湊、集中。在事件的安排上,可說是突出了主線中之主線。吳蓀甫的遭遇是貫穿全書的一條主線,這固然是清晰可辨的,而小說寫他陷在「三條火線」中作戰,即對付工廠罷工、農村暴動和去交易所冒險,又把重點放在交易所冒險這一條「火線」上。從第二章吳蓀甫與趙伯韜組織公債多頭公司開始,這一條線索似斷實續,一直發展到最後,且以吳蓀甫在公債市場上的敗北作為全書的收束。這是因為在這條「火線」中,最足以表現民族資產階級同買辦資產階級的爭鬥,從而突出了帝國主義扼殺中國民族工業的過程,對揭示作品的主題起了舉足輕重的作用。這樣,由於「圍繞於一個中心軸」,不但表現了主題的深刻性,也使整個作品結構嚴謹,充分反映出作家善於在長篇的宏偉規模上突出中心、精心結構的高超本領。

當然,用主題統帥結構,「中心軸」的作用並不只表現在事件線索的連貫上。有的作品主人公並不明確,或者沒有一條貫穿全書的主線,也就無所謂突出主線了。在這類作品裏,要把看起來各不相關的人物和事件連貫在一

起，也只有靠它們服從於同一主題的內在聯繫性，主題統帥結構的意義也見得更爲重要。例如，在中篇《劫後拾遺》裏，茅盾描寫的是抗戰期間香港社會的各種形相。作品並沒有完整的故事情節，也沒有一線到底的中心人物，恰如幾組大型特寫鏡頭的連接。整個畫面都是流動著的：時而淺水灣，時而德輔道；時而游泳池，時而電影院；時而 H 工廠，時而香港大酒店……剛剛寫完跳舞場裏尋歡作樂的紅男綠女，緊接著就轉到了另一處關心抗戰前途的時事報告會；在 H 工廠，既寫了痛恨「小日本」的憤怒的工人群眾，也寫了躲在暗角里尋釁搗亂的漢奸、暗探。時間、地點，都是跳躍式地轉換的；人物、事件，彼此獨立，各不相關。然而，讀完以後，強烈感受到的是：它是一個整體，是融合無間的整體。這裡，起重要作用的，就是主題思想的內在聯繫力量。在這個作品裏，茅盾要表現的主題是抗戰期間一個很突出的問題；「現實是光明與黑暗的交錯——一方面，有血淋淋的英勇鬥爭，同時另一方面又有荒淫無恥，自私卑劣。」作品正是通過場景的不斷變換，形成兩個方面的強烈對照，有力地托出了這一主題。從結構上看，由於「中心軸」非常明確，分散各處的材料也不致成爲「散金碎玉」，而是有機地統一在一起了。同樣的情況也表現在茅盾的多部頭作品裏。像《鍛鍊》等作品沒有全都完成，還很難從多部結構上去品評它的得失，但他畢竟寫成兩個三部曲，即由短篇組成的「農村三部曲」和由中篇組成的《蝕》三部曲。這兩個三部曲的組合，在結構上都是遵循「圍繞於一個中心軸」的原則的，然而在表現形式上卻有所不同。農村三部曲的「中心軸」選擇接近於《子夜》，以主人公老通寶一家的事件線索作爲主線，使三部在人物和事件上都得以連貫。茅盾在回憶錄中談到，這個作品原來沒有寫成三部曲的計劃，「是寫了《春蠶》之後，得到了鼓舞，才續寫《秋收》和《殘冬》，並考慮使三篇的人物和故事連貫起來」〔註11〕。這說明，作家在創作過程中對「中心線」的安排是明確的，後兩部正是順著第一部的情節發展線索去結構故事，使整個作品通過老通寶一家一年四季（《秋收》事實上是從夏種寫起的，全篇不妨說是寫了春、夏、秋、冬四季）生產和生活狀貌的描寫，演示了一個自耕農家庭在經濟恐慌的年代裏演變爲赤貧戶的全過程，主線發展清楚，事件前後連貫，結構非常嚴謹。而《蝕》三部曲的連貫程度，相對地說，卻要弱得多了。其間雖有個別人物在各部「重現」，各部的中心人物卻是各不相同的，三部描寫

〔註11〕《我走過的道路（中）》第 133 頁。

的具體情節更是各不相關的。而使這三部連貫起來，靠的就是主題思想的內在聯繫性。因爲寫這個三部曲，事先就有計劃的，使之成爲整體，在原來的意識上甚至是比農村三部曲還要明確的。也許由於作家初試鋒芒，尙無駕馭宏篇巨構的經驗，在寫完第一部《幻滅》後再寫《動搖》時，只能再組故事，另起爐竈，寫第三部《追求》亦然。但畢竟由於三部曲的計劃早已藏在胸中，完篇以後無論如何也抹不掉這三部的整體感。因爲在這三部曲中，同樣有一個「中心軸」——明晰的主題在起作用，作家明確地要通過三部作品的描述，去表現「一九二八年以前那幾年裏震動全世界、全中國的幾次大事件」，反映這「大事件」中不同階段人們的思想面貌。三部曲寫了不同的三個階段，儘管具體情節缺少聯繫，但在時代性上是互相勾連的，人物受著時代節制的思想演變，也在三部中有節奏地推進著，在這裡明顯烙下了時代潮流變化、發展的印痕。因此，作爲一個整體來看，《蝕》三部曲同樣在一定程度上體現了有機性特徵的。

三、以性格爲中心的敘事結構

作爲典型的現實主義小說，茅盾的小說以刻劃人物性格爲重點，敘事結構以性格爲中心也成爲一個突出特點。敘事服從於人物性格的鑄造，以凸現「人」在「事」中的本位作用，使結構布局顯現出圍繞「人」而展開的清晰思路，同樣表現出結構的有機性特徵。對此，茅盾曾提出：結構安排必須「以故事繫於人物，即以人物爲骨而以故事發展爲肉」〔註12〕。結構以人物爲骨架，同結構必須環繞於「中心軸」是相輔相成的。因爲作品主題的揭示，離不開人物的性格及命運描寫。設若《子夜》沒有生動地展示吳蓀甫的性格以及悲劇命運，即使構思了再好的主題也將無從表現，充其量只能是概念的圖解。因此，把主題看成是結構的「中心軸」，在善於形象化的作家那裡，實際上也意味著在結構安排中把人物的活動置於突出的位置上。不過，茅盾提出的「以人物爲骨」的主張，還有另一層更深刻的含義，即是：在安排人物和故事時，以何者爲主？何者爲從？茅盾的結論是「以故事繫於人物」，主從關係就說得很明確。他在說到「人和事」面前作家的主觀選擇時也說過：「是先有人物然後才有故事的，他們是在社會中看到可寫的人物，然後根據這些人

〔註12〕《關於大眾文藝》，《茅盾文藝雜論集》下集第 691 頁，上海文藝出版社 1981 年版。

物個性去展開故事」〔註13〕。把這些意見集中到一點，就是：結構安排必須服從於人物的性格描寫，尤其不能讓事件沖淡了人物，淹沒了性格。

藝術上有成就的作家，都是注重在情節、結構安排上突出人物性格的發展線索的。高爾基說：「文學的第三個要素是情節，即人物之間的聯繫、矛盾、同情、反感和一般的相互關係，——某種性格、典型的成長和構成的歷史」〔註14〕。茅盾的觀點，顯然是與此相通的。結構「以人物爲骨」，實際上就是以性格發展爲骨架，它同情節是性格發展的歷史的見解並無二致。茅盾的小說中事件線索清楚，結構嚴密無間，正取決於把情節作爲人物性格發展的歷史來演示，性格的形成、變化、發展過程揭示得非常清楚，從結構上看，自然也就條暢理晰，無懈可擊。吳蓀甫的性格發展、變化過程，即他從有魄力、有手腕、處事冷靜、剛毅堅強，逐漸演變成顧慮重重、脾氣暴躁乃至消極頹喪的過程，正是《子夜》情節向前推進的過程；同樣，老通寶爲改變窮困的厄運，幾度掙扎，養蠶失敗再寄希望於種稻，從迷信命運到歷盡劫難後在臨終前有了朦朧的醒悟，也是《春蠶》和《秋收》情節發展的過程。在這類作品裏，主題的明晰性是同人物性格發展的清晰程度完全一致的，結構的高度嚴密，自不待言。在茅盾的另一類作品裏，描寫的側重點是特別注意人物性格變化的，作品當然也著眼於表現某一主題，但是並沒有像《子夜》或者農村三部曲那樣從分析社會性質的角度對主題的要求提得非常明確，集中目標奔向既定的計劃，因而兩者相較，性格描寫就佔了突出的位置。這類作品的結構方式，「人物爲骨」的特點就更加顯著，結構的嚴謹性就呈現出另外的特色。長篇小說《虹》就是一個適例。

《虹》是茅盾繼《蝕》以後的第二部長篇，也是他第一部專力寫一個人物性格發展過程的長篇。茅盾說：在《虹》裏，「我第一次寫人物性格有發展，而且是合於生活規律的有階段的逐漸的發展而不是跳躍式的發展」〔註15〕。這就表明了作家有意識地從《蝕》寫性格的片斷性向寫性格的相對完整性的階段轉化的意向，同這種轉化相適應，在結構方式上則是「以人物爲骨」安排情節的成功運用。這個作品在結構上的最大特點，便是主人公的性格「有階段的逐漸的發展」，而性格發展的階段性，正好構成了結構安排的層次性。

〔註13〕 《關於創作的幾個具體問題》，《海燕文藝叢刊》第 2 輯。
〔註14〕 《和青年作家的談話》，《文學論文選》第 297 頁，人民文學出版社 1958 年版。
〔註15〕 《我走過的道路（上）》第 36 頁。

小說寫梅行素在「生活的學校」中經歷了許多驚濤駭浪，從一個嬌生慣養的小姐的「狷介的性格」發展而成為反抗侮辱、壓迫的堅強的性格，終於走上了革命的道路，性格的發展經歷了一個多變的過程，漸進的過程，也形成了性格變化多層次的、表現形式不同的「階段」。然而，就大的「階段」而言則是兩個：以梅女士出川為界，前段是她孤身奮戰的時期，後段是她來到上海投身在「集體主義洪流」中的時期，形成了兩個時期性格的截然分野。為把這兩個大的「階段」揭示得透徹、明瞭，造成醒目的藝術效果，在結構上就作了精心處理：開頭即寫梅女士乘輪船闖出夔門，奔向上海，去尋求新的生活，她過去的經歷寧可在下幾章回憶中補敘，這實際上是把她的生活道路「攔腰」砍成兩半，把前後判若兩人的性格提要首先推向讀者。這樣處理，在結構上的長處是使文字緊縮、集中，避免了因「從頭說起，接下去說」而使篇幅冗長、文字累贅的弊病；而就著眼於表現性格發展過程而言，則由於一開始就把性格的發展「階段」揭示清楚，其後的人物行動軌迹就了了分明。因此，以性格為骨架的清醒意識，使小說從開局就造成了先聲奪人的氣勢。由於大的「階段」明確，性格發展的各個具體「階段」也自可理解。在以後的情節進展中，仍可以把它分割為幾個不同的「階段」去認識。譬如，梅女士身處「閨閣」之中是一個階段，婚後逃出「柳條籠」是第二個階段，轉至治本公學、滬州師範時「單獨在人海中闖」是第三階段，等等。這些「階段」，不只是時間、地點、事件的轉換，更重要的是人物性格的變遷，表現出不同性格特徵的階段獨立性：處在「閨閣」時性格是狷介而又單純，逃婚行動則表現為受到個性解放思潮影響的初步覺醒，獨身「在人海中闖」又顯示出開始了單槍匹馬的戰鬥而思想仍很混雜，等等。這樣，在「大階段」清楚的前提下，又形成了「小階段」的清晰性。由於性格發展的「階段」明確，整部小說的情節推進就次序井然，情節的確成為性格成長和典型構成的歷史。而透過線索如此清楚的結構形態，人們也就很容易去把握主人公性格的完整性了。

在結構安排中，強調「人物為骨」，當然也不能忽視另一個側面，即「故事為肉」。「骨」與「肉」，兩者是個統一體，是互相依存的統一體。如果只講骨架，不充填以血肉，作品只能成為一具乾癟的木乃伊。正如茅盾所說：「一篇小說，如果只光是描寫人物的性格，而沒有故事，那也未免太乾燥一點，因此小說家就常常通過故事，來表現人物的性格，所以人物與故事之間，是

有機地統一著」〔註16〕。這裡值得注意的是茅盾一再說及的「有機性」，即人物與故事的有機統一性：刻劃人物，主要是靠形象化描寫，故事是不可或缺的；寫故事，也不是爲故事而寫故事，主要是爲表現性格，「以故事爲肉」，其血肉必須納入性格的框架中。茅盾小說處理人和事關係的精妙之處，就在於堅持了兩者的有機統一，使骨肉相附，配置得當，在結構上成爲和諧的整體。他在設置故事時，並不追求情節的曲折離奇，首先考慮的是表現性格的需要，選擇那些最足以描寫性格特徵的典型事件。在《虹》裏，人物性格分明的階段性，是基於作家對人物不同時期性格特徵的把握，有賴於作家在作品中的敘述和介紹，但最能說明不同階段性格獨特性的，還是那些生動的故事。故事並不離奇，都是生活化的，但由於恰如其分地表現了性格，仍不失生動性與形象性。如寫梅女士的逃婚經過，就頗有特色。逃婚之類被人們寫爛了的故事，在茅盾筆下，從刻劃性格獨特性入手，卻顯得頗爲別致。梅女士的婚嫁雖出於被逼，卻並不堅拒，她是抱著「要進牢籠裏去看一下，然後再打出來」的主意進入柳家的，但後來「出來」卻十分艱難。新婚之夜，她於身邊藏了一把剪刀，準備同柳遇春抗衡一下，但柳遇春以「老手」的敏捷，毫不費力地「征服」了她，竟使她不自覺地「就範」了；其後，柳的一再欺騙，感情上的故作纏綿徘惻，都使她解脫不得。只有當柳遇春的商人面目徹底暴露，她在人格上受到了極大污辱，這才鼓足勇氣「逃」了出去。這個寫法，不落俗套，也很切合「五四」時期接觸過某些新思潮的女子的性格。她們接觸了一些「新」的東西，既不過份看重貞操觀念，也很想有所作爲，但畢竟思想單純，稚氣難脫，終於弄得左支右絀，狼狽不堪。事件描寫並不複雜，卻給人一種新鮮感，仔細玩味，更感到性格描寫的力量。《虹》描寫的其他事件，也一樣在單純中見性格，而且又是切合變化了的性格，發展中的性格，這樣人物性格的階段性就特別鮮明。整部小說的故事線索，都圍繞主人公的命運展開，情節呈單一發展趨向，決不旁枝逸出，似有豐富性不足之嫌。但如果僅僅就刻劃人物性格發展而言，又考慮到這本是個篇幅不長的長篇作品，並不複雜的故事配置就又是合理的，得體的了。相比之下，《子夜》的情況就有所不同。它注重描述的是「大規模的社會現象」，藉以反映中國社會的歷史變動，事件的單線發展就會顯得不足。因此，作品在突出吳蓀甫這條主線以外，又輔之以幾條副線，或穿插情節豐富主線，如騰出一章的篇幅寫公

〔註16〕《關於創作的幾個具體問題》。

債市場上的馮雲卿、何愼庵、李壯飛三位投機者，在各章中穿插大量情節寫經濟學教授李玉亭，寫小資產階級知識分子張素素、范博文等。這裡，故事的紛繁、交錯，又是根據作品的主題，根據主人公命運和性格的複雜性等要求設置的，同樣見得協調、統一。

要使人物和故事配置適當，造成結構的有機統一，關鍵在於「剪裁」。因爲並非所有的生活材料對於表現人物性格都是有用的，故事偏離性格的毫無節制的發展只能造成結構的畸形狀態。事實上，要編排出盡可能曲折離奇的故事並不太難，但要在故事中見出性格卻非易事。因此，要使性格和故事協調，「剪裁」就必不可少。茅盾就特別強調對故事「剪裁」的必要，並提出了「剪裁」的具體要求：「故事是由人物產生的，人物的事情太多，要得到適當的故事，那就得『剪裁』去一些瑣碎的不重要的部分，偶然的現象的部分……留下最典型的事件，最能夠表現出這個人物的性格的方面」〔註17〕。《子夜》的故事配置，最能見出作者「剪裁」上的匠心處理。據保存下來的小說《提要》，原來設計的故事要遠爲複雜得多。僅以描寫吳蓀甫爲例，尙有吳蓀甫收買流氓「擬刺趙伯韜」的故事，有吳蓀甫勾結國民黨改組派人物在公債市場上幾度得手，趙伯韜因此勾通政治勢力以吳蓀甫串通改組派的罪名加以通緝的情節，吳蓀甫的工廠罷工，也夾雜了趙伯韜的政治陰謀和破壞，使吳蓀甫窮於應付，進退維谷，等等。這些情節，在成書的《子夜》裏已一概不見，顯然已被作者「剪裁」去了。仔細分析茅盾的意匠處理，可以發現，都是從有利於表現人物性格著眼「下剪」的。倘若只追求故事的曲折、離奇，那麼，那些描寫暗殺、黨派爭鬥、情場角逐等事件，當然是最有吸引力，也最富刺激性的。然而過多表現如許內容，於刻劃性格卻是有損的。因爲小說描寫的吳蓀甫，是個有事業心的民族資本家，他同趙伯韜的爭鬥，反映了企圖有所作爲的民族資產階級對成爲帝國主義附庸的買辦資產階級扼殺中國民族工業的抗爭，既不表現爲個人之間爭奪利潤的勾心鬥角，也不表現爲黨派之間單純的政治爭鬥。因此，用兇殺、政治陰謀等過分渲染個人之間的衝突，只會沖淡兩大階級力量圍繞振興或破壞民族工業所展開的對抗，也會模糊主人公吳蓀甫性格的本質屬性。對吳蓀甫私生活的描寫份量不應過重，也同此理。既然吳蓀甫是作爲半殖民地半封建社會中的民族資產階級的典型代表，描寫的側重點就應放在對他悲劇命運的揭示上，而不必重在揭露作爲剝削階級成

〔註17〕 《關於創作的幾個具體問題》。

員的本質（雖然這也是它的一個重要特徵）的一面，就不能像巴爾扎克等批判現實主義作家那樣專力對金錢的罪惡、資本家腐朽生活方式的揭露上，對吳蓀甫的荒唐生活描寫自應有所節制。從成書的《子夜》來看，捨棄了《提要》中的一些情節，主人公性格的本質特徵反而更加凸現了。吳蓀甫用主要精力去辦好工廠和奔忙於交易所市場，在性生活上無暇他顧，漂亮的吳少奶奶因此只能在莫名的惆悵中打發日子。後來，他發作過一頓「獸性」，要「破壞什麼東西」，終於「破壞」了進書房給他送燕窩粥的老媽子，這也只是因為事業的受挫，心頭極度暴怒的一種變態心理的反映。這樣，就恰如其分地描寫了一個始終處在困境中的民族資本家的行為和性格，情節真正起到了為表現人物性格服務的作用。

四、情節的「連鎖性」組合

　　茅盾的小說雖非情節小說，敘事結構以性格為中心，但這不等於作家對情節毫無所重。從小說「社會化」的角度著眼，茅盾是比較重視作品表現的思想意蘊易於為社會大眾所接受，因而作為意蘊表層的故事情節力求敘述清晰並具有某種吸引力，倒是考慮得比較多的，在這一點上不妨說茅盾小說的敘事模式還是比較接近於傳統的。而從另一面來說，實現結構的嚴謹性，也有賴於情節的調整和組合。人物的行動是在情節中顯現出來的，情節安排是否嚴密，直接關係到能否實現有機性結構。亞里士多德指出：「情節既然是行動的摹仿，它所摹仿的就只限於一個完整的行動，裏面的事件要緊密的組織，任何部分一經挪動或刪削，就會使整體鬆動脫節」〔註18〕。這是對情節的嚴密性提出的很高要求，強調的也正是情節之間的內在聯繫性，有機統一性，不能稍有「鬆動」的不可分割性。

　　茅盾對情節組織的有機聯繫性的重視，值得注意的是他的情節連鎖性組合的主張。他認為，情節的組合，應考慮「各項節目的連鎖性」，在結構上應呈現出情節連鎖性發展的態勢。在他看來，小說要吸引讀者，往往取決於「結構上的緊湊」，而結構上難得緊湊，病因又在未能將連續性的情節「一步一步的劇烈化」，那樣的作品充其量只能稱之為「一部影片中的三張呆片」，或者竟等於「『新聞記事』的小說化」。〔註19〕情節推進的連鎖性、連續性等等，

〔註18〕《詩學》，《〈詩學〉〈詩藝〉》第28頁，人民文學出版社1962年版。
〔註19〕《「一·二八」的小說》，《文學》第2卷第4期。

看來正是茅盾的創作實現情節有機性的重要一環。

　　情節的連鎖性組合，接近於戲劇中的鎖閉式結構。它表現爲時間集中、場景集中，使情節在盡可能狹小的時間和空間內展開；在情節的選擇上，則往往以現在的情節爲主，把過去的情節用回述、補述的方法逐漸透露出來。這樣做，使情節高度緊湊、集中，形成事件連續發展的趨向，做到環環相扣，推動情節迅速向高潮發展，造成讀者對讀完作品的濃厚興趣。茅盾小說的情節並不離奇，但能夠深深吸引讀者，像《子夜》等作品，一捧上手就放不下，這就得益於情節的連鎖性，而連鎖性又以鎖閉式的形式呈現出來。他反對以按部就班、節奏緩慢的方式推進情節，認爲「中國舊小說是從頭寫到尾，寫一個人物總是從他小時候到中年到老年一直按著他的時間順序寫下去……在技巧上來說，這是很原始的」〔註20〕。他十分激賞類似於鎖閉式結構的寫法：往往從半腰裏敘述起，而把以前的事情「用極經濟的方法」在故事發展中「略加點逗」，使讀者用聯想力來求貫通。《虹》的寫法就是「從半腰裏敘述起」的，首先展現在讀者跟前的，是「現在」的梅行素，過去的事迹在她以後的回憶中點出，作品的情節就呈連鎖性組合狀態。不過，《虹》還不是嚴格的閉鎖式，因爲從作品布局來看，對過去的回述佔了主要部分（七章），而對現在的描述只占一小部分（三章）。小說從「半腰」寫起，原是爲突出「現在」，而成書沒有達到這一點，這同作品未完篇有關。有的研究者批評這部作品「在藝術結構上形成頭重腳輕的瑕疵」，不無道理。但考慮到這部作品原計劃比較龐大，要寫「近十年之壯劇」，現在只寫到「五卅」，梅行素還要經歷大革命運動及其失敗以後的考驗，則該情有可原了吧。而作家立足於「現在」事迹，讓情節在連續發展中去完成一齣「壯劇」敘寫的構思，卻依然是清晰可見的。彌補《虹》在情節處理上的不足，仍然是《虹》以後出現的在結構藝術上高度成熟的《子夜》。

　　《子夜》是成功運用情節的連鎖性組合的範例。作品描寫的場面之大，人物之多，是《虹》所不及的，然而情節的高度集中又是驚人的。一是時間集中，整個故事從發生到結束，只在兩個多月時間內，集中圍繞吳蓀甫同趙伯韜拼搏這段過程展開，吳蓀甫過去的經歷，他是怎樣發展成爲有實力的民族資本家的，他何以要下決心同買辦資產階級相抗衡，等等，都以「極經濟的方法」在故事發展中通過插敘方式「略加點逗」，從而大大加速了事件的推

─────────────────────────────

〔註20〕　《關於創作的幾個具體問題》。

進過程。二是場面集中，小說描述的地點主要有三個，即吳公館、裕華絲廠、交易所市場。這樣，小說的情節就基本上圍繞主人公周圍展開，事件描寫的空間有所限制，有利於把矛盾衝突寫得尖銳、緊張、熱烈。由於時間和地點的高度集中，小說的情節開展就形成連續性地、「一步一步的劇烈化」發展的局面。吳蓀甫過的是「打仗一樣」的生活，小說的情節也以「打仗一樣」的節奏推進。不僅故事的開端、發展、高潮、結局的各個階段性非常明顯，而且在發展以後的情節中，還形成了高潮迭起的態勢，讓吳蓀甫同趙伯韜經歷了幾個回合的搏鬥，在各個回合中各有情節發展的波瀾，更增加了作品的熱烈性和緊湊感。可以說，《子夜》結構的嚴謹性在很大程度上就是由情節的連鎖性組合所造成的緊湊感帶來的。

茅盾在《子夜》以後的創作中，就熟練地駕馭了這種結構方式。他的多數作品在情節安排上採用了連鎖性組合，形成結構藝術上一個顯著的特點。比如中篇《多角關係》寫地主兼資本家唐子嘉複雜的債務關係，牽動了社會的「多角」，反映了多方面的矛盾，然而情節的安排卻是非常集中，時間僅在下午三時到深夜的不足十二個小時內，場景也集中在唐公館的周圍，那可以說是嚴格意義上的鎖閉式的。唐子嘉在年關將近之際，為躲避債務，從上海來到某小鎮的老家。鎮上也有他的「人欠」和「欠人」的債務關係。他命人去催討地租和房租，卻招來了各種「債權人」。商號老闆、零星「存戶」紛紛上門催討欠款，他只好軟磨硬頂，設法逐一支開，而辦廠時欠下大批工人的工資，工人代表找上門來算帳，更嚇得他只好東躲西藏。最有意思的是，他的兒子原先玩弄了雜貨鋪店主李惠康的女兒，此時另結新歡，正在被李的女兒苦苦追逼，而李恰好又是他本人的「債權人」。因為多了一層「債務」，李惠康更不肯饒他。他在四面楚歌中只好連夜逃走，準備再回上海。小說的巧妙安排，把各項情節戲劇性地扭結在一起，形成很難鬆動的複雜關係網。每章之間是緊密相連，故事的發展是環環相扣，七、八萬字的中篇在情節的連續性開展中一氣呵成，足見作者情節串連之妙。再比如日記體小說《腐蝕》，描寫的是「時代女性」趙惠明的坎坷遭遇，採用的也是從「半腰」寫起的手法，只寫她淪為特務以後的一小段生活，而她的學生時代的表現，同革命者小昭結合的往事，淪為特務的經過等等，都在回憶中「點逗」。在日記所載的幾個月時間跨度中，又以日記中「常有空白」或「墨痕漶化」的因由，將前幾個月的事件適當簡化，而集中在「現在」部分展開。這樣處理，從內容上

說，是側重表現眼前的趙惠明的需要，意在揭露國民黨的「狐鬼世界」對天真青年的「腐蝕」，而從結構上說，描寫的時間、事件集中，也形成了情節的連續發展趨向，造成結構的緊湊感。還有他的多部頭長篇，由於時間跨度較大，如《鍛鍊》，計劃寫八年抗戰，分五部完成，如何解決多部連貫以後的情節的集中、緊湊問題還看不出來，但是從已完成的單獨一部看，情節集中圍繞嚴仲平的國華機器廠搬遷一事展開，把廠方一頭和工人一頭勾連在一起，情節也呈連鎖性組合狀態，同樣顯得比較緊湊。看來，在多部頭作品裏，茅盾是通過各部獨自的緊湊，又輔之以各部在情節上的內在聯繫性實現前後貫通，達到總體上的緊湊感。車爾尼雪夫斯基說：「緊湊──是作品美學價值的第一個條件，一切其他許多優點都是由它表現出來的」〔註 21〕。由緊湊帶來的是情節的緊密聯繫，結構的有機統一，它的確是構成作品美學價值的一個重要條件。由此也可以見出茅盾小說的情節緊湊感具有的獨特價值。

　　這裡，需要指出的是，情節的連鎖性組合，結構的緊湊集中，並不只是表現為事件發展的連續性，更不意味著敘事應該無所變化地展開。正如茅盾所說，好的結構形式，必須「使故事的發展，前後勾連，一步緊一步，但又疏密相間，搖曳多姿」，要「善於運用變化錯綜的手法，避免平鋪直敘」。〔註 22〕如果只講連續性，平鋪直敘也可以是連續的，那顯然不會有什麼藝術效果。換一種情況，如果連續性只以高度緊張的形式表現，把情節的「弦」一直繃得緊緊的，那也會使讀者緊張得透不過氣來，同樣會缺少藝術感染力。因此，連續性的情節組合，還應當講究錯綜變化，做到疏密相間、張弛結合，把故事寫得「搖曳多姿」。仍以《子夜》為例，這個作品的情節開展是緊張、熱烈的，的確如同「打仗一樣」地急速發展，然而，正同打仗也有戰役的階段性，即使在一次戰鬥中也有打退了敵人的反撲以後的間歇休整，情節的進展同樣是需要張弛結合的。小說寫吳蓀甫命運遭遇的種種情節，就是錯綜變化的。從總體上說，吳蓀甫遇上了勁敵趙伯韜，是陷在困境中的搏鬥，他的拼命掙扎很少有喘息的機會。但他畢竟也是有一定實力的資本家，並非一擊就倒，他的掙扎過程同樣表現出曲折多變性。這種曲折多變性，在茅盾筆下就構成了情節的錯綜複雜性。從第二章開始，吳蓀甫同趙伯韜組織公債多頭公司，

〔註 21〕 《〈普希金文集〉斷片》，《車爾尼雪夫斯基論文學》中卷第 247 頁，人民文學出版社 1965 年版。

〔註 22〕 《談〈水滸〉的人物和結構》。

還是初獲小利的，緊接著是雙橋鎮農民暴動，他在家鄉的產業受損，經濟實力受到了第一次打擊。這一次打擊對他威脅不大，區區十幾萬損失似乎不在話下，隨著他同孫吉人、王和甫協力組織益中信託公司的成功，他的元氣又很快恢復了。但隨之而來的是工廠罷工的煩惱，他又陷在另一條「火線」之中。工廠的問題似乎有點轉機，不料趙伯韜的搗亂又加劇了，這位「金融界巨頭」一收縮資金，他的公司就陷入了窘境。他準備同趙伯韜在公債市場上「背水一戰」，的確也動員了不少力量，聚集了不少資金，因而一度出現過喜人的前景，但由於趙伯韜的巧妙安排，用收買的辦法釜底抽薪地將吳蓀甫的姐夫杜竹齋也拉進了「反吳大本營」，吳蓀甫在公債搏鬥中一敗塗地，落得個徹底破產的可悲下場。故事的情節開展，就是以時而緊張、時而舒緩的節奏進行的，在緊湊性中顯變化，在變化之中又保持連續性。應當說，在曲折變化中實現情節的連續性推進，才真正見出結構緊湊性的藝術效果。唯有情節騰挪多變，錯落有致，讀者的好奇心才一再被勾引，讀完作品的興趣也越加濃厚；唯其變化多端，也見出情節發展的豐富性，在變化的多樣統一中更能體現出結構的有機性。

五、結構的「整體美」追求

如茅盾所說，有機性結構原則，就最終目標而言，是在追求結構的「整體美」效果，就是使小說的整個「架子」成為不可分割的「有機體」，達到「局部美和整體美的統一」〔註 23〕。茅盾的創作主張和實踐，都是為了實現這一總體追求。「整體美」是很高的美學目標。而「結構上的技巧」問題，諸如「情節怎樣發展，怎樣穿插，怎樣接筍聯繫」，「作品中的大小故事，彼此間搭配均勻，鬆緊合度，有起伏，有呼應等等」，〔註 24〕這類技巧上的精心安排，無疑是通向「整體美」的有效途徑。綜觀茅盾小說結構實現「整體美」的效果，在結構技巧上，就有一些突出的特點。

首先是講究結構的「勻稱」和「平衡」。茅盾認為，結構既然是個有機整體，「總得前、後、上、下都是勻稱的，平衡的」。即是說，在故事和情節的各部分之間，必須搭配適當，鬆緊合度，用勻稱和平衡去鑄成結構的鏈條，最終達到結構「整體美」的目標。在截取一、兩個生活鏡頭的短篇小說中，

〔註 23〕《漫談文藝創作》。
〔註 24〕茅盾：《怎樣閱讀作品》，《茅盾論創作》第 568 頁，上海文藝出版社 1980 年版。

故事並不複雜，似乎不存在事件搭配的勻稱問題，但情節之間畢竟也有主次之分，仍然必須考慮配置適度，做到整體結構的勻稱。譬如《夏夜一點鐘》寫某女職員同公司的一位主任有染，後來主任另有新歡，她行將被棄。小說就寫她在中夜時分獨居寓處的一段煩惱，而煩惱的結果，則是漏夜趕寫一封情書，既以再吐「婉曲」，亦含攤牌、「警告」之意。這篇小說不到三千字，主人公的所思所行都寫得頗有波瀾。情節的主體部分是寫情書，但落筆以前對主任的怨怒，主任另戀密司陳的交代，也是不可缺少的部分。唯有前因，後果才揭示得清楚，也增加了作品情節的起伏變化。在份量的安排上，主要筆墨當然放在主體情節——寫情書上，前面的情節也應占一定的比重，否則，後面情節的成因會表現得不夠充分，而描寫的份量過重又會使後面情節顯得臃腫。小說在安排前面情節時，除了主任棄舊戀新的必要交代以外，還穿插了一個饒有情趣的情節：主任送給她一塊八鑽的手錶，而給密司陳的是十六鑽的手錶，八鑽的手錶對照海關大鐘的標準時間每天竟誤差五分，午夜時分海關大鐘的報時聲音聽來尤覺刺耳，這益發增加了她的惱怒。由於有這些情節「墊底」，其後情節的開展——「本能」地從床上爬起，寫一封信向主任發洩怨恨，就見得勢在必行。從結構上看，前、後的情節各占一定的份量，都有充分表現因果的核心情節，布局就顯得勻稱、平衡，不致有比例失調之感。

在長篇小說中，結構的勻稱和平衡更為緊要。因為長篇情節的推進，完全是作為「過程」展開的，「過程」的階段性分明，才使作品有節奏感和層次感。也正因此，具有相對獨立性的每個階段，情節的設置也必須做到大致平衡，不然，階段性特徵會表現不足，情節只在某些部位倚輕倚重，也會使整個結構不相諧調。茅盾在長篇《虹》裏，是通過主人公性格發展過程的階段性，來造成結構的節奏感。每個「階段」都有各自獨立的故事，以充分說明該「階段」性格的表現形態為目的，「階段」故事的勻稱構成了整個作品結構的勻稱。在《子夜》裏，則主要以事件發展為「階段」，在可以分割為開端、發展、高潮、結局等不同「階段」裏，故事的配置也是大致上勻稱的。自然，勻稱並非指篇幅的截然相等，而是指「階段性」的充分演示，以各個過程相對獨立性的存在，表現出總體結構上的勻稱和平衡。

其次是注意前呼後應和首尾連貫。結構的有機性，表現在結構的緊密聯繫上，這除了情節的連續性、連貫性以外，還得注重全篇「呵成一氣」，成為融合無間的有機整體。從這個意義上說，情節的前呼後應和首尾連貫就特別

重要。所謂前呼後應，情節的連續發展是一種呼應，前一事常常是後一事的起因，後一事又是前一事的必然結果，使事件前後勾連，互爲照應。某些表現出相對獨立性的情節，也可以前呼後應的。這類情節，看似各自獨立，但有內在聯繫性，就見得是有機照應、相得益彰。《子夜》寫到的兩次「死的跳舞」，就很有代表性。第二章吳府的弔喪場面上，一群無聊的客人把交際花徐曼麗擁到彈子臺上旋轉，調笑取樂，被稱之爲是「死的跳舞」；類似的場面也出現在第十七章吳蓀甫一夥的黃浦夜遊中，這夥人酒興正濃之時，又把徐曼麗擁到桌面上，要她來個金雞獨立的「亮相」，也以此打鬧了一番。這兩個情節分別落在故事的開端和高潮兩個不同的「階段」上，是彼此獨立的，並無事件的直接聯繫，然而前後的映襯、呼應卻十分明顯。前一次「跳舞」時，吳蓀甫的事業還現出興旺景象，就連辦喪事也擺出一副熱鬧場面，「死的跳舞」無疑是加倍渲染了這種氣氛。但後一次「跳舞」時，景況已大不如前，吳蓀甫正面臨被趙伯韜擊敗的危境，黃浦夜遊原爲消散胸中的悶氣，借徐曼麗取樂只不過尋求刺激，暫時排遣幾分憂愁而已。這樣，兩次不同環境中的「死的跳舞」，襯托了主人公不同的生活境遇和心理狀態，從鮮明的對比中預示著故事發展的必然趨勢。在這裡，情節的前後照應就起了重要作用。作品中分散的情節，必須做到有機統一，有了這樣巧妙的照應，也就很能使它們「呵成一氣」了。至於情節的首尾連貫，也是一種照應，即作品開首提出的問題，在收束中能有一個圓滿的交代，使故事展開的矛盾衝突能順著開端安排的思路，獲得合乎邏輯發展的必然性的結局。這種照應，就全篇「呵成一氣」言，所起的作用就更大。茅盾小說的首尾照應，一般都實現既定的構想，小說的開端和收束都是經過深思熟慮的，首尾的照應自然相當突出。《虹》的開首寫梅女士渡三峽出川，就意味著主人公在走向新生，不管中間會遇到多少迂迴曲折，最終走向革命，恰如滔滔江流東去，完全是合乎邏輯的結局。《子夜》一開場，描寫的是複雜的社會環境，主人公正置身在困難重重的矛盾糾葛中。他的最後破產出走，也是同開首的情節相呼應的。只有《腐蝕》的情況是例外。這部小說按原來的構思，寫到趙惠明原先的愛人、革命者小昭被殺，趙惠明心靈震顫，開始有所醒悟，故事即告結束。但小說在刊物上陸續發表的過程中，讀者不斷來信，要求作者不要及早收場，而將小說繼續寫下去，給趙惠明「一條自新之路」。茅盾幾經斟酌，聽從了讀者的意見，又增添了部分情節，寫到趙惠明救出剛剛陷入特務羅網的女學生，並幫助她逃出火坑爲收

束。小說的結尾寫了革命者對她的期望：「生活不像我們意想那樣好，也不那麼壞。只有自己去創造環境‧……她一定能夠創造新的生活。有無數友誼的手向她招引」。這就預示了趙惠明可能新生的結局。這種結局，雖然出於作者的「意外」，卻也未始不在情理之中。正如茅盾後來所說的，既然趙惠明一類青年「是受騙、被迫」陷入特務羅網的，其最終轉變不能說沒有基礎，而且，「為了分化、瓦解這些脅從者（儘管這些脅從者手上也是染了血的），而給《腐蝕》中的趙惠明以自新之路，在當時的宣傳策略上看來，似亦未始不可」〔註25〕。因此，從結構上說，結局並沒有離開情節發展的必然結果，在篇章上也是渾然統一的。這種現象，其實在小說創作中並不少見。魯迅的《阿Q正傳》也是邊寫邊發表的，他最終給了阿Q一個「大團圓」的收場，也不在原來的「料想」之中。然而，如是處理，雖出於編者的催稿，作者想早些「收場」，但還是取決於故事和人物性格發展的必然邏輯，因為順著小說發展的思路，阿Q只能往「死路」上走去，別無選擇。由於結局同小說的整個構思相一致，體現了情節發展的必然趨向，同開端提出的問題相互呼應，全篇的結構就有機地「呵成一氣」了。

第三，由「局部美」促成、完善「整體美」。整體是由一個個局部組成的，小說有機結構的形成，有賴於「局部美」和「整體美」的統一。這種統一，既要考慮到局部服從整體，從總體上組成不可分割的結構鏈條，又要考慮到局部本身的完整、和諧，在「局部美」中見出「整體美」，完善「整體美」。茅盾在小說創作中，注意的是結構的整體統一，同時也注意每一個局部的完美，不獨故事發展的各個環節自成體系，相對獨立，就是在每章每節中也有勻稱的布局，也有獨立的故事，使每個部分相對完善。《腐蝕》的一則或幾則日記，記述一個中心事件，可以看成是作品的一個段落，都有自成起迄的獨立性。在這裡，圍繞事件解剖主人公的思想，既有事件描寫，也有人物性格刻劃，成為一個「局部」完善的有機體。能夠做到這一點，作者是經過精心安排的。作為日記體小說，倘是每日一記，每天又不可能都會發生可記的事件，若胡亂編派就會失卻真實性。作者巧妙地在日記的「引言」部分申明，這是「一束斷續不全的日記」，發現於「某公共防空洞」，由於破損嚴重「文義遂不能聯貫」。這就為其後的情節安排提供了方便，即不必拘泥於每天事件的連貫，而能更注重於體現主人公性格發展過程的典型事件的安排，能使需

〔註25〕 《〈腐蝕〉後記》。

要寫到的事件寫得充分，寫得深遠。這樣，每則日記就有了各自的完整性與生動性。《子夜》的情節開展呈連鎖性狀態，事件是連續發展的，但連續性體現在總體結構上的連續，並不是每個情節都連續，原則上已不同於舊小説「從頭說起，接下去說」的連續。全書共十九章，各章都有自己的中心事件，都形成自己情節開展的波瀾，顯示出結構的「局部美」。比如第十七章寫處在困境中的吳蓀甫，就有一連串的情節來表現。先寫吳蓀甫偕同孫吉人、王和甫、徐曼麗等乘著輪船在黃浦江夜遊，這一「行樂勝事」原是為刺激神經，但「借酒澆愁愁更愁」，反而益發增添了「難堪的悶鬱」。於是再到夜總會，恰遇趙伯韜也在那裡，在同樣難堪的氣氛中，吳蓀甫同趙伯韜「談判」，趙伯韜盛氣凌人，毫不掩飾要吞併益中公司的野心，使吳蓀甫既膽戰心驚，又恨得咬牙切齒。帶著惱憤交加的心情回到家裏，吳蓀甫免不了在家人頭上一頓發泄，弄得老婆和弟妹莫明所以。最後，吳蓀甫不甘心「投降老趙」，約請孫吉人、王和甫到府中再議，商量在公債市場上孤注一擲，同趙伯韜拼個魚死網破的對策。這一章，以表現吳蓀甫對待趙伯韜是繼續拼下去還是與之妥協為中心展開，寫了吳蓀甫的困難處境，趙伯韜的蠻橫態度，吳蓀甫的痛苦思想爭鬥，以及最後橫下一條心的決策，情節也是波瀾起伏，曲折迴環，不無精彩。就刻劃性格而言，則把處在一場大戰（交易所市場上的最後較量）前的吳蓀甫由猶疑而動搖而堅定的複雜思想狀態寫得淋漓盡致。如果把這一章從全書中抽出，也是自有獨立的審美價值的，因為一個「過程」的表現已相當完美。《子夜》總體結構的完美，從一個方面來說，就是由這種局部的完美組成的，所謂結構的「局部美」和「整體美」的統一，也從這裡得到了印證。

結束語　茅盾作爲小說家的歷史地位

　　在對茅盾小說的基本的思想和藝術色調，不同題材不同體裁的作品作了
簡略的全景掃描以後，現在該作個簡單的歸納了。作爲總結，這裡想說的是：
應當如何估價茅盾作爲小說家的歷史地位？

　　以「五四」爲發端的中國現代文學，在中國文學發展的歷史長河中劃
出了一個嶄新的時代。這是一個前無古人、後啓來者的時代，是一個需要
產生巨人，能夠產生巨人的時代。茅盾，無疑是這個時代裏屈指可數的文
學巨匠之一。茅盾得以確立爲世公認的文學巨匠地位，取決於他多方面的
卓越的文學成就——他是「五四」文壇的權威評論家和在其後幾十年裏仍
有廣泛、深刻影響的文藝批評家，他在多種文學創作領域（包括小說、散
文、戲劇、詩歌）都曾一顯身手，且各有成就；然而，最主要的是取決於
他的小說創作——在這個領域裏，他用力最多、創作量最大、成就最高，
自然也影響最著。文學史上那些可以稱之爲巨匠的作家，總是以豐厚的創
作實績爲一代文學大廈的構建奠基立柱，或以可貴的創新精神爲一代文學
的發展確立路標，開啓方向。作爲小說家的茅盾，便是由他的獨創性貢獻
和開拓者勞績，爲中國現代小說的發展作出了建樹，由此確立了他的中國
現代小說巨匠的歷史位置。

一

　　作爲一代小說巨匠，茅盾用小說爲自己塑造的形象，首先該是他的大家
風範和大家氣魄。至少在以下兩點上，茅盾的小說成就在同時代作家中是很
少有人可以比肩的。其一，是審視生活的宏觀意識。幾乎用不著有一個從短

製向長篇過渡的小說創作經驗累積過程，茅盾是一落筆就構製長篇，其後一發而不可收，中長篇佳作迭出，成為舉世矚目的中長篇小說大家。如此獨特的藝術形式選擇，固然取決於作家深厚的藝術功力，卻主要反映了他力圖用小說去宏觀地透視生活的自覺意識。中長篇可以突破短篇只能表現生活一角、一隅的局限，有可能去展示較為寬廣的社會生活面貌。茅盾的藝術專注點落在中、長篇創作上，正顯示出一種全方位把握生活的氣度。其二，是社會現象的史詩性描述。不獨是對生活的宏觀透示，茅盾在自己的小說裏還力圖寫出一部社會編年史，把筆觸伸展到現代中國社會的不同歷史時期、不同社會階層，用藝術雕刀刻繪了現代中國社會的歷史長卷，如此規模和氣派，在中國現代小說家中也堪稱獨步。這是中國現代小說史上一個相當獨特的例證，獨特性是以小說特有的品格顯示出來的。它的實際意義卻在昭示著：中國現代小說經過一代作家的共同努力，已推出了自己的成熟代表，正走在一條更加堅實發展的路徑上，以前所未有的態勢顯示著現代小說豐富而充實的藝術表現力。

考察中國現代小說史，小說創作的成熟是走過了一段艱難曲折的途程的。「在中國，小說是向來不算文學的。」〔註1〕所謂「小說家者流」，分明是一個惡謚。而流弊所及，是把小說視為「閒書」，置於無足重輕的位置。「五四」新文學對舊文學是一個巨大的衝擊，重要的意義之一是小說價值的被發現和小說創作的一度繁盛。在新文學的第一個十年裏，就曾出現過魯迅、郁達夫等小說巨匠。他們作為新文學開拓時期的先知，為新文學作出了開啓方向的貢獻；反映在小說領域裏，首先由他們表現出現代小說意識的覺醒，創造出一種從文體到內容都是完全新穎的藝術樣式。他們的創作實績主要是在短篇小說方面，自有難以磨滅的功績。特別是魯迅，一下子就把現代短篇小說提到很高的藝術層次，足以同世界近代優秀短篇小說一爭雄長，以致後起者長時間來難以逾越，這不能不說是一大奇迹。然而，現代小說畢竟是在打碎了舊文學的廢墟上崛起的，它還年輕，還需要完善。在第一個十年裏，除魯迅、郁達夫等少數巨匠外，小說創作的總體水平看來並不高，藝術上的稚嫩是在在可見的。正如茅盾在 30 年代中期回憶《小說月報》革新伊始時的小說創作狀況所說的：「那時候發表了的創作小說有些是比現在刊物編輯部積存的廢稿還要幼稚得多呢，然而在那時候有那麼

〔註1〕魯迅：《且介亭雜文・〈草鞋腳〉小引》。

些作品發表，已經很難得。」〔註2〕這種「幼稚」，既有藝術表現的不足，如結構粗疏、語言生澀以及創作上的因襲模仿等等，也有作家生活和藝術積累的不足，如創作者多為初出茅蘆的青年，缺乏駕馭小說藝術規律的能力，也缺乏對生活作宏觀把握的氣勢，作品題材面狹仄，創作的總體格局不高。30 年代出版的總結第一個十年文學的《新文學大系》的三集小說，就分明透視著這一現象。魯迅、茅盾、鄭伯奇為這三集小說所寫的「導言」，談的是不同流派的小說，但不約而同地指出了這些弊端。魯迅在談到新潮社等作家時，既肯定了他們「有所為」的一面，又指出這些作者「究竟因為是上層的智識者，所以筆墨總不免伸縮於描寫身邊瑣事和小民生活之間」，「所感覺的範圍頗為狹窄，不免咀嚼著身邊的小小的悲歡，而且就看這小悲歡為全世界」。鄭伯奇在談到創造社作家的生活面侷促時也指出：「因為他們在外國住得很久，對於祖國便常生起一種懷鄉病；而回國以後的種種失望，更使他們感到空虛。」茅盾在分析文學研究會諸作家的創作時，對此說得更具體。他認為，十年中的前五年，題材狹窄是「創作方面最普遍的現象」。後五年情況有所不同，文學開始走向「十字街頭」，但「走向十字街頭的當時的文壇只在十字街頭徘徊」，「主要的社會動態仍舊不能在文學裏找見」。原因很簡單，因為當時的作者同造成變動的「社會力是一向疏遠的——連圈子外的看客都不是」。基於如此狹仄的生活視野，再加上藝術準備不足，小說對於生活的表現力自然會受到限制。第一個十年的小說創作，主要局限在短篇的範圍內，未能有很大的拓展。在後五年裏，出現了幾部十萬字左右勉強可以稱為長篇的作品，如王統照的《一葉》、張聞天的《旅途》、楊振聲的《玉君》和老舍的《老張的哲學》等，藝術表現尚嫌粗糙，稚態可掬，同後來成熟起來的長篇有明顯的距離。經過十年的探索、實踐，我國現代小說在呼喚一個更成熟時期的到來，呼喚執時代牛耳的新的小說家的湧現。

創作實踐恰好同新文學第二個十年同時起步的茅盾，便是在這種呼喚中率先破土而出的。他的長篇小說大家的氣魄，他從一開篇就表現出來的對於小說藝術的純熟駕馭，都有一種先聲奪人的氣勢。他奉獻給文壇的第一個作品是《蝕》三部曲。發表後立即引起轟動，反映空前熱烈。「茅盾」——這是一個陌生的名字，人們並不知道他就是當年嶄露頭角的批評家沈雁冰。據葉

〔註2〕《〈中國新文學大系·小說一集〉導言》。

聖陶說，就連徐志摩也在到處打聽「茅盾究竟是誰」〔註3〕。因此，人們對《蝕》的推崇，顯然並不是出於對一位名家的迷信，而是爲小說的藝術魅力所折服。其後，一如既往的史詩描述，在不太長的時間裏構建起一部部史詩型巨著，終使茅盾在 30 年代長篇創作中處於領先地位。誠然，茅盾是站在前人肩膀上攀登的作家，他的成就包含著前人探索的勞績，然而，他爲純熟我國現代長篇小說創作所立的開山之功，他爲構築現代小說大廈提供的豐厚的成果，都自有獨特的貢獻。如果說，在中國現代小說發展史上，魯迅、郁達夫等小說家所表現的是可貴的開拓者精神，那麼，茅盾等作家可貴的就是一種建設者氣魄。茅盾那種宏觀地審視生活的氣勢，無疑是拓寬了小說的表現疆域，使現代小說提高了藝術的品格。特別是長篇創作的成功，更標誌著一代小說藝術的成熟。長篇小說歷來被視爲是一個時代文學的表徵。別林斯基說：「我們時代的史詩是長篇小說。長篇小說包括史詩底類別的和本質的一切徵象」〔註4〕。在新文學第一個十年裏，只有短篇的繁盛而無長篇的成熟，現代小說總像是在跛足前行，步履邁得蹣跚而遲緩。到第二個十年，長篇創作蔚爲大觀，帶動其他小說品種齊頭並進，這才形成聲勢頗壯的小說發展大景觀，一個時代的小說創作成熟期終於來到了。在這裡，理所當然地記錄著成熟路上的先行者茅盾的功績。

　　自然，中國現代長篇小說的成熟，並非茅盾一人之功。在與茅盾同一時期的長篇小說作家中，還有巴金、老舍等小說巨匠，他們的作品同樣爲中國現代小說提供了豐富的庫藏。因此，確切地說，中國現代小說大廈是由一代小說家（特別是幾位奠基立柱的人）合力構建的。然而，這並不妨礙從一個特定視角對茅盾的獨特貢獻作出估價。每一個小說家都有自己熟練掌握的小說藝術形式與小說描寫對象，形成各自獨特的小說品格，也爲小說發展作出各自的貢獻。老舍是一個文化型小說家，他透過北京市民風俗畫的描繪表現了東方古老文化的興衰嬗變，以一種濃鬱的民族憂患意識批判世道人心，從而顯示出文化小說所蘊有的獨特價值。巴金是一個情感型小說家，他以充沛的激情描繪了生活（特別是青年知識分子生活）中的椿椿不幸，既鞭撻黑暗，也呼喚光明，他的作品在青年讀者中產生了廣泛而久遠的影響。茅盾與他們不同，他是一個政治色彩特別濃厚的作家，他所追求的是創作的時代性和題

〔註3〕《略談雁冰兄的文學工作》。
〔註4〕《詩底分類和分型》，《別林斯基論文學》第 179 頁，新文藝出版社 1958 年版。

材的重大性，力圖用作品表現廣闊的歷史內容和社會發展方向，因此作品具有史詩型品格。這是他的獨特性所在，也是他的特殊貢獻所在。史詩型小說注重對現實與歷史的宏觀把握，表現出對生活的深沉透視力，在宏大而嚴謹的藝術結構中顯示出磅礴的氣勢，充分反映了小說對於生活的藝術表現力，具有別種類型的小說所無可替代的價值。「五四」以來的小說作者不乏表現生活的熱忱，但缺少的是氣魄，追逐大波大瀾、表現非凡氣勢未有如茅盾者。這並非茅盾有特殊的天才，而是取決於他的獨特的生活與藝術條件。寫作史詩型小說，是作家的一種藝術追求，需要有多方面的準備，其中包括博古通今的藝術與文化素養，開闊的生活視野與「時代視野」，對歷史與現實的更深切的返顧與觀照，甚至需有作者直接的鬥爭與生活體驗，等等。這，對巴金與老舍等作家來說，也許會深感爲條件所囿；即使偉大如魯迅，也因「不在鬥爭的漩渦中心」，終於未遂寫長篇史詩巨著的心願。恰恰是茅盾特殊的生活經歷，爲他提供了方便。茅盾自己就曾有過中肯的分析。他在《外文版〈茅盾選集〉序》中談到《蝕》與《子夜》發表時曾引起「轟動」的原因時說：「我總以爲我敢涉足他人所不敢寫而又是人們所關注的重大題材，是原因之一」，「這並非三十年代的作家中沒有才華如我者，而是因爲作家們的生活經驗各不相同」。這裡顯示的正是茅盾創作的一種優勢，同時也是他爲我國現代小說的發展所作出的一個重要貢獻。

二

　　爲創作的時代性要求所規定，茅盾小說的生活領域和描寫對象的選擇，主要集中在最能體現時代節奏的現代都市生活和活動於都市中的富於敏感的青年知識分子、能把握住都市生活「大動脈」的現代企業家身上。由是，茅盾爲現代小說提供了過去的小說家表現不足或尚未提供的兩個陣容整齊的形象系列──「時代女性」系列和民族資本家系列，形象地反映了在大工業和新思潮衝擊下急劇變動著的現代都市社會乃至整個半殖民地半封建社會。這裡，既有開拓者之功，也有建設者的氣魄，顯示了茅盾小說的又一獨創性貢獻。

　　小說切入現代都市生活描寫，是「五四」以來的小說家的重要表現課題。魯迅的《幸福的家庭》和《傷逝》，便是「彈奏著『五四』的基調的都市的青年知識分子的描寫」〔註5〕。因爲大多是知識者表現知識分子生活，在「五

〔註 5〕茅盾：《讀〈倪煥之〉》。

四」一代作家中，描寫都市青年知識分子追求個性解放、婚姻自由、沖決封建大家庭羅網的作品就特別多。早期的普羅小說作家，擴展了愛情的表現範圍，把它同革命融合在一起，創作了大量的「革命+戀愛」小說，主要表現的也是一部分具有革命浪漫蒂克傾向的都市青年知識分子的生活。除此以外，部分作家也把筆觸伸展到了都市人生的另一個側面——勞動者階層。魯迅的《一件小事》、郁達夫的《薄奠》和《春風沉醉的晚上》，就爲人力車夫、絲廠女工掠下了幾個側影。稍後有蔣光慈的《短褲黨》，描寫了上海三次工人武裝起義，有工人的群像塑繪。但他創作的著眼點是在爲中國革命史留下一個「證據」，側重點仍在表現革命方面，不以描寫都市生活爲目的。而另一個專力描寫「市民社會」的小說家老舍，倒是把筆墨揮灑到都市生活的各個側面的，既有知識者階層，也有落魄市民，自然還有掙扎在「底層」的城市苦力。作爲由往古延續到今天的中國都市的一種「世態」描寫，老舍堪稱爲一絕。

然而，對如此不乏某種生動局面的都市生活描寫，在特別注重創作時代性特徵的作家茅盾看來，不會感到滿足。他指出已往都市文學之病，是在「題材多半是咖啡青年男女的浪漫史，亭子間裏失業知識分子的悲哀牢騷，公園裏林蔭下長椅上的綿綿情話；沒有那都市大動脈的機械」〔註6〕。就從這種批評視角來揣摩，茅盾對於現代都市生活描寫的要求已經昭然：文學既要突出時代性徵象，都市文學就必須有眞正體現「現代」特質的都市人生描寫。僅僅「徘徊在十字街頭」的文學不是眞正的都市文學，缺少對於都市「大動脈」的有力表現也不可能實現對現代都市生活主流的有效把握。這當然不能算是都市文學的唯一準繩。若以此爲準，至少要把老舍這樣的都市文學大家排除在外——他的作品既少表現時代性本質，也沒有去描寫「都市大動脈的機械」。這顯然並不公允。不過，從文學表現現代生活的節奏而言，茅盾的見解畢竟有獨到的一面。如果描寫現代都市生活僅僅浮於「十字街頭」的表面而未潛入它的深層，如果同時代拉開太大的距離而未感應到它急劇跳動的脈搏，那麼，要反映急驟變動著的現代都市社會畢竟並不可能。已往描寫青年知識分子的生活多半偏重在男女間的浪漫情史上，個別描寫都市勞動者的作品同表現都市「大動脈」也距離甚遙，而老舍這樣的作家並沒有爲都市文學提供時代畫卷的任務。在這樣的情勢下，茅盾提出別開都市文學的創作生

〔註6〕《茅盾文集》第9卷第69頁，人民文學出版社1959年版。

面，以一種全新的觀念去把握現代都市生活的律動，並以此表現一個時代社會的變異軌迹，就有不可漠視的意義。他的以「時代女性」和民族資本家爲主要對象的現代都市生活描寫，不獨爲文學史提供了全新的文學形象類型，也拓展了都市文學創作的路子，提供了眞正具有現代意義的一種都市小說樣式。

「時代女性」的稱謂，本身就帶有明確的質的規定性。茅盾把筆下的一大批女性形象冠以如此稱謂，就在顯示她們同現代小說中的一般女性形象之不可混淆的特點：充分的時代性特徵。透過這些形象，茅盾表現了青年知識分子在時代風暴滌蕩下的行動歷程和心靈歷程，這同僅僅表現青年男女月下弄情之類的作品固然大異其趣，即便較之那些描寫某些具有現代氣質的青年生活的作品也自見特色。茅盾在《讀〈倪煥之〉》一文中，曾列舉了張資平的《苔莉》、周全平的《夢裏的微笑》等「用現代青年生活作爲描寫的主題」的作品，認爲它們曾有一定影響，但猶不能令人滿意，原因就在「只描寫了一些表面的苦悶」，「沒表現出『彷徨』的廣闊深入背景」。譬如，張資平的《苔莉》，「純從描寫戀愛這一點而言，這樣的作品也不能說不是成功，然而在尋求代表『五四』的時代性條件下，便不能認爲滿意」。因爲它最終沒有脫出男女殉情之類的傳統格局，很少表現「五四」聲浪對青年心靈的震幅，缺乏時代性描寫是顯而易見的。即使同是寫「時代女性」，在時代性「是否充分」這一點上，也會見出差異。幾乎與茅盾同一時期創作的「時代女性」形象，就有丁玲筆下的莎菲（《莎菲女士的日記》）、蔣光慈筆下的王曼英（《衝出雲圍的月亮》）等；莎菲堪稱是個令人難忘的文學典型，這個在「心靈上負著時代苦悶的創傷的青年女性的叛逆的絕叫者」，喊出一代青年的苦悶是令人驚心動魄的。但丁玲寫這個形象，並非旨在表現挺立在時代潮頭的知識青年的心態，主要描述的還是當時彷徨於人生十字路口的一部分青年的孤獨感，因此缺乏更「廣闊深入的背景」的描寫，要充分表現當時時代青年的心理歷程自然尙有距離。蔣光慈寫王曼英，倒是把人物置於時代大潮中的，但這個帶有濃厚革命浪漫蒂克傾向的女性，時而頹喪墮落，時而又成爲「突變式」英雄，明顯的隨意性描寫也很難說是把握了時代生活的本質。茅盾創造「時代女性」，是把人物置身在中國革命的巨大歷史衝突中，曲折入微地展露了她們在時代巨變中心的歷程和不同的命運，不獨表現了充分的時代性，還有對時代本質的深刻把握。這既是茅盾的一個創作特點，同時也是他的長處所在。特點是

提供了茅盾所理解的那種「時代女性」類型，使現代文學史上爲許多作家所傾力描繪的女性形象畫廊變得更爲豐盈、充實。長處是經由茅盾的努力，使「時代女性」的描寫突入了一個更深的層次，不但把她們作爲活動在都市社會中的一部分人來表現，而且還考察了時代與歷史巨變，浸透了豐富的時代內容和歷史內容。這裡顯出了茅盾的過人之處。

表現都市社會中的一股重要階級力量──民族資產階級，在中國現代文學史上一直是個薄弱環節。馮雪峰曾指出：「要尋找從一九二七年到抗日戰爭以前這一時期的民族資產階級和買辦資產階級的形象，除了《子夜》，依然不能在別的作品中找到。」〔註7〕這話大體說得不錯。通讀現代的小說和戲劇作品，要找到幾個表現民族資產階級和買辦資產階級的過場人物，也許還能勉強辦到，但要尋出一部專力描寫這兩類人物的作品卻委實不易。然而，茅盾的小說除了《子夜》以外，還有《霜葉紅似二月花》、《多角關係》、《第一階段的故事》、《鍛鍊》等等作品寫民族資產階級，形成了一個形象系列。即此一點而言，在文學史上就有突出的地位。在中國現代歷史上，民族資產階級的興衰消長，某種程度上體現了中國半殖民地半封建社會的某些典型特徵。文學若遺忘了這一重要階級，對於完整地反映現代中國社會就要大爲遜色。茅盾以史詩型作家的氣魄，去奮力塡補這一文學表現領域的巨大空白，實在是功不可沒。茅盾特別注目這一形象類型，跳出知識界階層而探頭到實業界領地，也還有表現「都市大動脈」的考慮，力圖以此去把握都市節奏的主旋律。表現民族資產階級，必須牽涉到影響整個社會大局的經濟鬥爭與政治鬥爭，從這裡一試筆力，就像抓住「牛鼻子」般地牽動了社會的各個部位，把社會的基本矛盾暴露無遺。在《子夜》等作品裏，既有民族資本家同買辦資本家火拼的熱鬧場面，也有工人爲圖生存而奮起抗爭的動人情景，還有各色冒險家所作的淋漓盡致的表演，恰如時代的一個窗口，讓人窺見了都市的聲浪、熱力，時代的風風火火。這的確是抓住了都市的一條「大動脈」，由此入手去表現畸形發展的大工業社會以及這個社會的動盪不安局面，可謂是綽綽有餘。像這樣的藝術表現，在中國現代小說史上還沒有先例。茅盾從現代化的藝術水準上，開創了中國現代都市文學的新篇章，在文學史上自應寫上重要的一筆。

〔註7〕轉引自《茅盾研究論文選集》上冊第12頁。

三

　　從小說形態方面講，茅盾小說所提供的是十分典型的藝術社會學模式。這位特別注重創作的社會責任感與歷史使命感的小說家，幾乎把社會化作爲自己唯一的創作目標，由此不遺餘力地用作品去解剖現代中國社會的複雜情狀，提出並探討對於社會的現狀與前景有重大影響的社會問題，使創作顯示出充足的社會性與思想力。這在中國現代小說史上也是相當獨特的，而他的被稱爲杜會剖析小說的小說品種，的確在我國的現實主義小說流派中帶有開創性。

　　注重社會剖析，關切現實人生，是我國現代小說自開創以來就有的傳統。我國的現代小說是在一個亟待改造的社會環境中誕生，因此所謂現代小說意識的覺醒，就包含著小說社會功能的被確認，並被置於突出的地位。這同西方本世紀初以來的小說作品中逐漸淡化社會意識，側重抒寫自我情感，表現出明顯的異趣。正如周作人所說的：「中國的特別國情與西歐稍異，與俄國卻多相同的地方，所以我們相信中國將來的新興文學當然的也是壯會的，人生的文學。」〔註 8〕「五四」以來的小說創作中，「爲人生」的寫實派小說佔據主流地位，恐怕就不是偶然的現象。然而，在表現「社會」時，要對社會的現狀及歷史成因作出具有深層透視力的剖析，從中找到改革社會的途徑，卻取決於作家開闊的生活視野和深刻的思想之力。在這一點上，或者是缺乏自覺的社會剖析意識，或者是受到生活和思想的局限，「五四」以來的寫實小說雖然表現出對社會的關注，但大都有社會化不足的傾向。許多作家缺乏全面而深刻把握社會的能力，因而嚴格意義上的社會剖析小說尚不可能出現。初始階段的寫實小說，以表現個性解放要求爲目的，大抵取材於自身或身邊的生活遭際，描寫的多半是家庭、愛情、婚姻之類，社會面難免狹窄。部分作品把筆墨伸展到了下層社會生活，但也還是知識分子的人道主義同情多於對社會病態的剖析，即使暴露了一些社會問題，也僅止於提出問題，流行一時的「問題小說」就有「只問病源，不開藥方」的弱點，明顯見出思想力量的不足。後起的鄉土小說，師承魯迅風格，社會面有所拓展，注意用現代文明觀念批判凝滯、古老的中國農村宗法社會。但這類作品一般只是展露了鄉土的「一角」，很少對「鄉土社會」的政治、經濟、文化等多種情況以及歷史原因作全面剖折的，因此也缺少對社會的觀照力量。魯迅就指出，鄉土小說

〔註 8〕《文學上的俄國與中國》，《新青年》第 8 卷第 5 號。

「也只見隱現著鄉愁，很難有異域情調來開拓讀者的心胸，或者炫耀他的眼界」〔註9〕。這樣說來，在新文學的第一個十年裏，的確還很難說已經形成了眞正的社會剖析小說。社會剖析小說的出現並形成一股競寫潮，是第二個十年裏的事。而在這裡起步較早，創作又是典型地體現了社會剖析小說特徵的，是茅盾。

　　無論是文學主張還是創作實踐，茅盾都是個堅定地恪守藝術社會學原則的作家。從強烈的文藝社會化要求出發，對文藝同社會的政治、經濟、文化背景的關係，對文藝反映社會、改革社會的特有功能等等作了系統、全面的闡說，是作爲文藝批評家的茅盾的一項一以貫之的工作。因此，當他作爲小說家出現於文壇時，一種十分自覺的社會意識便決定他將會在自己的創作中體現審視社會、剖析社會的意向。他的早期作品（《蝕》、《虹》等），雖然側重描寫小資產階級和知識分子的心靈歷程，但已把人物置身在大革命的時代環境中，展現了與之相關的各階級的變動狀況與廣泛、複雜的社會反應，已初步見出社會剖析小說的端倪。到30年代，茅盾的創作幾乎在集中注視日益殖民地化的中國社會動向，小說反映社會的聲勢和規模更加壯闊，對社會的剖析也不限於一個特定的社會階層，而形成了從城市到鄉村、從政治到經濟、從現狀到歷史的整體性的社會剖析，這標誌著社會剖折小說已眞正地成熟與完善了。匈牙利著名的社會文化學家阿諾德・豪澤爾，曾用藝術社會學的觀點對文學創作提出「生活的整體性和藝術的整體性」要求。他認爲，「只要藝術保持與具體的、現實的、不可分割的生活整體的聯繫，它就能構成正常審美行爲的基礎」，「藝術是通過集中反映生活整體性的方法來深入對象的內層結構的」〔註10〕。茅盾小說對社會的整體性解剖，就是體現了這一藝術原則的。從宏觀考察，他的30年代小說從不同的視角探索幾乎相同的問題，滙成一個豐富的「藝術整體」，集中了、強化了他所要表現的歷史性命題。從微觀分析，他的每一部作品同樣是一個嚴密的「藝術整體」，因爲當他注視社會的某個層面時，所展開的同樣是「生活的整體性」描寫。《子夜》當然是最好的例證，那種全方位審視生活的態勢，那種把城鄉交錯、政治鬥爭與經濟鬥爭更迭的藝術畫面如此嚴密無間地揉和在一起的藝術表現，使人不能不歎服這是一個氣勢宏偉而又構圖巧妙的「藝術整體」。從社會學意義上說，茅盾的社

〔註9〕《〈中國新文學大系・小說二集〉序》。
〔註10〕《藝術社會學》第2頁（居延安譯編），學林出版社1987年版。

會剖析小說的確有不可忽視的價值。

　　有比較才會有鑒別。說茅盾的小說是成熟的社會剖析小說，既可以從藝術社會學的層面上去理解，也可以通過同類型近似的小說樣式的比較進行鑒別。20年代後期至30年代初期出現的普羅小說，也是社會性極強的小說。這類小說幾乎同茅盾的小說同時出現，有的作家（例如蔣光慈）起步還要早些。然而，普羅小說純以宣傳爲目的，公式化、概念化之病且不去說它，僅從小說對社會的透視度而言，它所表現的往往是種庸俗社會學觀念，同嚴格意義的社會寫實小說有相當距離。這類小說的社會性，主要表現爲政治性，所描述的「社會」是納入單一的政治框架中的，因此，小說所展現的與其說是社會背景，毋寧說只是一種政治背景。如蔣光慈的《短褲黨》，主要是寫一群革命黨人的政治活動：開會，發表演說，部署行動，至最後爆發眞刀實槍的鬥爭。它似乎也有氣勢頗壯的場面描寫，然而抽去那根政治的脈線，就所剩無幾了。原因就在社會性的不足：當時整個社會的變動狀況，各種階級力量的對立與爭鬥，活動在社會中的各種類型人的複雜心態等等，都沒有給以應有的表現。既缺乏對「生活的整體性」描敍，更沒有使描寫「深入對象的內層結構」，要使作品成爲一種社會現象（或社會歷史事件）的全面透視當然是不可能的。茅盾的小說也具有政治性，像《子夜》、農村三部曲等作品，政治色彩還是相當濃厚的，但是，這種政治並不表現在外在的構圖框架上，而是內化到了作品的意識深處。作爲外部「圖式」顯示的，是一個「整體性」社會，作家冷靜、客觀地描述社會的種種複雜情狀，並努力使這種描述深入到「對象的內層結構」，透過他所用心刻劃的幾個典型人物的曲折微妙的心態剖析（如吳蓀甫、林老闆等的焦灼不安的心態剖析），去折射社會的動蕩局面。這樣的社會剖析，既有宏觀把握的氣勢，也有見微知著的深刻性，表現出作家熟練駕馭社會剖析小說的卓越才能。

　　茅盾爲文學提供的典型的社會剖析小說樣式，在中國現代小說史上曾產生廣泛而深刻的影響。在新文學第二個十年的後半期，小說創作注重社會剖析，幾乎成爲一種風尚。許多作家從觀察、表現破產的農村、動蕩的城鎭入手，解剖殖民地化日益加深的中國社會現實。這競寫潮的形成，當然有多種因素，其中一個重要原因顯然是從茅盾的成熟的社會剖析小說創作中得到鼓舞，受到啓迪。典型的例子，是1933年前後圍繞「穀賤傷農」、「豐收成災」的社會問題，有一大批作家用小說探討農村破產的現狀以及社會根源。不用

說這是茅盾引發下出現的一種文學現象。這不光是茅盾一系列社會剖析小說的成功實踐成為對作家們的一種感召，直接的因素還是率先表現「豐收成災」，產生重大反響的《春蠶》給人們的現實啓示。這股競寫潮的湧動，使 30 年代的小說形成了一種新的現實主義品格，既推出一批佳作，也湧現了一批文學新人。像葉紫、沙汀、吳組緗等就是當時出現的頗有成績的社會剖析小說作家。1983 年在一次茅盾研究學術討論會上，筆者有幸聆聽當年受過茅盾教益的吳組緗先生深情地回憶茅公對他的引路作用。他談到，茅盾小說給他啓迪最深的一點是文學創作要有社會意義，要表現深刻的主題去反映社會問題。這恐怕也是當年相當多作家的共同體會。在我國現代小說創作領域，作家的社會責任感與使命意識日益增長，創作更貼近社會生活，形成了一種良好的文學傳統。茅盾這樣的現實主義小說大家自然起了表率作用。

四

對茅盾的小說創作成就作歷史評價，上面概略論列的三個方面，是就主要特徵而言的。茅盾對豐富、發展我國現代小說所作的貢獻，其實並不限於此。譬如，在題材領域裏，他固然爲拓展我國現代都市文學創作提供了新鮮經驗，就是並非由他開創的農村題材創作中，他所描述的富有 30 年代時代氣質的農村生活畫卷，仍有無可替代的價值，在中國現代小說史上產生過深刻的影響。在小說體裁方面，他用力最多的是中長篇創作，短篇小說「寫得不多」，但這「不多」依然是六十餘萬言的可觀數字，而他的結構嚴謹、容量豐厚的「長短篇」小說在我國的現代小說中也可謂別具一格。在小說創作藝術的駕馭上，他對典型化原則的一絲不苟的運用，堅持體現理性思維與形象思維相交融的藝術思維特徵，注重塑造文學典型反映社會生活本質，都體現了嚴謹的現實主義創作精神，爲我國現實主義文學的發展提供了寶貴的經驗。如此等等，稱茅盾是我國現代小說史上貢獻良多、建樹卓著的小說家，也許不會過份。

需要指出的是，以一代小說巨匠評價茅盾作爲小說家的歷史地位，並不意味著茅盾小說創造的是一種極致境界，它具有包羅萬象的意義。評價也是一種選擇，其中包含著評價者所選取的特定視角。茅盾小說是一種典型的藝術社會學模式，因此它的價值自然主要也是在藝術社會學的層面上，對它的評論也大抵是從這裡入手的。作爲史詩型巨著的創作高手，作爲剖析社會如

此嫺熟如此精闢的現實主義作家，茅盾堪稱爲一代小說巨匠，然而他的成就不可能超出他所執著表現的藝術範圍之外。中國現代文學是一個多元發展的格局，表現在小說領域裏也是流派紛呈，品類繁多，既有寫實派小說，也有浪漫抒情派小說（如郁達夫小說），還有初具輪廓的現代派小說（如新感覺派小說）。即使同是現實主義流派，茅盾所代表的也只是其中的一種，即注重社會剖析的小說，此外還有老舍、沈從文等側重表現文化意識的寫實小說，以路翎爲代表的「七月派」作家注重心理體驗的現實主義小說等等。各種流派、各種類型的小說都從一個側面爲我國現代小說的繁榮和發展作出了貢獻，它們的共存共榮方使小說界出現熱鬧非凡的場面。因此，它們之間既不能互相替代，也不是互相排斥。肯定茅盾小說獨具的歷史價值時，當然無意於砭損諸如文化小說、心理體驗小說之類小說應有的價值。反過來也是同樣道理：當人們從過去一片混沌的小說意識中醒悟過來，體味到文化小說、心理體驗小說之類竟有那麼多好處時，也沒有必要以一種逆反心理去否定社會寫實小說之類應有的價值。選擇一個切近小說實際的評論視角，肯定應該肯定的東西，這樣，一個作家的實際價值是不難得到顯現的。

茅盾小說作爲一個「過程」的顯示已經結束了，或者說它已成了一片歷史的陳迹。然而它作爲一種重要小說類型所提供的寶貴經驗卻是與世長存。不管時序如何變易，歲月如何淘洗，在中國現代小說史上，將永遠鑴刻著這個閃光的名字——茅盾！

1985 年 4 月完成初稿

1986 年 1 月改畢二稿

1989 年 4 月稍改定稿

後　記

　　書稿校畢，將要付梓印行。此刻，我是憂喜參半，而且是憂慮多於喜悅。套用魯迅《野草》裏的一句話是：我覺得充實，同時又感到空虛。

　　多年的心血磨成一部書稿，原爲求得有問世之日，如今終於遂了心願，當然不無喜悅。然而，這終究是顆還不成熟的果子，讀者咀嚼它，是否會有苦澀之感，我心裏是一片茫然。因爲，無論是結構布局還是理論深度，本書都是不盡人意的。書稿中的許多篇章，原是以論文的形式一篇一篇發表了的，積累既多，遂有了成書的願望：目前尙未見一部系統的茅盾小說論著，不妨試一爲之。1984 年在杭州舉行的第二次全國茅盾研究學術討論會上，有機會見到張有煌同志，我向他談了要寫一部《茅盾小說論》的構想。他在熱情鼓勵的同時提出：既作成書打算就要形成自己的一個體系，倘只是論文的結集恐怕難成理論專著。此後，我是這樣去努力的，體系的意識也日漸明晰起來。但是，由於既想實施新的框架，又不能脫盡原先論文的局囿，布局上的不和諧終於難以避免。至於對研究對象的理論把握和掘發，我並非毫無追求。我以爲，無論是新觀念還是老觀念，新方法還是老方法，只要是切合研究對象本身，有助於闡發較深的理論見解，都不妨爲我所用。可惜這兩方面我還沒有很深的功底，新既不可能，老的研究思路也難深入，何況，本書的主要部分寫在四年以前，今天讀來也難免會有陳舊之感——這些，都是深感憾然而又悵然的。

　　人一生中難得有幾本書出版。在我，推出這一本書，心裏就如此的不踏實，這不能不說是一種莫大的悲哀。但願這悲哀不再在其後的學術生命中重複。我願以此激勵、警策自己，期望在後來的耕耘中會有眞正的收穫。

　　在目前出版業不振的狀況下，上海文藝出版社的編輯和領導慨然允諾審定出版這本並不成熟的書稿，我當然首先要感謝他們。責任編輯張有煌同志傾注了大量心血，從書稿的構想、體例安排到文字推敲，都給予了具體的切實的指導；郝銘鑒同志和高國平同志爲書稿修改提出了一針見血的意見，使諸多缺憾得以部分彌補。沒有他們的努力，這本小書恐怕還要不成個樣子。此外，我還要提到浙江師範大學的領導和科研處同志，他們對本書的出版給予了熱情支持，在此特致以深切的謝忱。

王嘉良

1989 年 6 月於

浙江師範大學